ヘレン・ヴァードンの告白

リチャード・オースティン・フリーマン

松本真一 訳

Helen Vardon's Confession

Richard Austin Freeman

風詠社

Helen Vardon's Confession

1922

by Richard Austin Freeman

目次

『ヘレン・ヴァードンの告白』（原題 “Helen Vardon’s Confession”）

【主要登場人物】

ヘレン・ヴァードン……金細工職人。宝石職人。ウィリアム・ヘンリー・ヴァードンの娘。ルイス・オトウェイの妻。あだ名はシビル。

ウィリアム・ヘンリー・ヴァードン……………………ヘレンの父。事務弁護士。

ルイス・オトウェイ（ルイス・レビー）…………ヘレンの夫。元事務弁護士。貸金《かしきん》業者。宝石の鑑定家。

ジャスパー・ダベナント………………………元法廷弁護士。現在は建築家。

ミセス・グレッグ（レイチェル・ゴールドステイン）…ルイス・オトウェイの家政婦。

ミス・スミス………………………………………………………………収集家。

ミスター・ホークスリー……………………………………………収集家。

ミス・ポルトン……………………………………………………下宿屋の女主人。

ミス・ウィニフレッド・ブレーク…………下宿屋の住人。ヘレンの仕事仲間。あだ名はリリス。

ミス・ペギー・フィンチ…………下宿屋の住人。ヘレンの仕事仲間。あだ名はシジュウカラ。

ドナルド・キャンベル（デービッド・サムエルズ）……美術品の販売業者。宝石商。骨董商。

ジュディス・サムエルズ…………………………ドナルド・キャンベルの妻。レイチェル・ゴールドステインの娘。

モリス・ゴールドステイン…………………………骨董品の販売業者。宝石商。レイチェル・ゴールドステインの息子。

デービッド・ハイアムズ……………………………………………………宝石商。

サミュエル・アイザックス……………………ルイス・オトウェイの遺言執行人。

スモールウッド……………………………………………検視官事務所の役人。

検視官……………………………………………………………固有名詞の記載なし。

ミラー警視………………………………ロンドン警視庁犯罪捜査部の警視。

ソーンダイク博士………………………………………………………法医学者。

第一章　最後の審判の日

　この歴史的な幕開けの時を決めるのに、何も難しいことはありません。運命的で、なおかつ重要なことがゆっくりと忍び寄ってきていても、大ごとになるまで気がつかない人たちがいますが、そのような人たちでもあるときわれに返ると、探偵のように、出来事の経過を辿《たど》って、過去の発端まで遡《さかのぼ》ろうとします。わたしの場合は、そうではありませんでした。幼少の頃から青年の頃へ、そして青年期から一人の女性へと、穏やかで何事もない年月が、数えきれないほど過ぎ去っていきましたが、あるとき運命の声がラッパの音のように鳴り響き、すべてが変わったのです。

〝歴史のない国は幸せだ！〟と言われます。そして、それは個人にとっても同じかもしれません。いずれにしても、経験がわたしに教えてくれるのは、わたしが自分の歴史を持ち始めたとき、生涯にわたる平和が不幸と災難の混沌《こんとん》へと化していったのです。

　その日のことはよく覚えています。雲一つない空から、雷が落ちたかのようでした。わたしは二階の自分の小さな部屋でじっくりと本を読んでいて、ときおり読んだ内容について考えていました。読んでいた本は、ウィリアム・エドワード・ハートポール・レッキー（一八三八～一九〇三年。アイルランドの歴史家）の『十八世紀のイギリス史（全八巻）』でした。わたしが婚約したのはアン女王（一六六五～一七一四年。在位：一七〇二～〇七年）の時代です。そして、ここで〈スペクテイター〉（政治・文化・時事問題を扱うイギリスの週刊誌。一八二八年創刊）からの短い引用を含んだ脚注を見つけたので、元の手紙に目を通してみたいと思いました。本を脇に置くと、わたしは階下へ下りていきました――できるだけ静かに。それというのも、お父さまに来客があったのを知っていたからです。おそらく、依頼人でしょう。父の書斎で話し合っていました。そして、階段の曲がり角まで来て書斎のドアが少し開いているのに気がつくと、何が話し合われているのか聞かないように、急いで階段を下りました。

図書室――わたしたちは書庫と呼んでいますけど――は、書斎の隣にあります。書庫へ行くためにはドアが半開きの書斎の前を通らなければなりませんが、書斎で話し合われていることを聞かないように、わたしは忍び足で素早く進みました。〈スペクテイター誌〉は、ドアの近くに列を成して置いてありました。色褪せた牛革に、摩耗した金箔がある種の豪華さを醸し出して、いつもわたしの目を楽しませてくれます。父が「そういうことだ」と言うのを聞いたとき、わたしは書庫の『十八世紀のイギリス史』の第三巻を手にしていました。

わたしは第三巻を棚から取り出すと小脇に抱えて書庫をそっと抜け出し、さらに書斎からの話し声が聞こえてこないうちに、急いで階段を上がろうとしました。ですが、ちょうど書斎のドアの真向かいにいたとき、大きくはなかったけれどはっきりとした声が聞こえてきました。「ミスター・ヴァードン、これで七年の懲役に処せられることを理解していますか？」

この恐ろしい言葉を聞いて、わたしは一瞬にして石のように固まってしまいました。口を半ば開いたまま息が止まり、小脇に抱えた本を握りしめ、動いているのは激しく鼓動している心臓だけでした。長い沈黙のあと、ようやく父が口を開きました。「そうは思わんな、オトウェイ。厳密に言えば」

「厳密に言えばですって！」とミスター・オトウェイが繰り返しました。

「そうだ、厳密に言えば。詐欺の意図がないのだから、状況は大きく変わるだろう。それでも、議論のためには、軽犯罪と認めるかもしれない」

「そして」とミスター・オトウェイが言いました。「その軽犯罪の最高刑は七年の懲役です。詐欺的な意図はなかったとあなたは抗弁《こうべん》するつもりのようですが、管理下に置かれた財産を不正に流用した受託者に対して、裁判官はあまり同情的ではないことを、あなたは経験豊富な弁護士として熟知していることでしょう」

「不正な流用だと！」と父が声を荒らげました。

「そうです」とミスター・オトウェイが言いました。「不正な流用です。ほかに何と言えばいいのですか？　あなたは受託者として大金を保管していました。そして、僕はそれを受け取るためにやって来ました。しかし、あなたはそのお金はないと言います。あなたはそのお金を提供できないばかりか、いつ用意できるかも答えられない。どうやら、あなたはご自分のためにそのお金を使ったようだ」

「使ってなどいない」と父が異議を唱えました。「差し当たって、お金は保管されている。なくなったわけではない」

「そんなことを言ってなんになるんですか？」とミスター・オトウェイ。「あなたはお金を持っていない。そして、納得できる説明もできない。平たく言えば、あなたは私的にこの信託金を使ってしまった。そして、委託者が受け取りに来たとき、あなたはお金を提供できない」

父はすぐに答えることができませんでした。沈黙が続くあいだ、自分の心臓の鼓動や血管を流れる血液の音が聞こえそうでした。ようやく、父が口を開きました。「要するに、どうしたいんだ、オトウェイ？」

「どうしたいかですって？」とミスター・オトウェイ。「決まってるでしょう。あなたからこのお金を受け取ることが僕の義務です。僕が代表を務める人々の利益を守らなければなりません。もしこの資金をあなたが不正に使用したのなら、僕に選択の余地がないことはおわかりでしょう」

「私を起訴するというのか？」

「ほかにどうすることもできないでしょう？　信託の事業に私情を挟むわけにはいきませんし、たとえ僕がこの問題で何もしなかったとしても、委託者たちが間違いなく行動を起こすでしょう」

さらなる沈黙が始まり、終わることがないかのようでした。ようやくミスター・オトウェイがいくぶん口調を変えて話し始めました。「この窮地から抜け出す方法が一つだけあります、ミスター・ヴァードン」

「本当か？」と父が言いました。

「ええ、まさにご提案しようと思っていたところです。はっきり申し上げたほうがいいでしょう。

こういうことです。あなたの娘さんと結婚することを条件に、僕はあなたの債務を引き継ぐ覚悟です。あなたが承諾してくださるなら、結婚式の当日、僕はあなたの銀行に五千ポンドを振りこみます。そのお金を、あなたは返せるときに返していただければけっこうです」

「娘が君との結婚を望んでいるというのか?」と父が尋ねました。

「少しも」とミスター・オトウェイが答えました。「ですが、僕が彼女に事情を説明すれば、おそらくは……」

「そうはならないだろうな」父が遮《さえぎ》りました。「娘の幸せを犠牲にするくらいなら、私は喜んで刑務所へいくだろう」

「もう少し娘さんの幸せを考えてあげたほうがいいんじゃないですか、ミスター・ヴァードン」とミスター・オトウェイが言いました。「七年の刑務所暮らしは、あなたにとってはさほど長いものではないかもしれませんが、娘さんにとっては受刑者の娘でいるよりも、年上の男の妻でいるほうがいいと思うかもしれませんよ。とにかく、娘さんに選ばせるのが公平というものです」

「どこが公平なんだ」と父が言い返しました。「実際、娘に犠牲を強《し》いることになるじゃないか。そして愚かにも、娘はそれを受け入れてしまうかもしれない。肝に銘じておいてもらいたい、オトウェイ。私はまだ囚人ではないし、おそらく、この先もならないだろう。私に代替案があるんだ」

「そうですか」とミスター・オトウェイが言いました。「あなたにまだ言及していない資産があるとしても、それはまったく別の問題です。ですが、あなたにはそのような蓄えはないでしょう。

娘さんの犠牲については、ご心配には及びません。僕の妻になって、充分幸せかもしれませんよ」

「何をわけのわからないことを言ってるんだ！」父が我慢できずに抗議しました。「ヘレンはばかだとでも言うのか？」

「まさか。そんなつもりはまったくありません」とミスター・オトウェイ。

「では、君の妻になることがヘレンの幸せとは、どういう意味だ？　私は、今まさに爆弾の上に立っているようなものだ。そこへ……」

「爆弾は、あなたがご自分で敷いたのです」とミスター・オトウェイが遮りました。

「確かにそうかもしれない。そこへ、君は火のついたマッチを持ってやって来て、私の娘にこう言う。『僕はあなたの献身的な恋人です。僕の妻になりなさい。同意しないと、この爆弾に火をつけて、あなたもあなたのお父さんも木っ端みじんになりますよ』そのうえで、娘は君との結婚を受け入れて、幸せに暮らせると考えている。オトウェイ、考え違いもはなはだしい」

「あなたの窮地をお救いしようとしているのですよ」とミスター・オトウェイ。

「そう言うと思ったよ」と父が腹立たしげに言い返しました。「冷血で、恐喝まがいのことをするようなろくでなしに一生縛られている娘を見るよりも、貧しい娘を見ているほうがましだ。それに……」

「まあ落ち着いてください、ミスター・ヴァードン！」とミスター・オトウェイが遮りました。

「そのような言葉を使うなんて、あなたらしくありませんよ。それに、まずはドアを閉めたほうがいいでしょう」

それを聞いて、わたしは急いで書庫へ引き返しました。わたしが書庫へ辿り着いたとき、書斎のドアの閉まる音が聞こえました。少し落ち着いてくると、わたしは先ほど耳にしたことを思い出していました。いずれにしても、ほかの誰でもなく、わたしのことを話し合っていたようです。すばやく本を元に戻すと、忍び足で書斎の前を通りすぎて、階段を駆け上がりました。それでも、それほど素早くはなかったのでしょう。自分の部屋の敷居をまたごうとしたとき、書斎のドアが再び開いて、父とミスター・オトウェイが玄関広間を歩いていきました。

「あなたは全体像をあきれるほど間違ってとらえています」とミスター・オトウェイが訴えました。

「そうかもしれない。だが、そうだとしても、私は結果を受け入れる覚悟はできている」と父は毅然と答えました。

「その結果は、あなた一人だけに影響を及ぼすものではないかもしれませんよ」とミスター・オトウェイが言いました。

「ごきげんよう」と父が感情を込めずに言いました。それから、玄関のドアが激しい音を立てて閉まると、父がゆっくりと書斎へ戻っていく足音が聞こえました。

第二章　心労

書斎のドアが閉まると、わたしは突然気が遠くなるような、そして体中から力が抜けていくような気がして、安楽椅子に身を沈めました。恐怖と驚きの束の間のショックが過ぎ去ると、感覚を失ってしまったような不安に襲われ、気分が悪くなりました。先ほど聞いた会話の断片が支離滅裂でありながら、悪意のある囁《ささや》きのように恐ろしく明瞭によみがえってきました。断片的に聞いた言葉や言い回しが何度も何度も繰り返されましたが、ほとんど意味がわかりません。それでも、漠然とした脅威となって不安を掻き立てるのです。

それから、読書台の上に開いたままになっている本のページを座ってぼんやりと眺めているうちに、わたしは少しずつ落ち着いてきました。すると、先ほどの恐ろしい会話が新たによみがえってきて、わたしは話されていた内容を理解しようとしました。

（七年の懲役ですって！）

恐ろしい歌詞のリフレインのように、その言葉がわたしの耳のなかで繰り返されました。破滅――父とわたしにとって、恐ろしいまでの破滅でした。すべてを失い、耐えがたい貧乏に陥るだけでなく、社会的にも没落して、そこから這い上がれる望みはありませんでした。

ですが、わたしの考えが徐々に整理されてくるにつれて、耐えがたい貧乏と社会的恥辱は、必ずしも最悪な状態ではないことに気がつきました。貧乏は克服できるかもしれません。社会的恥辱には耐えられるかもしれません。ですが、父がわたしから引き離されて投獄され、囚人服を着せられ、固く閉ざされたドアの向こうで、四方を壁に囲まれた刑務所の部屋で、父が自分の人生をすり減らしていくようなことを想像すると耐えられません。それは、少なくとも、父にとっては死んだも同然でしょう。父はそれほど強い人間ではありません。そして、わたしはどうでしょう？

このとき突然、父の謎めいた言葉がよみがえってきました。聞いたときには何を言っているのかわかりませんでしたが、驚いたことに、今、思い出したのです。

『肝に銘じておいてもらいたい、オトウェイ。私はまだ囚人ではないし、おそらく、この先もならないだろう。私に代替案があるんだ』

父の謎めいた言葉を聞いたミスター・オトウェイは、明らかに困惑していました。父が知られていない資金源を持っていると、彼は誤解したのでしょう。ですが、わたしはそのような誤解などしませんでした。父とは、一度ならずも自殺について話し合ったことがあったからです。父は自殺について独自の考えを持っていました。自殺について父と最後に話し合ったときの、父の言葉がまざまざとよみがえってきました。『私としては』と父が言いました。『生きながらえるよりも自分の人生を終わらせることのほうが望ましいと思えたときは、必要な手段を講じることをためらわないだろう』と。

このような声明は誠実さと冷静な判断のもとに行われたものとわたしは確信していますので、

「私に代替案があるんだ」という父の言葉の解釈について、疑問を抱く余地があるでしょうか？　教養があり、ある程度の地位もあるけれど、健康状態はあまり良くない人間にとって、避けられない有罪判決と懲役刑が待っている刑事訴追が目前の人生に迫っているなどというのはどんなものでしょうか？　そのような人生を続けることが望ましいと思えるでしょうか？　もちろん、違います。

それから、想像力がわたしを苦しめ始め、恐ろしいほど巧妙に細部を埋めていきました。夜中に拳銃の銃声が聞こえ、廊下には怯《おび》えた使用人たちが身を寄せ合っています。しかし、それはわたしの父ではありません。そのような粗野で血なまぐさいやり方は、熟慮のすえ冷静に退いていく者よりも、恐怖にとらわれた逃亡者のやりそうなことだからです。そして、明け方の弱い日差しのなかで、わたしは父の寝室のドアを叩きに叩き続けました。ようやく、ドアを開けました。いや、おそらくドアを叩き壊したのかもしれません。わたしは薄暗い室内を見ました。なんと恐ろしい光景でしょう！　ブラインドを通して差しこむ夜明けの寒々とした光のなかで、カーテンが引かれたままのベッドに、身じろぎひとつしない人影が半分見えました。怖い！　見るのが怖い！

そして、一瞬にして、場面が変わりました。わたしたちの玄関広間で、制服を着た男――鉄道のポーターか調査官――を見ました。奇妙で恐ろしい事故について、彼が声をひそめて、言いにくそうに話すのを聞きました。そして、再びこの恐ろしい幻景が変わって、新たな場面を見せてくれました。懐中電灯を持った捜索隊がチョークで描かれた穴の周りを歩き回っています。そして、すぐさま四人組が担架に何かを載せて静かに運んでいます。

「おお、神様！」両手を額に押し当てて、わたしは息をのみました。「なんてことなの……こんなひどいことってないわ！　ほかに方法はなかったの？」

　ですが、わたしはいくらか落ち着きを取り戻しました。なんの慰めにもなりませんでしたが、少しはほっとした気分です。なぜなら、ほかにも方法があったからです。父が、ミスター・オトウェイの提案を拒否したことは明らかでした。わたしは黙って従う性分でしたから、父が拒《こば》んだ以上、わたしはそれに従うしかありません。ですが、わたしに降りかかった恐ろしい脅迫とともに先ほどの言葉を思い出して、本当にこれで救いの道はまったく閉ざされてしまったのかと自問しました。父については、疑う余地はありません。父は決して同意などしないでしょう。尋ねてみることさえ、父の逆鱗《げきりん》に触れることでしょう。そして、ミスター・オトウェイについていえば、父が彼と会い、そして彼の提案を拒否した態度が、この件については終わったように思えました。父が彼を恐喝まがいのことをする悪党呼ばわりし罵《ののし》ったので、彼との話し合いを再開するのは、少なくとも心地よく再開するのは難しいように思われました。ですが、そのようなことは些細なことです。絞首刑にされようとしているとき、人は履いている靴の履き心地など気にしたりしません。

　わたし自身は別のことを考えていました。可能であれば、父の命を救い、父の名前が辱《はずかし》められないようにしなければなりません。そして、そのようなことが可能かもしれません――それなりの代償を払えば。そして、そのことはミスター・オトウェイ次第でした。

このようにして、瞬く間に父とわたしの運命を決めることになったこの男について知っていることを、わたしは思い出しました。彼を知るようになってまだ日も浅いですが、かなり頻繁に会っていたので、彼は何をしている人だろうとときどき考えていました。彼は法律問題に詳しかったので、弁護士か何かだろうと思っていました。ですが、普通の法律家ではないようでした。彼の仕事はかなりの旅行を伴うようでした。彼について知っているのは、これだけです。外見については、彼は大柄で不格好で、ユダヤ人のような顔つきをしています。おそらく、父よりもいくつか年上です。陽気に話し、愛想よく振る舞いますが、きわめて退屈です。これまで、彼のことを好きでも嫌いでもありませんでした。ですが、今は言うまでもありませんが、わたしは彼を嫌悪しています。というのも、父が言ったように、彼は恐喝まがいのことをする悪党ではないのかもしれませんが、いずれにしても、わたし自身やわたしの意思や関心について示した冷淡で人をばかにしたような無関心は言うまでもなく、父の窮地に卑怯にも意地悪くつけ込んできたのですから。

わたしが父を責めなかったことは、少し奇妙に思えるかもしれません。ですが、実際、そうだったのです。父は、単に状況の犠牲になったように思えたからです。父は、何か軽率なこと――おそらく間違ったことをやってしまったのでしょう。しかし、思慮深いことと正しいことに、女はあまり魅力を感じないものです。むしろ寛容さこそ――そして、父はとくに過ちに対して寛容です――女の同情心に強く訴えかけるのです。父が正直で誠実であることを、わたしは少しも疑いませんでした。しかも、父は騙《だま》すつもりはなかったとはっきり言っていました。父が何をしたのかまったくわかりませんし、知りたいとも思いません。わたしが気をもんでいるのは、行為ではなく、その結果なのです。

恐る恐るドアを叩く音で、ようやくわたしはわれに返りました。続いて、家政婦が現れました。

「お嬢さま、ご主人さまのお茶は、書斎へお持ちしたほうがよろしいでしょうか？　それとも、お嬢さまとご一緒されますか？」

その問いかけが、いろいろ思い悩んでいたわたしを現実の日常生活に引き戻しました。

「わたしが父のところへ行って訊いてくるわ、ジェシー」とわたしは答えました。「だから、あなたは待たなくていいのよ。父が言ったことをあなたに伝えるから」

わたしは急いで階段を下りましたが、書斎のドアの前まで来ると、先ほどまでわたしを悩ませていた恐怖がよみがえってきて立ち止まりました。父が先ほどの話題を持ち出してきて、何か恐ろしいことを告げたりしたらどうしましょう。そのようなことを考えながらも、半ば意を決したように、わたしはすでに震える手を振り上げ、ドアを軽く叩いてドアを開けると、なかへ入っていきました。父はテーブルの前に座っていました。父の前には、封をして、切手も貼られている手紙の小さな山がありました。ドアノブに手をかけたままわたしが突っ立っていると、父が顔を上げて、いつもの人懐こい笑みを浮かべて微笑《ほほえ》みました。

「やあ、ヘレン！」父は回転椅子の向きを変えながら言いました。「そして、われらのアン女王のご機嫌はいかがかな？」

「女王はご健在よ」とわたしは答えました。

「主を褒《ほ》めたたえよ！」と父が応じました。「女王が早死にしたという噂《うわさ》を聞いたような気がする。まごついた新聞記者たちの単なる作り話かもしれないが。あるいは、ひょうきんで羽目を外したレッキー（ウィリアム・エドワード・ハートポール・レッキー）に一杯食わされたのかもしれない」と父。

気まぐれな軽口は父のいつものことでしたが、そのときはなぜか漠然と不安な気持ちになりました。あの恐ろしいやりとりのあとの言葉としては、不自然に思えたからです。わたしが考えていた悲惨なこととはまったく逆の言葉を聞いたので、いきなり日常生活へ引き戻されたような気がして、その落差に戸惑いました。わたしはもう大人なのに、かつてそうしていたように父の膝の上に座ると、父の薄くなった灰色の髪の毛をなでました。

「ねえ、わかってる？」わたしは父の髪の毛を掻き上げながら言いました。「だいぶ髪の毛が薄くなってきてるわよ。地肌が見えるもの」

「そうかい？」と父が尋ねました。「私の頭から髪の毛が伸びるとでも思ったのか？　伸びたようには見えないだろう。だが、絶対確実と言われている育毛剤について聞いたことがある」

「本当！」

「ああ、本当だよ！　豚の脂の袋に、巻き毛を生やすことが保証されている。一瓶手に入れて、絨毯《じゅうたん》の毛で試してみよう。満足のいく結果を得られたら、考えてみよう」

「真面目に答えてよ、お父さん。本当に、そんな育毛剤について聞いたの？」

「そんな育毛剤があったらいいな、と思っている」と父が答えました。「でも、なぜだめなんだい？　男が年老いてばかなまねができなくなったら、いよいよおしまいだ。お茶をいただこうかな？」

「もちろんです。こちらで一人で飲みますか？　それとも、わたしと一緒に飲みましょうか？」

「なんてことを聞くんだ！」と父が声をあげました。「わたしも焼きが回ったかな？　かわいらしい乙女《おとめ》の笑顔に接することができるというのに、一人でお茶を飲むばかがいるか。やろうとしていることを、おまえに話そう。その前に、ちょっと事務所に電話をかけて、野暮用《やぼよう》がないかどうか確かめるとしよう。なければ、仕事部屋で一緒にお茶を飲もう。それから、石炭バケツを磨こう」

「終わらせましょう！　だけど、まだやることは多いわよ」

「それなら、大いにやろう」

「だけど、急がないでしょう？　今晩中に終えなければならない理由はないでしょう？」

「理由があるかどうかはわからない。だけど、長いあいだ中途半端なままだったから、そろそろ終わらせて、ほかのことを始めよう。さあ、お茶の用意ができたかどうか見ておいで。そのあいだに、私はジャクソンに電話するとしよう」

　父が電話をかけにいったので、わたしは急いで女中にお茶のことを伝えにいきました。そして、父と二人で夕方の作業をすぐに始められるように仕事部屋の準備をしましたが、それについては少し説明が必要でしょう。

　わたしの父は生来の職人と言えました。何かを作ったり、手を動かして作業しているときがもっとも幸せそうでした。材料でも道具でも、あるいは機器でも、父は生まれつき器用な手で巧みに操りました。その天賦の才に加えて、父は方法や作業の過程について熟知していました。父は優れた木工職人であり、機械工であり、陶芸家でもあります。家のなかには、父の手になるものがたくさんあります。スツール、戸棚、時計、暖炉の前の炉格子《ろごうし》、陶器の瓶《かめ》、わたしたちの自転車でさえ作りました。少なくとも組み立てたんです。ドアのブロンズ製のノッカーは、わたしたちの作業場の鋳型《いがた》で作ったものを、父が仕上げました。もし父のデザイン力が手先の器用さと同じくらい優れていたら、父はいわゆる名匠《めいしょう》と呼ばれたでしょう。ですが、残念ながら、そうではありませんでした。父は滑らかな表面と、機械的な精度と、丁寧な仕事を目指す傾向がありました。そして、父は自分の限界を知って、わたしに苦労してデザインについて教えてくれました。わたしにはその方面について生まれつきの才能があったようで、スケッチや施工図《せこうず》を描いたり、仕事の進み具合について助言したりして、父のお手伝いをしました。ですが、わたしの役目はそれだけではありません。父との幸せな生活において、作業場では、わたしは父の弟子であり、熟練した職人であり、助手であり、作業長なのです。そして、父は喜んでこう呼ぶのです——家では、忠実な友であると。

女中のジェシーが作業台の空いている隅にお茶のトレイを置いたとき、わたしはわたしたちが今手がけているブロンズ製の石炭バケツを調べていました。それは大英博物館で見た、ローマの兜《かぶと》を模《も》したものです。そして、完成までには、通常の夜の作業だけでは足りません。足の浮き彫りの装飾部分に手を加えなければならないし、足自体は本体に蠟付《ろうづ》けしなければなりません。

取っ手もリベットで留めなければなりません。さらに、酸洗いや研磨や酸化などは言うまでもありません。まさに、夜中の大仕事でした。

しかし、わたしが思い悩んだのは、これが大仕事だったからではありませんでした。大変な作業でも父と一緒にやれるのは、わたしには喜びでした。漠然とした違和感を抱《いだ》いたのは、父がこの仕事をとにかく早く終わらせようとしていることです。そのようなことは、父らしくありません。本物の職人の尽きることのない忍耐力を持つだけでなく、どちらかと言えば、父はじっくりと時間をかけて作品を仕上げていきました。そのようにして出来上がった作品をさらに愛情込めて磨き上げ、より完成度の高いものに仕上げていくのでした。

（でも、どうして父はこの仕事をそれほど急ぐのかしら？）そんなことを自問しているうちに、いろいろな恐怖がわたしに押し寄せてきて、またもや気持ちが暗く沈んでしまいました。それは恐ろしい嵐の雲のように、わたしたちの上に垂れこめてきました。見えないけれど、今にも張り裂けて、破滅するまでわたしたちを打ちのめそうとしているようでした。

ですが、わたしはこの不吉なことをあまり考えずに済みました。書斎の電話が鳴ったので、父と事務所のジャクソンとの電話はすでに終わっていることがわかりました。それからしばらくして、父は作業場へ急いでやって来ると、コートを脱ぎ始めました。

「おまえ、エプロンはどうしたんだ、ジミー？」と父が言いました。ジミーという愛称は、わたしの名前がジェマイマであるという、古代の作り話から考えられたものです。

「そんなに急がなくてもいいでしょう、お父さん」とわたしは言いました。「まず座って、お茶でも飲んだら」

父が素直にスツールに座ったので、わたしは父にお茶を渡しました。でも、ものの数分もしないうちに父は再び立ち上がると、作品を置いてある長椅子の周りを、ティーカップを持ったままうろうろと歩き回りました。

「もう少し焼きなましたた（金属やガラスをある温度に加熱してから、徐々に冷却する操作）ほうがいいと思うんだが」ブロンズ製の足を持って、まだ仕上がっていない部分を調べながら、父が言いました。「柔らかすぎてはだめだからな。蠟付けしたあとに、ハンマーで打ちつけよう。そうすれば、充分な強度が得られるだろう」

父は足を置くと、ガス吹管《すいかん》に火をつけました。わたしは沈んだ気持ちのまま、父を見ていました。父は片方の手でティーカップを持ち、もう一方の手でトングを持って足を挟み、紫色の炎の上にかざしました。父は何をそんなに急いでいるのだろうというわたしの不安は、なくなりませんでした。わたしにはわからない何かが、父にはわかっているのでしょうか？　何かが変わるということを、父は職人の本能とでもいうべきもので感じ取っているのでしょうか？　生き急ぐように、父は人生の本のページをめくっていたのでしょうか？　そして、本を閉じる前に故意に〝完〟と書こうとしているのでしょうか？

でも、父が何を考えているにせよ、作業中の父は陽気にしゃべり、ときおり食事をし、お茶を飲みました。それでも、降り下ろすハンマーがいつになく速いし、砂袋に置かれた作品への刻印も深いので、かなり強く打ちこんでいることに、わたしは気がつきました。

「社会的偏見によって、中産階級の人間が自《みずか》らの手で生活のための収入を得られないとは情けないことだ」と父が言いました。「私のような三流の事務弁護士は、自分の気質に従うなら、必然的に一流の銅細工師になるべきだろうな。そうだろう？」

「お父さんは一流の事務弁護士よ」とわたしは答えました。

「あるいは、銀細工師にでも」と父が続けました。「ジミー、私が細工師の仕事をしているあいだに、誰か仲間に美術の仕事をやってもらうことができたら」

父は目を輝かせてわたしを見上げました。そのときを逃さず、わたしは父の口にバター付きのパンを押しこみました。父が何かしゃべりだす前に、口のなかへ入れたかったのです。

父が抱えている悩みを少しでも打ち明けてくれることを、わたしはひそかに、本当にひそかに期待しました。わたしは詮索好きではありませんが、それでも、父が窮地に陥っていることにはうすうす気がついていました。そして、そのことにわたしを巻きこみたくないことにも。それにもかかわらず、わたしは別のやり方で父に迫りました。

「今日の午後、お父さんと一緒だったのは、ミスター・オトウェイじゃなかったかしら？」とわたしは尋ねました。

「そうだけど、どうして知っているんだ」と父が答えました。

「お父さんが彼を送り出したとき、玄関広間で彼の声を聞いたの」実際には、書斎での会話を聞いたのですが。

振り下ろされるハンマーが途中で止まりました。父の目は、ハンマーを打ち下ろそうとしていた場所をじっと見つめたままでした。おそらく、ミスター・オトウェイが玄関広間で何と言ったか、思い出そうとしているのでしょう。

「確かに、ミスター・オトウェイだった」しばらく間を置いてから、父が答えました。「おまえが彼の声を知っているとは思わなかった。ミスター・オトウェイは風変わりな男だ。言うほどの頭脳はないが、自分流のやり方でなかなかのやり手だ」

「お仕事は何をされているの？」

「神のみぞ知るだ。もともとは事務弁護士だが、もう何年もやっていない。今はむしろ投資家といったところだろう。はっきりしないが、かなり儲かっているらしい。どうやら、宝石を扱っているようだ」

「宝石の取引をしているってこと？」

「そうだ。少なくとも、私はそう聞いている。彼は宝石の鑑定家か何かだ。宝石のコレクションも持っていた。少し前に売ってしまったらしい。そして、これも聞いた話だが――私は事実だと思っているが――彼のもともとの名前はレビーというらしい。そして、選ばれた人たち、すなわちエリートの一人だ。だが、なぜ名前を変えたのかはまったくわからない。財界で活躍するのに好ましくなかったからかもしれないが」

　わたしはもう少し尋ねてみるつもりだったのですが、父が話し終わると、再び猛烈な勢いでハンマーを叩き始めたので、わたしはとても不安になりました。

「そんなに根《こん》を詰めないほうがいいわよ、お父さん」とわたしが言いました。「ドクター・シャープがおっしゃったことを思い出して」

「ばかを言うな」と父が答えました。「ドクター・シャープは年寄りの女医だぞ。私の心臓は元気に動いている。いずれにしても、私のほかのところと同じくらい長く動くだろう。若いときのようにいかないのはわかっている。だからといって、老けこむにはまだ早いだろう」

「だけど老骨に鞭打って、わざわざ消耗しなくてもいいでしょう。どうしてこれを仕上げることに、それほど執着するの？」

「別に執着などしておらん」と父が答えました。「いまだに未完成なのが気に入らないだけだ。実際のところ、数ポンドの古い青銅が、数時間の作業で立派な家具に姿を変える。そして、品切れになるほど、カタログのなかで堂々とした位置を占めるのにふさわしい。その注釈には、こう書かれている。『ローマの兜をかたどった、青銅製の素敵な石炭バケツ。今は亡き父と、魅力的で才能あふれる娘による作品。石炭の入れ物としてだけでなく、それにぴったりの頭の人には頭飾りにもなります』どうだ？　素晴らしいだろう？」

「それはそうかもしれないけれど」とわたしは答えました。「品切れにはならないわ……」

　父が再びハンマーを叩き始めたので、わたしの言葉は途中で聞こえなくなりました。わたしはこの工程が終わるまで、不安な気持ちを抱えたまま黙って父を見ていました。巨大な蠟付けの装置が再びものすごい音を立てました。

　作業はみるみるはかどっていきました。父は腕がいいだけでなく、作業の段取りも素晴らしいのです。工程が次々と終了していきます。ですが、作品が仕上がっていくにつれて、なぜかこの作品が悲劇の象徴であるかのように、わたしの不安は深まっていきました。魔女が魔法の儀式でいけにえを破滅させるために使用する蠟人形を見ているような気がしました。蠟人形が溶けていくにつれて、そのいけにえの命も潰《つい》えていくのです。

吹管の炎に負けじと、父の声が轟《とどろ》きました。今では陽気な歌でも歌っているような、あるいは、軽口をたたいているかのようです。ですが、わたしの目はごまかせません。父がわざと明るく陽気に振る舞っていることを、わたしは見逃しませんでした。それというのも、愛の目はとても鋭いのですから。

重苦しく、惨めな気持ちの二人は、涙よりも笑顔と冗談で、絶望的な決意を互いに隠そうとしていました。わたしにも今や秘密がありますので、無理にでも明るく振る舞って、そのことを隠す必要があります。わたしたちの作品が完成に近づくにつれて、わたしの決意も固まっていきました。そして、まるでそのことを象徴するかのように、運命の砂が、わたしの目の前を流れ落ちていくのが見えるような気がしました。そうです。この痛ましい喜劇で、わたしも役を演じなければならないのです。

多くの時間を費やしてきた作品が、とまどうように突然終わりを迎えることがあるものです。わたしが大きな土鍋に鋳物《いもの》などを洗うための希薄酸水用の酸を混ぜていたとき、父の熱意と手際のよさをもってしても、作品の完成までには、まだ多くのやるべきことが残っているように思いました。ですが、それから数分後、出来上がった作品が長椅子の上に置かれていました。浮き彫りになった装飾が硫黄《いおう》のような色を背景に大胆に映えていました。父は体を伸ばすと、黒ずんだ油を手から拭き取りました。そして、最後の仕上げをしていたときには、父はもうその作品に興味をなくしているようでした。

「やれやれ、やっと終わった」と父が呟《つぶや》きました。「これで心おきなく、これから離れることができる。そう言えば、今夜はお店が遅くまで開いているのではなかったかな、ジミー？」

「いくつかは開いていると思うけど」とわたしは答えました。

「よし。私が手を洗っているあいだに、ジェシーに夕食を用意させなさい」と父が言いました。「今夜、仕事の電話をかけなくちゃならないんだ。そして、いくつかものにしたい。だから、お祝いの食事にはしないでおこう。だからといって、おまえに食べたいのを我慢させるつもりはない。大仕事のあとで、おまえはお腹がすいているだろうからな。私のことは気にしないでおくれ」

　父が急いで立ち去ったので、わたしは呼び鈴を鳴らして必要な指示を伝えると、自分の寝室へ上がって、夕方の仕事の痕跡をなくして身なりを整えました。

　夕食の席では、父はいつものように静かに、それでいて明るく振る舞いました。実際、父はいつも陽気で気さくでした。ですが、このときは父の食事がいつもよりも速かったので、父と会話をする機会がほとんどありませんでした。父は慌ただしく食事を終えると立ち上がり、椅子を押し戻してから、腕時計をちらっと見ました。

「私が慌ただしく立ち去るのを気にしないで、ゆっくり食べなさい」と父が言いました。「歳月人を待たずと言うけれど、店主も待ってはくれないのでね」

父はドアへ向かいました。ですが、ドアに辿り着く前に立ち止まると戻ってきて、わたしの椅子のそばに立ちました。

「今夜、私は帰りがかなり遅くなるだろう。だから、先に休んでいなさい。今のうちにおやすみを言っておくとしよう」父は両手でわたしの顔を挟むと、わたしの目をじっと見つめました。「もっとも優秀で忠実な弟子よ」それから、父はわたしに優しくキスをすると、わたしの髪の毛をなでました。

「おやすみ」と父が言いました。「読書などして、夜更かししないように」

父はわたしに背を向けると、足早にドアへと向かいました。そして、ドアのところで少し立ち止まって、手を振りました。父が書斎へ入っていく足音が聞こえてきたので、わたしは自分の椅子に体をこわばらせて座り、聞き耳を立てました。しばらくすると父は書斎から出てきて、静かに玄関広間を進んでいきました。少しのあいだ立ち止まり、それから、玄関のドアが閉まりました。

父は出かけました。

玄関のドアが閉まる音を聞いたとき、わたしは恐怖に駆られて思わず椅子から立ち上がりました。（父はどこへ出かけたのかしら？）父が夜中に出かけることなど、めったにありませんでした。今夜、父を外へ連れ出したものは何だったのでしょうか？　何か買いにいったのでしょうか？　明日まで待てないほどのものなのでしょうか？　そして、なぜあれほど真面目な顔で、わたしにおやすみを言ったのでしょうか？　こんな問いはばかげています。父は子煩悩《こぼんのう》ですから。

父は、いつもあふれんばかりの愛情を注いでくれます。だけど、今夜は言い知れぬ恐怖に襲われ、あらゆる出来事に対して恐ろしいことを考えてしまいます。そして、死の恐怖がじわじわと忍び寄ってくるにつれて、わたしの決意は固まっていきました。

死の恐怖に違いありませんでした。ほかに言い表しようも、考えようもありません。そして、父にだけ犠牲を強いるわけにはいきません。わたしも応分の犠牲を払わなければなりません――すでに手遅れでなければ。

（手遅れですって？）この恐ろしい考えがハンマーにでも打たれたように頭に浮かんだとき、わたしは仕事部屋を飛び出して階段を駆け上がりました。そして、震える手で衣装だんすから帽子と外套を取り出すと身につけ、再び階段を駆け下りました。食堂のドアのところで女中に慌ただしく言づてを伝えると、玄関広間のテーブルから手袋をつかんで玄関ドアを開け、暗闇のなかへ飛び出しました。

第三章　約束

町はずれの静かな道を急いでいると、行動を起こしたということと明確な目的で、わたしは混乱と無力感がおさまってくるのを感じました。驚くほどの熟慮を重ねた判断のすえに、自分の考えが次第にまとまってきて、何をしようとしているのかはっきりと自覚するようになりました。ミスター・オトウェイの家はわたしたちの家から一マイル（約二キロメートル）ほど離れていて、町のはずれのほうでしたが、人通りの多い通りにありました。足早に歩けば、わたしの足でもさほど遠くはありません。それでも、恐怖に駆られていたわたしは、そのあいだに覚悟を決めることができました。ミスター・オトウェイの家の門を開けて小さな私道を歩いているとき、今この瞬間にも何か恐ろしいことが起こっているのではないかという恐怖に震えながらも、かなりの冷静さを取り戻していました。

ドアを開けたのは五十歳くらいのひ弱な感じの女性で、普通の使用人には見えませんでした。ですがその女を一目見て、嫌な印象を受けました。女は少し顔をそむけて立つと、目の端でわたしを見ながらスコットランドの訛りで尋ねました。「どなたにご用ですか？」

「ミスター・オトウェイがご在宅でしたら、お会いしたいのですが」とわたしは答えました。

「あなたのお名前を教えていただけたら、彼にお伝えします」と女が言いました。そして、玄関広間から見える小さな部屋へわたしを案内しました。わたしが名前を告げると、わたしを部屋へ残して出ていきました。するど、入れ替わるように、ミスター・オトウェイが部屋へ入ってきました。そして、静かにドアを閉めると厳《おごそ》かに握手を交わし、わたしに椅子を勧めました。

「お目にかかれて光栄です、ミス・ヴァードン」とミスター・オトウェイが言いました。「奇妙なことに、僕もあなたのことを考えていたんです。今日の午後、僕はあなたのお父さんを訪《たず》ねました」

「知っています」とわたしは答えました。「そのことで、あなたに会いにきたのです」

「それで」とミスター・オトウェイが言いました。「お父さんは、われわれのあまり楽しいとは言えない話をあなたに伝えましたか？」

「いいえ、父からは何も聞いていませんし、父はわたしがここへ来ていることも知りません」とわたしは答えました。「事実、あなたと父のやりとりの一部を耳にしただけです。ですから、話の全体を知りたくてやって来ました」

「なるほど、そういうことですか！」ミスター・オトウェイは半ば探るように、半ば尋ねるように、わたしをちらっと見ました。「そうであれば、ミス・ヴァードン。まずは、あなたが何を聞いたのかおっしゃってください」

「詳細をここで繰り返す必要はありません」とわたしは答えました。「ですが、わたしが聞いたことから考えると、父は起訴される可能性があるように思うのですが、本当ですか？」

「そうです」とミスター・オトウェイが言いました。「残念ですが……まことに残念ですが……」

「そして、その手続きはあなたが行うことになっているのでしょう？　そうであれば、あなたは手続きを食いとめることもできますね？」

「そういうわけにはいきません、ミス・ヴァードン。それでは、公平な立場とは言えないでしょう。あなたは状況をまったくご存じないのですか？　お父さんはこの不幸な出来事について、あなたに何も話さなかったのですか？」

「父は一言《ひとこと》も話しませんでした。そして、わたしがそのことについて多少なりとも知っていることさえ知りません」

「そういうことですか」とミスター・オトウェイが考えこんだように呟きました。「ミス・ヴァードン。この件について僕と話がしたいというのであれば、土地がどのようになっているかをお伝えしたほうがいいかもしれませんが、やはりお父さんからお聞きになったほうがいいでしょう」

「よろしければ、あなたから教えていただけないでしょうか？」とわたしが言いました。

「それでは、お教えしましょう、ミス・ヴァードン」と彼が同意しました。「こういうことです。大金が、正確には五千ポンドという大金が、ある不動産の委託者からあなたのお父さんへ手渡され、委託者に代わってあなたのお父さんが投資することになっていました。その運用の方法についてはここでは言及しませんが、明確に指示されていました。しかし、あなたのお父さんは指示どおりに運用せず、一時的に窮地に陥っていたあなたのお父さんの友人――製造業を営んでいますが、予期せぬ損失をこうむって、破産寸前だったそうです――に全額を融資してしまいました。しかも、きちんとした担保もなく、利息の支払いについても満足のいく取り決めをしていなかったようです。このような行為はまったく不適切としか言いようがなく、信頼を著《いちじる》しく損なうものでした。実際、あなたのお父さんは、ご自分の目的のために預かったお金を流用したのです」

「お金はなくなったのですか？」とわたしは尋ねました。

ミスター・オトウェイが肩をすくめました。「誰がそんなことを言いましたか？　いつか取り戻せるかもしれないし、戻らないかもしれません。ですが、そのことは大した問題ではありません。問題なのは、今まさにそのお金を要求されているにもかかわらず、あなたのお父さんはそのお金を提供できないということです」

「それで、あなたはわたしの父を訴えるつもりですか？」

「おお、そんなふうに言わないでください、ミス・ヴァードン。僕だって、そんなことはしたくありません。ですが、僕はあなたのお父さんからこのお金を受け取って、しかるべく処理するように指示されています。ですが、僕はこのお金を受け取ることができません。そして、そのことを報告すれば、間違いなく刑事訴訟手続きを起こすように促されます。実際、強要されます。仕方ありません。僕のお金ではないのですから」

「ですが、なぜ刑事訴訟なのですか？」とわたしは尋ねました。「お金を取り戻すのであれば、民事訴訟が普通ではないですか？」

ミスター・オトウェイが再び肩をすくめました。「大きな違いはないように思われます」と彼が言いました。「いずれにしても、お金は奪われました。委託者が刑事訴訟を起こさなかったとしても、検察官がいます。そして、事務弁護士会があります。訴訟は避けられません」

「そして、わたしの父は有罪になると？」

「想像するまでもありません。そうなるでしょう」とミスター・オトウェイが言いました。「弁護の余地はありません。刑については、もっとも厳しい七年の懲役が科せられるとは思えません。しかし、あなたのお父さんは事務弁護士です。そして、事務弁護士が依頼人の財産を不正に流用した場合、厳しい法の裁きを受けることになるでしょう。お父さんは懲役刑を免《まぬか》れません」

わたしは、これには返事をしませんでした。何も言うことができなかったのです。逃《のが》れる術《すべ》はないように思われました——ただ一つを除いては。そして、その一つがどこへつながっているのか、次第に明らかになってきました。わたしは、運命的ともいえる決断をくだすことができませんでした。それで、しばらくのあいだ、わたしたちは重苦しい沈黙のなかでじっと座っていました。時計が時《とき》を刻む音だけが聞こえ、わたしの心臓の鼓動と歩調を合わせているかのようでした。

わたしは座ったまま、しなければならない取り組みに備えて心の準備をしました。そして、半ば無意識のうちにミスター・オトウェイを見つめていました。彼の容姿は決して魅力的ではありませんでした。太っているわけではありませんが、体は大きく不格好で、なんだか形が崩れているような印象を受けました。体が大きいわりには威厳がなく、目鼻立ちがはっきりしているにもかかわらず、これといった特徴も気高さもありません。彼は東洋人のようで、黒くてややカールした髪の毛を整髪料で固めて櫛《くし》でとかし、頭は少し禿げあがり、大きなわし鼻にかなり肉づきのいい広い口、そして黒い目をしていました。目の下の皮膚は無数のしわに刻まれて、たるんでいました。彼を見ているうちに嫌悪感がつのり、彼を巨大な蜘蛛《くも》にたとえていました。突然、時計の音が聞こえてきて、われに返りました。時間が刻々と過ぎていきます。これ以上ぐずぐずしていても仕方ありません。ですが、わたしが口を開いたとき、あまりに声がかすれていたので中断して、もう一度話さなければなりませんでした。

「ですが、ミスター・オトウェイ。ある条件のもとで、あなたは起訴を取り下げる用意があるとわたしの父に話したと聞きましたけれど。もしくは、少なくとも……」

わたしはそれ以上話すことができませんでした。自分がやろうとしていることへの恐怖や恥ずかしい思いや嫌悪感に、いまやわたしはすっかり飲みこまれていました。わたしは喉の奥からこみ上げてくる嗚咽《おえつ》を必死でこらえました。しかし、わたしは充分に話したのでしょう。なぜなら、ミスター・オトウェイがわたしに助け舟を出したのです。

「あなたが僕の妻になることを条件に、少なくともしばらくは、あなたのお父さんの債務を僕が引き受ける用意があると伝えました。ですが、あなたのお父さんはそれを断りました。きっぱりと拒否したのです」

「それは、ずいぶんと失礼なことを申しました」

「あなたのお父さんは、そのことをあまり意に介していないようでした。でも、そのことは脇に置いておきましょう。あなたがわざわざ僕を訪ねてくれたのは、この提案についてですか、ミス・ヴァードン？」

わたしは頬が紅潮するのがわかりました。それでも、毅然《きぜん》として答えました。

「そうです。父があっさりとお断りしてしまったことで、もはやこの問題には終止符が打たれてしまったのか、それとも、あなたのほうに、まだ考え直す余地があるのかお尋ねしようと思ってやって来たのです」

「考え直す余地があるかどうかについて話し合うことはないでしょう。僕のほうで終止符を打つようなことはありませんから。あなたのお父さんへ、そして今、あなたへさせていただいたご提案は、あなたが受け入れてくだされば、あなたの決心を決して後悔させないものだと、僕は確信しています」

ミスター・オトウェイはまるで何か高価なものをわたしに売ろうとするかのように、商売気を出して話しました。その一方で、彼はなぜわたしと結婚したいのだろうと、ぼんやりと考えました。

しばらく間《ま》を置いて、ミスター・オトウェイが続けました。「僕のプロポーズを受け入れてくれますか?」

「父を救うことができるなら、どんなことでもするつもりです」とわたしは答えました。

「あなたのことだから、そう言うだろうと思っていました」と彼は言いました。「あなたはお父さんに献身的です。だから、僕はあなたにプロポーズしたんです。なぜなら、あなたのような魅力的な若い女性が年老いた父親に献身的に尽くすことができるなら、年配の夫にも献身的に尽くしてくれるに違いないと考えたからです」

父と夫候補になる人間のそれぞれの性格を考慮していないため、彼の説明にはあまり説得力がありませんでした。わたしが何も答えないでいたので、しばらく経ってから彼が尋ねました。

「あなたは、僕のプロポーズを好意的に受けとめていると理解してもいいですか?」

「それは違います」とわたしは答えました。「もちろん、今夜、わたしはあなたの条件を受け入れるつもりでここへ来ましたし、今も受け入れる覚悟です。ですが、それは強要されてのことであって、決してわたしの自由意思によるものではないことをご理解ください」

「それは理解します」と彼は答えました。「しかし、あなたが交わすどんな約束でも、あなたは公平に実行すると思います」

「確かに、実行するでしょう」とわたしは答えました。

「では、僕が出した条件で、僕と結婚してくれるということでよろしいですか?」

「わかりました、ミスター・オトウェイ。あなたの条件であなたと結婚することに同意します。ですが、わたしからも、ある条件を提示させてください」

「聞きましょう」と彼が言いました。

「一つ目は、わたしがあなたと結婚することに同意したことに鑑《かんが》みて、現在の困難な状況からわたしの父を救い出すための必要な措置を講じることを、書面でわたしに約束することです」

「なるほど、もっともな申し出です。ですが、必要ないでしょう。義理の父になる人の有罪判決を望んではいません。ですが、いずれにしても、あなたとの結婚が成就すれば、あなたのお父さんの銀行に五千ポンドの小切手をお支払いします。あるいは、お父さんが望まれるなら、全額を免責します。そして、今夜あなたがここを去る前に、その旨を書面で約束します。いかがですか?」

「それでけっこうです」とわたしは答えました。「それでも、この約束に次のようなただし書きを付け加えてください。わたしとの婚姻が成立する前に、あなたの金銭的援助が不要となるような事態が生じれば、あなたとわたしのあいだのこの合意は効力を発揮せず、あなたはわたしに対していかなる要求もしないということを」

ミスター・オトウェイが、驚いたようにわたしを見ました。実際、話がまとまるやいなや、言いたいことを冷静に述べている自分自身に驚きました。それでも、このことは彼の家に着くまでのあいだ、じっくり考えてきたことでした。

「あなたはまさしく法律家の娘ですね、ミス・ヴァードン」苦笑いを浮かべながら、彼が言いました。「なんの見返りもなしに、その身を差し出すつもりはないというわけですか。いやはや、もっともだ。あなたは、ある対価と引き換えに僕と結婚することに同意する。従って、その対価を得られなければ僕と結婚しない。まさに、実務的な提案だ。けっこうです。僕も、そのことに同意します。ですが、結局のところ、あなたのお父さんは債務を返済できるとお考えですか？」

わたしは、そのようなことは考えていませんでした。このただし書きは、まったく別の不測の事態を想定して提案したものでした。父を救うために、わたしはこの犠牲を払うつもりでいます。ですが、もし失敗すれば、この犠牲が無駄になってしまいます。しかし、そのことをミスター・オトウェイに言う必要はないと思いました。それで、父がどのような状況になっているのかほとんど知らないので、起こりそうにもないことにも備えておくのが賢明です、と答えました。

「そのとおりです、ミス・ヴァードン。まったく、そのとおりだ」と彼は同意しました。「予期せぬ事態に備えて、常に準備しておくべきです。最初の二つの条件について、僕は受け入れることを表明しました。次は何ですか？」

「すべての懸案から父を解放するという趣旨の手紙を書いて、今夜中に父に伝えられるように、わたしに手渡してください」

　このとき、ミスター・オトウェイの顔がややくもりました。そして、とがめるように、唇をすぼめると、しばらく考えてから重々しく口を開きました。「僕のほうで約束を履行しないかもしれないとお考えですか、ミス・ヴァードン？　そのような手紙を要求するのであれば、僕はこのお金の即時支払いを撤回するでしょう」

「ですが、あなたにはわたしの約束があります。お望みであれば、わたしはそのことを書面にしてお渡しします」

「まあ」と彼は半信半疑な様子で答えました。「少し厄介なことになりそうですね。あなたが約束の履行を逃れようとしていると疑っているわけではありませんが。いずれにしても、あなたのお父さんは同意するのを拒否しましたし、おそらく、この先も拒み続けるでしょう。ですから、問題にしたくないのです。ところで、あなたは二十一歳を過ぎていますよね？」

「去年の誕生日で、二十三になりました」

「そうであれば、あなたのお父さんの同意は必要ありません。誰しも騒ぎを起こしたくはありません。ですが、あなたがそのような手紙をお父さんへ渡したら、お父さんは事実を知ってしまい、面倒なことになるでしょう」

「直接、父に渡すつもりはありません。郵便受けに入れておきます。そうすれば、あなたがこの手紙を送ったか、郵便受けのなかに残していった、と父は思うでしょう。わたしがあなたを訪れたことも、わたしたちが取り決めをしたことも、父は知らないのですから」

「なるほど。ですが、本当に必要ですか？　あなたがお父さんを懸案から解放したいことはわかりますが、いずれにしても、一日か二日で充分です。本当に必要だと思いますか？」

「ええ、必要です。絶対に必要だと思います、ミスター・オトウェイ。もしその手紙を手にできないなら、今晩、わたしはこちらへは来なかったでしょう。父の状況は絶望的です。そして、絶望的な人間は何をしでかすかわかりません」

ミスター・オトウェイがちらっとわたしを見ました。そして、明らかに驚いたようでした。父が自殺するかもしれないことをほのめかしたことで、ミスター・オトウェイも事《こと》の重大さを改めて認識したようです。わたしは彼の様子からそのことを確信しました。ですが、彼はすぐには返事をしませんでした。おそらく、わたしがほのめかしたことを、わたしよりも重く受けとめたのかもしれません。しばらく考えてから、彼はこう答えました。

「あなたのおっしゃるとおりです、ミス・ヴァードン。あなたのお父さんの懸念に終止符を打ちましょう。そのような手紙を書いて、あなたに渡します。ほかに何か条件はありますか？」

「いいえ、それだけです。あなたが手紙と合意書を書いて、わたしにしてほしいことを起草するなら、それで完了です。お願いですから、できるだけ急いでください。もうかなり遅いので、できれば父よりも早く家に戻りたいのです」

どうやら、わたしの不安はミスター・オトウェイにも伝わったようです。彼は回転椅子を机のほうへ向けると、書架から一、二枚の紙を取り出してすぐさま書き始めました。しばらくすると振り向いて、彼が書いたものを、白紙の紙とペンとインク瓶と一緒にわたしに手渡しました。そして、自分も新しい紙を手にすると、何も言わずに、再び書き始めました。彼がわたしに手渡した紙には簡単かつ簡潔に、次のように書かれていました。〝わたし、ケント州、メードストーン、ストーンベリーのヘレン・ヴァードン――未婚女性――は、わたしの父ウィリアム・ヘンリー・ヴァードンが負っている故ジェームズ・コリス・ハーディの遺産に関する現在の債務が引き受けられたことを考慮して、本日から十四日以内に、ケント州、メードストーン、ザ・ビーチーズのルイス・オトウェイ――弁護士――と結婚することを約束します。この約束は前述のルイス・オトウェイがわたしに宛てた一九〇八年四月二日付けの手紙に書かれている条件に準じるものとします〟

ヘレン・ヴァードン（署名）
ケント州、メードストーン
一九〇八年四月二十一日

わたしはそれを注意深く読みました。そして、とても簡潔で明快であるだけでなく、厳密かつ公平にわたしたちの合意の条件を表していて、時間の制限なしに父の債務が引き受けられることを確認しました。それで、わたしはペンをインクに浸して白紙の紙に清書して署名すると、机の隅に置きました。

わたしが清書し終わる頃には、ミスター・オトウェイは最初の文書を完成させ、わたしに手渡しました。わたしがそれを読んでいると、彼はわたしが書いた清書を手に取って目を通しました。それを引き出しのなかにしまうと、再び書き始めました。彼が渡した紙は手紙の形を成していて、次のように書かれていました。

〝親愛なるミス・ヴァードン。

あなたのご要望にお応えして、本日、われわれのあいだに結ばれた取り決めについて記録しておきます〟

〝一、コリス・ハーディの遺産に関するあなたのお父さんの債務を引き受けることを鑑みて、本日の日付から十四日以内に、あなたは僕と結婚することに同意する〟

〝二、結婚式が完了した時点で、あるいは、あなたがそのように決める時点で、僕はあなたのお父さんの銀行に五千ポンドを支払うか、もしくは、お父さんが望まれるなら、前述のコリス・ハーディの遺産に関するすべての債務について免責するものとする〟

〝三、ただし、当該婚姻前のいずれかの時点において、あなたのお父さんが当該債務を履行した場合、もしくは、当方による支払い、あるいは債務の免責が不要になった場合、ここに記録されているあなたと僕のあいだの合意は無効となり、当事者であるわれわれのどちらも、他方に対していかなる請求も行わない〟

ルイス・オトウェイ

ケント州、メードストーン
一九〇八年四月二日

わたしが紙を折りたたんでハンドバッグにしまっていると、ミスター・オトウェイが机からちらっと見上げて尋ねました。「それでいいですか？　それでわれわれの取り決めの条件を満たしていると思いますが」

「ありがとうございます」とわたしは答えました。「これでけっこうです」

彼は返事をしませんでした。そして、書きかけの手紙を続けました。そのあいだ、わたしは座ったまま彼を見ていましたが、彼の容姿に強い嫌悪感を抱きました。そして、この奇妙な面会ばかりか、自分自身が思いのほか冷静で、少しも気を緩めていないことに驚きました。しかし、このようなぼんやりとした考えの奥には、わたしがもっとも知恵を絞っていたときでさえ、つきまとって消えることのなかった恐怖がありました。このような取引が結局は無駄になってしまうのではないか、家に戻ってみると、わたしの助けが遅すぎたという現実を突きつけられるのではないか、という恐怖です。

ミスター・オトウェイが、わたしの不安な思いを断ち切りました。彼はペンを置くと、回転椅子の向きを変えて、書き終えたばかりの手紙を手にしました。

「あなたのお父さんへの言づてを、ここに書きしるしました、ミス・ヴァードン。これでお父さんの気持ちも楽になるでしょうし、われわれもそれを望んでいます」

「親愛なるバードン様。

今日の午後、あなたと別れてから、僕はこの問題をさらに考え、あなたにもっと時間を与えることができないかどうか検討しました。この信託の業務をさらによく調べてみたところ、可能だと考えます。つまり、僕のほうで慎重に管理することによって、そのことは可能だと考えます。ですから、僕がこうせざるをえないと感じた先ほどの要求は、当面は撤回されるとお受けとりください。あなたのほうでお金の用意が整いましたら、お知らせください。それまでのあいだ、妥当な理由なしに、さらなる要求をしないことをお約束します。僕が去ってから少し気まずい思いをしていたあなたの不安が、これで解消されることを願っています。

ザ・ビーチーズ
一九〇八年四月二日
敬具
ルイス・オトウェイ」

彼は読み終えると、手紙をわたしに手渡しました。わたしは急いで目を通してから、彼に返しました。

「これで、あなたのお父さんも安心されるでしょう」と彼が言いました。

「ええ、おそらく」とわたしは答えました。「それに封をしてわたしに手渡してくだされば、すぐに家に戻って郵便受けに入れておきます。できるだけ早く父の手に渡ることが重要なのです」

「確かにそのとおりです」と彼は同意しました。「この手紙をあなたに渡すことによって、僕はあなたにすべてを委ねていることを指摘すること以外に、あなたを引き留めるつもりはありません。これを読めば、当分のあいだ、あなたのお父さんへ僕が要求を放棄していることをご理解いただけるでしょう。もちろん、あなたのお父さんはこの手紙を保管して、突然のお金の返済要求に対して、この手紙を提出することができます。つまり、僕は取り決めの僕の部分を前もって実行しているのです」

「そのことは理解しています。そして、感謝します。ですが……」わたしは立ち上がって手紙を手に取りながら、付け加えました。「わたしが自分の役割を果たすという厳粛な約束を、あなたはお持ちです。わたしのことをよくご存じであれば、それで充分なはずです」

「もちろん、あなたのことをよく知っています、ミス・ヴァードン」と彼は慌てて返事をしました。「もしあなたのことを心から信頼していなかったら、このような手紙は書かなかったでしょう。これ以上、あなたを引き留めないほうがいいでしょう。必要な手配をすべて行って準備が整い次第、あなたにお知らせします。来週の木曜日では、早すぎますか？」

実際の日にち、それも近い日にちを耳にすると、自分がしようとしていることがにわかに現実味を帯びてきて、胸が苦しくなってきました。しかし、そうしなければならなかったのですから、今さら条件の交渉をすることに意味があったでしょうか？　さらに、取り決めに同意してしまった今となっては、いたずらに日にちを先延ばししても仕方ありません。遅きに失することのないことを願って、今はとにかく、この手紙を父に届けることが急務なのです。

「その件はあなたにお任せします、ミスター・オトウェイ」わたしは震える声で呟きました。

「あなたが最善と思うように取りはからってください。わたしはこれでおいとまします」

彼は礼儀正しくわたしの手を握ると、門まで通じる私道へわたしを案内してくれました。そして、儀式ばったお辞儀をして、門を開けてくれました。わたしは急いで彼に「おやすみなさい」と言うと、できるだけ早く門の外に出て、自分の家に向かって走りだしました。わたしの外套の小さなポケットに大事な手紙を入れて。

第四章　土壇場《どたんば》で

家に近づくにつれて恐怖心が増して息が苦しくなり、手足が震えだしましたので、わたしは歩調を緩めざるをえませんでした。わたしは恐怖にとらわれていました。頭のなかには、漠然とではありますが、言葉では言い表せないような恐怖が悪夢のように浮かび上がっていました。わたしはポケットのなかの大事な手紙を握りしめると、覚悟を決めて、家に辿り着いたわたしを何が待ちかまえているか考えないようにしました。

ようやく、わが家が見えてきました。二階の二つの窓――使用人たちの寝室です――以外は、すっかり暗くなっていました。使用人たちは、いつものように、これから寝るところでしょう。わが家は朝が早いですから。これを見て少しほっとしましたが、気休めに過ぎません。わたしは門をそっと開けました――なぜだかわかりませんが、とにかく、どんな音も立てたくなかったのです。そして、庭の小道を駆け抜け、鍵を開けて静かに家のなかへ入りました。暗い玄関広間を恐る恐る見てから、わたしは帽子掛けに近づきました。父はまだ帰ってきていないようです。父の杖がそこにはありませんでしたし、父の帽子の一つもありませんでした。わたしは掛け時計を見て、まだ午後十時半になっていないことを確かめました。開けたままの戸口から暗い道を覗きこんで、しばらく、足音が聞こえるかどうか耳を傾けました。それから、郵便受けに手紙を滑りこませると——郵便受けには、ほかに何もありませんでした——玄関広間のテーブルから蝋燭《ろうそく》を一本手に取って火をつけ、書斎、書庫、そして作業場を覗いてから、静かに階段を上がっていきました。

まず、わたしは父の寝室へ行き、女中がつけたままにしておいたガスマントル（炎にさらされたとき、明るい白熱光を出すための器具）の明かりと、わたしの蝋燭の炎で、父の寝室をつぶさに調べました。マントルピースや化粧台の上のこまごましたものをざっと見て、さらには小さな薬の戸棚を開いて、瓶や箱にも目を走らせました。そして、運命に導かれるように、ときどき立ち止まっては、聞き慣れない、あるいは、よく知っている足音が聞こえないか耳を澄ませました。しかし、いくら探し回っても、いつもと変わった様子はありませんでした。わたしをさらに不安にするようなものは、何もありません。父の寝室はいつもどおりでした。父の寝室はいつも整然としていましたが、それが使用人たちによって乱されていないか確認するのが、子どもの頃からのわたしの日課でした。すべてがあるべき場所にあって、何一つ不自然なものや不吉な予感がするものはありませんでした。

ひととおり調べ終えると、わたしは廊下伝いに、階段の先にある自分の寝室へ恐る恐る向かいました。そして、ドアは少し開けたままにして明かりをつけ、ゆっくりと服を脱ぎ始めました。それから、安心させてくれるような、あるいは、恐怖を払いのけてくれるような物音が聞こえないかと、しばらく聞き耳を立てていました。家のなかはとても静かでした。静まりかえっていました。あまりにも静かでしたので、わたしが水差しから水を注ぐ音や、小さな置き時計の時を刻む音や、スリッパを履いたわたしの足音でさえも耳障りで、このような静寂のなかでは不適切な物音のような気がしました。

　午後十一時を少し過ぎた頃、玄関のドアの鍵の開く音が聞こえ、続いてドアを静かに閉める音が聞こえて、われに返りました。庭の小道を歩く音は聞こえませんでしたが、わたしはさもありなんと思いました。それというのも、父もわたしも雑音が嫌いでしたので、ドアをバタンと閉めたりといった不快な音を立てないように、いつも静かに行動していましたから。

　わたしはつま先立ちでドアへ忍び寄り、耳を澄ませました。杖が帽子掛けのそばにゆっくりと置かれました。そして、父が郵便受けを開けた音を聞いたような気がしましたが、はっきりとはわかりませんでした。しばらくして、わたしはかすかにきしむ音を耳にしました。書斎のドアを開けた音だとわかりました。そして、再度きしむ音がすると、ドアが閉まりました。それから、玄関広間の明かりが消され、階段を上ってくる柔らかな足音が聞こえてきました。

「お父さん？」とわたしは尋ねました。

「ああ、そうだよ」と父の声が聞こえてきました。「おまえ、まだ起きていたのかい？　先に寝るように言っておいただろう」

「ええ、確かに聞きました。ちょうど寝ようと思っていたの。でも、お父さんが無事に帰ってくるのを見てからにしようと思って」

「そんな必要はないのに」開いていたドアから明かりのなかへ、父が入ってきました。

　そして、編んで後ろでまとめたわたしの髪を優しく引っぱると、わたしの鼻先にキスしました。

「ずいぶんと疲れた顔をしているじゃないか。早く床《とこ》に就いて、朝までぐっすり眠るといい。おやすみ、ジミー」

編んだ髪をもう一度引っぱってわたしの顔を父の顔へ引き寄せると、父はわたしに再びキスしました。それから、父はとても静かに歌いながら、廊下をゆっくりと進んでいきました。ですが、わざとわたしに聞こえるようにしているみたいでした。

ドアの閉まる音が次第に弱くなり、とうとう聞こえなくなりました。家は再び静寂に包まれました。わたしは開けたままのドアのそばに立って、暗闇のほうを見渡しました。（父はあの手紙を見たのかしら？）父はとても陽気に見えました。だけど、たとえ絞首台か、あるいは、火あぶりの柱へ向かって歩いていたとしても、父なら陽気に振る舞ったでしょう。父はそういう人です。けれど、夕方のときと比べて、今の父の様子はずっと陽気に見えました。とても作り物には思えませんでした。けれど、あれこれ思い悩む必要はありません。問題は簡単に解決できます。燭台からマッチの箱を取り出すと、わたしは手すりにつかまりながら、階段を静かに下りていきました。手探りで玄関広間を横切って玄関のドアに辿り着くと、わたしはマッチを擦って、その明かりで郵便受けのなかを覗きました。

空っぽでした。手紙はありませんでした。

わたしはマッチの火を吹き消して、テーブルの上の灰皿のなかへ落としました。そして、這《は》うように階段を上って、自分の部屋へ戻りました。静かにドアを閉めて明かりを消すと、ベッドへ潜りこみました。わたしはようやく不安を振り払い、心配事を頭から追い出して、ゆっくりと眠れるような気がしました。

父は救われました！　迫りくる悲劇への不安や、差し迫った破滅や不名誉への恐怖によって、眠りが妨げられたり、恐ろしい幻影に悩まされたりすることはもうありません。父は救われたのです。土壇場でわたしは父の命と自由を救おうとしましたが、遅すぎることはありませんでした。

それでも、眠りが現実をしばらくのあいだ締め出すようになるまで、長い、とても長い時間がかかりました。わたしはなかなか眠りにつくことができませんでした。この恐ろしい危機から逃れることができたという高揚した気分や、取り戻した安心感のあとには、身の毛のよだつような恐ろしい感情が迫ってきました。まだ、終わってはいなかったからです。いわば、わたしは父の命をお金で買ったようなものです。そして、その支払いはまだ残っているのです。父のことを心配せずに考えられるようになった今、それがどれほど重い代償であったか、わたしはにわかに理解し始めました。承知のうえでこの取り決めを結んだのですから、反故《ほご》にするつもりはありません。それに、必要であれば交渉し直すでしょう。ですが、わたしが払った代償は大きなものでした。わたしは生まれながらの権利、つまり、自分の人生の伴侶を選ぶという女の生まれながらの貴重な権利を、わずかなお金で売ってしまったのです。それはわたしが払わなければならない代償であり、わたしの人生が続く限り払い続けなければならないのです。

何時間も何時間も、わたしは横になったまま目を見開いて暗闇を見つめ、あちこち考えを巡らせました。あるときは静かで落ち着いた過去へ、またあるときは、薄暗く荒涼とした未来へと。しかし、どこをさまよおうとも、ときには遠くぼんやりと、ときには恐ろしいくらいにはっきりと、無表情な顔をした東洋人の不格好な姿がいつも浮かんできました。アラビアの物語に出てくる漁師の目の前に、魔法のランプから出てくる煙が巨大な魔神となって現れるように。

わたしはミスター・オトウェイの性格を冷静に考えようとしましたが、それはなかなか難しいことでした。それというのも、彼は悪霊《あくりょう》のようにわたしたちの生活に入りこんできて、わたしと父の穏やかな関係や、わたしたちの静かな生活を壊しそうになったからです。そして、わたしの伴侶についての漠然とした甘い夢をちりと灰と化し、わたしの未来からまばゆい日の光を閉ざし、鉛色で覆われた空で満たすのですから。それでも、わたしは彼を公平に考えようとしました。ですが、彼はやはり自分の欲望だけに目を向け、ほかのことは見ていない利己主義者でした。そのことは否定できません。彼はわたしとの結婚を望み、その願いを叶えるためにわたしたちを苦しめ、わたしたちが従わざるをえなくなるまで圧力を加え続けたのですから。それは考えるのが楽しいことではありませんでした。

一方で、ミスター・オトウェイは、彼なりの方法で男気を示そうとしたのかもしれません。彼は最初に提示した条件を変えようとはしませんでしたし、実際、わたしへの手紙のなかで、父への融資をほとんど無条件の贈り物のように扱い、わたしたちの取り決めの詳細についても、言い逃れすることなく、完全に、そして公平に書面に書き起こしました。そして、彼はけちん坊でもありません。その気のない女と結婚するために支払う金額として、五千ポンドは大金です。ほかの状況であれば、わたしは彼のこのような行為に感謝したかもしれません。ひょっとすると、彼は度量の狭い人間ではないのかもしれません。

しかし、わたしの残りの人生を、少なくとも重要な部分を、わたしの伴侶として彼と共有しなければならないのだと考えると、ほとんど耐えがたいものでした。来る日も来る日も、大柄で鈍感で見栄えのしないこの男と同じ屋根の下で暮らし、食卓を囲み、外出して並んで歩き、果てしなく続くような夜を二人だけで過ごすなんて恐ろしいことです。そのことを考えると、とても耐えられそうもありません。ですが、数日後には、この恐ろしいことが現実となって、わたしにのしかかってくるのです。

そして、それは単なる交際の問題でもありませんでした。臆病なまでに、わたしは交際について考えないようにしました。結婚とは何なのか、一瞬たりとも考えたくなかったのです。普通の状況であれば、未婚の女性として、交際期間中に、これからの結婚生活に思いを馳せて、少しはにかみながら、いろいろ楽しいことを思い描いたりするでしょう。ですが、わたしの場合は、そのような思いが少しでも頭に浮かべば、恥ずかしさと嫌悪を思い起こすだけです。震えるような嫌悪感から発するうめき声を押し殺すように、枕に顔をうずめるでしょう。

苦痛に満ちた現在や想像を絶する未来から、過去や、あったかもしれない未来へ目を向けることは救いでした。多くのほかの女性と同じように、わたしも白昼夢を見たことがあります。父との生活は幸せで満足していましたが、それが最終的なものだとは思えませんでした。わたしの少女時代の延長線上に潜んでいる、わたしの本当の人生の序章に過ぎないと考えていました。わたしの本当の人生については、漠然とではありますが、多少なりとも思い描いていました。現代の多くの女性たちにとって、野心は学術的なものや科学的なものと結びついているように思われます。たとえ悪評であっても、名声に憧れ、政治や科学や文学で高い地位を得るために男性と争っているように見えます。政治的にも経済的にも男性との平等を求める女性たちの熱烈な要求を、読んだことがありますが、そのようなことに熱心なあまり、愛と母性に背を向けているのを見て、ある種のうすら寒いものを感じました。男性と互角に渡り合うことに、わたしは興味がありませんでした。わたしの考えはきわめてはっきりしていました。わたしが心に描く現実について、女性の人生の開花や結実について、わたしがどのような言葉で表現したかはあまり明確ではありません。父が築いたように、わたし自身の家庭は快適で平和なものでありたいし、わたしの伴侶となる男性は、その人に誇りを感じることができて、その人を通じてより大きな外の世界とつながることができるような人であってほしい。わたしの青春がよみがえるような、そして、その人のために、より大きな野心を抱かせてくれるような人。このようなことは、わたしのとりとめのない考えが集まってくれれば、形を成してくるでしょう。ですが、そのようなものはありません。伝える相手がいないのです。太陽光に対する天日レンズ（太陽光を狭い範囲に集めて高温状態を作る凸レンズ）のように、若い女性の開かれた心に対する特定の男性からの実際の愛は、散乱した思考の光線をきらびやかな一点へと導き、望んでいた未来がはっきりと明確になります。しかし、今までのわたしの人生において、このようなことは一度も訪れませんでした。わたしが男の人と付き合ったのは、彼らの幅広い知識と大きな望みに興味があったからです。センチメンタルな経験も、ロマンチックな経験もありませんでした。

それでも、小さな神さまは、わたしのことをまったく忘れてしまってはいませんでした。実際、神さまはわたしをかろうじて見逃したので、わたしは無傷で逃げおおせたのか確信がありませんでした。このような小さな出来事——まったく、たいしたことではありませんが——が、二年前にわたしにも起こりました。ミスター・ダベナントという人が、数人の大学生と一緒にオックスフォードからやって来ました。わたしたちの家の近所で休暇を過ごすためです。ただの知り合いとして、わたしはその人と三度ほど会いました。そして、哲学について若者らしい情熱をもって語り合いました。それだけです。その人は、いわゆる通りすがりの人でした。同じ場所に長くとどまらないのです。わたしの人生にほんの一瞬だけかかわると、どこかへ飛んでいっていなくなってしまいました。

取るに足りない出来事でした。ほかにも多くの男の人たちが、同じようにやって来ては去っていきました。ですが、わたしにとっては違いました。ほかの男の人たちとも哲学の話をしましたけれども、その人たちが話したことはすっかり忘れてしまいました。ですが、ミスター・ダベナントの話は覚えていました。何度も何度も、彼の話をよく考えました。正直に言って、重みがあるわけでも、素晴らしいものでもありません。でも、その人と話していると楽しかったのです。そして、話したことだけでなく、彼がよく使った言葉や、彼の男らしい声さえもはっきりと覚えていることに、自分自身が驚いています。それから二年が経ちました。若い女性にとっては長い年月です。ですが、ミスター・ダベナント——彼の名前はジャスパーといいます——だけは、その他の大多数の人たちと違っていました。生きる価値がなくなったように思えて暗闇を見つめていたとき、彼の記憶が再びよみがえってきたのです。もう一度わたしは彼の声を聞きました。不思議と耳になじんでいました！――古風な趣のある、難しい感じの文章です。彼の目を思い出しました――きれいなハシバミ色の目です。生き生きと、そして、若者らしく、瑞々《みずみず》しい興味をもって輝いていました。そして、彼が軽い冗談を発するたびに浮かべる微笑みは、彼の口をほんのちょっと片方へ引っ張るようにして浮かべる、奇妙でユーモアのある笑みで、取るに足りない彼の冗談に、ちょっとした皮肉を加えているようでした。昨日のことのように、それらを鮮やかに思い出しました。知的な言葉、ユーモアのあるお話、ひたむきで、熱心な口調、きさくな――親しみがあっても礼を失しない――振る舞い。すでに二年も経っているのに、そして、今までに何度も思い出したにもかかわらず、それらがすべてよみがえってきました。

でも、彼は見知らぬ人でした――やって来ては去っていく、ただの通りすがりの人です。わたしの人生のある時期に現れて、いなくなりました。それでも、この短いあいだに思い出したことのなかのいくつかは、今を超越して、今まで見えなかった世界を見ることができるようにしてくれました。彼はわたしのささやかな、とてもささやかなロマンスです。でも、わたしにとってはすべてでした。かつてはあったかもしれないけれど、今では決してありえないすべてを、彼は表していました。そしてこの夜、わたしは自分の青春時代と、ぼんやりとではありましたが大切にしていた希望にさようならを告げていたような気がしたとき、彼の記憶がわたしの思考のなかに長くとどまりました。そして、その思いを抱きながら、わたしはようやく眠りにつきました――疲労と消耗による眠りです。まぶたを閉じると、二度と見たくないと思っている、先ほどの現実をしばらくのあいだ締め出すことができました。

第五章　寸前で

それから四日が過ぎましたが、いまだにわたしは考えたくありません。わたしの人生に忍び寄る恐ろしい変化が、よりはっきりと、より不快に、そして、より脅迫するかのように現れました。わたしに起こりそうな恐ろしい現実を、もはや無視できません。それらはわたしの思考に入りこんできて、四六時中わたしを悩ませます。そして夜には、わたしの夢に現れ、つきまといます。父がほのめかした絶望的な人生の困難の解決に、物思いに沈んだ目を向けたことが何度もありました。わたしが身売りしたこの束縛から、死はわたしを解放してくれるでしょうけど、父は解放されないままです。わたし自身の行為でそのことを成し遂げることは、ミスター・オトウェイと交わした約束をひどく不誠実なやり方で逃れることになります。利己主義も自尊心のどちらも、約束は実行すべきとわたしに迫ります。

しかし、この四日のあいだ、このことはわたしにとってひどく重荷でした。もちろん、わたしは陽気な顔をして、いつもとほとんど変わらないように振る舞いました。ですが、そのことはもっとも難しいことでした。わが家の雰囲気であるはしゃぎすぎない陽気さを保つことや、微笑むことや、冗談を言うことや、これからの仕事について話し合うことや、まだ読んでいるはずの『十八世紀のイギリス史』について議論することや、わたしの心の痛みを伴いながら、次第に運命の日が忍び寄るのを感じることは、もっともつらいことでした。だけど、やるしかありません。しかも、完璧に。なぜなら、父の用心深くて思いやりのある目は、ほんのささいな苦悩さえも見逃さないのですから。ですから、とにかく、父に知られないようにしなければならないのです。

そのことはこの場におよんで、もっともつらいことでした。わたしの人生において、初めて父に隠し事をするのですから。わたしは整然と父を欺《あざむ》きました。父に隠していた、そして、見知らぬ人――むしろ、敵ですが――と共有している秘密というのは、父に大きくかかわることなのですから。ですが、それもしかたありません。行動の重要な部分なのですから。仮に、父がわたしの提案することに何かおかしいと感じたら、父は間違いなく妨げるでしょう。そして、そのことは、わたしを説得しようとすることではありません。父は物静かな人です。腹を立てたときでさえ、温厚で優しいのです。そして、忍耐強く、寛容です――あるところまでは。しかし、それを過ぎると、父のことを少しは知っている人なら驚くような変化が起こるのです。重たい体の持ち主のように、父は動くのが苦手です。そして、ひとたび動き出すと、今度は止まれなくなります。ミスター・オトウェイが不公平な圧力をわたしにかけているのではないかと父が疑ったりしたら――父はきっと疑うでしょうけど――そのときは、わたしはミスター・オトウェイにその結果について責任をとれないでしょう。

しかし、秘密を隠し続けようとするほど、緊張に耐えられなくなり、わたしの容姿に目に見える変化となって表れたに違いありません。一度か二度、父がわたしを心配そうに見ているのに気がつきました。そして、慌てて少し大げさなくらい陽気に振る舞って、わたしから父の注意をそらしました。わたしの見せかけの上機嫌に、父は何も言いませんでしたが、完全には欺《あざむ》かれてはいませんでした。わたしを苦しめている悲しみや不幸を隠しとおそうとしましたが、昨晩、とうとう、父に気づかれてしまいました。それで、父はわたしを厳しく問いつめました。

「何か悩みがあるんじゃないのかい？」夕食のテーブルに二人で座っていたとき、父が考えこんだ様子でわたしに尋ねました。「最近、顔色がすぐれないし、疲れているように見えるのだが、よく眠れないのかい？」

「体調はいいわよ」とわたしは答えました。

「言い逃れやたわいのない嘘をつくとき、おまえは元気そうに見える。何か心配事があるのだろう、ジミー？」

「何もないわ、お父さん」良心の呵責もなく、わたしは答えました。「最近は、あまりよく眠れないの。だけど、夜更かしして本を読んでいるせいじゃないわ。おそらく、天候のせいよ」

「う〜ん！」と父はうなりました。「そうかもしれないし、そうじゃないかもしれない。おまえを煩《わずら》わせるようなことは、本当に何もないのかい？　率直に言って、たとえば、若い男のことと か」

　わたしは少し苦笑《にがわら》いしました。そういうことがあったらいいのに！　ですが、その手の悩みは、まったくと言っていいほどありません。ですから、わたしはつつましく潔白な心で答えることができました。

「もちろん、何もないわよ。そのことは、お父さんがよく知っているじゃないの。わたしをしっかりと家のなかに閉じこめておいて、どうしてそんなことが起こるのかしら?」

「確かにそうだ、ジミー」と父が答えました。「変な虫が、おまえの周囲をうろうろしてはいない。だが、おそらく家自体が問題なのだ。私のような年寄りと一緒にいるだけでは、若い女性にとっては退屈だろう。命の活力を吸い取り、残った皮を控えめに齧《かじ》ることで満足しなければならない老いぼれには、石炭バケツなどはうってつけだ。だが、若い女性には、そうはいかないだろう。ジミー、おまえのオレンジはまだ齧られていない。そして、腐るに任せておくわけにはいかない」

「お父さんと一緒で、わたしはいつも幸せよ」とわたしは答えました。ですが、そう話したとき、しこりを感じました。なんて幸せだったことでしょう! そうでさえあれば、どんなにありがたく静かで穏やかな生活を続け、ほかのことなど求めなかったでしょう。

「おまえが、老いぼれの父との生活に満足していることは知っている」と父が答えました。「だが、型にはまりすぎてはいけない。少しぐらいの変化も、たまには必要だ。この数日、私はかなり夢中になりすぎた。だが、今はもう解放されている。ロンドンでの仕事のことを、何か話していたね? ロンドンへは、二人とも長いあいだ行っていない。一週間ほど休みをとって、羽を伸ばしてみないか? ロンドンをさっと、それでいて丁寧に見て回ろう。ついでに言えば、ロンドンには見苦しくない人間がいるかどうか、自分の目で確かめよう。何か言ったかい?」

わたしは自分が言ったことを覚えていませんでした。わたしは抑えがたい衝動に駆られて父の首に飛びつくと、泣きじゃくりながらわたしの隠し事を父に打ち明けました。すぐに、取り返しのつかないほどわたしの人生は壊れ、父との生活に終止符が打たれることがわかっているのに、これまで何度も父と楽しんだ休暇の計画でも立てるように父が話すことに、わたしは耐えられなくなったのです。わたしは囁くように、漠然と答えました。そして、少しでも惨《みじ》めな気分が和《やわ》らぐように、かろうじて話を進めました。ですが、話の最中に、父はロンドンの話を何度か持ち出すのです。そして、空が白み始めてきた頃、わたしは父に「おやすみなさい」と言うと、父はわたしの手を握り、いつにもましてわたしをじっくりと見て言いました。

「花は間違いなく少し色褪せた。われわれは取り計らわなければならない。私の提案をよく考えておくれ。そして、おまえが行きたいと思う小旅行を考えておくれ。たとえば、ロンドンより海へ行きたいのなら、それでもいいんだ」

「わかったわ」とわたしは答えました。「考えてみる」そう答えると、わたしは向きを変えて、二階へ上がっていきました。

それが、わが家でのわたしの最後の夜でした。わたしの娘時代と、自由な最後の夜でした。実際には、どう見ても、わたしは父に最後の別れを告げたのです。これから先も、わたしたちは会うし、わたしは父の娘であることに変わりありません。けれど、わたしは別の男の伴侶なのです。そして、その男は父とはまったく縁がありません。

自分の部屋へ戻ってから、長いあいだ、わたしはこのような考えにふけり、真っ赤に腫らした目で、絶望的な未来を見つめていました。わたしは、すでにその入り口に立っていました。わたしの未来には、何が待ち受けているでしょうか？　惨めさと不名誉以外の何物でもありません。

わたしは、あえてこのような恐ろしい不確かな未来を洞察しないようにしました。この入り口の先に何があるのか考えることが、わたしは怖くなったのです。わたしが呼び起こして身震いしている恐ろしい、それでいて、どこかほっとする夢のようなものに、すべてが思えるのでした。しかし、そうではありませんでした。信じられないことですが、一瞬にしてわたしに降りかかってきたこの恐ろしい出来事は、あまりに現実的すぎて、気づくことができませんでした。

そして、父のほうはどうでしょうか？　父にとっても、今までの心地よい生活は終わりを迎えます。陽気ななかにも静けさがあり、穏やかな幸せに満ちていた父の家庭はなくなりました。これ以降、父はひとりぼっちです。わたしという仲間を失ったことを嘆き、わたしを連れ去った男に対して怒りを抱くでしょう。しかし、父はわたしの人生のこの破滅——父はきっとそう思うに違いありません——をどう思うでしょうか？　わたしが自分自身を売った惨めさや不名誉は父が負担することになるに違いありません。このことは、今までわたしがほとんど考えなかったことでした。でも今、父のわたしへの献身的な愛情や、思いやりや、父が自分のことを顧みないことを考えると、言いしれぬ不安がわたしの心に忍びこんできます。結局、わたしが行ったことに価値はあったのでしょうか？　もし父もわたしも人生を棒に振るのだとしたら、わたしは何のためにあのような犠牲を払ったのでしょうか？

今晩の、そして、ここ二、三日の父の様子を、わたしは考えました。陽気な父に戻っていました。いつもの父でした。わたしがミスター・オトウェイの手紙を届けてからは、心配そうなそぶりは見られませんでした。あの手紙で、父はすっかり安心しました。それというのも、目の前に迫った窮地から父は救われ、いくらで買われたのか知りません。わたしはもっと知っていましたが、それでも、父の安心と自信がわたしに影響を与えなかったわけではありません。晴れ渡った空と明るい陽光のもと、それでも落雷があるかもしれないなどと信じられるでしょうか？　あの晩、もしかしたらわたしは間違ったことをしてしまったのかしら、わたしは急ぎすぎたのかしら、と何度も自問しました。

ですが、今はそのようなことを考えてもしかたありません。賽《さい》は投げられたのです。そして、お金は前もって支払われました。かりにわたしが約束をやぶったとしても――そのようなことはできそうもありませんが――ミスター・オトウェイは彼の約束に固執するでしょう。そして、新たな状況が生まれたでしょう。

服を脱ぐ前に、明日時間がないことに備えて、わたしは小さな書きもの机の前に座って、父に手紙を書きました。準備のために、ミスター・オトウェイは女のような文字で、わたし宛に手紙を書いていろいろ言ってきました。なにせ、内密な内容なのですから。ミスター・オトウェイは特別な資格を持っていました。そして、町の郊外の小さな教会の聖職者に通知していました。そして、教会へ通じる脇道で、木曜日の午前十一時までに、彼に会うことになりました。実行するのは、それほど難しいことではありません。それにもかかわらず、明日は、何もしないのにこしたことはありません。

わたしが父へ書いた手紙は、とても短いものでした。伝えるべき事実は単純そのものですし、近いうちに父の反応を見るでしょうから、長い手紙など必要ありません。わたしが手紙に書いたことは、次のとおりです。

お父さんへ

お父さんが決してよしとはしないことを、わたしはやろうとしています。わたしはミスター・オトウェイと結婚します。そして、お父さんがこのことを知るときまでに、結婚は挙行されるでしょう。

わたしがなぜこのようなことをしたのか、わかってください。お父さんが窮地に陥っていて、彼がこのことでお父さんを責めていることを、偶然にも知ってしまったのです。ですから、彼との結婚をお父さんに知られないようにしようとしたことも、わかってもらえるでしょう。わたしたちには、これしか方法がありませんでした。そして、お父さんのためだけに、わたしがこのようなことをするとは考えないでください。わたしも、同じようにかかわっているのです。お父さんのためだけではなく、自分の利益のためでもあるのです。

お父さんの許しも得ずに、このようなことをするのをお許しください。お父さんは決して同意しないでしょう。でも、こうしなければならなかったのです。

親愛なる娘、ヘレンより

わたしは手紙に封をすると宛名を書いて、明日の朝に投函するよう書きもの机の引き出しにしまいました。それから、自分の持ち物をいろいろ整理しました。書きもの机と衣装だんすを片づけ、ミスター・オトウェイからの手紙をやぶり、必要な衣類を小さなトランクに詰め、明日の朝、配達されるようにしました。これらをやり遂げているわたしは不思議と冷静で、まるで自分の人生に別れを告げるかのように身の回りの整理をしているような感覚でした。そして、この落ち着き——人格者が避けられない死を迎えようとしているとき、あるいは、危機に直面しているときにしばしば表します——は、わたしが床に就いてからも続きました。わたしがミスター・オトウェイと面会してから過ごした不安な夜とは対照的に、わたしは健やかな眠りにつき、朝遅くまで寝ていました。

第六章　出会いと別れ

ミスター・オトウェイとの約束を守ることは、わたしが思っていたよりも簡単であることがわかりました。父は早朝に海外へ出かける用事があったので、わたしが朝食を食べに階下へ下りてきたときには、父はすでに出かけたあとでした。そのことで、わたしは大いに気持ちが楽になりました。父に最後のお別れを言ったり、適当なことを言い繕ったりしなくて済むのですから。

玄関広間のテーブルの上の金属製の盆のなかに手紙を置いてから、わたしが家を出たのが午前十時半でした。教会への一番の近道は、町を横切ることです。でも、父やわたしの知っている人に出会うのが怖くて、わたしは町から外れて田舎のほうへ向かいました。町の中心を避けて通ったのです。わたしはかなり速い足取りで歩きました。無意識のうちに、入り組んだ迷路のような脇道を、縫うように進んでいきました。今なお、昨日の晩の夢でも見ているような、不思議な落ち着きがまだ残っていました。

牧師補が担当する小さな教会――伝道所のようでした――の近辺に近づくにつれて、わたしは腕時計をちらっと見て、十一時五分前だと知りました。それと同時に角《かど》を曲がり、その人物を一目見ただけでわたしは平静をすっかり失ってしまい、今にも歩道にうずくまりそうになりました。見間違えようがありません。わたしのほうに向いていたのはその人物の背中でしたが、大柄で重そうな体が、健康を害した人間のように、奇妙な重い足取りで、わたしから離れていきました。静かでゆっくりしていて、わたしはゾウの後ろ脚の動きを思い出しました。

わたしはかなりむさくるしい道を、息をひそめて、彼のあとをついていきました。ときどき、彼の肩越しに、薄い青色の煙が漂ってくることに気がつきました。ついに交差点の角で、彼が振り返り、そして、わたしを見つけました。彼はたばこを投げ捨てると、わたしのほうへ向かって引き返し始めました。そして、帽子を脱いでわたしに挨拶すると、手を差し出しました。

「ごきげんよう、ミス・ヴァードン」と彼が言いました。「時間どおりですね。時間どおりに、あなたは来られないのではないかと思っていました」

わたしは彼の手を弱々しく握りました。でも、何も答えませんでした。突然出会ったことの驚きからは徐々に立ち直りましたが、漠然とした好奇心の入り混じった、麻痺したような無関心がとって代わりました。まるで薬物でも飲まされたか、催眠状態に陥ってしまったようでした。半濁した意識で、次に起こることをぼんやりと待っていました。むさくるしい道を進んで、わたしはミスター・オトウェイのそばに歩み寄りました。精神的な無力から似つかわしくない状況を受け入れた、歴史上の、あるいは、神話の登場人物がかたわらにいて、夢のなかを歩いているような感覚でした。

妙な立場になって、ミスター・オトウェイもなにやら物静かでした。あるいは、わたしが黙っているので、ばつが悪かったのかもしれません。とにかく、何かしゃべろうとして、結局、何もしゃべらないのを繰り返しているかのように、彼はときおり咳払いをしていました。そうこうしているうちに、わたしは角を曲がって、みすぼらしい家々に取り囲まれました。ありふれた形とデザインの、小さなレンガ造りの建物で、大きなイヌ小屋のようでした。

「あれが教会です、ミス・ヴァードン」と彼が言いました。「おそらく、ヘレンと呼ぶべきなんでしょうけど、まだ、そのう、二人の関係に慣れていなくて。この場から、そのように呼んでもいいでしょう?」

「ええ、かまいません」とわたしは答えました。

「あなたも同じように呼んでくれると確信しています。それが自然です。僕の名前は、ご存じでしょうけど、ルイスです。僕のクリスチャンネームです」と彼が〝クリスチャン〟という言葉を少し恥ずかしそうに付け加えました。

「存じています」とわたしは言いました。

「やっぱり。そうだろうと思っていました」彼はきまり悪そうに、一、二度咳払いをしました。それから、二人で教会へ向かっていると、彼が続けました。「ドアは開いていると思います。法律でそう決まってるんです。そして、うちの家政婦のミセス・グレッグをなかで見つけましょう。彼女には立会人になってもらいます。ほかは教会の使用人です」

外側のドアには、彼が言ったように、掛け金だけがかけられていました。彼はわたしをなかへ入れるとドアを閉め、再び掛け金をかけました。暗い玄関を通って、わたしはがらんとした、わびしい建物のなかへ進んでいきました。白い漆喰《しっくい》塗りの壁に、くっきりと書かれた大きな文章が、わたしに微笑みかけているようでした。〝ようこそ、神の家へ〟という言葉に接したとき、わたしは嬉しかったのです。

　ドアの近くの松材の長椅子の一つに、ミスター・オトウェイの家で見たことがある、小さな弱々しい婦人が座っていて、頭の禿げた、かなりみすぼらしい年配の男と話をしていました。ですが、わたしたちが入っていくと、年配の男は急いで聖具保管室へ向かい、そして婦人は立ち上がって、足早にわたしたちのほうへ近づいてきました。

「こちらがミス・ヴァードンです、ミセス・グレッグ」とミスター・オトウェイがきまり悪そうに、重々しくわたしを紹介しました。

　ミセス・グレッグはあからさまな好奇心と、いくぶん敵意をあらわにしてわたしを見つめると、口を開きました。「以前、お会いしましたね」

「そうです」とミスター・オトウェイが言いました。「会っているはずです、間違いありません。そして、僕は……そのう……」

　彼が何を言おうとしていたのか、わたしにはわかりませんでした。彼自身も、わかっていなかったのではないかと思います。ですが、このとき、先ほどの年配の男――明らかに教会の使用人です――が、若い聖職者を伴って聖具保管室から現れました。若い聖職者はすでにサープリス（聖職者が司祭の平服の上に着る、広い袖で腰の下までの長さの、白い綿の羽織）をまとって、手には本を持っていました。

　明らかに、すべてが前もってミスター・オトウェイによって手配され、準備が整えられていました。それというのも、わたしたちが会衆席（参拝者の椅子が並んでいる場所）を進んでいくと、牧師補が聖餐台《せいさんだい》の前に歩み出て、持っていた本を開きました。牧師補はわたしを素早くちらっと見ると、驚きと好奇の表情を浮かべましたが、その後は、できるだけわたしのほうを見ないようにしていました。

儀式はいきなり、前置きなしに始まりました。気がつくと、聖職者がなにやら話していました。あるいは、大きな声で読んでいたのかもしれません。かなりの早口で、はっきりしない小声でした。わたしは聞き耳を立てましたが、だめでした。なぜなら、スピーチの多くの部分は牧師補が意図的に際立《きわだ》たせたものだったからです。彼の半ば謝罪のようなつぶやきは、スピーチのなかに散りばめられた無礼な言い回しの影響を和《やわ》らげるように考えられていて、控えめなスピーチが求められる今の時代にも不適切ながら生き残ったのでしょう。わたしは自分が参加している儀式に思考を集中しようとしました。ですが、どうしても父のことを考えずにはいられませんでした。父の今の行方や仕事のことで、頭がいっぱいでした。（父はまだ事務所にいるのかしら？　それとも、もしかすると、ときどきするように、わたしたちの家にもう立ち寄って、わたしの手紙を読んだかしら？）

さらにはっきりと自分の名前を呼ばれて、わたしはわれに返りました。そして、つぶやくような言葉が続きました。「誓います」わたしは機械的に唱えました。それから、わたしは右手を大きくてたるんだ手に握られ、ミスター・オトウェイが牧師補のあとについて、いかめしい言葉を繰り返すのを聞いていました。多くの意味を持つはずの言葉がこうして語られると、まがい物のように空虚になりましたが、そのなかで〝今日のよき日より、この先、支える〟という部分が、本当に意味のある唯一の言葉として切り取られたように思えました。

それでも、わたしは素直に従っていました。ただ、なんとなくぼんやりとした不快感を覚え、儀式全体のちぐはぐさに驚いていました。それでも、わたしは彼と手を離したり、再びつないだりしました。そして、牧師補が言うとおりの言葉を従順に繰り返しました。

「わたし、ヘレン・ヴァードンは、汝《なんじ》、ルイス・オトウェイを夫として、今日のよき日より、この先、支え、富めるときも貧しきときも、病めるときも健やかなときも愛し、死が二人を分かつまで添い遂げます。そして、神の神聖な聖餐式《せいさんしき》において、貞節を守ることを誓います」

驚きでした。これほど愛に、献身的な愛に満ちて、そして、私心のない言葉を、見知らぬ男に捧げようとは。今でも、彼は見知らぬ、品のない人柄に付けられた名前にすぎませんでした。わたしが話しているこのときに、もし彼がわたしの足元に倒れて死んだとしても、わたしは感情を乱すことなく見つめ、むしろ、ほっとするでしょう。

まさに、驚くべき状況でした。ミスター・オトウェイが牧師補の指図に従って再び話し始めるまで、その不思議さと信じられない思いでわたしの頭はいっぱいになり、ほかのすべてのことを排除していました。そして、気づいたときにはわたしの指に指輪がはめられていました。それで、式が終了したことを知りました。もはや、後戻りはできません。

こんなときでも、この重要な場面よりも、もっと深くわたしにかかわってくると思われる別のことをすぐさま考えていました。わたしがミスター・オトウェイのそばに跪《ひざまず》いて、単調なつぶやきが再び始まると、わたしはまたもや父はどこにいるのだろう、そして、何をしているだろう、と考え始めました。（父は家に来て、手紙を読んだかしら？　それとも、女中が気づいて、父の事務所へ持っていったかしら？　手紙を読んだら、父は怒るかしら？　あるいは、悲しむかしら？　父はわたしが正しいことをやったと思うかしら？　それとも、軽はずみなことをしたと、あるいは、不必要なことをしたと責めるかしら？　ひょっとすると、わたしはやっぱり間違ったことをしたのかしら？　わたしは自分自身を、そして、父を犠牲にしてしまったのかしら？　これという理由もなしに……）

それで、ただ単にわたしを通り抜けていく、いつ終わるとも知れない祈りと説教を聞きながら、わたしの思考は行ったり来たりしました。ようやく、式が終わりました。わたしが立ち上がると、わたしたち二人は牧師補のあとについて、聖具保管室へ向かいました。そこでわたしの名前を書いたとき、もはや、わたしは今までの自分ではないことを実感しました。そのようなときでさえ、これは一時的なもののように感じていました。聖職者との握手もそこそこに通路へ出ると、わたしはまたもやわたしの実家と、父のことを考えていました。

教会を出てしばらくのあいだ、ミスター・オトウェイとわたしは黙って歩きました。彼は一、二度軽い咳払いをすると、今にもしゃべりだしそうでした。けれど、話し始める適当な言葉が見つからなかったのか、あるいは、彼の考えを切り出すのは難しかったのでしょう。そのあいだに、わたしは自分の考えに没頭していました。ですが、ついに彼がまたもや一、二度咳払いをすると、話し始めました。

「ヘレン、僕が不当な圧力をかけて僕との結婚を強要したと、あなたは思っているかもしれない」

わたしはわれに返って、彼が言ったことを考えました。それから、少し間を置いて答えました。「わたしが何をどう考えようと、文句を言うつもりはありません。自らの意志で、あなたの提案を受け入れたことを忘れてはいません。わたしのやるべきことを誠実に実行します」

「それを聞いて安心しましたよ、ヘレン」と彼ははやる思いで言いました。「あなたが気分を害しているかもしれない――僕が有利になるように話を進めたと思っているかもしれない、と心配していました」

「確かに、そう思いました」とわたしは答えました。「ですが、そのことは提案の条件に影響しません。わたしの気持ちは二人の合意とは関係ありません」

「確かに、そうです」と彼は勢いこんで同意しました。ですが、彼は明らかに意気消沈していました。そして、しばらく黙って、わたしと一緒に歩きました。わたしは再び考えをあれこれ巡らせました。そのとき突然、今まで何度も何度も自分に問いかけながら、答えを得られなかった問いが頭に浮かんできました。好奇心もあって、わたしは思いきって尋ねてみました。

「ミスター・オトウェイ、あなたはわたしとの結婚を望んでいるのですか？」

彼は驚いたようにわたしを見て、少し困惑していました。

「なぜそんなことを訊くのですか、ヘレン？」と彼はためらいがちに尋ねました。「決まっているじゃないですか。ほかの男たちと同じ理由で、僕はあなたと結婚したいと思っています。なぜなら、あなたは美人ですから――とてもきれいだ。そして、聡明で明るい。それに、あなたのお父さんへの接し方から判断して、優しくて、愛情に満ちています。一年半ほど前に初めてお会いしたときから、僕はあなたを気にかけていました」

わたしは驚いたような顔をしたでしょう――彼がわたしたちの仲を深めようともしなかったのにそのようなことを言ったので、驚いたのです。なぜなら、彼はこう続けました。

「そうです、ヘレン。僕はあなたを気にかけていました。でも、僕には個人的な魅力は何もなく、僕の財力が僕の不利な点を補うのに充分だとは思えなかったので、僕はあなたへの思いを内に秘めていたのです。事実、このような幸運がなければ――僕にとっては幸運という意味です――あなたにとっては少し不運でしょうけど――でも、それほどの不幸ではないかもしれませんが――少なくとも、このようなことになるとは思ってもいませんでした」

何かわたしに言ってもらいたそうに、彼はぎこちなく口を閉ざしました。だけど、わたしは何も言いませんでした。わたしのつかの間の好奇心は満たされました。わたしは彼の説明を聞きました。でも、充分ではないように思いました。彼は最後まで話していません。そして、その後の沈黙で、わたしはまたもや父のことを考えました。

いつ、父はわたしの手紙を手にするでしょうか？　そして、父の娘が、仲間が――遊び仲間が、そして、いとしい弟子が永遠に父から失われてしまったと知ったとき、父は何と思うでしょう？　そして、ミスター・オトウェイに対する父の態度は、どうなるでしょう？　ひどく憤《いきどお》るに違いありません。ミスター・オトウェイの提案を、軽蔑したように父が拒絶するのが目に浮かびます。そうです、父は怒るでしょう――激怒するでしょう。父は静かで穏やかな人柄ですが、情熱的な一面もあります。わたしの知る限り、一度や二度は暴力的になったほどです。そして、わが家の家庭医であるドクター・シャープも、そのことを知っています。父に注意するように言っていました。そして、過度の肉体的な酷使だけでなく、精神的な興奮も避けるように忠告していました。医師の言葉が、不安とともにわたしの頭によみがえってきました。今まで、このようなことは考えたことがありませんでした。わたしにこのようなことを強《し》いる男に対する、わたしが考えうる父の嘆きや、悲しみや、怒りのことを。そして、わたしの手紙が父に――父はまったく予期していないでしょう――与えるであろう肉体的なショックを。どういうわけか、わたしはこのことを見落としていました。そんなことは容易にわかるはずなのに。わたしが父の帰りを待っていると思って、いつものように、父は帰宅するでしょう。そしてそのとき、何のまえぶれもなく、あっという間に、わたしが父の人生から永遠に連れ去られたことを知るのです。そのことは、父にとって大きな痛手となるでしょう。

　考えれば考えるほど、わたしは不安になっていきました。もし父がわたしの手紙を受け取って、深刻な状態になるとしたら。それはありうることです。とてもありうることです。そして、もし父がすでにわたしの手紙を読んでいたとしたら！　今この瞬間にも、ショックのあまり、気を失うようなことになったら。そして、父の世話をするのが、使用人だけだとしたら！　このような恐ろしいことが実際に起こるかもしれないと考えると、わたしの不安は刻一刻と膨らんでいきました。それで、すべてうまくいっていると自分を納得させるためにも、どうすれば今すぐにでも父のもとへ逃げ帰ることができるかを考え始めました。ですが、ミスター・オトウェイの声がわたしの考えを中断しました。最初は、彼が何を話しているのかよくわかりませんでしたので、意識して、わたしの注意を彼に向けました。

わたしが彼の話の筋道を理解しようとしたとき、彼は「もちろん」と話していました。「僕の目的は、独り身の男としてのものです。だけど、今は違います。僕たちはまったく異なる種類の家を手に入れなければならないでしょう。そして、使用人も何人か。あなたが反対しないのなら、僕はミセス・グレッグを連れていくつもりです。彼女は長く僕に仕えていますから、僕のやり方をよく知っています。ですが、さらに二、三人の女中が必要でしょう」

「ミセス・グレッグは、あなただけの使用人ですか?」とわたしはうわの空で尋ねました。

「そうです。つまり、ただ一人の住みこみの使用人です」と彼が答えました。「彼女には、朝、家事を手伝ってくれたり、彼女が買い物に出かけたときに世話をしてくれる女の子がいます。それで、彼女は今朝、一緒に教会へ行くことができたのです」

彼が話をしているあいだに、わたしたちは彼が住んでいる静かな、田舎の道へ出ました。そして、さらに進んで、彼の家のなかへ入っていきました。別の道を通って、いかにも急いでやって来たといった感じのミセス・グレッグが、開けっぱなしの戸口に前もって立っていました。そして、十六歳くらいの女の子と話していました。そして、わたしたちが階段を上っていくと、ミセス・グレッグがミスター・オトウェイに話しかけました。

「わたしは、町にいくつか用事があります。リジーにいてもらいましょうか?　それとも、誰かがお見えになったときは、ご自分でドアをお開けになりますか、ミスター・オトウェイ?」

「彼女にいてもらわなくてけっこうです、ミセス・グレッグ」と彼が答えました。「出かける予定はありません。ですが、あまり長くならないようにしてください」

それで、ミセス・グレッグは女の子を解放すると、ドアを閉めて、女の子のあとを追っていきました。ミスター・オトウェイは帽子を玄関広間の釘に掛けると、傘を傘立てに立てかけました。そして、謝るように話し始めました。

「ミセス・グレッグの態度は、使用人としていささか望ましくないかもしれません。ですが、彼女は有能ですし、なにより信頼できます。彼女は北部の出身で、彼女の立ち居振る舞いはわれわれのよりはぶっきらぼうなんです。あなたの部屋をお見せしましょうか？」

わたしの返事を待たずに、彼は二階への階段を上り始めました。二階で、彼はわたしを寝室へ案内しました。そして、ばつの悪そうな、謝るような様子でドアのそばに立つと、明らかに非難するように、ちらっとなかを見ました。

「このようなむさくるしいところへお連れして申し訳ありません、ヘレン」と彼が言いました。「ですが、修繕できます。独り身の男には、これで充分でした。あなたの衣類などを送ってこれるように、衣装だんすも整理だんすも空っぽになっています。僕の物は更衣室に移動しました。右手の小さな部屋です。ですから、差し当たって、あなたが独占できます」

こう言い残して彼はドアを閉めると、出ていきました。そして、階段を下りていく彼の柔らかいけれど、重々しい足音が聞こえました。

彼が出ていってからしばらくして、狼狽しながらも、わたしは室内を見回しました。部屋は、ほとんど見苦しいとさえ言えるものでした。確かに、裕福な男性の住まいと言えるものでした。ですが、わたしを狼狽させるには充分でした。わたしは上品に、きめ細やかに育てられてきましたので、単なる身の回りのものでは、わたしのことを考慮したことにはなりません。もはや以前のわたしではないにもかかわらず、ほかの人——見知らぬ男——の伴侶になったにもかかわらず、そして、その男に対して強い嫌悪を抱いているにもかかわらず、何かに打ちのめされたように、わたしは実家のことを思い出したことに、愕然《がくぜん》としました。これはわたしの部屋ではありません。彼とわたしの部屋です。わたしのプライバシーやわたしの寡黙は、もはや叶わぬことでしょう。〝今日のよき日より、この先、支える〟という誓いを立ててしまった以上、わたしは彼のものなのです。そして、このもっとも不快な親密さから逃げる術《すべ》はありません。わたしは自分の自由を手放してしまっただけでなく、もっとも無礼な侵入も許してしまったのです。

もちろん、こうなることは、すべて初めからわかっていました。ですが、わたしのなかで動揺や警告の声が起こり、とにかく大急ぎで、決断しなければならなかったのです。感じ方がぼんやりとしていたのです。わたしは自分が何をしているのかわかっていました。ですが、ぼんやりとしか認識していなかったのです。このみすぼらしい部屋の状態を見ていれば、そして、この部屋の居住者がどのような男なのか知っていたら、わたしのぼんやりとしていた感覚が、このもっとも恐ろしい事態を生々しく認識できたでしょう。

今は、刑務所の独房へ新たに入れられた囚人のような奇妙な思いで、この部屋のなかを見て回り始めました。空っぽの衣装だんすを開け、松材の整理だんすの合っていない引き出しを引きました。それから、わたしは更衣室を覗きました。飾り気のない、小さな個室でした。洗面台に、化粧台に、整理だんすが備え付けられていています。さらに覗いていくと、半分下りたブラインド越しに庭と、その向こうに通りが見下ろせます。速足で家のほうへやって来る人に気がついたので、わたしは向きを変えようとしました。そしてすぐさま、喜びの入り混じった気持ちで、わたしの心臓は高鳴りました。

やって来たのは、父でした。

父が神経質そうに大股でこの家に近づいてくるのを、わたしは見守っていました。そして、父が一歩ずつ近づくにつれて、わたしの恐怖が膨らみました。父の一歩一歩が、父の興奮と怒りを表しているようだからです。大股で速足の歩き方、突き出された顎《あご》、いからせた肩、まるで殴ろうとするかのように、真ん中あたりを握りしめた杖。すべてが、父の興奮と怒りを表しているようです。父が目の前まで近づいたので、わたしはカーテンの陰に隠れて、それでもなお、父を見ていました。不安がいっそう大きくなっていきました。今や、父の目を見ることができるほどです。その目は、しかめた眉毛の下でひどく興奮していました。口はこわばり、顔は奇妙にまだらに赤くなっています。まるで酔っぱらっているかのようです。ですが、父が酔ってはいないのは間違いありません。

門まで来ると、父は乱暴に門を開けました。そして、なかへ入ると、大きな音を立てて門を閉めました。あのようなことをする父を、わたしは見たことがありません。上のほうを一度も見ることなく、父は小道を大股で進み、そして、わたしの視界からは見えなくなりました。しばらくして、呼び鈴の耳障りな音が聞こえてきました。そして、雷鳴のような、荒々しくドアを叩く音が続きました。

わたしはどうしたらいいのか、ためらいました。わたしは階下へ下りていって、なだめる言葉も発せず、黙って父と会うべきでしょうか？　それとも、抑えていた父の怒りが爆発するまで待っているべきでしょうか？　わたしは寝室から這い出して踊り場へ行くと、階段の手すりに手をかけて、聞き耳を立てました。ミスター・オトウェイがゆっくりと、そして穏やかに、玄関広間へ歩いていく音が聞こえます。そして、彼がドアを開ける音がしました。とたんに、父の大きくて怒りに満ちた声が聞こえてきました。

「私の娘はどこだ、オトウェイ？　ここにいるのか？」

「いますよ」とミスター・オトウェイが答えました。「娘さんは二階にいます。僕たちはさっき教会から帰ってきたところです」

「それは、結婚式が行われたということか？」と父が尋ねました。

「そうです」とミスター・オトウェイが答えました。

「僕たちは、三十分ほど前に結婚しました」

「なんだって！」と父が大声で叫びました。「私の手紙はどうした？　私からの手紙について、娘に話したのか？　話していないんだな。このろくでなし！　娘をたぶらかしおって！　娘を騙《だま》しおって！」

「あなたの手紙については、ミスター・ヴァードン」ミスター・オトウェイの声が聞こえてきました。「僕自身がまだ見ていません。午前中のやりとりは、まだ……」

ここでドアが閉められて、ミスター・オトウェイの声が聞こえなくなりました。二人はどこかの部屋へ入っていきました。わたしはよろめきながら、寝室へ戻りました。そして、椅子に座りこむと、全身が身震いしました。いったい、父の言ったことはどういうことでしょう？　たぶらかしおって！　騙しおって！　そうなの？　偽りの行為によって、わたしはこの見苦しい男のもとへ誘い出されたってことなの？　信じられませんでした。さらに、この驚くべき供述の最初のショックから立ち直り始めると、怒りと憤りがわたしのなかでこみあげてきました。そして、家が激しく揺れたときのように、わたしは立ち上がって階下へ下りていき、ミスター・オトウェイと対峙しそうになりました。わたしは椅子から勢いよく立ち上がると、階段を飛ぶように駆け下りて、わたしが入っていった最初のドアを開けました。

あの忘れられない瞬間から、何年も経ちました。ですが、わたしがあのドアを開けたときに目にした光景が、恐ろしい現実として、今なお目に生々しく焼きついています。見た瞬間は、何を見たのか理解できませんでした。ですが、次の瞬間、わたしは部屋のなかへ飛びこみました。そのときのことは、今でも忘れていません。おそらく、死ぬまで忘れることはないでしょう。

暖炉のそばの床に、父がじっとして横たわっていました。父の顔は恐ろしいくらい血の気を失っていて、灰色でした。そして、目は天井を見つめたままです。額《ひたい》の右側に小さな傷があって、そこから血がこめかみに滴り落ちていました。父のそばで、ミスター・オトウェイが青白い顔をして、口をぽかんと開けて、父の上にかがみこんでいました。死の恐怖が襲ってきました。ミスター・オトウェイが右手で、鉛を仕込んだ、重い銀色の握りの杖——頑丈なマラッカ・ステッキ（マラッカ藤から作られる藤製のステッキ）——を握りしめていたのです。

わたしはミスター・オトウェイの横を飛ぶように通りすぎると、父のそばに跪《ひざまず》きました。父は死んでいました。わたしは、今までに死んだ人を見たことがありません。ですが、間違いありません。わたしは父に話しかけました。苦悩に満ちた声で、呼びかけました。父の頭を軽く叩いたり、顔に触ったりしました。けれど、何をやっても、父の反応はありませんでした。父は、わたしから永遠に手の届かないところへ行ってしまったのです。見ているあいだにも、父の青ざめた顔が、死人の白い色に変わっていきます。見開いた目からは力が抜けて、眼窩《がんか》へ沈みこんでいくようです。そして、口がゆっくりと開き始めました。死です。わたしはそれを知っています。呆然として、打ちのめされ、意識も思考力もほとんど失われていましたが、絶望の鈍い確信とともに、わたしはそのことを知りました。

わたしが部屋へ入ったとき、ミスター・オトウェイは恐怖の表情を浮かべていました。そして、わたしが父のそばに跪いたとき、彼はゆっくりと書きもの机のほうへ移動する音が聞こえました。今、彼は戻ってきて、再び父の上にかがみました。わたしの目は彼の血の気のない顔を見つめていました。その顔はまったくの無表情でした。ようやく、彼は押し殺した声で話し始めました。

「これはひどい、ヘレン！　僕たちはどうすることもできないのか？」

わたしは強い憎悪を抱いて、彼を見上げました。そしてそのとき、彼はもはや父の杖を持っていないことに気がつきました。わたしはゆっくりと立ち上がると、彼と対峙しました。

「どうすることもできません」とわたしは答えました。「父は死んでいます。死んでいるのです。ミスター・オトウェイ、あなたが父を殺したのです」

わたしがにらむように彼を見つめると、まるでわたしを何か恐ろしいものでも見るかのように、彼は後ずさりました。彼の顔は恐怖で蒼白になり、汗で光っていて、とても見るに耐えないものでした。

「ヘレン！」と彼があえぎながら言いました。「ヘレン！　お願いだから、僕をそんなふうに見ないでくれ！　僕は君のお父さんを殺していない。神に誓って、僕が殺したんじゃない。君のお父さんは気を失ったんだ。僕は彼から杖を取りあげようとした――そうしなければならなかった。さもないと、僕が殺されていただろう――彼は気が遠くなって、頭をマントルピースにぶつけたんだ。それで気を失って、倒れた。僕は本当のことを話しているんだ、ヘレン。神に誓って、事実を話している」

これについて、わたしは何も答えませんでした。ミスター・オトウェイを信じていいものかどうか、わかりませんでした。目の前で起こった恐ろしい出来事に呆然としてしまったわたしは、憎悪を剝き出しにして彼を見つめているだけでした。

「ヘレン！」と彼は懇願するように続けました。「僕を信じると言ってくれ！　君のお父さんに指一本触れていないことを、僕は誓うよ。だから、そんなふうに僕を見るのはやめてくれ！　ヘレン！　どうしてそんな恐ろしそうに僕を見るんだ？」

ミスター・オトウェイは両手を握りしめると、わたしの父の死体を恐ろしいものでも見るようにちらっと見て、うめくように声を出しました。「なんてことだ！　信じられない！　恐ろしい！　なんて恐ろしいんだ！　まさか、本当に彼が死んでいるとでも思っているのかい？　もしここに医者がいたら――誰かを呼びにいかせられたら――それなら、僕が医者を呼んでこよう。いいだろう、ヘレン？」

「そうね」とわたしは答えました。「そのほうがいいわ」

「よし、わかった。呼んでくるよ」と彼が言いました。「僕を信じてくれるだろう？　誓って、僕は……」

「すぐに呼びにいったほうがいいわ、ミスター・オトウェイ」わたしは遮《さえぎ》りました。

訴えかけるような痛ましい一瞥《いちべつ》をわたしに投げかけると、絶望的なうめき声をあげて、彼は踵《きびす》を返して部屋を出ていきました。彼が玄関広間を急いで通り抜けていく音が聞こえました。続いて、玄関のドアの閉まる音が聞こえました。

再び、わたしは父のそばに跪いて、ぐったりとしている父の手を取り、血の気のない顔を覗きこみました。今まで見たことのないような、別人の顔を見るようでいささかびっくりしました。だけど、わたしは泣きませんでした。あまりにもショックが大きすぎて、激しく打ちのめされたため、涙すら出ませんでした。跪いて、無言で覗きこんでいるのは父の顔であるにもかかわらず、理路整然と考えることができなかっただけでなく、恐ろしさに心を奪われて、つらい苦痛と、言葉では表せない喪失感を感じただけでした。

時間が経ってから――どれくらいの時間が経ったのかはわかりませんが――家のなかで何かが

動く音に気がつきました。そして今、柔らかい足音が部屋へ近づいてきます。部屋のドアはミスター・オトウェイが少し開けたままになっていますが、かすかにきしむ音を立てて開け放たれました。そして、ミセス・グレッグが大声をあげました。「驚いた！　これはいったい、どういうことですか？」

夫人は忍び足で部屋のなかへ入ってくると、わたしのそばへやって来ました。そして、わたしの父の死体を恐ろしそうに見ました。

「どうして！」と夫人は金切り声をあげました。「男の人が死んでいるの！　この人は誰ですか？」

「わたしの父です、ミセス・グレッグ」とわたしは答えました。

夫人は黙って立ったまま、しばらくわたしの返事の意味を考えているようでした。それから、夫人は回りこんで、額《ひたい》の傷を不思議そうに見ました。

「ミスター・オトウェイはどこですか？」と夫人が尋ねました。

「お医者さんを呼びにいきました」とわたしは答えました。

「お医者さんを！」と夫人が繰り返しました。「人が死んだというのに、お医者さんが何の役に立つかしら？　いったい、何が起こったの？」

わたしが夫人の問いに答える前に、玄関のドアの鍵穴に鍵が差しこまれる音が聞こえました。

そして、夫人がすばやく踵を返して部屋を出ていこうとしたとき、ミスター・オトウェイが、続いて医師が部屋へ入ってきました。それで夫人は後ろへ下がって、二人を通しました。わたしは立ち上がって、医師のほうを向きました。医師はいかつい顔をした中年の男で、顔だけは知っていました。医師がわたしの代わりに跪きました。医師はぐったりとしている父の手を持ち上げると、手首に自分の指を添えました。そして、まぶたを持ち上げて、どんよりとしている眼球を見ました。それから聴診器を取り出すと、胸に当てて心臓の音を聴きました。そのあいだ、わたしたちは立ったまま医師を見守っていました。部屋は静寂に包まれていて、時計の音が聞こえるだけでした。わたしがまさにこの部屋に座っていた、あの運命の夜に、こうなることを無意識のうちに覚悟していたのでしょうか。

ようやく、医師が立ち上がりました。聴診器を折りたたむと、時間をかけて彼のポケットに滑りこませて、ミスター・オトウェイのほうを向きました。

「あなたが恐れていたことをお伝えしなければなりません」と医師が言いました。「彼は完全に死んでいます。あなたが私におっしゃったことから、興奮のし過ぎによる心臓麻痺でしょう。以前、発作を起こしたことは？」

「いいえ」とわたしが答えました。「ですが、父の心臓は弱っている、とドクター・シャープは考えていたと思います」

「そうですか！　彼女はそのように考えていたのですね？　それなら、ドクター・シャープを訪ねて、彼女から話を聞いたほうがよさそうですね」。医師は死体の周りを歩いて再びかがむと、注意深く傷を調べました。それから、ミスター・オトウェイのほうを見ずに、尋ねました。「この男はマントルピースの角《かど》に頭をぶつけた、とあなたは言いましたね？　この角ですか？」

医師は右側の大理石の棚に触りました。そして、ミスター・オトウェイが同意したので、高さをはかろうとするかのように、医師はそこに肩を押し当てました。「それは、彼が倒れようとしていたときですか？」傷口を見つめたまま、医師が尋ねました。

「そうです」とミスター・オトウェイが答えました。「少なくとも、僕にはそう見えました――間違いなく、そうだと言うべきなのでしょうが――僕が信じる限りでは。ですが、ドクター・ベリー。僕の記憶が、多少は曖昧であることをご理解いただけるでしょう。状況が状況ですから、かなり動揺していましたし、混乱もしていましたので。そのことが、何か重要なのですか？」

「おわかりだと思いますが」と医師は少し冷ややかに答えました。「人が突然死んで、その場にいたのがほかには一人だけという、このような場合では重要です」

「ええ、もちろん、当然そうなるでしょう」

ミスター・オトウェイは低く、かすれた声で答えました。そして、わたしが彼を見たとき、彼の顔色は死人のように蒼白になって、再び脂汗《あぶらあせ》が噴き出ていました。見ていたのは、わたしだけではありません。ドアの近くの隅に立っていたミセス・グレッグは、わたしたちのやりとりに注意していましたが、とても好奇心に満ちた顔つきで、彼女の雇い主を注意深く見ていました。短い沈黙があってから、ミスター・オトウェイが一、二度咳払いをして、先ほどと同じようなかすれた、はっきりしない声で尋ねました。

「あなたがドクター・シャープとその問題について話し合えば、通常の死に方であることがはっきりするでしょう」

「通常の死に方？」とドクター・ベリーが繰り返しました。「ええ、まあ突然死によくある死に方です。もちろん、通常の診断書は出せません。検視官へ事実を伝えて、報告します。そして、検視官は審問が必要か、それとも、私の供述をもとに診断書を出すことができるか決めるでしょう」

「なるほど」とミスター・オトウェイが言いました。「あなたは事実を報告するでしょう――そして、あなた自身の見解を伝えるのではないですか？」

「求められれば、そのことについては答えるでしょう。ですが、もちろん、検視官が求めるのは、事実です」

「そして、このような状況では、あなたは審問が必要だと考えますか？」

「わかりません」と医師が答えた。「いずれにしても、私に委《ゆだ》ねられていることではありません。彼を動かすのに手を貸してほしいですか？　彼をこのままここに寝かせておくわけにはいかないでしょう。おまけに、夜が明けるまでに、彼自身の家まで運ぶようなことはできそうもありません」

「確かに、できない」とミスター・オトウェイが同意しました。「だが、あなたが手を貸してくれるなら、応接室へは運べるでしょう。そうすれば、彼をソファに横たえることができます」

二人がわたしの父を持ち上げました。わたしは父の頭を支えました。そして、父を応接室へ運ぶと、ソファの上に横たえました。ドクター・ベリーは、テーブルから、刺繍《ししゅう》のあるテーブルクロスを外して広げて父を覆い、ブラインドを引きました。

「おそらく」と医師が言いました。「検視官が何をやりたいのかわかるまで、彼をこのままにしておいたほうがいいでしょう。もし検視官が決めるならですが……」

ここで、医師は少しきまり悪そうに、わたしをちらっと見ました。気まずいことを話そうとして、わたしがいることに気がついたのでしょう。それで、わたしは応接室から出て、先ほどの部屋へ戻りました。出ていったときのまま、ドアは開いていました。部屋の反対側へ、わたしのいつもの癖で静かに歩いていくと、ミセス・グレッグがたたみ込み式の蓋の付いたテーブルのそばに立っていました。そして、明らかに銀色の握りが付いた重たい鉛を仕込んだ杖の重さをはかるかのように、わたしの父の杖を持っていました。夫人はわたしの存在に気がついてはっとしたようでしたが、すぐにいつもの自分を取り戻して尋ねました。

「これはあなたのお父さんの杖ですか？」

そうです、とわたしは答えました。そうだとわかるとすぐに、夫人は書き物テーブルの後ろの隅に杖を立てました。そのことから、夫人はそこにあった杖を手にしたのだと思いました。

「わたしには、珍しかったので。みごとな杖ですね。暗い夜やさみしい道では、心強い連れですね」

これについて、わたしは何も答えませんでした。そして、夫人が時計をちらっと見てから、テーブルの上に置いてあった父の帽子を物珍しそうに覗きこむと、急に踵を返して、部屋から出ていきました。

第七章　解放の条件

　ミセス・グレッグが去ると、わたしはドアを閉めて、書き物テーブルのそばの椅子に座り、考えをまとめようとしました。そして、この恐ろしい突然の不幸が、わたしの立場を大きく左右することに、さらには、わたしの行動にいくつかの方法で影響するに違いないことに、漠然とではあるけれど気がつきました。絶望的な悲しみと、取り返しのつかない喪失感で、わたしは理路整然と考えることができそうもありませんでした。父が亡くなった。わたしが考えることができたのは、それだけでした。父は、わたしの良き友のようでもありました。わたしの愛情のすべてを受け入れてくれて、そして、わたしには彼のすべての愛情を注いでくれました。その父が、わたしの人生からいなくなってしまったのです。このときを境に、わたしはこの世界で一人ぼっちです。

　ドクター・ベリーが辞去する声が聞こえました。それからドアが開いて、ミスター・オトウェイが部屋へ入ってきました。すでに立ち直っているかのように見えました。彼は力なく椅子に倒れこむと、両手を膝に載せて座りました。そして、この惨劇を思い出して、悲惨な表情を浮かべてわたしを見ました。

「ひどいありさまだな、ヘレン」と彼がとぎれとぎれに言いました。「ひどいもんだ！　まったく、ひどいもんだ！」

わたしは何も答えませんでした。ですが、半ば不思議そうに、そして、腹立たしげに彼を見ました。悲しみの極みにあって、彼と分かち合うような同情は持ち合わせていませんでした。彼こそが、この惨劇を引き起こしたのですから。

「僕に何も言わないつもりかい、ヘレン？」と彼は懇願するように言いました。「何か慰めの言葉はないのかい？　僕が大変な状況に置かれていることを考えてくれ」

あまりに身勝手な彼の言葉を聞いて、わたしの悲しみは突然、激しい怒りに変わりました。

「あなたが、それを言うの！」軽蔑したように、わたしは声を張りあげました。「わたしはどうなの？　あなたがわたしから父を奪ったのよ。わたしの人生になくてはならない父を。それなのに、あなたはわたしにあなたを慰めろと言うのね！」

懇願するような仕草で、彼はわたしのほうへ手を伸ばしました。

「そう言うなよ、ヘレン！」と彼は懇願するように言いました。「君からお父さんを奪ったなどと言わないでくれ。あれは事故だ。誰も予見することなどできなかった。それに、わかっていると思うけど、ヘレン」と彼は説得するように付け加えました。「お父さんは失ったかもしれないけれど、代わりに献身的な夫を得たのだよ」

この言葉を聞いて、驚きのあまり、わたしは彼をじっと見つめました。そして突然、わたしの混乱していた考えがはっきりし始めました。そのときにはまだ、どんな行動なのかはっきりとはわからなかったけれど、わたしは何らかの行動を求められているのだとわかり始めました。しかし、わたしがはっきりとわかったことは、彼がまったく考えも及ばないことでした。

「ミスター・オトウェイ、あなたは」とわたしは尋ねました。「何があっても、わたしはあなたの妻として、あなたとの結婚生活を送るとお考えですか？」

「実際、君は僕の妻だよ、ヘレン」と彼が抗議しました。

「わたしがあなたとの結婚を同意したのは、ミスター・オトウェイ、わたしの父を救うためです。ですが、わたしの父は救われませんでした」

「それが君の思いだった、ヘレン」と彼が答えました。「そのことは否定しない。だけど、事実、ある特定の条件のもと、君は僕の妻になることに同意した。そして、僕はそれを実行した――少なくとも、準備できて……」

そう言って、突然、彼はきまり悪そうにためらいました。彼のきまり悪そうな様子や、話すのを中断したことで、わたしは口を挟む好機を得ました。

「ミスター・オトウェイ」とわたしは言いました。「あなたは、わたしの父からの手紙を持っています。その手紙には、何と書いてありましたか？」

この言葉を聞いて、彼はすっかり冷静さを失いました。

「手紙など持っていない」と彼は口ごもりました。「つまり、見ていないんだ。事実、今朝は興奮していて、郵便物を見るのを忘れていたよ。もし手紙が来ているなら、まだ郵便受けに残っているはずだ」

「それなら、あるかどうか、見にいきましょう」とわたしは言いました。わたしの思考の乱れは急速に晴れていきました。そして、知力が戻ってくるにつれて、わたしは何をすればいいのかがわかってきました。わたしは立ち上がると、彼を伴って玄関のドアへ向かいました。そして、彼が郵便受けの鍵を開けているあいだ、そばに立っていました。彼が郵便受けの扉を開けると、一通の手紙があることに、わたしは気がつきました。あれほど動揺していたにもかかわらず、手紙があったことで、わたしの気持ちは高鳴りました。朝の配達で、実業家に一通の手紙しか配達がないのは奇妙でした。

彼が手紙を取り出しました。そして、それをちらっと見てから、わたしに渡しました。わたしは手紙を見て、父の筆跡であることに気づきました。それで、封を切ると手紙を取り出して、声に出して読みました。

ストーンベリー、メードストン

一九〇八年四月二十五日

拝啓、オトウェイ様

われわれの些細《ささい》な困難が終わりを迎えることを知って、きっとお喜びのことでしょう。思いもよらないことが起こりました。私の友人は、私が彼に対して行った融資を返済するための資金を調達することができました。そして、全額を記した小切手を送ったとのことです。私は、その金額を私の銀行へ払いこみました。しかし、金額の大きさを考慮して安全を期すため、小切手が現金化されるまで、あなたへの送金を待たなければなりません。しかしながら、本日より三日以内に、あなたは全額をお受け取りいただけます。
今までお待ちいただいたことに、多大な感謝を申しあげます。

敬具

W・H・ヴァードン

読み終えて、わたしは厳しい表情でミスター・オトウェイを見ました。

「この手紙によって」とわたしは言いました。「わたしたちの合意が無効になったことはおわかりですね？」

彼はすぐには答えませんでした。しかし、わたしから目をそらせて立ち上がると、彼の指はそわそわと動いていました。

「あなたはそのことを理解していますね？」とわたしは尋ねました。

「ある意味では、理解している」と彼はためらいがちに答えました。「もしその手紙がもっと早く僕に届いていたら――つまり、もっと早く見ていたら……」

「もし見ていたらですって！」とわたしは腹立たしげに遮りました。「それがわたしの質問と、何の関係があるのですか？　手紙はあなたへ配達されました。消印が示すように、あなたが家を出る前にです。今朝、第一便で配達されています。あなたが開封しなかったとしても、それはあなたの問題です。あなたがわたしに会ったとき、合意はすでに終わっていたのです」

そわそわした様子で、彼は玄関広間から台所の階段のほうをちらっと見ました。

「ここでの立ち話もなんだから」と彼が言いました。「書斎へ行こう。そして、この件について静かに話し合おう」

　わたしたちが先ほど去った部屋のほうへ、彼は引き返しました。そして、ドアを閉めると、非難するようにわたしのほうを向きました。

「運の悪い出来事なんだ、ヘレン」と彼が言いました。「とても不運な出来事なんだ。もちろん、朝、郵便受けを見るべきだった。だけど、その日の朝、僕はいささか興奮していて、そのことを忘れてしまった。だから、今は僕たちに何ができるのかわからない。だけど、最善を尽くすよ」

　わたしはあっけにとられて彼を見ました。「あなたは」とわたしは声を張りあげました。「挙式の前に、わたしたちの合意が無効になったことを理解していないようですね」

「理解していないよ」と彼が答えました。「この手紙はただの通知だ。支払いについての、条件付きの約束だ。負債はまだ解消されていない」

　これを聞いて、わたしの我慢も限界を迎えました。「言い逃れや屁理屈はやめてください、ミスター・オトウェイ」とわたしは言いました。「わたしたちの合意は、挙式の前に終わっていました。そして、あなたはそのことがわかっているはずです。詐欺のようなやり方で、あなたはわたしの同意を得たんです」

「それはちょっと言いすぎじゃないか」と彼は言いました。「もしそうであったとしたら、あなたは何を提案しますか？」

「婚姻が無効であることを提案します」とわたしは答えました。

彼は首を横に振りました。「それは不可能ですよ、ヘレン」と彼は言いました。「婚姻は取り消せません。無効の訴えは、ある条件のもとでのみ実行できます。われわれの場合には適用されません」

「ですが」とわたしは大声をあげました。「わたしの同意は、詐欺まがいの行為によって得られたものです！　婚姻の破棄を訴えるのに充分な根拠です！」

「ですから、詐欺ではありません」と彼は根気強く言いました。「とにかく、そのことは重要ではありません。婚姻は、完全に手続きに従ったものでした。あなたは成人年齢に達しています。そして、無理強いされることなく同意しました。そして、法律が認めるような障害は何もありません。ヘレン、僕たちの結婚は無効ではないと、通常の手続きでは取り消すことなどできないと、あなたに断言します」

彼の言うことなどほとんど信じていませんでしたので、今、彼がしゃべっていることも事実だろうか、とわたしは疑いました。それでも、彼との結婚は考えられませんでした。

「あなたは」とわたしは尋ねました。「女性とその女性の父親を殺した男との婚姻を、法律は支持するとでも言うつもりですか？」

わたしがあたかも一撃を食らわせたかのように、彼はひるみました。そして、顔色がさらに青ざめました。

「ヘレン、頼むから」と彼は懇願するように言いました。「そういう言い方はやめてくれ！　君だって、そんなことは信じちゃいないだろう。僕にはわかるんだ。僕が君のお父さんを殺していないことを、君は知っている」

「わたしは何も知りません」とわたしは答えました。「わたしが部屋へ入ったとき、父は額に傷を負って、横たわって死んでいました。そして、あなたは父の杖を握って、父を見下ろすようにそばに立っていました」

　彼は気が遠くなったのか、とわたしは思いました。すすり泣くようなあえぎ声を発して、彼は椅子に倒れるように座りました。そして、汗が彼の青ざめた顔を滴《したた》り落ちました。彼は打ちひしがれたように見えました。それでもやはり、わたしは彼がかわいそうだとは思えませんでした。彼の囚《とら》われの身となっているこの状況から、逃《のが》れることだけを考えていました。

「ヘレン、誓って言うけど、僕は君のお父さんに触ってもいない」と彼は息も絶え絶えに抗議しました。「そのことを誓うよ。僕がやっていないことを、君はわかっているはずだ。僕を苦しめるためだけに、そんなことを言っているんだ。僕がやったなどと信じちゃいない。僕にはわかる」

「そのことはあまり重要ではありません、ミスター・オトウェイ」とわたしは冷ややかに答えました。「判決は、わたしに委ねられてはいません。わたしが述べる事実に基づいて、あなたは司法の場で裁かれるでしょう」

　彼はすぐには答えませんでした。恐怖で、彼は完全に麻痺《まひ》してしまったようでした。そして、座ったまま激しく息をすると、わたしを見つめて、まるでわたしにその場ですぐに殺してもらいたがっているかのようでした。ついに、彼はしわがれた、はっきりしない声で話しました。

「ヘレン、君は僕をどうしたいんだ?」

「わたしはこの結婚を破棄したいのです」とわたしは答えました。

「だけど」と彼が抗議しました。「それは不可能だと、先ほど話しただろう。通常の意味では、取り消すことはできないんだ。道理をわきまえてくれよ、ヘレン。もし折り合いがつかないようなら、この問題について話し合おう」

「どういう意味ですか?」とわたしは尋ねました。

「つまり、できるだけ君の望みに合わせるようにするよ」と彼は説得するように言いました。「僕は分別のない人間じゃない。今のところ、僕の妻として、君が僕と一緒に暮らしたくはないということは理解しているつもりだ。僕たちの結婚を取り消すことはできない。だけど、別居というかたちをとることはできる——一時的な別居だ。将来のいかなる取り決めもなしに、お互いの合意のみによって。それなら、どうだろう?」

「もし結婚の取り消しができないのなら、別居は次の選択肢として最善のものです。あなたは別居に同意してくれると、理解してよいですね?」

「ある条件のもとで、一次的な別居に同意するつもりだ」と彼が答えました。

「あなたの条件は何ですか?」とわたしは尋ねました。

まるで、問題をもっとも素晴らしいかたちで解決しようとするかのように、彼は一、二回咳払いをしました。それから、わたしの目を見ないようにして、ためらいがちに、それでいて機嫌をとるように、説得するように話し始めました。

「君のお父さんが亡くなったことは、君と僕だけが知っていて、ほかには誰も知らない。君に話したとおり、そして、君が信じてくれると確信しているけれど、君のお父さんを死に至らしめた心臓麻痺は、彼の杖を持って、争っているうちに起こった。興奮したことと、激しく動いたせいだろう。おそらく、マントルピースの角に頭をぶつけたことと、何か関係があるかもしれない。それというのも、その後、お父さんは気を失ったからだ。そして、杖を離して、倒れた。それで、杖が僕の手のなかに残った。僕はいっさい暴力をふるっていない。僕は彼を叩いてもいなければ、彼の死にかかわるようなことは何もしていない。これが事実だよ、ヘレン。君は先ほどあんなことを言ったけれど、このことを信じてくれると確信しているよ」

「これが事実だと、あなたが言っているだけです」とわたしは言いました。

「確かに」と彼は同意しました。「だけど、君は僕を信じるだろう。お父さんの健康状態を、君は知っていた。そして、ときどき君のお父さんは、いささか暴力的になることも。だから、君は僕を信じるだろう。だけど、今言ったようなことを知らない人たちは、僕の言ったことを信じないかもしれない」

「あなたを信じているとは言っていません」とわたしは口を挟みました。「だけど、そのことは脇に置いておきましょう。先を続けてください」

彼はハンカチで顔を拭いました。それから、再び話し始めました。

「君が部屋へ入ってきたとき、君のお父さんの杖を持って、僕は見下ろすように彼のそばに立っていた、と君は言ったね」

「そう言いました」

「僕は君のお父さんの鉛を仕込んだ杖を持っていた。そのことは、そのとおりだ。だけど、そのことで僕が君のお父さんを杖で殴ったとは限らないだろう？」

「あなたが父の鉛を仕込んだ杖を持って、見下ろすように父のそばに立っていたという事実を、わたしに忘れろと言うの？」

「〝忘れろ〟なんて言うつもりはないよ、ヘレン」そう答えて、彼はもう一度やつれた顔をハンカチで拭いました。「ただ、自制してもらいたいんだ。正義の名において、または、共通の人間性において、聞く側の人間を誤認させたり、場合によっては、間違った結論へ導いたりしないように、さっき君が言ったようなことをこれ以上しゃべらないでもらいたいんだ。これは理性的なお願いだ。君が僕を責めるのはしかたない。この惨劇の原因が僕にあると、君は見なしているのだから。ある意味では、僕はそのことを認めるよ。だけど、復讐しようなどと考えないでくれ、ヘレン。被告席にいる僕を、君だって見たくはないだろう。ましてや、有罪判決を受けた僕を。そのことを考えてくれ、ヘレン！　僕は完全に潔白だ！　神に誓って！　君の良心にかけて、このような誤審は望まないはずだ」

「わたしの良心にかけてではありません」とわたしは冷ややかに答えました。「評決は、わたしが下すのではありません。あなたは潔白だと、あなたが言っているだけです。あなたは自分の考えをわたしに述べました。そして、あなたの言うことを信じるほかの人たちにも述べることができるでしょう」

彼は強く両手を握りしめました。そして、懇願するようにわたしのほうへ身を乗り出しました。「ヘレン！」と彼は大きな声をあげました。「そんなにつれなくするなよ！　僕を気の毒だとは思わないのかい？　無実の僕の恐ろしい立場を考えてくれ。おまけに、僕にさからった態度で。すべては君次第だ。惨劇が起こったとき、君はその場にいなかった。君はただそう言えばいいんだ。そして、よけいなことをしゃべらないでもらいたいんだ。そうすれば、誤審は起こらないよ。嘘をついてくれと言っているわけじゃない。ただ、見当違いのことや、誤解を招くようなことをしゃべらないでくれと頼んでいるだけだよ。頼むよ、ヘレン。そして、あなたに対するすべての請求を、しばらくのあいだ放棄することを約束するよ」

わたしはすぐには答えませんでした。ミスター・オトウェイはある点において、正しかったからです。彼がわたしの父を殺したとは思えませんでした。父を見たあの恐ろしいときでさえ、彼が父を殺したのではないと半ば思っていました。あのときの父は、狂気じみた目の色をして、顔も奇妙なまだら色に染まり、庭の小道を大股で歩くという警戒心を抱かせる姿をしていたので、わたしはパニックに陥《おちい》りました。パニックに陥りましたが、まったく予期していなかったことというよりも、こうなることがわかっていたような気が自然としてきたのです。さらに、ミスター・オトウェイの惨劇の説明は、本質的には起こりえることのように思えました。わたしが知りえた事実とも一致しました。ですから、彼がわたしの父を殺したというのは、とてもありそうもないことでした。

今の動揺した気持ちで、わたしは物事を順序だって考えることなどできそうもありません。ですが、無意識のうちに、そして漠然と、わたしはこの線に沿って考えていました。そして、起こったことに対するミスター・オトウェイの説明は、実質的には正しいと思いました。それにもかかわらず、あのときはそのことを認める気にはなれませんでした。とにかく、わたしはいらいらする男の前からいなくなりたかったのです——悲しみとともに、一人になりたかったのです。「今すぐにはお答えできません、ミスター・オトウェイ」とわたしは言いました。「話し合うことなど、何もできそうもありません。自宅に戻って、少し落ち着きたいのです」

彼はしぶしぶ承知しました。わたしが彼を非難しなかったことに、気をよくしたのでしょう。「もちろん、かまいませんよ」と彼は同意しました。「あなたにとっては、大変なショックでしょう。自宅へ帰って、くつろいでください。今日のうちに、検視官が何をするつもりなのか、ドクター・ベリーから聞いておきます。そして、電話であなたにお伝えします。そして、同意を示す証書の原稿を送りますので、目を通しておいてください。二人の合意が早ければ早いほど、望ましいでしょう。そして、ヘレン。くれぐれもこのことは他言無用でお願いします——事態を複雑にするかもしれない、いかなることもです。僕の言っていることがわかりますね?」

わたしは力なく頷《うなず》くと、ドアのほうへ向かいました。わたしはまだ外出着を着ていました。それで、お化粧をする準備ができていませんでした。ミスター・オトウェイがわたしのためにドアを開けてくれました。そして、わたしは玄関広間のほうへ進んでいきました。しかし、家を辞去する前に、暗くなった応接室へ引き返すと、父の顔の覆いを持ち上げ、すでに冷たくなった父の頬にキスしました。

「さようなら、お父さま、さようなら！」感情を込めて囁《ささや》きました。すると、涙がとめどもなくあふれてきました。わたしはもう一度キスしました。そして、覆いをもとに戻すと、急いで応接室を出ました。ミスター・オトウェイが玄関のドアのところに立っていて、わたしを外へ導きました。そして、彼はこわごわと手を差し出しました。ですが、わたしは足早に彼を通りすぎると、階段を駆け下りました。そして、わたしを破滅させ、父に死をもたらした門へ向かいました。

第八章　神が加わった者

先が見通せないときの人の心の状態というのは、ときとして驚くべきものがあります。もちろん、わたしたちにも。ミスター・オトウェイの家を辞去してから、わたしが思いのほか冷静でいることに、ぼんやりとですが驚いていました。最悪のことが起こったというのに。わたしが恐れていた災難――そのことを避けるために犠牲まではらったのに――が起こってしまいました。それにもかかわらず、わたしはずいぶんと落ち着いていました。わたしの心は痛みました。そのことは本当です。今までに経験したことのない悲しみでした。取り返しのつかない喪失感と、耐えられないような孤独感、そして、すさんだ気持ちに襲われました。それでもなぜか、言葉では言い表せない安らぎを覚えたのです。

より自然な知識と経験をもって振り返ってみれば、このような心状を理解することは難しいことではありません。父の突然の死は、痛烈な惨劇でした。そのことが起こったまさにそのときは、ミスター・オトウェイとわたしの悪夢のような関係から解放されたのです。なぜなら、そのときは気づいていませんでしたけれど、今ははっきりとわかっています。法的にはわたしの夫となっているあの男の家から辞去したとき、ミスター・オトウェイをどうにかすると、わたしの心は決まっていたのですから。

さらに言えば、この数日の悲惨な状態に比べれば、新たな困難など、いろいろな意味で耐えるのはたやすいことでした。ある意味では、わたしの結婚は、わたしの人生の終わりを告げるようなものです。果てしなく続く不幸や、考えることさえ我慢できないおぞましいことに、これからもずっと服従することにほかなりません。ですが、この新たな惨劇が終わりにしてくれたのです。今のわたしをこなごなに打ち砕くような、決定的な一撃が放たれたのです。そして、同時に未来へ向かって歩むようにわたしに呼びかけたのです。家に着く前からそうすることが必要だと迫られていましたので、そのように行動してみると、悲しみから解放されたとまではいかないものの、少なくとも、いっときの気晴らしが得られました。

鍵を開けて家のなかへ入ると、家政婦と玄関広間で会い、昼食がすでに用意できていると伝えられました。そして、父は何時頃帰宅するのか尋ねられました。

「父は亡くなりました、ジェシー」とわたしは答えました。「ミスター・オトウェイの家で、一時間ほど前に突然、父は亡くなりました」

わたしは彼女の横を通りすぎると、足早に階段を上って、自分の部屋へ向かいました。家政婦は化石にでもなったように、玄関広間に突っ立っていました。ですが、踊り場に到着する前に、彼女が台所へ向かって駆け出し、金切り声をあげ、悲嘆にくれて泣き叫ぶ声が聞こえてきました。とても恐ろしくて、痛ましい出来事です。そのようなことも、わたしの気持ちをしっかりさせることに一役買いました。そして、わたしが一人になったことと、気をしっかり持ち、自制心を保つことを思い出させてくれました。数分後、わたしは階下へ下りて、わたしはジェシーがむせび泣いているのを無視して、とりあえず昼食のテーブルに着きました。そして、いくらかの食べ物を無理やり詰めこみました。

黙って座って、もくもくと食べているうちに、わたしは生じたいろいろなことを目まぐるしく考えました。本当は、考えたくはなかったのですが。それというのも、わたしは静かにして、悲しみを癒《いや》したかったからです——悲しみと、父との死別を除いて、すべてを忘れるために。ですが、そのようなことは叶《かな》いませんでした。わたしは、まぎれもなく一人ぼっちでした。近い親戚もいません。やらなければならないことはすべて自分でやるか、少なくとも、わたし自身が指示しなければなりません。父の葬儀の手配をして、父の事業を譲渡するか、終わらせるかを決め、資産を現金化しなければなりません。そして、ミスター・オトウェイの問題があります。

自然と、わたしは彼のことについて絶えず考えるようになりました。わたしに対する彼の道徳的な主張については、無効です。彼がわたしの父からの手紙を見て、わざと開けなかった——わたしはそう疑っていますが——にせよ、あるいは、ただ探すのを怠ったにせよ、違いはありません。手紙は彼のもとへ配達され、それでもって、わたしたちの合意は解消されたのです。しかし、もし彼に道徳的な主張がないとしても、彼は明らかにわたしを法的に支配していて、そのことは考慮しなければなりません。彼が法的支配を放棄するように仕向けることができれば、事態はとても単純になるでしょう。そして、ある条件のもとで、彼は放棄する用意があるのです。

ミスター・オトウェイの提案について、わたしは何度も考えました。彼が提示した条件は理不尽なものではありませんでした。少なくとも、わたしにはそう思えませんでした。わたしの父は父と彼の二人だけのときに亡くなりました。二人は明らかに争っていました。父には、強く殴られた跡がありました。そして、ミスター・オトウェイが父の鉛を仕込んだ杖を握りしめて、父を見下ろすようにそばに立っていました。その光景は、彼が父を殺したように見えました。それにもかかわらず、彼はやっていないと確信しています。わたしの不幸を招いた元凶として、彼を心の底から嫌ってはいるけれど、このことに敬意を表して、彼は無実のような気がします。そして、一般的な正義は、犯してもいない罪に苦しめられないことを求めています。

この出来事での、わたしの立場はどうなるでしょう？　実質的に、わたしは正義の秤《はかり》を握っていました。とても都合の悪い事実が、一つだけあったのです。その事実が生み出した誤解を招くような光景を、おそらくは、わたし一人だけが正しく理解できるでしょう。そのことがわたしのジレンマでした。彼を裁く人たちに、わたしはそのことを伝えることができるでしょう。ですが、彼らにそのことを伝えたところで、どれほど役に立つでしょうか？　とても疑わしいものでした。わたしは父の安全が心配で震えていました。そして、父が門のなかへ入っていくのを見ていました。そのとき、父はすでに危険な状態でした。父の健康状態と、鉛を仕込んだ杖に秘められた父の悪意を、陪審員は慎重に検討しないかもしれません。要するに、こういうことです。もしわたしが見たことを供述すれば、ミスター・オトウェイは犯してもいない罪で罰せられる恐れがあります。反対に、わたしがそのことを供述しなければ、陪審員は適切な判断をするでしょう。

実際に、それがわたしが主張した方法だと思います。論理学者も法学者もわたしを褒めたりしないでしょう。ですが、女性には女性の見方があります。そして、そういった見方の一つが、ややもすると信念と知識を混同してしまうのです。固く信じていることを、すでに知っていることとしてとらえがちなのです。ミスター・オトウェイは父の死に対して無実であるという結論に、わたしは達しました。そうしたことで、彼の無実をわたしの知っている事実として無意識のうちに扱っていたのです。

昼食後、わたしは事務所に電話して、事務所のマネージャーであるミスター・ジャクソンにわたしを訪ねてほしいと言いました。そして、彼を待っているあいだ、わたしは書斎の棚から夫婦法の論文を持ってくると、無効の訴訟を扱ったページをめくりました。明らかに、ミスター・オトウェイは正しいのです。わたしが理解した限りでは、わたしたちの結婚は、このような訴訟を起こす理由にはなりませんでした。わたしの結婚は取り消せないのです。わたしの自由は完全に奪われてしまいました。別居でも協議することで、不充分な自由に甘んじるしかないのです。

わたしが論文を棚に戻したとき、ミスター・ジャクソンがやって来て、部屋のなかへ入ってきました。彼はとても気が動転していて、落ち着かない様子でした。

「なんとも恐ろしいことです、ミス・ヴァードン！」と彼は大きな声を出しました。「ひどい！ひどすぎます！　こんなことってないでしょう！　あなたになんと申しあげたらいいのか、言葉もありません」

「お気遣い、ありがとう」そう言って、わたしは彼に椅子を勧めました。

「ありがとうございます」彼は椅子に座りました。「われわれ全員にとっての不幸です。何があったのかをお話になるのは、おつらいでしょうね？」

「あなたをお呼びしたのはそのためです、ミスター・ジャクソン。何が起こったのか、あなたに正確にお話しします。そのうえで、助言をお願いしたいのです」そして、今朝の出来事を彼に簡潔に伝えました。

わたしの結婚について話したとき、彼は心底驚いていました。そしてまた、明らかにほっとしたようでした。ですが、わたしの話がすべて終わるまで、彼は口を挟みませんでした。

「あなたが結婚したと聞いて、とても嬉しく思います、ミス・ヴァードン。いや、ミセス・オトウェイとお呼びするべきですね」

「なぜあなたは嬉しいのですか？」とわたしは尋ねました。

「なぜなら、これでかなり難しい事態に決着がつきます。あなたのお父さまは能力のある、優秀な法律家でした。ですが、いささかお金の面については無頓着でしたので、あなたには大したものが残されないのではないかと心配していました」

「それを聞いてとても残念です」とわたしは答えました。「なぜなら、わたしはミスター・オトウェイと一緒に暮らすつもりはないからです。別居することに同意するよう、わたしは彼に求めました」

ミスター・ジャクソンが眉毛を吊り上げました。「理由をお訊きしてもよろしいですか？」と彼が尋ねました。

「今は詳しくは話したくありません」とわたしは答えました。「ですが、これだけはお答えしておきます。彼との結婚は便宜的なものだったのです。父が窮地に陥っていると思っていました。

そして、父が知らないうちに、わたしはミスター・オトウェイと取り決めを交わしたのです。ですが、それはわたしの間違いだったことが判明しました。父は窮地に陥ってはいなかったのです。挙式が執り行われたとき、わたしは誤解したままでした。そして、わたしはミスター・オトウェイによって誤ったほうへと導かれました。従って、わたしが別居に同意する証書の作成をお願いしています」

「彼は別居に同意するでしょうか？」

「まだです。ですが、彼は同意するでしょう。結局は、わたしの財源について考えなければなりません」

「ですが」とミスター・ジャクソンが口を挟みました。「彼はあなたに手当てを払うでしょう」

「そのことは期待できません」とわたしは言いました。「もしわたしが彼との結婚を拒否したら、彼に支えてもらうことはできません」

「なぜできないのですか？」とミスター・ジャクソンが尋ねました。「法的に、彼にはその義務があります。あなたは彼の妻なのですよ。彼との結婚が成立しているあいだ、あなたはほかの誰とも結婚することはできません。さらに、彼は異議を申し立てそうにありません。彼も法律家ですから」

「彼のことは考えていません。考えているのは、わたし自身のことです。ミスター・オトウェイに義理はありません。そして、わたしも彼の援助を受けたくはありません」

「あなたがそのようなことを言うのを聞いて残念です」とミスター・ジャクソンがむっつりと言

います。「あなたがかなりお金に困ることにならないか心配です。この事業はとても個人的なものであって、売却しても実質的には何の価値もありません。もし私が資格のある事務弁護士なら、事業を継続できるかもしれません。ですが、私はそうではありません。それに、いかなる代償を払っても、営業権を買いたいという人がいるでしょうか。それでも、何ができるか考えてみます。あなたのお父さまの意志として、あなたが遺産受取人であることをたまたま知ってしまいました——事実上、唯一の遺産受取人です——ですが、金額については申しあげたくありません。ほとんどないに等しいのです。ですが、今はこれら問題で気をもんでも仕方ありません。あなたのお父さまの事業を調べることを私に依頼されるなら、どのような状態なのか正確にご報告します。そして、もしいかなる方法であっても、私があなたのお役に立てるようなら、喜んでお伝えします。たとえば、葬儀ですが……」

突然、彼は話を中断すると、落ち着かない様子で、棚の上の法律書の列に沿って目を泳がせました。

「あなたはとても優しいのですね、ミスター・ジャクソン」とわたしは言いました。「そして、あなたの援助は言葉では尽くせません。あなたさえよければ、父の友人として、葬儀の手配をあなたにお願いしたいと思います」

このあと、ここ一両日中にやるべきさまざまのことを、わたしたちは話し合いました。物静かで、どことなく冷たい感じのする彼に、心温まるような感謝の念を抱きました。彼の思いやりが、有益であり、わたしが受け入れられることを提案してくれたのです。

ミスター・オトウェイが応接室でお待ちですと、目を赤く腫らしたジェシーが書斎に入ってきて伝えたのが、午後六時過ぎでした。応接室の壁に沿って、彼は落ち着かない様子で歩き回り、絵をじっくり観ているふりをしていました。彼はまだ青白い顔をしていて、やつれて、疲れているように見えました。それでもなお、彼はある種の自信を持って、わたしに手を差し出したのです。

「ヘレン、僕の知らせを聞いて、君は少しは気が楽になるだろう」と彼は言いました。「僕はドクター・ベリーに会ってきたんだ。彼のと、ドクター・シャープの証拠に、検視官は満足するだろうと言っていたよ」

「審問は必要ないということですか？」わたしは疑わしそうに尋ねました。

「そうじゃないよ」と彼は答えました。「もちろん、審問は行われるだろう。だけど、死体解剖が求められる状況ではない、と検視官は考えているんだ。これを聞いたら、君は喜ぶだろうと思った。陪審員が検分するまで、死体はそのままの状態だ。その後、葬儀のために、ここへ運ぶことができる」

わたしは頷きました。ですが、彼の説明について、何も言いませんでした。それで、しばらく間を置いてから、彼が続けました。

「ヘレン、葬儀ついて、君は僕に手配してもらいたいと思っているだろうね」

「ありがとうございます、ミスター・オトウェイ」とわたしは答えました。「ですが、ミスター・ジャクソンが、この件については親切にも引き受けてくれました」

　これを聞いて、彼はがっかりしたようでした。そして、不満そうに言いました。

「僕に葬儀の手配を任せてもらえなくて残念だよ。そうしてほしかった」これは間違いなく、彼の体裁から出た言葉でしょう。

　わたしが何も答えずにいると、少し気まずい沈黙が訪れました。そのあいだに、わたしを訪《たず》ねた本当の目的に対して気を引き締めたようです。彼は落ち着きをなくし始めました。

「僕の提案について考えてくれたかい、ヘレン？」

「ええ」とわたしは答えました。「そのことについて、よく考えました。ここではなんですから、書斎のほうへ移動しましょう。あそこのほうが使用人たちの邪魔も入りませんし」

　わたしたちは玄関広間を通って、書斎へ向かいました。書斎に入ってドアを閉めたとき、わたしは再び話し始めました。

「ミスター・オトウェイ。あなたの提案をお受けしたほうがよさそうです。よく考えてみると、起こった出来事についてのあなたの説明は正しいように思います」

「ありがとう、それを聞いて安心したよ！」と彼は大声をあげました。「僕を信じてくれると思っていたんだ、ヘレン。君がそう言うのを聞いて、言葉では表せないくらいほっとしているよ。だから、この先、僕を罪に陥れるようなことは言わないと、約束してくれるんだね」

「約束するかもしれません」とわたしは答えました。「ですが、はっきりさせなくてはならないことがあります。厳密な意味で真実ではないことを、言うつもりはありません」

「もちろん、そうだよ！」と彼は同意しました。「僕が君にお願いしているのは、不必要なことや、誤解を招くようなことは言わないようにしてもらいたいということだよ。そのことは約束してくれるだろう？」

「そのような約束をできる権利がわたしにあるでしょうか、ミスター・オトウェイ。ですが、あなたが提案した条件について受け入れる用意はあります」

彼のほっとした様子は痛ましいほどでした。それを見て、彼がどれほどの恐怖に苦しんできたのかわかりました。わたしを抱擁でもするかのように、彼は両手を差し出しました。ですが、わたしが冷ややかにこう告げたので、彼は両手を引っこめました。

「あなたのほうの準備はできているのですか、ミスター・オトウェイ？　わたしがお願いしたとおり、あなたは別居に同意したのですよ」

「君がそう言い張るなら、厳しい交渉になるだろうな。でも、君がそのことにこだわるなら、しかたない。いっときの別居というわけじゃないんだろう？」

「いいえ、違います、ミスター・オトウェイ」とわたしはきっぱりと答えました。「この気持ちを抑えることは、わたしの良心に反します。そして、わたしの行為に対して、完全な補償を求めます。法的に有効な別居の証書が必要です」

「わかったよ、ヘレン」と彼が言いました。「必要なら、用意しよう。だけど、もう少しよいほうへ、僕たちの関係を考えてもらいたいものだ。いずれにしても、君の望むとおりにするつもりだ。簡単なものだけれど、証書の原稿はすでに出来上がっているんだ。法律的な言い回しは、ほとんど含まれていない。この内容で君が満足するなら、僕は写しを作って署名するよ」

　彼は証書の原稿をわたしに手渡しました。そして、わたしはそれを注意深く読みました。彼が作成するほかの書類と同様、それはわかりやすく簡潔で、それでいて明解でした。彼が同意した条件が公平に明記されていました。ただし、一つのことを除いては。そして、三か月後に、自動的に決定されます。

「わたしはこれに同意できません」とわたしは言いました。「ただ別居と書かれているだけで、時間の特定がありません」

「だけど」と彼は声を張りあげました。「別居は永遠に続くと、君は言わなかったじゃないか」

　厳密に言えばそのとおりでした。ですが、抜け目なくそこまではっきりとは言えなかったのです。

「先のことは、誰にもわかりません」とわたしは答えました。「ですが、お互いの合意でもって別居を始めるのなら、不測の事態にも備えておくべきでしょう?」

　いくぶん苦笑いをしながら、彼は同意しました。そして、いつ頃までに証書を作成してほしいのか尋ねました。

「わたしの証拠を提出する前に署名しなければなりませんので、今すぐのほうがいいでしょう」とわたしは答えました。「そして、写しを二通作ってくださったら、女中たちを呼んできて、著名に立ち会わせます」

「なんと、ヘレン!」と彼は大きな声をあげました。「君のような若い女性に対して、異例の扱いだ!　だけど、君の言うことも、もっともだと思う。だけど、どのような書類なのか、立会人に知らせないほうがいいだろう。この問題に、外部の人間を巻きこみたくはないのでね。とくに今は」

彼の言うことも一理ありました。ですが、われわれのことをいつまでも秘密にしておくことは、不可能でしょう。とりわけ、わたしはミスター・ジャクソンにすでに話してしまったのですから。それでも、わたしは口を慎むことに同意しました。そして、彼が写しを二通作成したとき――わたしは注意深く読みました――わたしは書斎を出て、ジェシーと料理人を呼びました。

「おまえたちには、二通の文書にわたしとミスター・オトウェイが署名する立会人になってほしいの。わたしたちが自分たちの名前を書くのをただ見ているだけでいいから。それから、お互いの署名の下に、おまえたち自身の名前を書いておくれ」

いささか不可解と、恐れを抱いた様子で、二人の使用人が書斎のなかへ入ってきました。そして、わたしからミスター・オトウェイへ視線を移すあいだ、人の目を気にしながらもじっと見ていました。二通の文書はテーブルの上に広げられています。それぞれの文書には吸い取り紙（ペンとインクで書いた直後、紙面のインクを吸い取るための紙）が添えられています。そして、署名をする欄だけが空白のままです。ミスター・オトウェイが先に署名しました。それから、料理人が自分の名前を書く場所を示しました。そして、彼女の手にペンを握らせました。

料理人がアイビー・ストークスと恐る恐る自分の名前を書いたとき、「それでけっこう」と彼が言いました。「ミセス・オトウェイが署名したら、そちらの紙にも、同じようにあなたの名前を書いてください」

わたしがもう一通の文書に署名しているとき、料理人は物珍しそうにわたしを見ていました。そして、わたしが彼女のために鉛筆で薄く書いた彼女の名前を、先ほどと同じように、緊張した面持ちに加えてぎこちない手つきでなぞりました。そして、わたしが次の空白の場所を示していると、彼女は興味深そうに見ていましたが、後ろへ下がって、ジェシーと代わりました。ジェシーは同僚がしているのを見ていましたので、自分が何を求められているのか理解していました。

二通の文書が完成したとき、二人の使用人は解放されました。間違いなく、二人は先ほどの奇妙な手続きについて、台所でおしゃべりしたでしょう。ミスター・オトウェイが彼の署名のあるほうの文書をわたしに手渡しました。そして、わたしの署名のあるほうを手にすると、立ち上がりました。

「辞去する前に、もう一つ片づけておかなければならない問題があるんだ」と彼が言いました。「文書には、手当てについて何も触れていないんだが……」

「わかっています」とわたしは遮《さえぎ》りました。「この状況で、わたしはいかなる手当てを要求するべきでも、受け取るべきでもありません」

「今のところ、あなたは必要ないでしょう」と彼が言いました。「あなたのお父さんの銀行に、五千ポンドの残高がありますから……」

「そのお金は父のものではありません」とわたしは言いました。「そして、わたしのものでもありません。遺言書が検認されしだい、あなたのお客の代理としてあなたに支払われるでしょう」

「ですが、そのようなことはまったく必要ありませんよ、ヘレン」と彼が言いました。「その金額のお金は、あなたが僕との結婚に同意した対価です。挙式は執り行われましたので、あなたがその対価を受け取るのは当然ですし、筋の通った話です。実際、あの五千ポンドは、われわれの合意によってあなたのものなのです」

わたしたちの合意は無効であり、従って、わたしは条件を実行するつもりはないことを、今にも言いそうになりました。ですが、そのことは自分の胸のなかだけにしまっておいたほうがいいと、わたしの用心深さの声を聞いたような気がしました。少なくとも、わたしの最終的な目的については。しかも、ミスター・オトウェイの供述は完全には正しくありませんでした。わたしはこのように指摘したのです。

「このお金の使い道は、父を解放するためのものでした」とわたしは言いました。「父は一文無しと見なされていました。ですが、父は一文無しではなかったことが判明しました。ですから、借金に見合う資金がある限り、父の借金はすべて返済されるというのがわたしの考えです。父が望んでいたのは、まさにこのことでした」

「ですが」とミスター・オトウェイが反論しました。「借金返済のために活用できる資産をすべて使い切ってしまったとしたら、あなたはどうやって生活していくのですか?」

「働かなくても暮らしていけるだけの資力のないほかの女性たちと、同じことをするでしょう。生活のために働きます。ですが、ミスター・ジャクソンの報告書を見るまで、そのことを話し合うのは時期尚早です。わたしは無一文ではないでしょう」

彼はむっつりと首を横に振った。「君はドン・キホーテ顔負けの空想家だな、ヘレン。そして、わからずやだ。生活のために、君が働く理由なんてないんだ。既婚女性として、別居後も、君には生活費を受け取る権利があるんだから。そして、いささか気が進まないけれど、僕は君に生活費を払うつもりだ。このことで無理強いするつもりはないけれど、お金がいるなら、情けなんかではなく権利として、君は受け取れるんだよ。そして、もう一つ言っておきたいことがある。別居生活について、実際に必要なこと以外、われわれの関係について僕は何も言っていない。君の居場所について、僕に連絡を怠らないようにするといった条件をつけていない。だけど、今、そのことを申し入れるよ。もし君がメードストーンを離れるなら、行き先の住所を教えてもらいたい。そして、僕との連絡も絶やさないでほしいんだ。理にかなった依頼だろう、ヘレン。そして、君はそのことに同意してくれると、僕は確信している」

しかし、わたしはしばらくためらいました。実際には、この申し入れには同意したくありませんでした。ミスター・オトウェイとはきっぱり別れたいというのが、わたしの本心でした。そして、新たに出直したいと。依頼は理にかなったものではありましたが、まるで要求されているようでした。ですが、とうとうわたしは承諾することを告げました。

「ありがとう、ヘレン」そう言って、彼は手を差し出しました。「これでもう、僕が気をもむことはないだろう。君を見失うことはなさそうだ。そして、もし僕の助けが必要なときは、お金のことでも、ほかのことでも、遠慮なく知らせてくれ。そして、審問のときに、必要なこと以外はしゃべらないということについても、君を頼りにしてかまわないだろう?」

このことについても、わたしは彼の依頼を請け合いました。そして、彼と冷ややかに握手を交わすと、玄関のドアまで見送りました。

戸口にたたずんで、彼が意気揚々と通りを歩き去っていくのを見ていました。そのとき、見知らぬ男が門を入ってきて、慇懃《いんぎん》ではありましたが、いくらか気づまりな様子で近づいてきて、帽子を脱ぐと、わたしに小さな青い封筒を手渡しました。封筒には、ミセス・ルイス・オトウェイと書かれていました。わたしは封筒を受け取ると、玄関のドアを閉めて、書斎へ戻りました。封を切ると、同封されていた青い紙を取り出しました。思っていたとおり、審問への召喚状でした。命令するような尊大な文章をちらっと見ました。そして、テーブルの上に置いて自分の部屋へ戻ると、気を落ち着けて、わたしの前に横たわるいろいろなことを考えました。

しかし、順序だてて考えることも、有益なことも思いつきませんでした。頭に浮かんでくることは、ぼんやりとした、むなしい未来のことよりも、わたしの周りのすべてのことが無残にも壊れてしまったことでした。読書用のテーブルの上に開いたままの本、慌てて走り書きをした便箋、返事を出していない手紙、そして、テーブルの上の下絵の小さな山。これらのすべてが、落としてしまった糸を新たに拾い上げるようにわたしに呼びかけているようでした。まだ始まっていない未来の前に、まだ終わっていない過去を思い出させるようでした。休みなく、わたしは作業場へふらふらと歩いていきました。そこには、石炭バケツが相変わらずベンチの上に載っていました。そして、静まり返っているにもかかわらず、あの惨劇が起こった最後の夜を雄弁に物語り、喪失感と寂寥感《せきりょうかん》だけがよみがえってきます。その日の残りの時間は、さまよう霊のように家中を歩き回りました。恐れかしこまった使用人たちに接すると、哀れみと恐怖を抱き、涙を流さずに落ち着いて見ることなどできません。そして、悲しみに引き裂かれた心には、父との死別の思いが時間をおって少しずつ強まってきます。

さらに、夜の静けさに包まれると、ついに涙があふれてきて、うめき声をあげてむせび泣きました。それでも、このような死別と悲しみのもと、わたしはつかの間の休息と安らぎを感じたのです。

第九章　供述書と勧告

小説家の筋書きが不自然だと蔑《さげす》みがちな人たちは、実生活において、さまざまな出来事が徐々に整っていくのを見落としがちです。われわれの人生で重要で本質的な出来事というのは、よく考えてみると、物語の語り手の筋書きが密接に結びつき、必然的に関係し合っているように、原因と結果に理路整然と分けられるのかもしれません。

父の死の審問に立ち会った悲惨な経験が、わたしの考えに影響を及ぼしました。身を亡ぼすような運命的な言葉を悲惨にも立ち聞きしてしまい、差し迫った大惨事を避けようとして、よかれと思っていたにもかかわらず、実際には思慮に欠けていたことを行っていなければ、このようなことは起こらなかったと、今ははっきりと認識しています。だからといって、わたしはどうしたらいいのか、まったくわかっていません。この日の悲しみや恥や屈辱は取り返しのつかない過去ばかりでなく、重要な未来の種をまく時期でもあったのです。

審問が行われることになっている学校の建物へわたしが近づいていくと、ミスター・オトウェイがゆっくりと歩いて、小さな中庭へ下りていくのが見えました。彼は相変わらず青白い顔をして、やつれていました。いつもの彼の物静かで、重苦しい態度でしたけれど、緊張のあまり神経質そうに興奮したり、不安を抑えつけているようには見えませんでした。

彼は明らかにわたしを待っていました。彼が振り返ってわたしを見つけたので、わたしは門のなかへ入りました。

「一緒に行ったほうがいいと思うんだ、ヘレン」わたしたちがおざなりの挨拶を交わすと、彼がそう言いました。「われわれは夫婦なんだからね。そして、もちろん、連中はわれわれの取り決めを知らない。さらに、われわれの一時的な修正、つまり、われわれの暫定的な合意についてはなれないほうがいいだろう」

彼はわたしをすまなそうに見ましたので、わたしは頷きました。この浅ましい追加の言葉がなかったとしても、白日のもとへ引きずり出すべきつらいことは山のようにあります。さらに、別居の証書に話が及ぶと、わたしたち双方が望んでいない質問が始まることは、ミスター・オトウェイにとっても同様でした。わたしたちが教室のドアに近づくと、彼はかすれた低い声でこう言いました。

「そして、われわれの合意のなかで、君が行うべきことを誠実に実行することを、僕は疑わないよ」

「もちろんです」とわたしは答えました。「ですが、わたしたちの合意には、虚偽の証拠は含まれていないことをお忘れなく。このことについては、できるだけ話さないようにします。ですが、単刀直入に訊かれたら、答えざるをえません。そのときは正直に答えるつもりです」

「もちろん、そうしなければならない」と彼は同意しました。「だけど、都合の悪い質問、たとえば、さらに都合の悪いことへ導くかもしれないような質問を避けることはできるだろう」

「文面だけでなく精神面でも、わたしは約束したことは実行するとご理解ください」とわたしは言いました。

これを聞いて、彼は満足したようでした。そして、わたしたちは教室のドアのほうへゆっくりと進んでいきました。わたしたちが話し合っているあいだに、検視官や陪審員たちが列になってわたしたちを通りすぎていき、教室のなかへ入っていきました。そのあとに、わたしたちが続きました。彼らはすでに所定の場所に着いていて、まさに手続きが始まろうとしていました。わたしたちは、用意された二つの椅子にそれぞれ座りました。わたしたちの椅子は、二人の鑑定医の隣に用意されていました。この場を見回すと、ミスター・ジャクソンが検視官の隣に座っていました。そして、彼の隣に見覚えはあるものの、名前を思い出せない紳士が座っていました。物静かで、それでいて逞《たくま》しく、知的な顔立ちの人というのが、父と、そして幸せだった過去と一緒にぼんやりと記憶によみがえってきましたが、はっきりと思い出すことができません。

検視官や陪審員も同様です。彼らも地元の人たちですので、わたしが知っている人たちです。それで、わたしにとって難しい仕事をできるだけ簡単にしてくれました。彼らはわたしになしで済ませることに、そして、検視官が痛ましいうえに恐ろしい惨劇と言い表したことを最大限に活用することに精一杯尽力してくれました。さらに、ミスター・オトウェイとわたしとの関係についてあからさまな興味を示したりせず、紳士的に対応してくれました。ですが、事実は伝えなければなりません。そして、わたしにはつらくて屈辱的とも言える、見知らぬ男と単なる卑しむべき不義のように思えることを告白しなければなりませんでした。

死が訪れたそのとき、その場にいた人物として、ミスター・オトウェイが最初の証人でした。彼はとても緊張して、ためらっているようでした。そして、彼にとっては好都合でしたが、法廷の雰囲気は彼に同情的でした。彼が言葉に詰まりながら供述をするので、鋭いグレーの目つきの見知らぬ男が、ミスター・オトウェイをじっと見すえていることに、わたしは気がつきました。決して信用していないというわけではありませんが、明らかに関心があるようでした。

「ミスター・ヴァードンがあなたの家に到着したとき、彼は腹を立てて興奮していたのですね？」と検視官が尋ねました。

「そうです。ひどく腹を立てていました」

「なぜ彼がそれほど腹を立てて、興奮していたのかわかりますか？」

もちろん、証人は知っていました。そして、彼がかすれた、はっきりしない声で秘密の結婚について話し始めると、陪審員の何人かが驚きを隠そうともせず、彼から視線を移してわたしをちらっと見ました。顔がほてり、目が屈辱で満たされるのを、わたしは感じました。

「この結婚をなぜ秘密にしているのですか？」と検視官が尋ねました。

「故人はこの結婚に反対していましたので」

「ですが、お互い成人であれば、秘密にしなければならない理由はないでしょう。故人は挙式を妨げようとしたのですか？」

「いいえ。しかし、議論や言い争いは避けたほうがよさそうでした」

検視官は満足していないように見えました。彼はしばらく考えてから、尋ねました。「故人がなぜこの結婚に反対したのか、あなたはご存じですか？」

「年の差が大きすぎたからだと思われます」とミスター・オトウェイが答えました。

それでも、検視官は納得していないようでした。それで、しばらくじっくりと考えていました。さらに何か話すことを期待するかのように、陪審員もミスター・オトウェイを見ました。ミスター・オトウェイは人目を忍んで、ハンカチで額を拭いていました。明らかに、彼は動揺していました。この線でさらに追及されると、わたしたち二人の取り決めに質問が及ぶようになるのは避けられませんから。

とうとう検視官が陪審員のほうを向きました。「さて、皆さん」と彼が言いました。「論点があまりはっきりしません。故人はとても腹を立てて興奮していたことは、明らかです。故人の怒りの根本的な原因は、われわれの質問の趣旨とあまり関係ないように思えるのですが」

このことに、陪審員長がすぐさま同意しました。この危機をやりすごしたことを喜んで、ミスター・オトウェイが安堵のため息をつくのをわたしは見ていました。そして、わたしも少なからずほっとしました。

ミスター・オトウェイが再び話し始めました。彼の声はさらにかすれていき、話はためらいがちになりました。彼は話をうまく進めることが難しいようでした。おそらく、極度の緊張を強いられているのでしょう。彼はすべての真実を話さずに、つじつまの合った話をしなければならないのですから。さらに、わたしの証言がまだ済んでいないことも、心に留めておかなければならないのですから。そのことは、ミスター・オトウェイよりずうずうしい男の神経でもさいなむでしょう。

「故人が暴力的で脅迫的だった、とあなたは言いました。故人は実際に暴力をふるったのですか？」

「そうです。少なくとも、身体的な暴力を使うと脅しました」

「実際には、あなたに暴行を加えなかったのですか？」

「実際には、加えていません。彼が狙った――少なくとも狙おうとした一撃は、外れました」

検視官は眉間にしわを寄せました。「あまり正確な答えではないですね。故人はあなたを殴ったのですか、それとも、殴らなかったのですか？」

「少なくとも、彼はそうした、ということです」そう言って、ミスター・オトウェイは汗の滴る額を拭いました。「実際、彼は拳《こぶし》を振り上げました」

「あなたは彼を押さえつけなければなりませんでしたか？」

「いいえ」ミスター・オトウェイがいささか不必要に強い調子で答えました。「いいえ、その必要はありませんでした。僕は後ろへ下がって、一撃をかわしました。実際、このときに、致命的な心臓発作が起こったのです」

「そのときの状況を詳しく話してください」

「彼は突然、蒼白になりました」とミスター・オトウェイが言いました。実際に起こった出来事を話すようになって、彼の話がより雄弁になりました。「そして、よろよろし始めたようでした。それから、後ろへよろめいて、倒れたのです。そのとき、マントルピースの角に頭をぶつけたのです」

「頭をぶつける前に、彼は気を失っていたようでしたか?」

「そうだったと思います。ですが、確信はありません。僕はとても動揺していたし、恐怖を抱いていましたから」

「なるほど。ですが、失神したのは頭への一撃の前だったと言えるでしょうか?」

「一撃はありませんでした」とミスター・オトウェイがすぐさま言いました。ですが、自分の間違いに気づいて、急いで付け加えました。「つまり、マントルピースの角に彼が頭をぶつけたことについて、おっしゃっているのですね?」

「あなたがそう話していました」

「こうお話しするべきでした。彼は気を失うと、後ろへよろめいて頭をぶつけ、倒れました」

またもや検視官は考えこみました。張り詰めた空気と緊張が法廷を包むなか、ミスター・オトウェイの大きな見苦しい姿から、ミスター・ジャクソンのそばの背の高い見知らぬ人の顔を見ました。ひときわ魅力的な顔をしていました。ハンサムで、整った顔立ちをしていました。ですが、不思議なことに、穏やかでしたが無表情で、あまり人間的な顔に見えませんでした。石の仮面でも着けているかのように動きがなくて、強い緊張を強いられているようでした――油断しないようにしているかのように。そして、明るいグレーの彼の目は、ミスター・オトウェイの顔に据えられたままです。動かさない顔の表情や、ミスター・オトウェイを見据える視線は、何か動揺することや、気がかりなことがあることの表れなのか、とわたしには思えました。わたしが証言をする番になったとき、あのように探るようなグレーの目で、容赦なく見つめられることがないことを祈りました。この思いはすぐさま過ぎ去りましたが、わたしはこの見知らぬ人が誰なのか思い出しました。彼はドクター・ソーンダイクです。父と同じくらいの年ですが、父とはそれほど親しい友人というわけではありません。有名な刑事専門弁護士です。そして、法医学の権威です。何年も前に、わが家で夕食を共にしたとき、一度だけ会ったことがあります。ですが、父が彼のことを高く称賛しているのを、しばしば聞いたことがあります。

検視官が再び質問を始めたとき、危機は過ぎ去ったように思えました。それというのも、ミスター・オトウェイに関する最初の質問は、次のようなものでしたから。「故人が倒れたとき、あなたは何をしていましたか？」

「しばらくは混乱していて、何もできませんでした」と彼は答えました。「それから、彼の娘さん――僕の妻です――が部屋へ入ってきました。そして、彼が死んでいる、または死にそうに見えましたので、医者を呼びにいきました」

これにて、彼の証言は終わりました。そして、次に名前を呼ばれたのはわたし自身でした――ヘレン・オートウェイと呼ばれました。それを聞いて、わたしは驚くとともに、少し嫌な気分になりました。わたしが立ち上がって証言台へ向かうとき、すぐさまわたしを見る視線を感じました。怯《おび》えて、懇願するようなまなざしでした。それはミスター・オトウェイのまなざしでした。そして、わたしはすぐにソーンダイク博士の顔を見ました。このときも、彼は容赦のない、用心深いグレーの目をしていました。ですが、彼はわたしを見ていなかったので、いくぶんほっとしました。しかし、わたしが証言を始めると、揺るぎのない、探るような目で反対側の壁のある一点を見つめました。

わたしへの質問は、わたしが思っていたよりも簡単でした。質問の重要さについてもっとよく考えていれば、おそらく、それほど簡単ではなかったのかもしれませんが。検視官はまず父との死別について、お悔やみの言葉を述べてくれました。審問に立ち会わせるようなつらいことをわたしに強いることを、謝罪しました。それから、検視官が尋ねました。「あなたとの結婚と、それに関するあなたのお父さんの態度についてのミスター・オトウェイの供述を、あなたは聞きましたね。彼の証言を承認しますか?」

「承認します」とわたしは答えました。

「ミスター・オトウェイと故人が話し合っているとき、あなたはその場にいませんでしたね?」

「いませんでした。わたしが部屋へ入ってきたとき、父は床に横たわっていて、すでに死んでいるようでした」

「挙式以来、お父さんを見ましたか?」

「父がミスター・オトウェイの庭へ入っていくのを、窓から見ました」

「お父さんの見た目が、何かいつもと違うことに気がつきましたか?」

「ええ、父の様子を見てびっくりしました。とても興奮しているように見えました。そして、紫がかった、赤い顔をしていました」

「あなたがびっくりしたのには、何か理由があるのですか?」

「父の心臓が弱っていましたので。父のかかりつけの医師が、興奮したり、重労働をしたりしないように、父に注意していたのを知っていましたから」

「お父さんとミスター・オトウェイのあいだで、何があったのか聞いていませんか？」

「わたしはどこにいるのか、と父が尋ね、挙式は執り行われました、とミスター・オトウェイが父に話していたのを聞きました」

「ほかには何か聞きましたか？」

「父がミスター・オトウェイをろくでなしと呼びました。まだ腹を立てて、大声で何か話していましたが、そのとき書斎のドアが閉められましたので、それ以上は聞こえませんでした」

「なぜあなたは書斎へ入ったのですか？」

「父が倒れたのを聞いて、びっくりしたからです」

「あなたがお父さんを見つけたときの状況を、もう一度話してくれませんか？」

「父は死んでいるようでした。最初は父の顔は青ざめたグレーでした。ですが、みるみる大理石のような白色になっていきました。さらに、父の額の右側に、小さな傷がありました。そして、頬やこめかみに血が滴っていました」

検視官がちらっと陪審員を見ました。「陪審員の皆さん、ミセス・オトウェイへの質問は以上かと思いますが、いかがですか？」

陪審員長が黙諾すると、「とてもわかりやすく、はっきりとした証言でけっこうでした」と検視官が言ったので、わたしは自分の席へ戻りました。

「感謝してもしきれないよ、ヘレン」わたしが席に着くと、ミスター・オトウェイが囁《ささや》きました。

「見事な証言だった。見事だよ」

これを聞いても、わたしは何も答えませんでした。厳しい試練が終わったからこそ、わたしは本当に率直であったかどうか、責められ始めるのですから。質問に対して、はっきりしていることはすべて話しました。ですが今、ドクター・シャープが証言台に着くと、聖書を手にしました。

彼女の証言で、事実上、評決が決まりました。長年、父が拡張した心臓と、動脈の変性に苦しんでいたことを、医師は証言しました。「わたしは彼に興奮することと、過度の労働を避けるように何度も注意しました。なぜなら、彼はそれらのことに無頓着でしたし、勝手に振る舞いがちでしたから」

「彼の健康状態は危険であったと考えますか?」

「いつ倒れて、亡くなってもおかしくありませんでした」

「先ほどの二人の証人の証言を聞いて、それぞれの証言に、死因に結びつくようなことがありましたか?」

「故人は怒り狂ってミスター・オトウェイの家へ乗りこんだようです。そして、面談しているうちに、怒りがいっそう激しくなったようでした。過度に動いたことと興奮が、致命的な失神を引き起こしたと思われます」

「心臓麻痺による死亡と考えますか?」

「疑問の余地はありません」

　ドクター・ベリーの証言は強調するものではありませんでしたが、同じ効果を生みました。

「私が到着したとき、故人は死亡してから、明らかに三十分ほど経っていました。死因は明らかではありませんでした。ですが、状況は先ほどのミスター・オトウェイの説明と一致します。そして、額の右のこめかみのあたりに、明らかに何か硬いものに激しくぶつけたと思われる、打撲による小さな傷がありました。出血量が少ないことから、傷は死ぬ直前にできたと思われます。頬に血が一滴、そして、こめかみに二滴たれていました」

「その傷がどのようにしてできたのかミスター・オトウェイの説明を聞いて、傷の状況から、彼の説明に同意しますか？」

「異論はありません。傷の状況は、彼の説明でできたものと一致します」

「そのようにして、できたということですか？」

「それは陪審員への質問です。そうだったのかもしれません。傷の状況以上のことを話すことはできません」

「もちろん、できないでしょう。あなたの証言は以上ですか？」

「以上です」と医師が答えました。そして、これで事実上、質問は終了となりました。検視官がおおまかな内容を要約すると、陪審員の協議が始まりました。協議は短時間で終わり、〝自然死〟という評決が全会一致で支持されました。

　評決が発表されると、わたしもミスター・オトウェイも含めて全員が立ち上がりました。そのとき、ミスター・オトウェイがわたしのほうを向いて、低い声で言いました。

「こんなところに長居は無用だ。僕は家に帰って、ゆっくりしたい。だけど、葬儀について、君に話せるだけの準備が整ったなら、明日、君を訪ねよう」

「いいですよ」不本意ながらも、わたしはそう答えました。どれほど彼が嫌いでも、醜聞を招くことなく、葬儀という神聖な儀式から彼を締め出すことはできません。「午前中の早い時間のほうが助かります」そして、よそよそしくおじぎをすると、彼と別れました。そして、ミスター・ジャクソンとソーンダイク博士が立っているところへ向かいました。わたしがソーンダイク博士に手を差し出したとき、数年前に彼に会ったことを思い出しました。ミスター・ジャクソンが言いました。「ソーンダイク博士はたまたま今日、メードストーンにいて、われわれの事務所に立ち寄ってくれたのです。それで、説き伏せてここへ来てもらい、そして、厄介な問題が生じた場合に備えて、われわれを代表して事態の推移を見守ってもらったのです。ですが、すべて滞りなく進行しました」

「実に順調でした」わたしにはいくぶん強調しているように思えましたが、ソーンダイク博士は同意しました。

「検視官も陪審員もどちらも、慎重に考えていました」とミスター・ジャクソンも追従しました。「とても思慮深かったです」とソーンダイク博士が言いました。またもや、わたしには強調しているように思えました。そして、ミスター・ジャクソンもそう思ったようです。それというのも、彼はすぐさまソーンダイク博士のほうをちらっと見ましたから。ですが、ソーンダイク博士は何も言いませんでした。

「もしよろしければ、お二人ともお茶でも召し上がっていきませんか？」とわたしは尋ねました。

ミスター・ジャクソンは事務所で約束がありました。ソーンダイク博士はためらっていましたので、わたしはすぐに言葉を継ぎました。「お忙しいのであれば無理にとは申しませんが、承知してくだされればとても嬉しいですわ」

「三時間ほど自由にできる時間があります」とソーンダイク博士が言いました。「そして、私が不適切な訪問客でなければ、喜んでご一緒させてもらいましょう」

「それでは、どうぞ」とわたしは言いました。「ガブリエルズ・ヒルまで、ミスター・ジャクソンも一緒に行きましょうよ」ミスター・ジャクソンも小さく頷いたので、わたしたちは歩き始めた。

「あえてお悔やみの言葉は申しあげません、ミセス・オトウェイ」とソーンダイク博士が言いました。「私はあなたのお父さんを知っています。あなたがお父さんと一緒のところを見ました。そして、この喪失があなたにとってどれほどのものなのか、理解しています。お気の毒にと思う私の気持ちを受け取ってもらう以外に、言うべき言葉はありません」

「ありがとうございます」とわたしは言いました。しばらく、わたしたちは黙ったまま歩きました。歩いているうちに、ソーンダイク博士がミスター・ジャクソンとの合意を、妙に強調していたことを、わたしは強い関心を持って思い出していました。わたしたちがタウン・ホールの近くまで来たとき、とうとうわたしは思いきって尋ねました。

「まったくの的外れかもしれませんが、ソーンダイク博士。わたしの印象では、審問の進め方に、あなたは満足していなかったのではありませんか？　わたしは間違っていますか？」

「そうですねぇ」と彼はゆっくりと答えました。「検視官の手法は厳密なものではありませんでした」

「わたしもそう思いました。何らかの点で、検視官の手法の欠点を見つけたいと思いますか？」

「大いにあります」と彼は答えました。「最終的な評決を導き出すのに失敗したことに。陪審員の評決は、死因に関するドクター・シャープの意見に基づいていました。彼女の意見はおおむね正しいものでした。ですが、彼女の意見は、理にかなった根拠に基づくものではありませんでした。彼女の意見は、こうです。もし興奮していたり、過度に動いていたりしていれば、これらのことが突然死を引き起こす可能性がある、と。そして、実際にこのような状況が起こり、突然死も起こりました。それで、死因は、上述の状況が要因である、と。ですが、この結論は誤りです。事実を証明していません。単に、可能性を示しただけです」

「ですが、すべての評決が可能性について述べているのではないのですか？」

「ほとんどの場合が、そうです。しかし、検視官の仕事は、できる限り、解明されている事実に彼の法廷の結論を導き出すことです。死因の早期解明は、科学的な手法によって立証することができます。そのうえで、質問は確実な根拠をもとに、作りあげることができるのです。知識が得られるところでは、意見は決して受け入れるべきではありません」

「すると、あの評決は適切なものではなかった、とお考えですか？」

「あの評決についてとやかく言うつもりはありません」と彼は答えました。「そういう評決に到達する手法でした。死因の一助となるもろもろのことを調べる前に、なんの疑いもなく、死因が確定されてしまったように思います」

「それはさておき、ほかに何かありますか?」

「証人に対する尋問が、さほど厳しいものではなかったように思います。間違いなく、あらゆる関連のある事実を導き出しました。ですが、そのことは、決め手にはならないことを意味します。証拠によって認定される事実を得るまで、出来事の関連性を断定できません。たとえば、多くの弁護士があなたのご主人により入念に尋問したでしょう。彼が対処した問題についてはっきりさせることなしに、検視官は関係ないと決定したように思えます」

　わたしも同じ印象を持ったと、告白しなければならないでしょう。ですが、厄介な審問を切り抜けてほっとしていたものですから、あの思慮深くて思いやりのある検視官を批判する気がほとんどありませんでした。それに、今までのやりとりをさらに追及するのは安全ではないように思いました。なぜなら、かなり危険な方向へ話が進んでいたからです。わたし自身の疑念が、いくぶんわたしに重くのしかかり始めました。そして、ソーンダイク博士は、検視官とはまったく違うタイプの聞き手でした。わたしは会話を楽しんでいました。けれど、わたしにとっては重要な瞬間だった問題であったにもかかわらず、やりとりがかけ離れていて、その奇妙さに驚かざるをえませんでした。ですが、この奇妙さこそ満足させる要因なのです。それというのも、知的な男性が女性の行為や状況を公平に判断しようとしているのを見ると、女は自然に嬉しく思うからです。なぜなら、その能力というのは、とくだん性別によるものではないからです。

しかし、このわれわれのやりとりは、今やわたしの家と呼ばなければならないところへ到着したときに自然と終わりました。そして、ソーンダイク博士が驚くほど素早くわたしを見たとき、わたしは新たな警戒と避けては通れない質問に身構えました。

「あなたは、あなたのお父さんの家で暮らしているのですね？」

「今のところは、そうです。ミスター・オトウェイは彼自身の家で暮らしています」

「そうですね。あなたのご主人と同居する前にすべてのことを片づけるには好都合でしょう」

わたしは今にも煮え切らない同意の返事をしそうになりました。ですが、わたしの口が、そのような嘘を発するのを拒否しました。わたしはもともと秘密主義や隠し事が嫌いなのかもしれません。わたしの女としてのプライドが、あのような見苦しいつながりを嫌悪しました。とにかく、抑えがたい衝動に見舞われて、わたしは口走っていました。

「わたしは夫と同居するつもりはありません、ソーンダイク博士。わたしはミスター・オトウェイと一緒に暮らさないでしょう」

こう言ったわたしは、ソーンダイク博士を見てはいませんでした。そして、彼は感情を交えずに、「なるほど」と言っただけでした。ですが、しばらく沈黙が続いたのち、彼はわたしの言葉に留意し、ミスター・オトウェイの証言に注をつけたような気がしました。

家のなかへ入るまで、わたしたちはそれ以上は何も話しませんでした。そして、わたしはお茶を書斎まで持ってくるように使用人に言いつけました。しかし、お茶を待っているあいだ、わたしはこの惨めな隠し事――いずれは偽りであることが明らかになるに違いない、あの卑しむべき言い逃れや逃げ――を、悲惨な話をこの強くて賢い男に打ち明けたい衝動に駆られました。さらに、わたしは助言や忠告がほしかったのです。そして、彼よりほかに、それらを与えるのにふさわしい人がいるでしょうか？

お茶のトレイが書斎のテーブルの上に置かれたとき、わたしは再び話を始めました。

「わたしの証言のなかで、この件には触れませんでした」とわたしは言いました。「尋問に、何の関係もありませんでしたので」

「よくわからないのは」と彼が言いました。「あなたには、留保する権限があるのですか。証人の義務は、すべての真実を証言することです。関連する質問は法廷で検討するためです」

「ですが、残念なことに、ほかにも留保しなければならないことがありました。ソーンダイク博士、あなたにすべてを打ち明けたいと思います――内密に――そして、助言を求めたいのです」

「わたしの専門分野でのご相談でないのなら」と彼が厳かに言いました。「ご期待に沿えないかもしれません」

「わたしがご相談したいのは、まさにそのことです」

「けっこうです」と彼が言いました。「これで法律家と依頼人という安心していられる関係になれます。そして、言うまでもありませんが、あなたのお父さんの娘さんには、どのような助けや助言も惜しみなく与えます」

このことに勇気づけられて、わたしはできるだけ詳しくこれまでのいきさつを話しました。ですが、まだ一つだけ隠していることがありました。ミスター・オトウェイが、鉛を仕込んだ父の杖を握りしめていたのを見たことは話しませんでした。このことは、留保しなければなりませんでした。厳粛な約束に縛られているだけでなく、このことについて黙っていることが、わたしの心の平和に重要だからです。約束の手紙は、尋問におけるわたしの証言についてだけ言及しています。ですが、その精神は、わたしのもっとも頼りになる相手に対しても、わたしの口を塞ぐのです。そしてまたもや、日照りの大地に落ちた種子のように、秘密が相変わらず芽を出し、成長していくのです。

第十章　分岐点

ソーンダイク博士はわたしの悲劇の物語を聞いてくれました。辛抱強く聞いただけでなく、細心の注意を払うとともに、かなりの興味を持って。そして、質問をしたり、はっきりしない点の説明を求めたりして、わたしが話すのを妨げたりせずに。話し終えたとき、わたしは謝りたい気分でした。なぜなら、わたしは微に入り細を穿《うが》つように話したのですから。ただ一つだけは話さないでおきましたけれど。

「あなたの忍耐につけ込んで、かなりの犠牲を強いてしまいました」

「そんなことはありません」と彼が答えました。「人と人の行為や動機が私の職域です。先ほどのような話を大した興味も抱かずに聞いていたら、私は今の仕事に就いていないでしょう。ですが、あなたの話を聞いた今となっては、あなたが相談したいと思っていることを推測できる気がします。あなたはミスター・オトウェイとの結婚を取り消したいのですね？」

「そうです。可能なら」

「あなたが自由を取り戻したいと思うのは、いたって自然な感情です。心から同情します。いくらかあなたを勇気づけることができるでしょう。ですが、打つ手がないかもしれません」

「わたしが嫌悪し、わたしにこのような痛ましい被害を及ぼしたこの男との生活は、かなりきついものです」

「かなりきついですね」と彼は同意しました。「そして、人間の立場から言えば、なんらかの救済策があるべきです。そして、法律は何も提供しないばかりか、考えられる不測の事態への備えさえもありません。あなたの場合は、普通と異なる除外的な例です」

「そのことは承知しています。ですが、ふさわしくもなければ、現実的でもない二人が婚姻関係を維持するのは理屈に合いません」

「まさしく」と彼が同意しました。「ですが、法律はこのような問題について感傷的な見方はしません。結婚を、家族を築くことと、財産の規則に基づいた移譲に関する制度とみなします。そして、おもにそのような仮定の事象によって制限を受けます。結婚の人間的な面は、ほとんど考慮されません。法的には――われわれが考慮することです――あなたの立場は、このようになります。あなたは法的に結婚できる女性であり、いかなる強制や、法が認める虚偽によるものでなく、自らの意思で結婚したと。それでも、結婚前に存在していたであろう状況は、今なお続いています。当事者のうちのどちらかに影響を及ぼすような、新たな事実が現れなければ。それは当事者の一方が古い法律の格言――買い手はご用心。商品の品質などの責任を買い手が負う――を無視した場合です。のちに価値がないことが判明したものを、あなたは高額で買ってしまいました。あなたは熟慮のすえ、ミスター・オトウェイとの結婚に同意しました。お父さんが窮地から抜け出せるなら、あなたが熟慮した大きな犠牲は充分な価値がありました。ですが、あなたのお父さんを窮地から解放する必要のないことがわかりました。それで、そのことに関する熟慮は無意味になってしまいました。法律に関して言えば、あなたは悪い取引をしてしまったということです」

「法律は詐欺行為を重要視しないのですか？」とわたしは尋ねました。

「ですが、詐欺行為がありましたか？」と彼が異議を唱えました。「ミスター・オトウェイは真偽を問わず、あなたに何の表明もしていません。あなたが知りえたと思いこんだことに基づいて、あなたは行動しました。あなたは条件を出しました。そして、彼はそれを了承しました。あなたは考慮することを要求しました。彼は要求された考慮を満たしました。あなたのお父さんからの手紙についても、彼は手紙が郵便受けにあることを知っていて、その内容も推測できただろうと思います。ですが、何の証拠もありません。さらに言えば、たとえ手紙が郵便受けにあることを彼が知り、開封して読んだとしても、彼がそのことをあなたに話さなければならない義務はありません。あなたの条件は、このようなことを求めていません。特定の条件が設定されていました。そして、ミスター・オトウェイはそれらに完全に応じました。詐欺行為の申し立てをしても、この場合、適用されないでしょう」

「そうですね」とわたしは同意しました。「説得力のあるお話です、ソーンダイク博士」

「私は法律家として、お話ししています。しかし、男として私の感情にとてもそむいています。そして、私の現在の事務所は神学に関する評議会において、わざと異議を唱えるところのように見なされています。私自身は、この結婚は破棄されるべきものと考えます。ですが、法律の観点からは、破棄できないと確信します」

「ですが、別の面もあります。かなりあからさまに言うことを許してください。こうしてあなたにお話ししているように、私が率直に話をする女性は多くありません。そして、あなたにとっては、かなり不快な話を続けるでしょう。仮に告訴したとしても、ミセス・オトウェイ、法的に言えば、裁判沙汰にすることはできないでしょう」

「なぜできないのですか?」わたしは少なからず驚いて尋ねました。

「審問のやりとりのせいです。あなたは留保していることを口にしました。ですが、ミスター・オトウェイの場合は、留保以上のものがありました。意図的な虚偽の供述です。審問において、かなり重要な部分についてです。この結婚について、あなたのお父さんが腹を立てた理由を、彼は尋ねられました。そして、彼は年齢差によるものだと供述しました。ですが、そのことは理由ではありません。そして、彼はそのことを知っていました。あなたがミスター・オトウェイとの結婚を本当に望んでいたなら、お父さんは反対しなかったでしょう。この結婚が——道徳的に言って——詐欺行為によって引き起こされたことに、腹を立てたのです。ミスター・オトウェイの供述は虚偽の供述でした。そして、それは陪審員を意図的に誤った方向へ導こうとしていました」

「ですが、そのことは些細なことであって、それほど重要ではありません。さらに、ミスター・オトウェイの証言はわたしの証言とは無関係です」

「残念ながら」とソーンダイク博士が厳かに言いました。「この点はとても重要です。一連の新たな争点となるでしょう。そして、ミスター・オトウェイの証言は、あなたの証言と大いに関係してきます。あなたは彼の証言を聞きました。そして、そのことを認めるかどうか尋ねられ、あなたは認めました。つまり、ミスター・オトウェイの証言は、あなたの証言でもあるのです。

あなたの結婚を破棄するための一連の行動に着手しようとするなら、あなたが主張する詐欺行為の申し立てが、あなたが審問で供述した証言に基づくものでなければなりませんが、それは、先ほどあなたが認めたミスター・オトウェイの証言と矛盾します。あなたの立場はとてもゆゆしきものです。あなたの証言がミスター・オトウェイの証言と一致していることによって、さらに深まるでしょう。実際の周知の事実から逸脱して二人の証人の証言が一致している場合、二人による共謀が疑われます。そして、共謀による目的と動機が疑われます。ミセス・オトウェイ、買い手はご用心。商品の品質などの責任を買い手が負うという格言は、事件に決着をつけるのです。ご存じのとおり、それが彼の仕事です。結論として、あなたにとって逃れようのない惨《みじ》めな運命が待ち構えているということです。もがけばもがくほど、深みにはまっていくでしょう」

この結論には納得できませんでしたが、生まれながらに備わっている強い信念ばかりでなく、ある種の危険を知らせる内なる声を聞いて、わたしは同意しました。証言を分析し、要点を引き出すソーンダイク博士の驚くべき力について、父が感嘆して話していたのを聞いたことがあります。そして今、わたしの話を聞いて、審問での証言から、彼がこれほど多くの真実を引き出したことに驚き始めています。目的と動機について共謀を疑われるという彼の警告によって、ソーンダイク博士はこのような疑惑を面白がっているのだろうかと考えると同時に、彼の次の質問はこの点をはっきりさせようとするだろうと、わたしは心の準備をしました。

「あなたはミスター・オトウェイと同居しないと決め、そのことを彼に伝えたと言いました」とソーンダイク博士が言いました。「彼は別居に同意していると理解していいのですか？」

「ええ、同居はありえないと彼は理解しています」

「あなたと彼の同意は単なる口頭によるものですか、それとも、文書にまとめられているものですか？」

「ミスター・オトウェイは、別居の証書を実行しています。通常の別居の証書です。ですが、あなたに見てもらったほうがいいですね」

いくらか不安を覚えながら、わたしは証書を差し出しました。そして、彼が目を通すのを、落ち着かない気持ちで見守っていました。彼は何を考えているのかわからない表情を浮かべて、読んでいました。かなり疑問の余地のあることをうかがわせるような、険《けわ》しい表情のようにわたしには思えました。

「確かに、通常の別居の証書です」彼が証書をわたしに返しながら言いました。「ミスター・オトウェイが従順に従ってくれてよかったですね。彼に期待していた以上のものです」

「彼はそうするよりほかないでしょう」とわたしは急いで答えました。「あんなことがあったあとで、二人で一緒に住むなどできるわけありません。彼が道理をわきまえてくれていて、助かりました。これで、自分の未来のための準備を心置きなく進められます」

「詮索好きというわけではありませんが、どんな準備を考えているのかお尋ねしてもかまいませんか？」

「かまいませんよ。あなたに助言してもらうつもりでしたから。わたしには充分な支えがないでしょう。もちろん、ミスター・オトウェイから、いかなる援助も受けるつもりはありません。わたしは何らかの方法で、生活費を稼がなければなりません」

「あなたはミスター・オトウェイに別居手当を求めることができます。ですが、あなたがそのような手当を受け取りたくないのと、そのことによって、彼との関係を認めたくないことはわかります。何か生活の糧《かて》を得る当てはあるのですか？」

わたしは少しはにかみながら、ためらいました。わたしには当てがありました。ですが、わたしの計画を見知らぬ人が聞いたら、かなり奇妙に思うでしょう。

とうとう、わたしは答えました。「趣味としてやり慣れていること——簡単な宝飾品や、小さな装飾用の金属加工品を作って、生活費を得ようと考えています。おそらく、あなたはずいぶんと無謀な計画だと思うでしょう」

「いいえ」と彼は答えました。「慣習にとらわれない計画だと思います。どんな方法であっても、無謀な計画ということはありません。仕事のうえで、芸術家がそちらを選んだ見識を、われわれはしばしば充分に評価していないと思います。生活の糧を得る手段は、われわれが人生の多くを費やすことを選ぶでしょう。われわれには何らかの売るものがあります——起きている時間の大部分です。そして、その販売価格を過大評価しがちです——買い手への価値と、われわれへの対価において。炭鉱作業員や銀行員、工場作業員といった、生活手段のために、やりたくないことに一日の多くの時間を費やす労働者です。彼らは自分たちの人生のもっとも素晴らしい部分を売っているのです。ですが、芸術家や熟練した職人はもっと上手に取引します。なぜなら、彼らは楽しんで生活費を得ようとします。そして、自分が満足するためには何をすべきかを選びます。彼らは自分たちの人生の副産物を売るのです。いずれにしても、自分たちが使いたいように使うために、彼らは自分たちの生活を維持しているのです。ただし、避けられない条件があります。彼らの仕事で、必要最低限の生活費を生み出さなければなりません。彼らの才能や商品が、買い手にとって価値のあるものでなければなりません。そして、見合った市場を見つけなければなりません。あなたはこのような条件を満たすことができるとお考えですか？」

「作ることはできると思います。しかし、売るのは別の問題です。そのことをはっきりさせなければなりません。わたしの作品を見ていただけませんか？」

「ええ、ぜひ見せてください」と彼が答えました。

「いくつか持ってきます。ちなみに、マントルピースの上のあの置き時計は、わたしの作品です。父が置き時計そのものを作りました。そして、わたしが目盛り盤や針やケースを作りました」

ソーンダイク博士は立ち上がるとマントルピースへ向かい、熱心に作品を見ました。それは、青銅の目盛り盤の小さな置き時計です。丸い形をして、銀メッキした針がついています。そして、ゲッソー（にかわを混ぜ合わせた画布の下塗り用の石膏）で装飾を施した木製のケースです。見ている彼をそのままにして、わたしはその場を離れ、金属製のわたしの作品——青銅の燭台や、エナメル加工した銀のベルトのバックルや、オパールが付いている金のペンダントや、そして、数本の銀のスプーン——をいくつか持ってきました。ソーンダイク博士は、すべてを興味深そうに見てくれました。そのことは彼がこのようなものにかなりの知識を持っていて、また興味があることを示していました。

「なるほど」最後のスプーンを置きながら、彼が言いました。「これらの品々《しなじな》は、最初の私の質問に答えています。いずれも職人並みの出来ばえです。かなり、魅力的なうえに、趣《おもむき》のあるデザインです。次の質問は経済的な面です。あなたはこれらを売ることができますか？　仮に売ることができたとして、充分な生活費を稼ぐことができるでしょうか？　安価な製造工程で大量に作られる商品と、あなたは競い合わなければならないでしょう。あなたの手作りの作品は、金型から生まれる作品や鋳物《いもの》と競争することになります。もちろん、あなたの作品にはとても素晴らしい価値があります。現代は大量生産、大量消費の時代です。そして、買い手は必ずしも目利きではありません。そのうえ、あなたは販売業者へも売らなければなりません。彼らは少なくとも五〇パーセント以上の利益を要求するでしょう。あなたの労力や技術に対する対価は微々たるものしか残らないでしょう」

「ええ、そのとおりでしょう」とわたしは同意しました。「それでも、わたしはやってみようと思っています。作品作りは面白いですし、楽しいです。あなたが暗におっしゃったように、嫌いなことをやって稼ぐのと同じくらい、芸術家は好きなことをやって稼げるとは期待できませんから。出来あがった作品自体が、ある程度の報酬なんです。そして、わたしの作品が充分な生活費を生み出さないのなら、何かほかのことをやらなければならないでしょう。そして、父の財産が清算されたとき、わたしには生活する手段が何もないとは思いません」

「ここに住み続けるおつもりですか?」とソーンダイク博士が尋ねました。

「いいえ、すべてが片づいたら、ロンドンへ行くつもりです。そちらのほうが、わたしの作品を扱うのが簡単でしょうから。少なくとも、難しくはないでしょう」

「確かに。ですが、はっきりとした見通しをお持ちですか? たとえば、ロンドンのどこで、どのように暮らすのか?」

「今は何もありません」

「仮住まいとしてなら、たまたま知っているところがあります。住むには快適なところです。申し分のない作業環境で、あなたの腕をふるうことができるでしょう。おまけに安い支出で。ただし、一つだけ欠点があります。あなたにとっては、致命的なものかもしれません。ラトクリフ・ハイウエイにとても近いのです。今はセント・ジョージ・ストリートに改名されましたが」

「嫌なところですか?」

「貴族的な場所からは離れています。成り立ちを説明しましょう。この場所は、ミス・ポルトンによって運営されています。彼女は私の研究室の助手の姉です。専門家で才能のある機械技師です。ミス・ポルトンはかつて看護婦でした。彼女の弟が私に雇われたとき、ラトクリフ、ウェルクローズ・スクエアで、商売に力を入れる海兵隊士官のための下宿屋を彼女が立ち上げるのを、彼が手助けしました。同時に彼女は弟と同じように高い能力があり、独創性のある人でしたので、手織り機を使うようになり、趣味として織物を始めました。それから、時代が変わりました。帆船はおおかた、姿を消しました。そして、帆船の乗組員だったミス・ポルトンのお客も。一方、素晴らしい布地を作る趣味のほうは、利益を生むようになりました。そこで、ミス・ポルトンはこちらのほうに精を出すようになります。そして、商船隊員のいる場所で、女性たちを家族のように集めました。彼女たちは生活のために、手工芸品を作っていました。彼女たちは小さな地域社会を形成していきます。そしてもちろん、彼女たちはお互いの商品を扱って助け合うことができます。そういった組織です。下宿には、新たな下宿人を受け入れる余裕があります。それというのも、きわめて大きな下宿だからです。ウェルクローズ・スクエアは、かつての裕福な船主や引退した船長の住居でした。そして、ミス・ポルトンは、彼女の地域社会に新しい人を喜んで迎え入れるでしょう。先ほど私が言った欠点とは、近所のことです。率直に言って、むさくるしいです」

「近所のことは問題にならないと思います。そして、ほかのことは、わたしにはとても魅力的です」

「下宿住まいをするための、有益な助言を受けられるでしょう。あなたは友だちや仲間に囲まれるでしょう。そして、もし近所があなたにとって重荷だと感じるなら、手があいているときに、ロンドンで新たな住居を探すこともできます。私の名刺に住所を書いておきましょう。そして、熟慮のすえ、下宿することを決めたのであれば、ミス・ポルトンと私にそのことを知らせてください」

ソーンダイク博士は住所を書いて、名刺をわたしに手渡してくれました。それから立ち上がって、腕時計をちらっと見ました。

「ここから駅まで、歩いてどれくらいかかりますか？」と彼が尋ねました。

「二十分もかかりません」

「三十分ほど余裕がありますので、楽に歩けるでしょう。さようなら、ミセス・オトウェイ。あなたのお役に立てたのなら幸いです。私はただ不利な状況を利用するように助言しただけですが、自分の考えを大切にしてください」

「多くの時間を割いて、辛抱強くお付き合いいただき、ありがとうございました、ソーンダイク博士。お礼の言葉もございません」とわたしは心を込めて言いました。

「私も同様です」と彼が言いました。「気持ちを強く持ってください。そして、状況に進展があれば、知らせてください」

彼は心のこもった握手をしました。そして、家の外まで案内すると、彼は庭の小道を大股で歩いていきました。男の人の威厳や敏捷性や力強さの象徴のような歩き方でした。門のところで振り向くと、彼は帽子をかかげて優しく微笑み、辞去の挨拶をしました。そして、わたしはドアを閉めて、家のなかへ戻りました。父が亡くなってから初めて、わたしは独りぼっちではないと感じました。もし必要とあれば、この力強くて威厳のある男が、求めに応じて力を貸してくれるのです。

メードストーンでの残りの生活も、あっという間に過ぎてしまうでしょう。さまざまなことと結びついて、よみがえってきます。わたしは教区教会の内部を見ました。気高くて、広々としていて、大聖堂のようです。聖職者が古い詩を恭《うやうや》しく唱えている声が聞こえてきました。その詩はみごとな英語のスピーチとなって、故人を優雅な威厳を伴った静寂の世界へと導きます。わたしは花を敷きつめた柩《ひつぎ》が墓に納められるのを見ていました。墓には、わたしの記憶にない母が眠っています。一方、あずき色の帆のはしけがトヴィルの粉ひき場へ向かって、教会の墓地のなかの穏やかな川を滑るように進んでいきます。そして、父と親しい友人に別れをつげるのです。

メードストーンでの生活が終わろうとしている数週間は、わたしの古い生活を終わらせ、新たな生活への準備にとりかかりましたが、慌ただしく、不安に満ちていました。わたしはミス・ポルトンとソーンダイク博士に手紙を書きました。そして、ミス・ポルトンから、喜んで下宿に迎えるといった、心温まる手紙を受け取りました。それで、わたしは慌ただしく道具や作業用具を掻き集めて、わたしの旅行鞄と一緒に発送できるように箱に詰めていきました。保管しておいたり、売るためにとっておく家具がありました。使用人たちには、新たな勤め先を見つけてやらなければなりません。そして、ミスター・ジャクソンには、いろいろな手続きを処理してもらいます。彼はわたしの手を煩わせることなく処理することを、引き受けてくれました。

ミスター・オトウェイから卑《いや》しい手紙を受け取ったので、いやいやながらも、会って話をしなければなりません。ロンドンで自分の作品を作って売るというわたしの計画に、彼は恐ろしいほどうろたえました。おそらく、彼は手仕事をやったことがないのでしょう。そして、それ以上に、わたしがロンドンへ引っ越すということに。そして、彼からの別居手当を受け取らないというわたしの固い決意に。彼のわたしへの愛などほしくはありませんでしたが、そのことは自己中心的で自分本位の男の象徴のようでした。けれど、彼に見つめられて、わたしの気持ちはさらに強くなり、彼がわたしの人生にもたらした騒動に憤りを感じました。合意したことはやります。けれど、このことについては、一歩も譲るつもりはありませんでした。わたしは引っ越し先の住所を彼に教えました。そして、むこうから彼に手紙を書くことを約束しました。ですが、彼が訪ねてくることはきっぱりと断りました。さらに、必要なこと以外の手紙のやりとりも断りました。

そして、ついにメードストーンでの最後の日がやって来ました。わたしはがらんとした家のなかを、ぶらぶらと歩き回っていました。必要なもの以外、何もありませんでした。それでも、新しく、奇妙なこだまが聞こえてくるようでした。小型トラックが門のところへやって来て、最後の家具を運び出しました。涙にくれたジェシーが小道を下って、わたしの小さな二つの旅行鞄をポーターの手押し車へ運び入れました。戻ってくると、彼女は涙を拭いて、黙ってわたしを見つめました。急に衝動に駆られて、わたしは彼女にキスして、彼女の髪の毛を撫でました。それで、彼女は堰《せき》を切ったように泣きだし、わたしの胸でむせび泣きました。

快適で平穏で満ち足りていた古い生活を終わりにするのは、難しいものでした。それでも、わたしが唯一知っていて、とても愛した美しい古い町に別れを告げました。アタッシュケースを手に持って通りを進んでいくと、古くからの友だちがみんなわたしをとがめていて、とどまるように呼びかけているような気がしました。ウイークストリートの趣のある漆喰の家、ガブリエルヒルの角にある中世の時代がかった大きな建物、ミドルロウの古い家の正面に掲げられた、にっこりと笑っている仮面。古くからなじみのある目印が突然、いとおしく、貴重なものに思えてきました。これで見納めだと思うと、後悔にも似た心の疼《うず》きを感じました。わたしは橋の上で立ち止まると、教会や旧宮殿のある川の上流を見渡しました。教会も旧宮殿も木々に覆われ、静かな川の流れに姿が浮かんでいます。かつて、しばしばわたしはこの景色に見入っていました。今はわたしにとって、楽しくも望ましくもありませんでした。この先、困難に見舞われたとき、何度でも思い出せるように、この景色を目に焼きつけておこうと思いました。それから、向きを変えると、わたしは決然として駅へ向かいました。

第十一章　避難場所

　わたしの行き先の住所は普通とは少し違っていることを、御者が教えてくれました。御者はわたしの二つの旅行鞄を屋根に載せました。四輪馬車です。そして、わたしが乗れるようにドアを開けてくれました。それから、音を立ててドアを閉めて、わたしが行き先を告げるのを待っています。

「えっ、何ですって？」と御者は疑わしそうに言いました。「ウェルクローズ・スクエアと言いましたか？」

「ええ、六九番地です」

　再び、御者は眉をひそめました。「ドックスのそばに、ウェルクローズ・スクエアはありませんよ」と御者が言いました。

「ドックスの近くかどうか知らないんです」とわたしは答えました。「でも、ラトクリフ・ハイウエイからは遠くないはずです」

「それなら、わかります」と御者が言いました。「六九番地ですね。まごついてしまいました」

こう言って向きを変えると、御者は御者台へゆっくりと上っていきました。御者台に着くとき、フロントガラス越しにわたしを見ました。御者台に着いて手綱を手繰り寄せても、出発する前に、御者はまたもや確認するように、彼の肩越しにちらっとわたしを見ました。このような御者の不可解な仕草に、わたしは驚くとともに不安を感じました。（ソーンダイク博士はむさくるしいところだと言っていたけれど、どれくらいむさくるしいのかしら？）イーストチープとグレイト・タワー・ストリートを通り抜けるあいだは、かなり安心できました。タワーヒルを横切ると、古い灰色の建物がいくつも木々の上にそびえ立っていましたので、わたしは感心していました。しかしその後、景色は悪くなりました。特徴のない家々が連なる、長い通りに出ました。いずれの家も薄汚れていて、灰色でした――汚れが広がったような色でした。そして、進むにつれて、いっそう灰色っぽく、汚らしくなっていきます。そこにはクモの巣のような色合いの男女と、とくに子どもが住んでいて、彼らの外見や態度は異質で見慣れないものであり、玄関先に座りこむ傾向がありました。ワウスカイやミンスカイ、そして、ステムやポポフといった店の看板が現れ始めると、馬車が東へ進むにつれて、わたしは周囲の状況に気を配りました。ですが、観察するのにさほど時間はかかりませんでした。それらをほとんど気に留めませんでしたし、短い脇道へ入って広場へ出たとき、広場の中央の囲いのなかのみすぼらしい木々を見て、なんとなくほっとしました。

広場をゆっくりと回ってから、反対側のジョージア王朝時代の背の高い建物の前で馬車は止まりました。建物には、白い窓枠と緑色のドアがありました。馬車が止まると、緑色のドアが開いて、小柄で年配の女性が出てきました。そして、三人の若い女の子たちが後ろで控えていました。馬車から下りて、わたしは年配の女性のほうへ進みました。彼女は心地よい笑みを浮かべ、静かに歓迎の言葉を述べて、わたしを迎えてくれました。御者がわたしの旅行鞄を馬車の屋根から歩道へ下ろし、それから玄関広間へ運ぶあいだ、彼は盗み見るように手続きを見ていました。そして、彼の好奇心旺盛なわたしの観察は、実際に見えなくなるまで続きました。馬車が広場を立ち去るときも、御者は馬車の屋根越しにわたしのほうを見ていました。わたしはとまどって、驚いたような表情を浮かべていました。

「あなたのお部屋を、まずご覧になりたいでしょうね」と年配の女性が言いました。わたしは、彼女がミス・ポルトンであることを確認しました。「それから、お茶を飲みながら、これからのことを話しましょう」彼女は階段のほうへ向かいました。若い女の子の一人が両手にわたしの旅行鞄を一つずつ持って、驚くほど素早く跳びはねるように歩いていました。ミス・ポルトンが二階のわたしの部屋へ案内しました。そこには、運び手の姿はすでにありませんでしたが、わたしの旅行鞄が置いてありました。

「がらんとしていますが、お好きなら、絵画や装飾品を買いそろえてもかまいませんよ」とミス・ポルトンが言いました。「あなたの仕事部屋は一階です。わたしは弟とこのことを相談しました。そして、弟はこう言いました。あなたが鍛造《たんぞう》（金属を加熱し、金槌等で打ち延ばして形づくる作業）をやるつもりで、かまどを使うなら、仕事部屋は石の床がいいだろうと。それで、照明の状態もよい部屋を、あなたのために確保しておきました。気に入っていただけるといいのだけれど」

「きっと気に入ります」とわたしは答えました。「木の床ですと、ハンマーで打ち延ばすとき、ありません」

ものすごい音がしますから。それに、赤熱《せきねつ》したるつぼを木の床の上に置くのは、あまり安全では

「そうですね」と彼女は同意しました。「それに、あなたが長椅子に座るとき、マットを使うことができます。さて、わたしはあなたを一人にして、お茶の用意を見てきますね」

彼女がわたしを一人にすると、わたしはわたしの新しい家を見て回りました。部屋は広々としていて申し分ありませんでしたが、がらんとしていました。それでも、心地よい印象を受けました。がらんとしているのは、単に余分なものがないということでしたから。淡いクリーム色の壁は、まさにまっさらといった感じです。それでも、通常の板張りの壁よりも素敵に見えました。花をけばけばしくあしらった壁紙で覆ったり、ぞっとするような印刷物や、装飾を施したオブジェで外観を損なうよりも素晴らしく思えました。からっぽの本棚は人間的な接触を受け入れてくれそうですし、親しくなって、共感を抱きそうです。必要なものは、家具がごたごたし過ぎている部屋よりも、さまざまな点で充実していました。こじんまりとした衣装だんす、ちょうどよい大きさのがっしりとしたテーブル、整理だんすの上には鏡があって、小さな書き物用の机に、心地よさそうな折り畳み式の肘掛け椅子があります。洗面台に浴槽。さらに、上述の本棚。上品なベッド。快適で便利な土台となるものがあるので、簡単に付け加えたりできそうです。一通《ひととお》り見終えて、水で顔を洗って気分をすっきりさせると、家の周囲がどのようであれ、家のなかは家としての素養があるように思えました。

また、階下へ下りたときの印象も悪くはありませんでした。食堂では女たちが働いていました

が、食堂はしみ一つなくきれいでした。余分な家具や、役に立たない装飾品や骨董品といったものがないので、わたしの知る限り、女性ばかりの住まいとしては珍しいと思いました。

「あなたをここの家族に紹介しなければなりませんね」とミス・ポルトンが心地よい笑みを浮かべて言いました。「少なくとも、在宅している人たちには。夕食を食べに三人ほど来たようね。こちらがミス・ブレーク。そして、こちらのお二人がミス・バーナードとミス・フィンチよ」

わたしは新たな仲間と握手を交わしました。最後の小柄な女性は、わたしの旅行鞄を持って、階段を跳びはねるように上っていった人でした。それから、わたしたちはテーブルに着きました。ミス・ポルトンが主宰しました。デルフト焼きのティーポットでお茶を淹《い》れました。わたしはそのティーポットを非難めいた目で見ていました。明らかに大量生産されたもので、ティーポットとしてふさわしくない代物《しろもの》だったからです。最初、会話はぽつりぽつりと起こり、よく考えられたような間がありました。ミス・ポルトンは穏やかでくつろいでいるように見えますが、明らかに、寡黙で自己充足型の女性です。ミス・フィンチはわたしの隣に座りましたが、彼女も物静かなうえに、少し恥ずかしがり屋です。ほとんどしゃべりませんが、わたしにしつこく食べ物を勧めました。ミス・ブレークは反対側の隣に座っていますが、じっとしていられない性分のようです。最初、彼女はほとんど話しませんでしたが、あからさまにわたしに興味を持ったようです。それというのも、わたしが彼女を見るたびに、彼女の大きく見開かれた青い目が、まごつくほどわたしをじっと見ているからです。彼女はかなりの美人です。豊かな赤みのかかった金髪に、健康的な白い肌をしています。横顔は鋭く突き出た顎《あご》に、反り返ったような鼻で、サー・エドワード・コーリー・バーン＝ジョーンズ（一八三三～一八九八年。イギリスの美術家）の絵画から抜け出してきたようで、一目見て、〝ブライア・ローズ〟と〝黄金の階段〟の絵画を思い起こしました。

彼女の強い視線を何度も感じるので、彼女はわたしに何か話したいのではと考えました。さらに、彼女の隣のミス・バーナードの、何かを期待しているような表情にも気がつきました。わたしの勘違いではありません。なぜなら、会話が途切れるたびに、ミス・ブレークはわたしのほうへテーブルに身を乗り出してくるのです。そして、低いもったいぶった声で、こう言ったのです。

「ミセス・オトウェイ、お尋ねしたいことがあります。だけど、わたしを詮索好きだと思わないでくださいね」ここで彼女が中断すると、ミス・バーナードも、マーマレードを塗って大きめにちぎったパンを口に運ぶのを中断しました。

ミス・ポルトンが説明してくれました。「ミス・ブレークはいささか神秘主義者なのよ」

「有名な名前にちなんでですね？」とわたしは言いました。

「そして、先祖にね」とミス・ブレークが熱心に付け加えました。

「そういうことね！」とわたしは藁《わら》にもすがる思いで言いました。「あなたはウィリアム・ブレーク（一七五七～一八二七年。イギリスの詩人、画家、銅版画職人）の子孫なのね？　そして、彼の作品の熱心な崇拝者なのね？」

「彼女はそうだと思います！」ミス・バーナードが言いました。「彼女のスタイル画を見るといいですよ」

ミス・ブレークがいつも人物像を描いていることと、われわれの雰囲気になじまないことを思い出して、近いうちに彼女のスタイル画を見にいこうと、内心決めました。一方で、わたしはこう言っていました。「わたしは彼の絵画よりも詩のほうに興味があります」

「なるほど」とミス・ブレークが言いました。「絵画もとても精神的ですよ。ですが、わたしの質問に話を戻します。お気づきのとおり、わたしはあなたの顔をじろじろ見ていました。あなたの顔には、いうなれば、潜在意識の働きが表れています。霊能力を持った顔なんです」

「そうでしょうか?」ミス・バーナードがゆっくりと顔をほころばせるのを見ながら、わたしは言いました。彼女はマーマレード付きのパンを、口に入れようとしていました。

「確かに、そうね」

「あなたの質問はそれほど詮索好きだとは思いませんけど」とわたしは用心深く言いました。

「それほど詮索好きではないわね」と彼女が言いました。「お気づきのとおり、わたしはあなたの顔を見ていました。かなり興味深く。そして、気の合う人と出会えたらと期待していました。そして、出会えたと思っています。あなたはわたしと同じように、意識や物質的な世界を超越した、より大きな世界の住人ではないかと思っています。そうではありませんか、ミセス・オトウェイ?」

これは思いがけない難題でした。わたしの父がふざけてそのようなことを言うと、わたしは衝撃を受けました。わたしは当惑してテーブルを見ました。そして、とても素晴らしい気配りに気がつきました。ミス・ポルトンは寛大でした。彼女はやれやれといった感じで、顔をしかめました。ミス・フィンチは、ジャムのスプーンのくぼみを穴があくほど見つめていました。一方、マーマレード付きのパンをほおばったミス・バーナードのほうが、危険になってきました。

「あなたの質問の意味がよくわからないのですが、ミス・ブレーク」わたしはようやく返事をしました。

「おそらく、わたしの質問があまりはっきりしていなかったのね。霊能力について話すのは、はっきりさせるのが難しいのよ。だけど、五感で感じたり、物質的な世界を超越したより大きな世界を、あなたは体験したことがあるのではないかしら。ときどき、言葉の助けを借りずに、あるいは、肉体の存在なしに、他人の考えていることがわかったりして。おそらく、この小さな物質世界から抜け出した、あなたにとって大切な人たちと、対話したことがあるんじゃないかしら。そして、何ものにも邪魔されず、魂と魂の交流でもって、より大きな世界をその人たちと共有するでしょう」

ミス・ポルトンからユーモアを交えたしかめた顔が突然消え、厳かで静かな顔つきになりました。そして、厳かで静かな声で口を挟みました。

「リリス、ミセス・オトウェイの悲しみはまだ日が浅くて、生々しいのよ」

「わかってるわよ！」とミス・ブレークが衝動的に大きな声をあげました。「どうせ、わたしは自己中心的な人でなしよ。自分が関心のあることを黙っておくというのが、わたしにはできないのよ。でも、ごめんなさい。本当にごめんなさい。わたしを許してね、ミセス・オトウェイ！何かほかのことを話しましょう」

「そんなに長くおしゃべりしていられないわよ」とミス・ポルトンが言いました。「お茶も終わったし、それぞれの仕事にとりかからなくちゃね。それに、ミセス・オトウェイは荷ほどきをして、自分の部屋を整えたいでしょうから」

これを合図に、各自が動きだしました。ミス・フィンチはすぐさま食器を集めると、カップと受け皿をトレイに戻しました。一方、ミス・ブレークは新たに謝罪と同情の言葉を述べました。ミス・ポルトンはわたしを捕まえて、わたしの作業場を見せてくれました。こじんまりとした、明るい部屋でした。石畳の床と、思っていたよりもずっと素晴らしい庭を見渡せる大きな窓がありました。それから、彼女は階段を上って、わたしを物置部屋へ連れてきました。そこには、わたしの荷物が置いてありました。

「夕食は午後八時です」とミス・ポルトンが言いました。「夕食はかなり遅めです。ですから、長く働けるかもしれません。そして、ここにいる全員が夕食に戻ってきます。その日の社交的な催しです。さて、荷ほどきできるよう、もうあなたを一人にしましょう」

ミス・ポルトンは踊り場から始まっている狭い階段を上って、わたしが屋根裏部屋だと思っているほうへ向かいました。そこからは、カチャカチャという音が聞こえてきます。ソーンダイク博士が話していた織り機を思い起こさせるような音でした。その一方で、わたしは自分のトランクの荷ほどきを始めました。トランクの中身をわたしの部屋へ移そうと思って。ですが、わたしがまだほとんど荷ほどきしていないうちに、ミス・フィンチが開けたままのドアのところに現れました。

「何かお手伝いしましょうか?」と彼女が尋ねました。「わたしがいくつかの荷物を運べば、あなたは何回も行ったり来たりしなくて済むわよ」

「ですが、あなたは忙しくないのですか？」とわたしは尋ねました。

「忙しそうに見える？　いいえ、今日の午後はだらけているのよ。でも、あなたがよければ、あなたを手伝いたいわ」

もちろん、わたしは喜んで歓迎しました。すぐさま、わたしは彼女に腕一杯の本を運んでもらって、さらに二つ目の仕事をお願いしました。しばらくの間、わたしたちはほとんどしゃべらずに、階段の上り下りを繰り返しました。わたしの部屋は、次第にがらんとした空間から、人の住む部屋へと姿を変えていきました。

「悪くはないわね」値踏みするように眺めて、ミス・フィンチが言いました。「人が住んでいるように見えるもの。洗面台は気に入ったかしら？」

「とても気に入ってるわ。簡素だけど趣があって、独特な感じですもの」

「そうでしょう。着色しただけだけどね。ゲッソーで。フィリバーがそれを作ったの。フィリバーとは、フィリス・バートンのことよ。夕食のとき、出会うと思うわ」

「彼女は大工なの？」

「いいえ。彼女は鏡や絵画の額縁を作っているの。木製の額縁をゲッソーや混合物で、あるいは彫ったりして飾りつけしているわ。だけど、彼女はとてもきちょうめんなのよ。全部、自分でやるの。厚板から額縁を切り出して、混合物と鋳型《いがた》を作って金メッキするのよ。彼女はとても素晴らしい木工職人だし、彫刻の腕もいいのよ」

「そして、彼女はとてもよい暮らしをしているのかしら?」ソーンダイク博士の意見を念頭に置いて、わたしは尋ねました。

「最初は苦労していたけれど、今はかなりよい暮らしをしているわ。だけど、今は芸術家のために直接働いています。そして、できるだけ多く得ています。あなたも、展覧会で彼女の額縁をよく見るでしょう。床の敷物もなかなかいいわよ。型抜き染めの麻布だけど。とっても長持ちするから、驚くわよ。丁寧に使えば、使いこむほど見ばえがよくなるんだから。これは染みの付いた型抜き染めよ。リリスがやったの」

「リリスですって? ミス・ブレークのこと?」

「そうよ。彼女の本名はウィニフレッドなの。だけど、わたしたちはリリスって呼んでるわ。それというのも、彼女はまるでステンドグラスの窓から抜け出してきたように見えるから。彼女は少し常軌を逸しているように思えるかもしれないわね。だけど、彼女は恐ろしいくらい賢いのよ」

「彼女はスタイル画を描くのでしょう?」

「そうよ。かわいそうなリリス。彼女はそれらを嫌っているわ。でも、素晴らしいものを描くのよ。彼女はむしろ絵を描いたり、壁面を装飾したり、タペストリー(横糸で模様を作り、縦糸が見えないようにした織物の工芸品)をデザインしたりしたいのよ。だけど、ご存じのとおり、生計を立てるためには、売れることをやらないとならないわ。それに、彼女には学校に通わせている弟がいるの。とてもかわいい男の子よ。彼女は恐ろしく占いに凝っていて——プランシェット(占いに用いる道具）や水晶玉や、そのほかにもいろいろなものを持っているけど、本当にいい人なのよ。そして、彼女は幽霊を見たと信じているわ。だから、あなたも気をつけたほうがいいわよ」

ミス・フィンチが話を中断してさらに見回したので、彼女の目とわたしの目は洗面台に、いや、むしろ洗面台が支えているものに注がれました。

「わたしはいくつか新しい陶器に取りかからなくちゃならないわね」とわたしは言いました。

「あの水差しと洗面器はミス・バートンの名作に値しないもの」

「まさしく。あれらはひどいでしょう？　ホワイトチャペル（ロンドンのテムズ川北岸のタワー・ハムレットの一地区）の陶器店にあるような代物よ。でも、わたしはいくつか持っています。ちょっと、見てきます」

ミス・フィンチは急いで階段を駆け上がると、洗面器と水差しと内側に鮮やかな緑色の釉薬《ゆうやく》をかけた、赤みがかった土器を持って戻ってきました。

「これらは粗野でがさつです」と彼女はわびるように言いました。（そして、頬は土器よりも赤味を帯びていました）「でも、下品ではないのよ。よりよいものが手に入るまで、使ってみますか？」

「長く使うと思うわ」とわたしは言いました。「なかなかすてきですもの――楽しそうだわ。それに、洗面台にぴったりよ。この家には、本当に陶器がいっぱいね！　ティーポットにきれいなカップとお皿。どれも面白くて珍しいわ。そして、あなたは善意の女性のように、これらの素晴らしいものを世に出すのよ。どんなふうにやるの？　水晶玉でも持っているのかしら？」

ミス・フィンチは笑うとかわいらしく顔を赤らめました。「わたしたちはみんな、家を見ばえよくして経費を節約するために少しでも努力しています。ミス・ポルトンが壁を解体して、ジョーン・アレンが木工品を描きました——あなたはジョーンを好きになると思うわ。モデルがいれば、彼女は肖像画を描くのよ。そして、雑誌の表紙や本の表紙も描くの。あなたからも素晴らしい作品を期待しているわ。あなたは金細工職人でしょう?」

今度はわたしが笑う番でした。そして、この大げさな肩書に赤面しました。「金細工職人とはちょっと違うわね」とわたしは抗議しました。「初歩的な宝石職人であり、金属細工職人、あるいは、銅細工職人かしら。そして、差し当たってこの部屋もひと段落したので、わたしは自分の作業場を整えたほうがよさそうね」

「そちらのほうも、何かお手伝いすることがあれば言ってちょうだいね?」とミス・フィンチが機嫌をとるように言いました。そして、わたしが快く彼女の申し出を受けると、彼女は腕をわたしの腕に回してきて、わたしたちは一緒に、わたしの未来の作業場へ下りていきました。

さまざまな職人との経験から、手先の器用さは一般的に認識されているよりも、ずっと一般的な資質であることを学んできました。古いことわざの〝多芸は無芸。器用貧乏〟というのは、まったくもって誤解を招く言葉です。なぜなら、一芸で培《つちか》った手先の器用さや技術は、ほかへの応用が利くからです。ある種の特別な技術の習得は、一般的に言って、手先の能力の向上につながります。ですから、ある技術をしっかり身につけた人は別の技術の習得の道半ばまで達しているのです。わたしは小柄なミス・フィンチを見ていて、先ほどの事実に感心しました。彼女はなじみのない器具をとても器用に使ったり、今までに見たこともないものでもすぐさま使い方を理解することに気がついたからです。わたしの二つの長椅子――宝石職人用の長椅子と普通の長椅子――は幸いにも持ち運びできるもので、ネジで留めて一つにしなければなりません。だけど、わたしがまだ道具箱の荷ほどきもしていないのに、わたしの小さな助手は一目見ただけで、長椅子の上下をひっくり返すと、スパナを使って脚と支柱とボルトにせっせと分け始めました。作業を進めるにつれて、彼女は注意を怠ることなく、興味深そうに見て、箱から道具や器具を出していきます。

「まあ、素敵なマッフル炉（ヒーターなどの熱源が被燃焼物を直接加熱せず、熱板などで仕切りを入れて加熱する炉。温度制御がしやすい）ね」わたしが小さなかまどを床に置いて設置しようとしたとき、彼女が声をあげました。「だけど、ガスを食うんじゃない？　あなたは自分専用のガスメーターを持たなければならないわね――あなたの稼ぎが全部ガス会社に消えてしまわないように、気をつけなくちゃ。それに、なんて小さい鉄床なの！　そして、これらはいったい何？」彼女はいろいろな道具を指さして尋ねました。

　わたしは見慣れないそれらの道具の使い方を、ときには個人的なことを、ときには技術的なことを交えて説明しました。最初の夕食の鐘が鳴るまで、わたしたちは作業を続けました。鐘の音を聞いて、わたしたちは自分たちの身支度を整えました。その頃には作業場の整理もかなり進んでいて、明日からでも作業に取りかかれるようになっていました。

　夕食の社交的な面のおかげで、わたしは残りの仲間に紹介してもらいました。フィリス・バートンが現れたときには、びっくりしてしまいました。彼女は小柄で弱々しそうでおとなしい感じの中年の女性です。わたしは彼女を大柄で逞しく、少し荒々しい女性だと想像していました。ジョーン・アレンはなんとなくこの表現に合うような気がしました。そして、一度ならず、片目を閉じてわたしを観察するように見ることに気がつきました。エディス・パルグレーブは背が高く、かなり恥ずかしがり屋ですが、代書人であり書道家です。ミス・フィンチから聞いたのですが、彼女は自ら進んで、教会の祈祷書《きとうしょ》を書いたり、装飾したりするとのことです。ですが必要に迫られて、おもにお店のチケットを書いて生計を立てているとのことです。

夕食は楽しくて、朗《ほが》らかな集まりでした。家庭的で、堅苦しくなく、それでいて、必要不可欠な社会的節度を配慮したものでした。わたしの仲間がどのような社会的階級に属しているのかを推測するのは、容易ではありません。彼女たちはいずれも教育を受けていて、知性があり、礼儀作法もわきまえています。そして、お互いの行動に関心を持っています。ですが、自分自身の活動に専念しています。この小さな下宿での生活から生まれる交友は、わたしのように自分の人生を生き、自分の興味や満足を追求する自己充足型の人間を妨《さまた》げることはないだろうという好ましい印象を受けました。

それで、少し早めにわたしは自分の部屋へ引きあげて、床に就く前に一時間ほど本を読みました。わたしの思いは、ソーンダイク博士への感謝となりました。そして、ごたごたの続いた嵐のようなわたしの人生が過ぎ去り、静かに身を寄せる場所を見つけたわたし自身も褒めてあげたい気持ちでした。

第十二章　隠れた手

新しい家に落ち着いてから一か月ほど経ったとき、わたしはミスター・ジャクソンから手紙を受け取りました。手紙のおおかたの内容は事務的なことで、わたしの父のさまざまなものの処分や、余った家具の販売とその結果についての報告でした。ですが、一つかなり検討に値する材料も含まれていました。それは追伸として加えられていて、こう書かれていました。〝おそらく聞いているでしょうが、ミスター・オトウェイはメードストーンを離れました。いろいろなことが、彼にとって心地よくなくなってきたのでしょう。審問で明らかになったことから、彼はあなたのお父さんの死に多くの面において責任があることが知られるところとなりました。その結果として、彼に対する悪感情が起こってきました。彼がどこへ行ったのかはわかりません。ですが、噂《うわさ》によれば、彼はロンドンへ移り住んだとのことです〟

この知らせは、なんとなくわたしを不安にしました。わたしは長椅子に座って、あれこれと考えを巡らせました。そして、その重要性を推測しようとしました。審問は何事もなく終了しました、とミスター・ジャクソンは言っています。ですが、検視官と陪審員が証拠の真意を見落としているように思われると、少なくとも、あの場にいた何人かが考えているのは明らかでした。ソーンダイク博士も、そのうちの一人でした。彼にまで辿り着けるような噂はありませんでしたので、明らかに、ほかにもそのように考えた人がいるのでしょう。これは何の前兆でしょうか？　ミスター・ジャクソンにとっては、ただの情報かもしれませんが、わたしにとっては、ソーンダイク博士にさえも打ち明けることのできない秘密の約束なのです。疑惑が広まり、累積して、あの約束が悪意を持って白日のもとへ引きずり出されるかもしれないという不安な気持ちになります。

ソーンダイク博士と話してからというもの、わたしの善悪の判断力はちょっと鈍くなっていました。わたしは証人として、宣誓をして証言しました。積極的に虚偽の証言をしたわけではありませんが、少なくとも不誠実だったように感じました。そして、〝共謀〟という言葉は、不愉快な資質をもたらします。

そして、ミスター・オトウェイはどうしたのでしょう？　彼はわたしの人生から逃げ出して、彼に疑いが及ばないところへ身を隠したのでしょうか？　あるいは、本当にロンドンへ移り住んだのでしょうか？　そして、かつてのように、悪意に満ちた彼の影がわたしの新しい生活にのしかかってくるのでしょうか？　彼は臆病な男なので、恐怖に駆られて、はるか遠くへ、それこそ、海を越えて逃げたのならいいのにと想像していました。ですが、わたしは彼の最後の姿を聞いていなければ、見てもいないという胸騒ぎを覚えました。

それから数日が経って、散歩から帰ってくると、ミスター・オトウェイからの手紙が来ていました。彼に会うように求めています。翌日、わたしはタワーワーフで彼と会いました。彼はいつも以上に動揺していました。彼は立ち上がると、ほっとしたような声を出して、わたしを迎えました。「ミス・ヴァードン、いや、ミセス、え〜と、ヘレン。手紙を受け取ったんだ」

「あなたとの手紙のやりとりに興味はないわ」とわたしは冷ややかに言いました。

「だけど、この手紙の内容がずいぶんと特別なので、僕はそのことについて思いきって君に書いてみたんだ。僕の言わんとすることに応えてくれるだろう」そして、わたしたちの関係と、あなたの気持ちがわたしのほうを向いていることを考慮して、彼はこう付け加えました。「このような予期せぬ窮地に陥ったとき、僕は君に、君だけに援助と助言を求めるというのは不思議だよ」

「男のあなたが経験してきたことより、わたしの助言のほうが価値があるとは思えないわ」とわたしは言いました。「でも、どんな窮地なのか話してみてちょうだい――ここに座りましょうか？

あなたは手紙を受け取ったのね」

「そうなんだ」わたしたちが橋の近くの椅子に座ったとき、彼が答えました。「匿名の手紙なんだ。趣旨は一つだけなんだ――つまり……」

「手紙の実際の文言を繰り返すことに、何か異論でもあるの？」とわたしは尋ねました。

「ないよ。もちろん、ないさ。おそらく、そのほうがいいだろう。君は事務的だし、おまけに頭脳明晰だ。そのことは君の生い立ちと、君がお父さんと一緒に長くいたことによるものだろう。ないよ、もちろん異論はない。実際……」ここで彼は明らかに気乗りしない様子で革の財布を取り出すと、折りたたまれた紙を引き出しました。「……実際、君自身が手紙を見たほうがいいだろう」

　わたしは彼から紙を受け取りました。開いてみると、とても短い手紙でした。通常のタイプ用紙にタイプ打ちされていました。住所もなければ、見出しもありません。そして、ミスター・オトウェイの裏書きした署名以外は日付もありません。書き手の署名もありません。その代わり、タイプ打ちでこう書かれていました。〝他人の幸せを祈る人〟。さらに、こう書いてありました。

〝ミスター・ルイス・オトウェイ〟

「これを書いた人は、あなたに警戒させるために書いています。ミスター・ヴァードンがどのように死んだのか、ある人物は知っているのでしょう。そして、ある人物はあなたの友人ではありません。ですから、あなたはあなたと敵対する人たちに目を光らせて、ある人物が何をするつもりなのか用心したほうがいいでしょう。今のところ、これ以上のことはわかりません」

〝他人の幸せを祈る人より〟

わたしは二回、手紙を読みました。二度目にある特徴に気がつきました。文法と句読点の付け方に誤りがありました。さらに、無教養な人の文章の特徴である代名詞の誤用が見られます。もちろん、このような誤りは無教養を装うためにわざと行っているのかもしれません。ですが、このような誤りは、書き手が教養には無関心であることを示しているのかもしれません。匿名の手紙の多くの書き手が、そうであるように。わたしは手紙をミスター・オトウェイに返して、尋ねました。「この手紙に、何か心当たりは？」

「何も」と彼は答えました。「まったく、何もないよ。何者かが何かを知っている、と言っている。だけど、そんなことはありえないよ。君と僕以外、あのときあの家には、誰もいなかったんだから。おっと、君のお父さんがいたっけ。だから、君が知っていることを除けば、ほかには誰も知らないわけだ」

「この手紙の書き手について、心当たりはないの？」

「まったくないね。髪の毛ひとすじさえの手がかりもない。君を除いて、あのときの状況を知ることができた人物など、どこにもいないんだ」彼はしばらく口をつぐみました。それから、低い声でためらいがちに尋ねました。「ヘレン、君には、誰か思いあたる人がいるんじゃないのかい？」

わたしがすぐさま見上げると、彼の盗み見るような目と目が合って、彼は慌てて目をそらしました。それで、彼があの手紙を書いたのはわたしか、あるいは、関与していると疑っているのだと確信しました。

「ミスター・オトウェイ」わたしはゆっくりと静かに話しました。ここは冷静にならなくてはいけません。「わたしがこのおかしな出来事について何か知っているとあなたが思っているなら、否定します。わたしの父の死についてのあなたの説明は真実ではないと、わたしが何らかの疑問を抱いていると思っているなら、それも否定します。もしわたしが父の不正行為を知っていたり、あるいは、少しでも疑っていたりすれば、あなたはわたしから話を聞く今まで待ってはいなかったでしょうし、わたしとあなたとのやりとりは、このようなかたちや手段で行われなかったでしょう」

そう言って彼を見ると、彼は恐ろしいほど青ざめて、みるみる小さくなっていくようでした。彼は本当に怯《おび》えていました。彼を心底嫌ってはいましたけれど、彼のことを気の毒に思いました。

「君は僕を誤解しているよ、ヘレン。誤った判断をしている」と彼はかすれた声で抗議しました。「君を疑ってなどいないよ――これっぽちも。では、なぜ僕がこのようなことを話すのか？　もちろん、僕がやったのではないことを君は知っているに違いない。君は推測できるかもしれない――何者かを知っているかもしれないと思っただけだよ」

「わたしは知らないわ」とわたしは言いました。「公表されていることのほかに何かを知っている人に、わたしの知り合いはいません。また、ほかの誰かが何かを知っているとも思っていません。わたしが言いたいのは、この人物は明らかに下層階級に属していて、常習的な脅迫者だということです。この人物は審問の場にいたか、あるいは報告書を読んだのでしょう。そして、何らかの嫌疑があなたにかかっていると信じさせようとしています。ミスター・オトウェイ自身の窮地であるにもかかわらず、わたしがその関係者であり、彼の見えない敵に対する協力者にわたしを仕立てる如才のなさには、称賛せずにはいられませんでした。そして、脅迫者というのは、有罪判決を招くような人にとってはかなり手ごわい相手です。わたしたちは不法行為における仲間です。わたしはすでに気がついていましたが、わたしたちそれぞれの立場での不法行為の意味合いの違いは、この状況でのわたしたちの立場に大きな影響を及ぼすものではありませんでした」

「おそらく、君の言うとおりだろう、ヘレン。だけど、脅迫はないんだ――少なくとも直接の脅迫は。それに、僕から金を手に入れようとするような試《こころ》みもない」

「これから来るのかもしれません」とわたしは言いました。

再び彼は深く息を吸うと、盗み見るようにわたしを見ました。「そうかもしれない」と彼は同意しました。「これが最初の動きかもしれない――まき餌をまくように。いわゆる、嫌がらせだよ、ヘレン。僕はどうしたらいいと思う？　僕のほうがかなり年長だけど、こういうことについては君を頼りにしているんだ。君はお父さんから明晰な判断力と、緊急事態でも冷静さを失わない術《すべ》を受け継いでいるからね」

気の利かない人だと思いました。父のあの最後の致命的な緊急事態での落ち着きを、わたしはありありと思い出したのですから。ミスター・オトウェイによって仕組まれた破滅と不名誉の脅威が頭上に迫り、いつなんどき落ちてきてもおかしくない状況で、父は落ち着きを失わず、平静を保っていました。そのことを思い出して、今の同情心が増すようなことはありませんでした。

「わたしのほうでは」とわたしは冷ややかに言いました。「今の時点ですべきことは何もありません。わたしならこのような手紙は無視します。そして、書き手がもっとはっきりと手の内を見せるのを待ちます。もし書き手が何らかの脅迫をしたり、口止め料を要求したりすれば、すぐさまそのことを警察の手に委《ゆだ》ねます」

わたしの助言のとくに後半の部分は、ミスター・オトウェイの役に立たないことがわかっていました。そのことは、わたしにとっても同様です。ですが、このような状況ではしかたありません。この先もずっと脅迫者につきまとわれるよりも、いかなる脅威であろうと、そちらのほうがましです。

「警察とかかわりを持つことは得策じゃない」とミスター・オトウェイが言いました。「彼らは脅迫者に対して手厳しい。だが、彼らに情報を与えると公言する連中の話をなんでも聞く。それに、もし脅迫者が追いつめられていたら、とても危険かもしれない。そして、証拠をもみ消すための談合のようなことを持ちかける余裕もない。われわれが伏せている事実は、形のあるものじゃないんだ。他人にはわからないだろう」

わたしならこの手紙を無視するという以外には、何も言いませんでした。そしてしばらく、わたしたちは川を見つめて、黙って座っていました。ミスター・オトウェイは息を深く吸いこむと、陰気に考えこみました。おそらく、わたしの提案があまり気に入らないのでしょう。この件の不快な点については、彼が正しかったということでしょう。

「それならそれでいい」と彼がようやく言いました。「何が起こるか、見守るとしよう。そのとき、このいまいましい事案を片づけて、これからの君のことについて話し合おう。君の作品のいくつかを見たよ。しかるべき場所に展示すれば、かなりの値をつけられるだろう。だが、普通のお店では使い道がない。普通の小売店では、個人の作品の扱い方も売り方もわからないだろう。連中は卸売業者や製造業者から仕入れるんだ。そして、一般大衆に売る。おそらく、連中は君の作品を見ないだろう。仮に買うとしても、安い労働力と機械化によって大量生産する製造業者より高額では買わないだろう」

「だが、芸術家による作品と、大量生産の作品の違いがわかる人たちもいる。そして、価値のあるものには、それなりのお金を払う。そして、そういう人たちに作品を供給する販売業者もいる。ミスター・キャンベルは、その一人だ。僕は彼のことを何年も前から知っている。そして、彼は芸術作品の優れた目利きであり、彼の顧客のために、いいものを仕入れようとする。彼の顧客も、もちろんかなりの目利きだ。ミスター・キャンベルは、芸術の世界で広く知られている。そして、彼は本当に価値のあるものを売却できるので、作り手の芸術家に正当な報酬を払うだけの余裕がある。だから、彼に君の作品を見せることを強く勧めるよ。もちろん、君は僕からの手当てを受け取れるけれど、もし君が本当に……」

「わたしにとって、とてもよい話だと思います、ミスター・オトウェイ。ですが、そのことは問題外だと申しておきます」

「いいだろう。君の決心が固いなら、君の才能をもっとも有効に使う助言をするだけだ。ミスター・キャンベルのところへ行きたまえ。そうすれば、君は公平に扱ってもらえるだろう」

わたしは彼に感謝の意を伝え、そのようにすることを約束しました。そして、このあとすぐに、彼との面談を終えました。

わたしがゆっくりとウェルクローズ・スクエアへ戻りかけたとき、わたしがミスター・オトウェイと会うことが知られていたという新たな展開について考えました。そこに何かがあったことは、疑いようがありません。〝他人の幸せを祈る人〟というのは、思い違いを装うには弱すぎます。何かを知っている何者かというのは、明らかに第三の人物でしょう。なぜなら、あのときの状況をわたしが知っていることをほかの誰も知らない、とミスター・オトウェイは言いましたから。わたしの解釈はこうです。あの審問の場にいた何者かはミスター・オトウェイが過度に緊張しているのを見て、これは脅迫する相手としてうってつけだと思ったのです。

ミスター・オトウェイがあれほど怯えるのを説明することは、さほど難しくありません。彼はもともと臆病な男です。強くて長引く緊張に耐えられません。そして、彼は有罪判決を招くような秘密を抱えています。彼が自覚しているように、事実、彼はかなり危険な立場にいます。もし審問の場でわたしの父の死について詳細が完全に明らかにされていたら、ミスター・オトウェイの証言や説明に異議が唱えられていたでしょう。ですが、重要な事実が開示されなかったことで、この問題が別の様相を呈してきました。もし再度、審問が開かれたら、あのときの状況だけでなく、重要な事実を話さなかったことについても、彼は説明を求められるでしょう。だから、彼はあれほどまでに警戒しているのです。

それにもかかわらず、彼の絶望的な恐怖に対して、わたしは気まずい印象を持ちました。わたしの父の悲劇的な死は、すべてわたしのほうの判断ミスによるものだと装うことはできませんでした。秘密の結婚が間違いの結果だったのです。女らしく、わたしは強い自分の信念に従って行動したのです。ですが、その信念は間違っていました。もう一度、間違った信念に従って行動したら、どうなるでしょうか？　わたしの父の死についてのミスター・オトウェイの説明を、正しいと思っていました。そう思うだけの確かな理由があったように思いました。ですが、結局のところ、わたしが間違っていたのだとしたら、どうなっていたでしょうか？　わたしの父を殺した殺人犯を、法廷でかばうことになったのではないでしょうか？　その可能性は否定できません。まことしやかに供述によって裏づけられていますが、明らかに証拠としての価値のない、単なる可能性について考えていました。そして、その考えは、まったく間違っていたかもしれません。恐ろしい考えです。わたしはその考えを捨てようとしましたし、決してその考えを受け入れようとはしませんでしたが、とても恐ろしい考えでしたので、この脅迫者の手紙では、わたしへの脅迫は触れられていないにもかかわらず、家まで帰る道のりのあいだ、ずっとわたしの頭から離れませんでした。

第十三章　水晶占い師とほかの問題

ウェルクローズ・スクエアの古い家の陽気な雰囲気が、すぐにわたしのふさぎ込んだ気分を晴らしてくれました。わたしが着いたときは、すぐに夕食の時間でしたので、心地よい食器の触れ合う音が食堂から聞こえてきて、かすかにカレーの匂いが漂ってきました。食堂に入ると、リリスとミス・フィンチが真剣な議論をしていました。そして、わたしが長期の不在から復帰したかのように、わたしに挨拶しました。

「シビル（巫女《みこ》の意味がある）はどうしているのか話し合っていたのよ」とリリスが言いました。（彼女がわたしにこの名前をつけたのは、わたしの顔つきが妙に〝心霊的〟だったからでしょう）

「かわいそうなシジュウカラは（シジュウカラというのは、ミス・フィンチのペットの名前だけれど）、子ネコを見失った親ネコのようにうろついていたわ」

「あるいは、親ネコがいなくなった子ネコのように」仲間の小さな耳をつまんで、わたしは囁《ささや》きました。「わたしは遠くへは行っていないわ。でも、仕事のきわめて重要な取引を行ったのよ」

「あなたが何かを売ったという意味じゃないでしょう！」とシジュウカラが疑うように声をあげました。

「実際に売ったわけじゃないわ。だけど、市場《しじょう》を見つけたのよ。親切な人の情報を持っているの

――スコットランド人よ。その人は芸術作品や、ほかの手作業の作品の売買をしているの」

「スコットランド人ですって！」とミス・フィンチが叫びました。「美術商はみんなユダヤ人だと思っていたわ。そのスコットランド人には、いつ会いにいくの？」

「彼に見せられるだけのかなりの数の作品ができるまでは、彼に会ってもあまり意味はないわね」とわたしは言いました。

「わたしは賛成できないわ、シビル」とリリスが言いました。「まず初めにやるべきことは、あなたの販売業者を見つけることよ。そのためには、あなたは彼が何を望んでいるのか見つけなければならないわ。きっと個人的な好みがあるはずよ。そして、どういったものがもっとも売りやすいのか知っているわ。あなたが用意できているものすべてを、彼に持っていかせるのよ。それから、彼はあなたが何をできるのかを見きわめるでしょう。そして、あなたからどのような作品がほしいのかを、あなたに伝えるでしょう。時間を無駄にしちゃだめよ。わたしなら、明日にでも彼に会いにいくわ」

「芸術家は月給取りの職人のように、注文に応じて働かなければならないのでしょうか？」とわたしは尋ねました。

「実際には、そうなるわね」とリリスが答えました。「それがなぜだめなの？　芸術家は人に買ってもらいたいものを作るのよ。買い手の要求と望みを考えることは、確かに理にかなっているわ。そして、優れた職人は、みんな、そうしているわ。チッペンデール様式の椅子は、見た目がいいだけじゃないのよ。座ったときに心地いいし、使いやすいのよ。芸術家と商業目的の製作者の違いは、芸術家は売れるかどうかなど考えずに、自分が満足するためにいつだって最善を尽くすのよ。それに対して、商業目的の製作者は利益のことだけを考えるわ。結果として、粗悪な作品ができあがり、買い手は我慢することになるのよ」

「確かに、芸術家は作りたいものを作るでしょうね」とわたしは言いました。

「もちろんよ」とリリスが答えました。「作り終わったときに、手元に残しておきたいと思うならね。誰かにお金を払ってもらうつもりなら、話は別だけれど」

神秘的なリリスの手堅い道理にかなった考え方に触れて、内心、わたしはいささかびっくりしました。リリスにはとてもびっくりさせられたので、彼女が自分の部屋へ引きあげると、わたしはミス・フィンチにそのことについて話しました。

「そうなのよ」とミス・フィンチが同意しました。「リリスは非凡な女性よ。リリスが二人いるみたいなの。一人はここの三月のように気まぐれで、もう一人は良識と洞察力を備えているの。彼女は本当に水晶占いや、テレパシーによるばかげた話を信じているのかしら、ととどき思うことがあるの。だけど、彼女はただ説教していることを実行しているのよ。彼女は注文に応じてスタイル画を描いているけれど、必要以上に素晴らしいの。そして、自分自身の満足のために、ほかの作品も描いているわ。そして、それを自分の手元に置いているわ。あなたは彼女のアトリエへ行って、仕事中の彼女を見たほうがいいわ。そうすれば、あなたもわかるわよ」

「そして、わたしは彼女から助言を受けたほうがいいと、あなたは思っているのね？」

「そうよ。まず初めに、あなたの販売業者を見つけること。そして、その人が繰り返しあなたに同じものを求めるようなら、違うものを求める別の販売業者を見つけるのよ。大事なことは、市場を得ること。よい仕事を続けていても、作品がすべて自分の手元に残ってしまうのはひどくつらいことよ」

この助言に触発されて、夕食のあと、わたしは自分の作業場へと向かいました。そして、わたしの作品を見直しました。一か月の作業は、大した作品を生み出してはいませんでした。わたしの作業は相変わらずゆっくりとしたものでした。ですが、続けることで、少しずつ上達していました。一方で、わたしは完成品と同じくらいの量の仕掛《しかか》り品を持ってきていました。ですから、ミスター・キャンベルがわたしの力量を判断するのに充分なだけの作品を持っていました。わたしは自分の作品を見渡して、今のわたしの標準的なものとは違うものを一つ二つ選びました。そして明日に備えて、ハンドバッグに詰めました。わたしが部屋のドアを開けたとき、リリスが階段を駆け上がってきました。

「あのね」わたしはハンドバッグを握りしめて言いました。「あなたの助言のとおり行動するわ。自分の作品のなかから選んだものを、明日の朝、販売業者のところへ持っていくわ」

「それを聞いて嬉しいわ」と彼女が言いました。「芸術の商売の面は、面倒だし、不愉快な思いをしたりするわ。だけど、あなたの作品で生計を立てるつもりなら、売らなければならないわ。あなたの作品について、わたしの個人的な意見を述べてもかまわないかしら?」

「あなたに見てもらえるなら光栄だわ」そう答えると、わたしは彼女をわたしの部屋へ案内して、テーブルのそばに肘掛け椅子を置きました。「すべての作品をお見せするわ」

わたしは作品をハンドバッグから取り出すと、もっとも見ばえよく見えるようにテーブルに並べました。そして、彼女は一つ一つをじっくりと見て回りました。

「素敵ね」彼女は感心したように声をあげました。「わたしには判断できないけれど、素人の目には素晴らしいものに見えるわ。デザインが楽しいわね。とても独特で個性的ね。それでいて、素朴で控えめなのよ。色彩感覚も繊細だわ。エナメルの使い方が秀逸《しゅういつ》よ。そして、貴金属の代わりに、ブロンズを使っているのがいいわね。あなたの販売業者がスコットランド人だというのは、運がいいわよ。なぜなら、ユダヤ人はいつだって金《きん》を好む傾向があるもの」

「そうね」とわたしは言いました。「ブロンズは好きな材料よ。装身具として考えても。とくに、表面加工で日本の方法を使うなら、緑青《ろくしょう》（銅の表面に生じる緑色のさび）でも、いろいろな変化をもたらすことができるし。エナメルをもっとうまく使えたらいいんだけれど」

「あなたは困難をかなり完璧に乗り越えているように思えます」とリリスが言いました。「たとえば、このペンダントは美しいわ。そして、ベルトの留め金も。ねえシビル、わたしたちは協力できるかもしれないわね。わたしのデザインのいくつかには、金属の装飾品もあるわ。留め金やボタンは装飾の計画の一部なの。わたしたちは、そのことについて話し合わなければならないわね。そしてシビル、わたしはあなたに何事か言いたいわ――かなり厳しいことを。そして、あなたには先入観なしで、わたしの話を聞いてほしいの」

わたしは彼女を見ました。そして、すぐさま彼女の変化に気がつきました。そして、リリスが突然、神秘的になってしまったことに気がつきました。大きく見開かれた目は、夢を見ているようであって、それでいて力強いものでした。

「わたしにとっての人生の素晴らしさを、あなたと話すのを避けてきました」と彼女は低くて、真剣な声で言いました。「本当はそういった話がしたかったのよ。だけど、あなたの個人的なことや、自己充足型の人柄に立ち入るのを恐れていたの。だけど、あなたには天賦の才能があるわ——霊的な能力が。あなたは力のある女性よ。一般大衆は見たり聞いたりといった五感で感じることのできる、小さな囚《とら》われの世界に生きているわ。もし彼らが自分たちの考えをほかの人に伝えようとすれば、厄介にも、会話や目に見える手段に訴えなければならないわ。名声不朽の人が知っていることは、感覚器官を通じて乱暴に他者に届き、少なくとも物質的な体に閉じこめられている限りは、原始的で不適切なメディアを通じて、時間と空間の制限と単なる物質的な接触に縛られている他者との意思疎通をはからなければならないの。だけど、このような制限を受けない人も存在するのよ。天賦の才能を与えられた人たちは、物質的な目とは違うもので見えるのよ。耳でなくても聞こえるのよ。時間や場所を超越して考えていることを伝えたり、大昔を見ることができるのよ。そして、未来さえも。このような人たちは意思の力を制限なしに、そして、身体活動を伴わずに使うことができるわ。そして、あなたはこのような人たちの一人なのよ、シビル。あなたはこのような力を授かっていると、確信しているわ。でも、その力はまだ表れていないし、気づかれてもいないわ。それと言うのも、あなたがそれらを使おうとしないからよ。意識の領域のなかの潜在意識を目覚めさせようとしていないし、両者を接触させようともしていないから」

　このかなり奇妙な長広舌（実際に、シジュウカラはリリスを気がふれていると呼んでいました）に対して、あまり確信はありませんでしたけれど、熱心に聞いていました。なぜなら、わたしの人生の最大の危機のとき、自分の無知と誤った判断を思い出さずにはいられなかったからです。金色の後光のような赤褐色の髪の毛に、大きな青色の目、そして、少し開いた唇のリリスは絵のように美しく、預言者のようでした。ですが、わたしは返事をしませんでした――実際、何も言うことがなかったのです――そして、少し間を置いてから、彼女が続けました。

「このことを、わたしが偉そうに自分の考えをあなたに押しつけようとしていると思わないでちょうだい。ちゃんとした実用的な目的があって言っているんだから。あなたは明日、芸術家としての大切な初めの一歩を踏み出すのよ。あなたが成功するかどうかは、職業としてこれからも芸術でやっていけるかどうかにかかっています。つまり、仕事がなくて、生きていくのに充分な収入がなくても……」

「充分な収入はないわ」とわたしは言いました。

「そうなると、芸術的な成功だけでは充分ではないわ。商業的にも成功しなければなりません。あなたの仕事から生活の糧《かて》を得なければなりません。美しいものを作るということではあなたは有能だし、作り続けることでさらに上達するでしょう。あなたに必要なことは、あなたの作品からどのように利益を得たらいいか学ぶことよ。どのようにあなたの作品を買う気にさせるかよ」

「だけど、それは買い手の要望にもよるでしょう」

「確かに、ある程度はね。だけど、そのことに任せているだけではだめよ。提案を含めた無言の意思の力の使い方を学ぶのよ」

「何のことかわからないわ」とわたしは言いました。

「このことについては、別の機会にじっくりと話し合いましょう」とリリスが言いました。そして、理論と実践した結果を知るのよ。さしあたって、無言の意思と提案はすごい力があるというわたしの言葉を、事実と受けとめるようにしてよ。証拠もなしに、信じなさいと言うつもりはないわ――あとで、証拠をみせるわよ――だけど、シビル。まずはやってみてよ。もし失敗したとしても、今はこれ以上悪くはならないでしょう。だけど、失敗しなかったら、成功への足がかりをつかめるわ」

「わたしに何をさせたいの、リリス？」彼女の謎めいて、とらえどころのない言葉に戸惑いながら、わたしは尋ねました。

「わたしがやっていることをやるように言うつもりよ」と彼女が答えました。「出版社へスケッチを持ちこむとき、事務所の外で五分ほど立っているの。そして、スケッチが採用されるように意思の力を働かせるのよ。スケッチが採用されるように、ときどき紙の切れ端に書いておくときもあるわ。そして面談を待っているあいだ、書いたものをじっと見つめて、そのことを心のなかで唱えるのよ。書いたものがわたしの意思の力を高めてくれるわ。それから、実際の面談のときは、提案の方法を使うのよ。編集者など先方が何を言っても、わたしの作品にどんな異議を唱えても、先方は受け入れてくれるということを辛抱強く印象づけるの。それで実際、先方は受け入れてくれたわ。もし断られても、そのことは無視して、あたかも受け入れられたかのように話し続けるのよ、もちろん、失礼にならない程度にね。これらのことを巧みにやり続けるの。そして、先方が話しているあいだじゅう、意思の力を相手に送り続けるのよ」

「それで、結果は？」とわたしは尋ねました。

「結果は、持ちこんだスケッチをすべて売ることができたわ」

このことはわたしをとても勇気づけました。そして、リリスのもっとも素晴らしいスケッチを、そして、誰かに見せる前に、もっとも厳しい批評をする人物に見せたことを知らなかったとしても、わたしは勇気づけられたでしょう。彼女が自分の作品を売ったのは、紛れもない事実です。そして、受け入れるまでに、どれだけ多くの素晴らしいスケッチが没になったのかは知るよしもありません。有能な芸術家というのは、必ずしもうまくいった芸術家ではないのです。

「具体的に、わたしにどうしろと言いたいの？」とわたしは尋ねました。

「あなたにも、わたしがやっているようにやってほしいのよ」と彼女は答えました。「あなたにもお店の外で五分間立って、この販売業者があなたの作品を買ってくれるように意思の力を働かせるのよ。そのことを紙か何かに書いて、それをじっと見ながら念じると、きっと助けになるわよ。もしその販売業者が見込みがあるようなら、意思の力をより直接伝えられるように、相手の目を見て念じるのよ。そして、お店のなかへ入るときは、最大の集中力でもって意思の力を働かせ続けるの。そして、販売業者と話すときには、あたかも先方があなたの作品を買うかのように話して、買うように印象づけるの。相手の反対意見は気にしちゃだめよ。もし相手が拒《こば》みそうなら、相手の間違いを正して、正しい方向へ彼の思考を導くのよ」

この驚くべき方法を聞いて、わたしはいささかがっかりしたに違いありません。でも、リリスはさらに熱心に続けます。「異議を唱えちゃだめよ、シビル。異議を唱えることは簡単よ。あなたには充分な意思の力があるわ。そして、あなたの心の状態を他者の心に伝える天賦の才能があると、わたしは確信しているわ。だから、あなたには成功してほしいし、あなたの才能を無駄にしてほしくないのよ。さあ、やってみて、シビル。あなたの友だちを喜ばせてよ」

わたしに何ができるでしょうか？　彼女が言う原因と結果の関係をわたしの心が受け入れることを拒んでいましたが、そのような関係は存在しないとは言えませんでした。わたしには確信がありませんでした。ですが、わたしの確信のなさは、リリスが心から信じていることよりも理性的ではないかもしれません。なぜなら、彼女は証拠を示して彼女が信じていることを表明したのですから。それに対して、わたしの懐疑的な態度は、かなりわたしの性分によるものですから。それに、彼女はとても真剣に、そして、わたしのためを思って話してくれていたので、異議を申し立てるのはぶしつけなように思えたものですから。とうとう、わたしは彼女の計画を実行することと、彼女が紹介してくれた無言の意思の力と提案に、そして、彼女が言ったとおり、販売業者がその気になるように書いたものをわたしの意思の力を補強するために適切なタイミングで使うことを約束しました。

翌朝、メードストーンから持ってきた父のロンドンの地図帳を注意深く調べてから、わたしはハンドバッグを手にして、仲間たちの、とくにリリスの幸運を祈る言葉に励まされて出発しました。マーク・レーンで地下鉄に乗り、チャリング・クロス駅で地上へ出て、レスター・スクエアを横切って北へ向かいました。道中、実行のときが近づくにつれて、正直なところ、わたしは自分の立てた計画を少し距離を置きながら頭のなかで繰り返し考えていました。嫌悪感が増してきました。そして、懐疑的な態度も。リリスは自分で主張しているように成功しているけれど、それでも、彼女の意に反してスタイル画を描いている事実を思い出して、そのことをよく考えました。彼女が信じているように、意思の力が効果のあるものなら、嫌な仕事をやる代わりに、彼女が喜んで作った作品を買わせることができるかもしれません。ですが、今はそのことを考えても役に立ちません。とにかく、この方法を試してみると約束したのですから。そして、約束を実行しなければなりません。

こう考えると、わたしはウォーダー街（ロンドンのソーホーの街路名。昔は骨董店が多く、今は映画会社が多い）の奥へと足を運んでいきました。そして、わたしは全神経を集中してミスター・キャンベルのお店を探しました。ミスター・オトウェイは、家の番号をわたしには教えていませんでしたので。ですが、オックスフォード街（ロンドンのウエストエンドにある繁華街）のはずれの近くの西側にあると彼が言っていたのを覚えていました。それで、私は東側に沿って道路をゆっくり歩き、反対側のお店の店頭をしらみつぶしに見ていきました。道のはずれ近くまで来たとき、わたしの目は小さなお店を見つけて輝きました。窓の上のほうに、消えかけた金色の文字で〝ドナルド・キャンベル〟と刻まれていました。わたしはすぐに道路を渡りましたが、渡っているときに、急に緊張に襲われたことに気づきました。なぜなら、このことはわたしにとって初めての経験でしたから。これまでのわたしの店主とのやりとりは、すべて買う側の立場でした。それが売る側に変わったことで、予想外の戸惑いと恥ずかしさを感じました。実際、道路を横切っている最中に、恥ずかしく思う気持ちが強まって、リリスとの約束を忘れてしまいそうでした。それでも、まさにお店のなかへ入ろうとしたとき、そのことを思い出しました。

　それでも、リリスの言ったことを思い出しはしたものの、実行するのは簡単ではありませんでした。わたしはお店のドアから窓のほうへ移動すると、そこに立って、わたしの意思の力を集中しようとしました。でも、集中できそうもありません。窓から、卑金属（容易に酸化する金属）の魅力的なスプーンが並んでいるのが見えて、たちまちわたしの目は釘づけになってしまいました。とくに十七世紀後半の洗練された色の薄い金属板で精巧に作られた一組に目を奪われました。それは職人の繊細な技量と、年代物の風格と使いこまれたことによる外観の柔らかみがもののみごとに一体となっていました。

　わたしの意思の力が逃げていくのを自覚する前に、無意識のうちに、わたしはそれらをわたしの粗削りな作品と比べ始めていました。それで、わたしはスプーンから目をそらして、本来の目的を思い出しました。それで、慌ててポケットから紙を取り出して、書いたものを見すえて、意思の力を集中しようと試《こころ》みました。手順そのものがばかばかしく思えてくる気持ちを抑えました。今、わたしは紙から目を上げ、スプーンから目をそらしました。すると、別のものが目に入ってきて、同じように気をそらしました。『窓にあるのは顔だけ』という奇妙な詩が目に入りました。ですがこれで、わたしの集中力は高まり、気が大きくなりました。スコットランドのハイランド地方の峡谷とまではいきませんが、ヨルダンの土手くらいなら行けそうです。太りぎみの顔は、艶のある黒髪に縁どられ、髪の毛はこめかみのところで法律家のかつらのように少し縮れてカールしています。腫れぼったいまぶたの下の目は小さくてグレーで、まぶたの上の眉毛はこわばって黒く、ふっくらとした赤い唇に、一般的なセイヨウナシのような形のやや大づくりな鼻といった容貌です。明らかにミスター・キャンベルの顔ではなく、支配者層に属する人の顔つきでした。それでもリリスの指示を思い出して、販売業者の目を見すえることで、よりはっきりとわたしの意思の力を伝えようとしました。わたしは彼の顔を冷ややかに見つめて、静かに念じました。ですがここで、わたしはまたもや反撃にあいました。この人物にも、明らかに霊的な能力があったからです。彼にじっと見つめられて、わたしのほうが戸惑ってしまいました。このことで、わたしは意思の力のことなどすっかり忘れてしまい、紙を慌ててポケットにしまうと、気まずそうな顔をしてお店のなかへ入っていきました。

支配者層の顔の持ち主は、カウンター越しに感情を表さずにわたしと対峙しました。彼は明らかにミスター・キャンベルではありませんでしたが、取り乱していたわたしは彼にミスター・キャンベルですか、と尋ねること以外に何も考えられませんでした。そして、彼がそうだ、と答えたものですから、さらにわたしは取り乱してしまいました。

「わたしはミセス・オトウェイです」わたしがそう告げると、彼はにわかに用心深くなりました。それにもかかわらず、わたしは続けました。「ミスター・オトウェイ、ミスター・ルイス・オトウェイが、わたしのことをあなたに手紙で知らせていると聞いています。そのことの彼からの手紙を持っています」

「ええ、彼からの手紙を受け取りました」とミスター・キャンベルが言いました。「そして、私はあなたの作品をいくつか扱うことができるかもしれないとも書いてありました。あなたは金属細工の類《たぐい》をやるとも書いてありました」

明らかに、ミスター・キャンベルはわたしをアマチュアとして扱おうとしていました。そして、わたしの作品は趣味か何かだと。これではだめだと思いました。さらに何か言う前に、わたしはハンドバッグを開けると、わたしの作品を取り出して、彼の前のカウンターの上に一つ一つ並べました。

「おお、いいじゃないですか。私が思っていた以上だ」と彼は言いました。彼はティースプーンを手に取りました。そして、ひっくり返すと、スプーンの細くなっている部分とすくう部分の継ぎ目をじっくりと見ました。さらに、取っ手の部分を。それから、頭を片方に曲げ、腕を伸ばしてかざしました。彼の動作や、それに伴う彼の顔の表情に、わたしは少し勇気づけられました。「いいできです」彼はスプーンを置いて、言いました。彼は夢中になると、舌足らずな話し方になる傾向があることがわかりました。「よくできています。デザインもいいし、斬新的です。スプーンは私の好みです――あなたは窓のところのあのセットを見ていましたね。もう少し余裕があれば、今よりもっと専門的に扱うのですが。金細工職人の作品はなんでも好きというわけではありませんが――さらに言えば、金細工に限らず、ほかの作品でも、よいものであれば好きです。とりわけ、よくできたスプーンは好きです」

これを聞いて、わたしは嬉しくなりました。なぜなら、わたし自身スプーンが大好きだからです。スプーンは実用的な品物ですが、はかり知れないほどの多様性に富んでいます。しかも小さいものなので、わたしの限られた財源にも合っています。

「ですが、一つ心に留めておいてください」とミスター・キャンベルが続けました。「骨董的な価値がなかったり、収集家の興味を惹くものでなければ、一種類のスプーンでは売り物になりません。今のスプーンは実用品であると同時に装飾品なのです。ですから、セット単位で買う買い手に対して、もちろん、そのようなお客さまばかりではありませんが、基調となるデザインが根底にあることが必要です。十二本のスプーンはすべて違うものです。しかし、兄弟のようであることが求められるのです」

「十二使徒のような」とわたしは言いました。

「そうです」と彼が答えました。「ですが、これ以上、十二使徒のようなものを求めてはいません。すでに市場にたくさん出回っています。十二使徒はすでに過去のものです。それらは言ってみれば、バックナンバーです。誰もがその手のものを作ります。十二本一組と関連するほかのものを考えられないのです。だからこそ、独創的な何かを生み出す好機なのです。もしあなたが目を見張るようなデザインのスプーンセットを作るなら、私は自由に値段をつけて、どこで売ればいいかわかっているつもりです」

わたしはこの提案をメモしました。それから、ミスター・キャンベルは鋭いコメントを言ったり、有益なヒントをくれたりしながらわたしの作品の品定めを始めました。「さて、こちらはどういったものですか?」彼はペーパーウエートを手に取りました。そこには、本を開いた小さな人物が載っていました。「かわいらしいですね。そして、本好きの人が気に入るかもしれません。

ですが、あなたが心血を注いだ作品に対して対価を払ってもらえるかどうかは疑問です。青銅の鋳造物《ちゅうぞうぶつ》の価値を、人は必ずしも理解するとは限りません。あなたはロストワックス鋳造（ワックスで原型を作り、加熱によりなかのワックスを溶かし出して、そこへ溶かした金属を流しこむ鋳造法）でこれを作らなければならないでしょう」

「やります」

「もっと重要な作品のためにこれをとっておきましょう。簡素な模型製作と砂型の鋳造物は、ペーパーウエートとして充分です。そして、あなたは銀を惜しみません。この燭台などは、まさにそうです。これの半分の銀で作ることができるでしょう。そうすれば、それに見合う収入が得られるでしょう。不必要に銀を使うことは、職人の技量を落とします。少なくとも、そういった傾向が表れます。目方売りで、名目上はよく売れても」

ミスター・キャンベルが話しているとき、女性が奥の部屋から出てきて、カウンターへ進んできました。わたしはなにげなく彼女をちらっと見てから、もう一度もっと注意して見ました。それと言うのも、どこだったかは思い出せませんが、以前会ったことがあることをすぐに思い出したからです。彼女は浅黒くて顔色の悪いユダヤ人でした。年はわたしと同じくらいです。見た目は地味でかなり気難しい感じです。そして、無表情のまま、わたしの作品を見下すようにちらっと見ました。

「こちらはミセス・オトウェイだよ」とミスター・キャンベルが言いました。彼女についての手紙を、君に見せたのを覚えているだろう。そして、これらの素晴らしいものは、彼女の作品だ」

ミセス・キャンベル――確か、そうだと思いますが――は目を上げると、人を小ばかにしたように静かにわたしを見つめましたが、一言も発しませんでした。それから、彼女はもう一度見下すようにわたしの作品を一瞥《いちべつ》して、冷ややかに言いました。「その種のものとしては、ちゃんとできているわ。でも、あなたはそれらを現代作品と一緒に置きたくはないでしょう」

彼女のコメントよりも、言い方に不愉快なものを感じました。それと言うのも、イントネーションやアクセントといったある種の漠然とした声の響きに、わたしは敏感なのです。ですが、わたしはじっくり考える機会も与えられませんでした。彼は自分の仕事をわきまえているはずと素っ気なく言うと、彼女はそれ以上わたしに注意を払うことなく、奥の部屋へ戻っていきましたので。

「さて」とミスター・キャンベルが言いました。「妻が言ったことは、いくらか正しい。売れないものに私の資金を眠らせておけるほどの余裕はないのでね。だが、私はあなたの作品を気に入っている。よい作品だ。そして、あなたはさらに上達するだろう。これを大量に仕入れたい――かなりの高値で。ですが、低価格でなければならないでしょう。なぜなら、あなたの作品がどのように売れるかはわかりませんから。あなたが私の助言を聞き入れるなら、それらの作品を私に預けてください。そして、売りに出してみましょう。一つ、二つ売れれば、あなたの作品をどう売ればいいか、私もわかるでしょう。そのとき、売れゆきに応じて、わたしはあなたに適正な価格を提示できます。いかがですか?」

わたしの作品の価値について、もっとはっきりした考えを聞くべきでしたが、わたしは彼の提案にとても満足しました。わたしには、この仕事を続ける価値があるかどうか知りたいと尋ねました。

「私に作品を預けてくれたら」とミスター・キャンベルが言いました。「私はそれらをさらに詳しく見るでしょう。そして、銀の重さをはかります。それから、まとめ買いのオファーを出します。あなたは受け入れることも拒むことも、あるいは、待って売れゆきを見ることもできます。あなたの住所を教えてください。そして、私はあなたが預けた作品の領収書を書きます。これでどうですか？」

わたしは申し分ありませんと答えました。彼がわたしに紙の切れ端とペンとインクを渡すとすぐに、わたしの作品を抱えて自分の机に戻り、受領書を書きました。わたしが手袋を脱いで書き始めたとき、誰かがお店に入ってきました。軽くて素早い足音から、若くて行動的な男の人のように思われました。わたしの真後ろへ来たとき、足音が止まりました。そして、心地よい、男らしい声が販売業者のほうへ発せられました。

「かまいませんよ、ミスター・キャンベル。どうぞ続けてください。こちらは急いでいませんから」

「申し訳ありません。あなたの品物はまだ用意できていません。ですが、少しお待ちいただければ、すぐにご用意いたします」

「僕は少し時間にうるさすぎるのかもしれません」と声が返ってきました。「だけど、まずあなたが今やりかけていることを終わらせてください。そのあいだ、僕は店内を見て回りましょう」

最初の声を聞いたとき、わたしのペンが止まりました。そして、心臓も止まったような気がしました——すぐに回復しましたけれど。少し驚いたくらいでこれほど動揺してしまったことに落ち着きを失うとともに、いささか腹立たしく感じました。これほど長いあいだ聞いていなかったにもかかわらず、聞いたとたんに誰の声なのかわかったことに、わたしも少し驚いていたのでしょう。ですが、わたしはすぐに気を取り直して、再び書き始めました。ですが、もはやペン先が震えて、初めのときのように書けませんでした。一方、ミスター・キャンベルは受領書を書き終えていましたので、わたしたちはお互いの書類を交換しました。わたしはわたしの作品の彼のリストを確認し、彼はわたしの住所を見て、明らかに驚いていました。

「ウェルクローズ・スクエアですか」と彼は声に出して言いました。「ワッピング（ロンドンのテムズ川沿いにある地区）のほうにウェルクローズ・スクエアという場所がありますが、そこではないのでしょう？」

「そこです。でも、実際にはラトクリフのほうにあります。いつ頃、連絡をいただけるのでしょうか？」

「すぐに手紙を書いて、今晩、投函します」

「ありがとうございます、ミスター・キャンベル」

わたしたちは挨拶を交わして、わたしが向きを変えると、カウンターへ近づいてくる新たなお客と顔を合わせました。彼はわたしをちらっと見ました。最初に見たときは気づきませんでしたが、彼は足を止めると、もう一度わたしを見ました。

「なんと、ミス・ヴァードンじゃないですか！」と彼は声をあげました。

「違います、ミスター・ダベナント。ミセス・オトウェイです。ですが、これは屁理屈ですよね。あなたが知っているわたしは、ミス・ヴァードンですものね」

「なんと、なんと」と彼が言いました。「あなたに会えるなんて――しかも、よりによってこんな場所で！」

「わたしにふさわしくありませんか？」とわたしは尋ねました。

「あまりふさわしくありませんね。いずれにしても、ミスター・キャンベルに、ここがあなたにふさわしいと僕が言うのを聞かせたくありません。彼と僕のちょっとした用事を片づけるあいだ、少し待っていてもらえますか？　あなたの近況をいろいろお聞きしたいですね」

　彼のささやかな用事とは、それがどんなものであれ、三日以内に取りにくるという取り決めでした。用事が終わって、わたしたちはお店を後にしました。

「どちらへ行きましょうか？」と彼が尋ねました。

「よくわかりません」とわたしは答えました。「漠然とした考えですが、街へ行って、お店を見てみたいです」

「それじゃあまるで」と彼が言いました。「あなたは田舎のネズミで、僕はしっかり染まってしまった都会のスズメですね。たぶん、僕はロンドンを案内したり、説明したりできるでしょう。あなたのほうは、メードストーンのことをいろいろ教えてください」

「父が亡くなったことを除けば、あまりお話しすることはありません。父は、それはもう、突然亡くなりました。二か月前です。心臓麻痺でした」

「なんと！」とミスター・ダベナントが言いました。「そのような虫の知らせがありました。喪に服しているあなたを見たとき、あなたのお父さんの様子を尋ねようかどうしようかと迷いました。なんとお悔やみを述べたらいいのか言葉もありません。あなた方お二人が、お互いにどれほど大切だったかを覚えています。ですが、結婚されたのですね！　おめでとうございます！」

これには、わたしは何も答えませんでした。そしてしばらくは、何も話さずにゆっくり歩きました。ですが、何も話さなくても、いろいろと考えてしまいます。少なくともわたしは。今、きわめて重要だと感じていることについて、わたしは決心しなければなりませんでした。わたしの身に起こっていることについて、彼に話すべきでしょうか？　それとも、すべてが順調で、わたしは普通に結婚した女と、彼に思わせておくべきでしょうか？　何かの拍子――何かはわかりませんが――に、すべて話してしまいそうです。ですが、注意するように、慎重であるようにという心の声が、話さないより話したほうがいいと囁《ささや》くのです。彼の声に触発されて突然わたしのなかに起こった衝動の波は、まだ生々しくて驚くべきものでした。そして、黙っているように忠告したのです。

それから、相反する二つの力――一方は感情的な衝動と、他方は理性的な忠告――が争いました。そして、理性が勝ち目のない勝負をすることは言うまでもありません。すぐさま、わたしは争点を論じました。遅かれ早かれ、避けられない問題が起こります。そのときは、避けるか、前に進むかの選択を迫られます。もしそれが回避だったとしたら、わたしはジャスパー・タベナントをすぐさま、そして永遠に、わたしの人生から締め出します。なぜなら、逃げ始めたらきりがありません。仕事の仲間以外には友だちもいなくて、長旅を続けているような陰気で孤独な人生を明るくするかのような古き良き日々から差しこんでくる日の光を締め出さなければなりません。

そして、理性はそのほうがいいよ、と再び囁きました。

第十四章　ジャスパー・ダベナント

　わたしと彼のあいだの沈黙が続きました。わたしたちが向かい側の教会へ行くまで、彼がウォーダー街一六八六年と刻まれた古い石の板にわたしの注意を向けただけです。教会は通りから少し奥まったところに建っています。尖塔の部分に時計が組みこまれていて、少し膨らんでいます。ここでミスター・ダベナントは足を止めると、塔を見上げて言いました。

「古風な趣のある教会ですね。風変わりで不細工です。でも、そこが個性的で、絵のように美しい。まるで貴族のような教会です。それと言うのも、ここは王さまの墓所ですから」

「確かに」とわたしは言いました。「どの王さまが埋葬されているのですか？」

「あまり大した王さまではありません。コルシカ島のセオドアです。そして、彼には、道徳的な記念碑があります。そして、彼なりの方法で初代に君主になりました。なぜなら、財政的に苦しいとき、債権者に対して彼の王国を立て直すための素晴らしい着想を思いつきました。記念碑を見てみますか？」

　わたしはおざなりに同意しました。そして、わたしたちは薄汚れた教会の墓地へ続く階段を上りました。階段を上り終えると、教会の壁を背にして記念碑がありました。そして、わたしたちが風雨にさらされた文字を読んでいるあいだ、わたしは先ほどの問題を彼に話すべきか話さないでおくべきか熟慮しましたが、相変わらず結論は出ませんでした。

「ところで」と彼が突然言いました。「あなたがまったくの田舎者だと思って、僕は振る舞ってきました。でも、おそらくあなたはロンドンに慣れていますね。ロンドンには、どれくらい住んでいるのですか？」

「一か月ほどです」

「田舎者のように見えるのは、言ってみれば、あなたのヘアスタイルくらいです。僕はいまだにいわゆるお上りさんと話をしますし、過度な推測をするつもりはありませんが、あなたは間違いなく基礎を学び始めています。たとえば、あなたが知っている地域として、ミスター・キャンベルがウェルクローズ・スクエアについて話しているのを聞きました」

「ええ、わたしはそこに住んでいます」

彼が驚いた顔をしたので、わたしの心臓の鼓動が速くなりました。なぜなら、避けられない質問が来ることを知っていましたから。

「あなたのご主人は港湾関係の方ですか？」

「いいえ」とわたしは答えました。「それに、夫はウェルクローズ・スクエアに住んでいません。わたしは夫と一緒に暮らしていないのです、ミスター・ダベナント。夫と一緒に暮らしたことはありませんし、夫と一緒に暮らしたいとも思いません」

ついに話してしまった。殺人は公《おおやけ》になっていた。わたしは方向を誤ったとわかっていましたが、深い安堵の息をつきました。ミスター・ダベナントは、彼もしばらくのあいだ、とても驚いていました。ようやく、彼は重い口を開きました。

「このようなことを聞くとは思ってもいませんでした、ミセス・オトウェイ。すみません。あなたの家庭生活はうまくいっていないのですね」

「うまくいっていません」とわたしは答えました。「ですが、このようなことをお話ししたことで、実際の状況をお話ししたほうがいいように思います。かまいませんか？」

「かまいません」と彼は答えました。「あなたが話したいのであれば、もちろん、僕は聞きます。僕たちは古くからの友だちでしょう？　あなたのことが気がかりです」

「ありがとうございます、ミスター・ダベナント。このような異常な状況がどうして生じたのかあなたにお話ししたいと思います。座りましょうか？　ここは通りより静かですから」

彼はハンカチで木のベンチのほこりを払いました。わたしたちは落ちぶれた王のわびしい記念碑の真下に座りました。そこで、わたしはもう一度、意見の食い違う悲劇と善意のある不注意について話しました。大惨事のありのままの概要だけを彼に話すつもりでした。ですが、だめでした。そのことは、すなわち、お金のためにわたし自身をミスター・オトウェイに売ったことを話すことになるからです。そして、わたしの女としてのプライドと自尊心は、彼のような実直で高潔な男に受け入れられたとしても、このような中途半端な慰めで満たされはしないからです。そして、ときどき彼をちらっと見ながら、この悲劇的な出来事を彼に話すにつれて、彼の態度に変化が生じていることに気づいて警戒したからです。彼は快活な男です。いずれも控えめではありますけど、陽気ではつらつとしていて遊び心とユーモアがあります。ですが、わたしの話を聞くにつれて、愛想のよい顔がこわばり、ユーモアのある口が硬く引き結ばれ、今までとは違った声の調子で、ときどきわたしに短いながらも鋭い質問をしてくるようになったのです。

「さあ、これで」わたしは話し終えて言いました。「わたしがなぜこの結婚を拒否するのかおわかりでしょう。未婚女性でいることに何もいいことはないのに、なぜ未婚女性でいることを選んだのかも」

しばらくして、彼の顔が穏やかになりました。そして、澄んだハシバミ色の目が真面目に、そして、優しくわたしの目を見つめました。

「なるほど、理解しました」と彼が答えました。「こう言っただけでは足りないですね。あなたに心を痛めていることをうまく伝えられればいいのですが。なぜなら、あなたが耐えてこなければならなかった悲しみを考えると、そして、目の前に横たわっている、あなたの台無しにされた生活のことを考えると、言葉がありません」少しのあいだ、彼は彼の手をわたしの手の上に置きました。そして、付け加えました。「ありきたりの表現のなかに、僕が言いたかったことを感じとってもらえるとありがたいです」

わたしは彼の思いやりに感謝しました。そのことをとてもはっきりと示してくれました。それからしばらくのあいだ、二人とも何も話しませんでした。それにもかかわらず、彼が何かについてじっくりと考えていることがわかりました。一、二度、彼は今にも話しだしそうでした。彼はわたしを見てから、すぐさま反射的に目を伏せて地面を見ていました。ついにいくぶんためらいながら、彼が口を開きました。

「どうか僕のことを詮索好きだとか、偉そうだとか思わないでください。ですが、あなたの置かれている立場が心配です。この男オトウェイは、そのことについて何の役にも立ちません」

「彼は役に立とうとしています。ですが、わたしはこの結婚を拒絶しますので、彼に支えてもらうわけにはいきません」

「確かに。少なくとも、彼に援助してもらわないようにするのは賢明です。ですが、失礼を承知でお尋ねしますが、あなた自身の蓄えはあるのですか？　残念ながら、僕には……」

「もちろん、あなたにはないでしょう」彼が遠慮がちに言うのを微笑ましく思いながら、わたしは彼を遮《さえぎ》りました。「わたしの財力については、結局のところ、どれくらいあるのかよく知らないのです。ですが、今はそこそこの暮らしをしています。将来について、あまり心配していません」

わたしの答えに、彼はあまり満足しなかったようです。なぜなら、彼はかなり不安そうに考え続けていましたた。ですが、今やわたしはこつをつかんでいますので、水晶玉の助けを借りなくても、彼の心をよぎることをはっきりと読むことができます。わたしが東の端のむさくるしいところに住んでいることが、彼にはわかったのです。彼は販売業者のところでわたしと会い、明らかにわたしが買い手としてそこにいるのではなく、わたしが困窮していることを、おそらくお金に困っていることを、それで、生活の糧を得るために宝飾品類や貴重品を処分しようとしていると見てとったのでしょう。間違いなく、彼はそう思ったに違いありません。それで、彼が熱心に尋ねてきたことは、失礼な態度にならずに、さらにわたしから情報を引き出すことができるか、そして、彼が援助の手を差し伸べてもいいと思うほど、わたしたちの関係が親密なものかを探るものだったのです。

　わたしは彼の気持ちを静めるべきだと思いました。事実、わたしは自分の将来について、なんの自信もありませんでした。このことはミスター・キャンベルの提案によるところが大きいです。すなわち、そこそこの生計を立てることのできるわたしの能力によるのです。

「さて」とミスター・ダベナントがようやく口を開きました。「あなたの自信が理にかなったものであることを望みます。ですが、いずれにしても、あなたには友だちがいるでしょう？」

「わたしの心配は無用です」とわたしは言葉をにごして答えました。なぜなら、手助けをお願いできるような近親者などいないのですから。「わたしは今、とても心地よく暮らしています。ですから、煩わしい話は脇に置いておきましょう。そして、もっと楽しい話をしましょう」

「いいでしょう」と彼が言いました。「好ましい話題を選びましょう。そして、われわれがよくやるように、あらゆる角度からそのことについて話し合いましょう」彼はポケットから腕時計を取り出しました。そして、ちらっと見てから続けました。「もうすぐ午後一時です。われわれの好ましい話題として、昼食について話しませんか？」

　その話題なら、わたしとしても願ってもないことでした。

「それでは」と彼が言いました。「食事するのにちょうどいいクラブがあります。そこは礼儀作法も申し分ありませんよ」

「あなたは如才なく応対すると思っていました」

「揺るぎない信頼ですよ」と彼が答えました。「あなたと僕と、そして、われわれの友人である一文なしのセオドアと。僕は通常の目的のために、別のクラブも知っています。昼食のときに利用するクラブです。僕の職場からとても近いのです。そして、レストランより静かで心地いいのです。さらに、名前のとおり、独特の雰囲気があります。名前が〈マグパイ（がらくたなどの収癖のある人）クラブ〉というんです」

「ちょっと不気味な感じですね」

「心配ありませんよ。泥棒の巣窟というわけではありません。収集家や目利きの人の集まりです——家具や磁器などの愛好家たちです。そして、このクラブの中心的な役割は、自分たちの作品をお互いに見せ合ったり、交換したり、あるいは、売買することなんです。あなたはこのクラブを高く評価するでしょう」

わたしは喜んでこの招待を受けました。イーストエンド（ロンドンの東部の低所得者の住む地域）に住むようになって、より文化的な地域のよさがはっきりとわかるようになりました。わたしたちはエセックス・ストリートまで歩くことにしました。そこがクラブの所在地です。そして、脇道を通ることでより静かで、会話がしやすくなりました。

「先ほど、あなたはあなたの職場について話しましたね」とわたしが言いました。「それは、今も実際に働いているということですか？」

「そうです。ですが、法律の仕事ではありません。法律関係は終了しました。招集されましたが、裁判官や上院議長の職は断念しました。それほど強く求められませんでしたし。それで、昔憧れていたことに戻りました。今は建築家です」

「法廷弁護士が建築家をやれるのですか？」

「その点については、僕自身あまりはっきりしていません。ですが、僕にとっては大した問題ではないのです。法曹界の幹部か、ほかの権威かの問題です」

「もう長いあいだやっているのですか？」

「今日で、ちょうど三週間です。そして、十二フィートかける八フィートほどの温室を設計し、建てるための手数料をすでに受け取っているとあなたに話せば、僕が職業人としての成功の梯子《はしご》をものすごい勢いで上っていることをあなたは理解するでしょう。ちなみに、僕の顧客はそのクラブの会員です」

　こうしてうわさ話をしながら、ギャーリック・ストリートやコヴェント・ガーデン、そして、ドルリー・レーンといった、人通りの少ない曲がりくねった通りを進み、王立裁判所のそばでストランド街に出て、エセックス・ストリートへ渡り、収集家や目利きの人たちが集まるという、広々とした古風な建物〈マグパイクラブ〉に着きました。

　そこは心地よくて、家庭的なクラブでした。確かに、社会的な地位とか、有名であるといったことを気にする雰囲気はありません。会員のほとんどが中年で、年配の人も多くいました。そして、古くさい格好をしています。わたしたちが選んだテーブルの部屋は、大きな長方形のアパート〈短期の保養などのための貸室〉で、落ち着いた感じの家具が備えつけられ、装飾が施されていて、ガラス張りの美術品のケースが中央を占めていました。一方の端には演壇のようなものがあって、会員が出品した家具が展示されています。そして、四方の壁は絵画で占められていて、それぞれに説明的な記述が書いてありました。

「あなたは古代の象牙製品に興味がありますか?」わたしがガラスケースを覗いていると、ミスター・ダベナントが尋ねました。ガラスケースには、ミスター・ウディモア・ジョーンズが出品した茶色のひびの入った作品の一群がありました。「僕のほうは、年をとったゾウの歯を並べるのに苦心しています。信心深いけれど、おどけた感じの中年の会員によって面白い形に彫られているんです。気をつけて! 僕の顧客が来ました。早く僕たちのテーブルへ行こう。残念! 遅かったようです! 彼女に見つかってしまいました」

「どの人がそうなの?」わたしはこっそりと周囲を見回して、尋ねました。

「笑みを浮かべている年配の女性です——のっぽのミス・スミスです。あそこです! 今、彼女と目が合ってしまいました。あんな歯並びを見たことがありますか? 彼女は気をつけたほうがいいですね。さもないと、ウディモア・ジョーンズに捕まってしまうでしょう」

あわよくば逃げおおせることを期待して、わたしたちは自分たちのテーブルへ向かいましたが、彼女に捕まってしまいました。

「わたしのカップをまだご覧になったことがないでしょう」彼女が素敵な笑顔を浮かべて尋ねました。「本物のナントガルフ（ウェールズにある村。この地で生産されたナントガルフ磁器で有名）であるばかりでなく、描かれているバラは紛れもなくビリングズリーローズなのよ」

「根っからの収集家のプライドをご覧ください」とミスター・ダベナントが言いました。「あなたは彼女が自分でバラを描いたと思うでしょう」

「あなたはそんなふうに思わないでしょうね」とのっぽのミス・スミスが言い返しました。「もしそれらを一度でも見たことがあって、セラミックペインティングがどういったものか知っているなら。そして、プライドについて言うなら、誇りに思うようなものではないでしょう？　ナントガルフ磁器は珍しいわ。そして、ビリングズリーが描いたバラも貴重よ。その両方が一つの作品のなかにあったら、あなただって自慢したいでしょう？」

「そうやって」とミスター・ダベナントが言いました。「一方の希少性に別の希少性を掛け合わせると、作品全体の希少性となります」

「彼はわかっているでしょう？」彼女はわたしに古代の象牙製品をじっくり見せながら、作り笑いを浮かべました。「いかがかしら？　わたしの言うことに同意しませんか、ミス、いえ、ミセス……」

「オトウェイです」とわたしは言いました。

「まあ、そうなの！　確か、わたしの弟がミスター・オトウェイを知っていますわ――彼は金貸し業者でしょう。まあ、それはどうでもいいわ。こっちへ来て、わたしのカップをご覧なさいよ」

わたしたちはガラスケースのほうへ引き返しました。のっぽのミス・スミスがガラスケースのドアを開けて、上品な磁器のティーカップを取り出しました。

「薄くて、軽いのよ」彼女はティーカップをわたしに手渡しながら言いました。

「僕があなたなら、このようなことはしないでしょう」とミスター・ダベナントが言いました。「このナントガルフ磁器は卵の殻のように壊れやすいのです。そして、恐ろしいまでに高価なものです」

「彼の言うことを気にしないでちょうだい」とのっぽのミス・スミスが言いました。「触ってごらんなさいよ。触ってこそ、そのよさがわかるのよ。そして、かわいらしいバラの花を見てちょうだい。ウィリアム・ビリングズリー（一七五八～一八二八年。イギリスの絵付師）以外に、誰もこのようなバラは描けないわ。もし疑うなら、ティーカップをひっくり返して、底を見てちょうだい。ビリングズリーの個人的な印があるの――通し番号で七番と付いているのよ。だから、間違いないわ」

わたしは上品な、半透明のカップを彼女から受け取りました。そして、生き生きとしていて、柔らかそうな花の絵を鑑賞していると、彼女が近づいてきて、そっと囁きました。「ドゥーハム・ブラウン少佐がやって来たわ。もし彼があなたに何か売ろうとしても、買ってはだめよ。大したものは持ってこないもの」

彼女はかろうじて聞こえるほどに警告を発すると、わたしの後ろでよくとおる声が聞こえました。「ご機嫌いかがですか、のっぽのミス・スミス？　そして、ミスター・ダベナント？」背が高くておしゃれな格好をしているけれど、大きな鼻をした――彼は目と顎を犠牲にして生まれてきたようです――少し間抜けに見える男が現れました。

「やあ」とその男が言いました。「これは美しいカップだ。私はあまりよく知らないが、高価なものに違いない。これを見て、先日、私が手に入れたものを思い出したよ。もっと早いものかもしれないが、十七世紀の教会のお皿だ。見たいかね？」

返事を待たずに、男は絹のハンカチに包まれた平べったいものを、ポケットから取り出しました。

「珍しいものだよ。これにとても魅了されてね。打ち出し技法の作品として素晴らしいんだ」男は話しながら、ハンカチを開いていきました。そして、ようやく手品師のような手つきで、円形で銀色の大皿を取り出しました――大きさから見て、間違いなくパテナ（聖体皿）です。男はこれをのっぽのミス・スミスへ渡しました。彼女はそれを見て、優しく微笑みました。そして、ミスター・ダベナントへ回しました。彼はあまり気のない様子で一通り眺めると、わたしに手渡しました。わたしの手のなかの作品を少し見ただけで、のっぽのミス・スミスの警告は不必要だったとわかりました。装飾が不適切な――それが本当にパテナだとして――ことを除いても、それは明らかに電気メッキの品物でした。欺くことを目的に、酸洗いして磨いて、さらに硫黄での処理が施されていました。このことに留意して、デザインについて丁寧ですけど、おざなりの褒め言葉を述べながら、品物を持ち主へ返しました。少佐は熱狂せずに落ち着いていましたが、もう一度絹のハンカチに包むと、もっと興味をもってくれそうな人を探して立ち去りました。彼ののっぽのミス・スミスへの辞去の言葉に乗じて、ミスター・ダベナントとわたしは自分たちのテーブルへ戻りました。

「僕には、少佐のあの骨董品はにせ物のように見えました」わたしたちが昼食の注文をしたとき、ミスター・ダベナントが言いました。「とても尊いものでしたけれど」

「年代物に見せるために、表面に電気メッキを施してあります」とわたしが言いました。

「本当ですか？　なんてことだ。どうして電気メッキだとわかったのですか？」

「表と裏に違和感があったので、気になりました。表は打ち出し技法でした――かなり粗い仕上がりでした――ですが、裏には工具による切削痕跡がありませんでした。当然、多くの刻印があるはずです。ですが、析出《せきしゅつ》金属（液状の物質から結晶、または、固体状成分が分離して出てきた金属）の滑らかな表面のほかには何もありませんでした」

ミスター・ダベナントが含み笑いをしました。「僕はがらくたの収集癖のある専門家を連れこんでしまったようです。ですが、あなたとあなたのお父さんは、あらゆる金属製品をよく扱っていました。おやまあ、かわいそうなドゥーハム・ブラウン！　彼は実務的な熟練工と仕事をしたことがないようだ」

料理が来たので、会話が一時中断しました。なぜなら、わたしたちはとてもお腹がすいていましたので。ですが、食事のあいだ、わたしは自分の周囲を見回して、店内の人々の様子や雰囲気を楽しみました。興味の的のガラスケースの周りには、熱心な人たちの小さな集まりができて、彼らの鼻がガラスにくっつきそうなほど、あるいは、もっとよく見ようと、慎重に取り出しながら、展示品について熱心に議論しています。所有者が誇らしげに解説しています。そして、その後もときどき、新たな出品者が鞄やアタッシュケースを持ってやって来て、そこからお宝を取り出して陳列棚に並べました。

「ここの会員は骨董品以外は扱わないのかしら？」

「そういう決まりなんです」とミスター・ダベナントが答えました。「収集家は一般的に古いものを好みます。だけど、例外もあります。ここで紹介される絵画の多くは、現代絵画なんです。いくつかは画家自身が持ちこんできます。それに、独占的に現代の陶磁器を――非売品ですけど――集めている会員も一人います。だけど、ド・モーガン（ウィリアム・ド・モーガン。一八三九～一九一七年。イギリスの陶芸家）やマーティンブラザーズ（一八七三～一九一四年まで続いたイギリス、ロンドンの陶器メーカー。四人の兄弟が運営していたことからブラザーズの名前がついた）やほかの個人的な職人の現代陶磁器は扱っています。繊細なものも扱っています。僕自身がいくつか所有しているんです。それから、あの紳士について話しましょう――あそこにいるでしょう。僕が彼に来るように言ったんです。そして、彼のあの鞄のなかのものをわれわれに見せるように」

　彼はテーブルから立ち上がると、部屋を横切りました。見ていると、彼はとても背が高くて感じのいい、若い男に近づいて声をかけました。その男は、かなり大きなハンドバッグをガラスケースの上に載せていました。ですが、われわれのテーブルへ来るように促されています。

「さて、ホークスリー」とミスター・ダベナントが言いました。「僕のお客は高級な現代陶磁器を見たがっています。君は何を持っていますか？」

「三点ほど持っています」とミスター・ホークスリーが答えました。「そして、三つとも同じタイプの作品です。僕はミステリーウェアと呼んでいます」

「何がミステリーなんだ？」とミスター・ダベナントが尋ねました。

「ミステリーウェアは、誰が作ったのか？　僕が知る限り、それを持っている販売業者が一人だけいます。そして、彼はそれをどこで手に入れたのか明かすことを間違いなく拒否します。僕はそれが展示されたのを見たことがありません――ここを除いて――そして、それはこの販売業者の排他的独占のものらしいということ以外、その陶磁器の名前も何もかも、誰も僕に教えることができません。このように希少なものなので、それに応じて料金を請求してきます。ですが、素晴らしい作品です」彼は鞄から二組の広口瓶と鉢《はち》を取り出しました。大きくて力強く、それでいてしなやかな手をした人によく見られる、妙に繊細な手つきで扱っています。そして、それらをテーブルの上に慎重に置きました。

「二つのやり方があるのがわかるでしょう」と彼が続けました。「この広口瓶について、ときとして混ぜ合わせるんです。これらの二つの様式は、古い作品の二つの違った様式に基づいています――ルータムやスタフォードシャーやトフトウェアといった、古いイギリスのスリップウェア（化粧土《けしょうつち》で装飾した陶器）です。そして、オワロン（フランスの地名）ウェアのような古いフランスのスリップウェアです。一方は、装飾が有色の化粧土の管《くだ》や糸でできあがっています。泥は半液状です。もう一方は、有色の粘土やエナメルを本体の空洞にはめ込むことでできています。ブックバインダーに使われるような道具で作られているようです。それで、この広口瓶は日本の七宝焼きのように見えて、そして、この鉢は象嵌《ぞうがん》細工を示しています。そして、もう一つの広口瓶は化粧土の装飾の例です。しかし、一、二か所エナメルがはめ込まれています」

「僕は純粋な象嵌のほうが好きかな」とミスター・ダベナントが言いました。

「僕もだよ」とミスター・ホークスリーが言いました。「そして、製作者も。彼の傑作は、いずれも象嵌細工で作られています。事実上、新しい技術や味わいを伴った化粧土の装飾を使っているけれど。古いルータムやトフトウェアはこの学術的で洗練された作品と比較すると粗野に見えます」

わたしは三つの陶磁器を手のなかで回しました。そして、収集家の判断を温かく称賛しました。わたしが今までに見た現代作品は、作品の完成度においても、洗練されたデザインにおいても、いずれもこれらの作品には及ばないものでした。さらに、色彩については、豊かさと繊細さと、まさしく驚くべき方法による抑制がみごとに一体となっています。それはまさにエナメルの輝きと古いタペストリーの引きしまった美しさを兼ね備えていました。そして、陶芸家の刻印として、各作品の底にはめ込まれている小さな青い鳥でさえ注意を払い、意匠をこらして仕上げてあります。

「販売業者の名前と住所を尋ねてもかまいませんか？」とミスター・ダベナントが尋ねました。

「かまいませんよ」という答えが返ってきました。「彼の名前はモーリス・ゴールドステイン。住所はロンドン、ホルボーン、ハンドコート、五六番地。そして、彼の首を絞めてやりたいものです」

わたしたちはこの善意のある思いが悪意のある口調で発せられたことと、普段は上機嫌で優しい顔に突然表れた凶暴な表情に笑いました。

「なぜこのような殺人願望が生まれるのでしょうか？」とミスター・ダベナントが尋ねました。

「この悪魔のようなゴールズワイン……えっと、何て言ったっけ？」とミスター・ホークスリーが言いました。

「言わなくていいわ」とわたしが言いました。

「この恥ずべき販売業者は貧しい芸術家を虐《しいた》げ、その勤勉で骨の折れる芸術家の収入を貪《むさぼ》るだけでなく、自分のわずかな利益のために、その才能と熱意によって彼に与えられるべき信用と名声を芸術家から奪っています。この素晴らしい広口瓶を見てください！　僕はこれのためにあの虫けらに十ギニー（一ギニーは、二一シリングに相当するイギリスの旧通貨単位）払いました。彼は陶芸家にいくら払ったと思いますか？」

「おそらく十シリング（一シリングは、二十分の一ポンドに相当するイギリスの旧通貨単位）」とミスター・ダベナントが言いました。

「おそらく、そんなに多くない。作るのに一週間は要しているにもかかわらず」

「それでも、陶芸家はこれらの美しい作品を作ることを楽しんだでしょうね」とわたしは彼の憤りを新たに煽《あお》るように言いました。「作品そのものが彼への報酬ですもの」

「それには同意できません」とミスター・ホークスリーが穏やかに言いました。「彼はお金に困っていることを、そして、わずかな収入のために働かなければならないことを楽しんではいない。さらに、それだけじゃありません。この男は長く楽しめる広口瓶を僕に作ってくれます。この楽しみのために、僕は彼に払いたい。僕は彼が何者なのか知りたいし、握手を交わして礼を言い、そして、彼こそ地の塩（社会のなかでもっとも善良な人。新約聖書。マタイによる福音書から）。そして、このシャイロックのような男はこの芸術家を隠してしまい、いかがわしい寄生生物のように彼を餌にしているんだ」

彼は名品を集めて、いつもの愛想のよさに戻ってわたしたちに辞去の挨拶を述べると、彼のミステリーウェアのための場所を見つけるためにガラスケースのほうへ向かいました。

「僕はジャック・ホークスリーが好きだ」私たちが彼を見守っていると、ミスター・ダベナントが言いました。

「わたしもよ」とわたしが温かく同意しました。「彼は芸術家に対して人間的な興味を持っているわ。彼のような収集家がもっといればいいのに」

「そうだな」とミスター・ダベナントが言いました。「彼は金持ちの優良の見本だ。ホークスリーがもっといればな」ウエートレスがちょうど運んできたコーヒーを、彼は注ぎました。それから、尋ねました。「このクラブをどう思いますか？――食事と休息を与えてくれる場所としてという意味です」

「家庭的で、心地いいわ。そして、会員の人たちも展示品も、とても面白いわ」

「僕もそう思います。あなたは加わりたくはないのでは？　クラブとしては安っぽいですから。年会費が五ギニーで、入会金はありません。町の中心からかなり離れて住んでいるのだから、あなたはとても便利だと思うはずです」

「とても便利でしょうね。だけど、わたしに資格があるかしら？　ご存じのとおり、わたしは収集家ではありませんので」

「違います。ですが、あなたはある種の専門家です。とにかく、ホークスリーと僕はあなたの入会の手続きを始めるつもりです。そのことをよく考えてください。そして、そのことを承知してくれるなら、手紙をください。これが僕の住所です——五六番地、クリフォーズ・インです」

彼はわたしに名刺を手渡しました。そして、彼がわたしの住所をメモしたので、わたしは帰る準備を始めました。

「わたしはあなたのかなりの時間を無駄にしてしまいましたね、ミスター・ダベナント」とわたしは言いました。「ですが、わたしにとって、とても心地よい幕あいのような時間でした」

「本当ですか？　そうであればよかったのですが。僕のほうは、あなたがよく僕に哲学的な話をあなたにさせたように、昔と同じように振る舞えて楽しかったです。そして、あなたが帰ろうとするのをしぶしぶ容認するのです。駅まで、あるいは、どちらへ行かれるにしても、途中まで送らせてもらえませんか？」

「ロンドンのよく知っているところまで、歩いて戻るつもりです」

「それなら、道順をお教えしましょう。そして、近道も」

「ですが、あなたのお仕事はよろしいんですか？」

わたしがいつも魅力的に感じている、ちょっと変わったユーモアのある笑みを浮かべて、彼はわたしを見ました。「現在、僕の仕事は一時的に止まっている、つまり一種の休止状態なんです。行きましょう。そして、ロンドンの建築上の美しさを学びましょう」

それで、わたしたちは歩き始めました。

ミスター・ダベナントが見つけた近道は、直線におけるユークリッドの定義に少しも従っていませんでした。結局のところ、あちこち歩き回って裏通りや脇道へ入りこんだり、教会やほかの古い建物に出くわしたりしました。テンプル（歴史のある司法地区）とその周辺の古い教会やマイターコート、フェッターー・レーン、ネビルコート、ゴフスクエアなどを経由してセントポール教会墓地から大聖堂へ、そこから、ポールズアレー、パターノスター・ロウ、ロンバード・ストリートを通って、途中で一つ、二つ教会に立ち寄り、グレート・タワー・ヒルへ出ました。そして、ロイヤル・ミント・ストリートをゆっくりと歩いていきました。わたしたちがこの素晴らしい都市と、その尽きることのない過去――彼は陽気に明るく話し、驚くほどよく知っていました――の会話を楽しんでいるあいだ、わたしはウェルクローズ・スクエアと、わたしの人生に垂れこめる悪意のある影のことをほとんど忘れていました。そして、少女時代に送った安らかな日々へ戻ったような気分でした。

ですが、まったく違いました。精力的に興味や喜びを持って話したり聞いたりしても、計画はわたしの心のなかで熟していきました。実際に、わたしは素晴らしい考えを抱きました。わたしもあのクラブに参加してはどうかというミスター・ダベナントの誘いは、おそらく、リリスが言ったように、潜在意識の底意《そこい》として、わたしの考えを形づくり始めました。わたしが壁の絵や、ガラスケースのなかの現代作品や、少佐が彼の大皿を売り歩くのを見たときは、まだぼんやりとしたものでした。無名な芸術家の――わたし自身の、リリスの、シジュウカラの、フィリバーの、そしてミス・ポルトンの作品が、ここで展示することができて、売ることができるのです。年会費五ギニーで、わたしは自分だけでなく、わたしの仲間の売り場を手に入れることができ、販売業者に利用されることなく活動できて、わたしたちみんなのために販売業者の利益も確保することができるのです。わたしは素晴らしい考えだと思いました。少なくとも、わたしにはそう思えました。そして、思いやりのある新しい友人との楽しい長旅を通じて、その考えは芽生え成長していき、ケーブル・ストリートの角で別れの挨拶を交わしたときにはすっかり熟していました。「あのクラブに参加してみてはというあなたのお誘いを、わたしは考えています」とわたしは言いました。「街の中心地に、休んだり、食事をしたりする場所があることはよいことです。わたしはこのような場所がほしかったのです」

彼の顔が目に見えて明るくなりました――おそらく、わたしにも五ギニーを払う余裕があることがわかったことも関係しているでしょう。

「それでは、選抜候補者に、あなたの名前を載せてかまいませんか?」

「よろしくお願いします」

「承知しました。楽しくなってきました。これで、僕たちはお互いを再び見失うことはないでしょう。書かないのが僕の欠点ですが、今にもあなたに手紙を送りそうです。そして、あなたと知り合いだからということにつけ込んでいるとあなたが考えているなら、僕は気まずい気持ちになるでしょう。僕はあなたを会員にすぐに推薦します。一週間後には、あなたは正式な会員になっているでしょう。そのとき、あなたに一報を差しあげます。もちろん、あなたは正式な通知を受け取ります」

彼はわたしのバッグをわたしに手渡すと、心のこもった握手を交わしました。わたしたちは「さようなら」と言って、別々の方向へ歩き始めました。

ウェルクローズ・スクエアまで、歩いて数分ほどです。ですが、わたしの歩みはゆっくりでした。なぜなら、わたしの連れは去ってしまったので、彼の快活さと活力がなくなってしまいましたから。わたしは突然、肉体的にかなり疲れていることに気づきました。さらに、ときどきは沈黙していたものの、それでもとても楽しい時間を過ごしたことにはっきりと幕を下ろしてしまうのが惜しいような気がしていました。体が疲れているにもかかわらず、わたしはのんびり歩いて、セント・ジョージの教会墓地のなかをしばらくぶらぶらしました。チクウェル・レーンの角で足を止めて、古風な趣《おもむき》のある石の銘板を見上げました。そして、疲労と空腹を覚え、ようやく家へと向かいました。真鍮のベルノブをひっぱったそのときでさえも、楽しくて、いろいろな出来事があった今日という日に〝おしまい〟と記《しる》すことが残念でなりませんでした。

第十五章　不思議な振り子

わたしの手工芸品で生計を立てられるかどうかという重大な問題の答えは、翌朝、ミスター・キャンベルからの手紙によってもたらされました。そして、その答えは、力強いものではありませんでしたが、肯定的なものでした。彼が提示した価格は暫定的《ざんていてき》なもので、あきれるほど低いものでした。無料《ただ》の商品に毛が生えた程度のものです。彼はわたしに受けないように助言しました。たとえそうであったとしても、勤労とつましい生活で生活をかろうじてやりくりしていけるでしょう。そして、ミスター・キャンベルの申し出は、彼がはっきりと言ったように、最低限のものでした。ただし、前払いが期待できるかもしれません。わたしは彼の申し出を断り、彼の顧客への実際の販売結果を待つことに決めました。

わたしは朝食のテーブルでこれらのことをじっくりと考えました。リリスがやって来て、わたしの隣の空いている椅子に座りました。

「ねえ、シビル」と彼女が低い声で言いました。「昨日はどうだった？　何か収穫はあったの？」

「ええ、わたしは空のバッグを持って帰ってきたわ」

「そして、財布にはお金がたっぷり入って？」

「まあ！　それは別の問題よ。手工芸品が実際にひと財産を築くとは思えないもの」

「そのことについて、すべての話を聞きたいわ」とリリスが言いました。「でも、ここでは話し合えないから、朝食のあとで、わたしの部屋で話しましょう。あなたはもう食べ終わっていて先に行けるなら、わたしは数分後にわたしの部屋で落ち合うわ」

わたしは喜んで同意しました。失礼な態度をとるシジュウカラは自分を水晶占い師と見なしていることは別として、リリスは商売についての素敵な助言者ですから。それで数分後、わたしは階段を上って、彼女のスタジオへ向かいました。わたしはこの部屋を今までほとんど見たことがありません。それというのも、招待されたり、特別な用事を除いて、お互いの作業部屋へ勝手に入ることを禁じるという、ミス・ポルトンによって厳格に執行される不文律があるからです。それで今、わたしは大いに興味を持って、周囲を見回しました。

奇妙な部屋でした。別人のような二面性のあるリリスの人格が表れているようでした。はっきりと異なる二つの領域を持っているかのように。仕事の領域においては、きちんとしていて、細かくて、実務的で、女性の芸術家のスタジオによく見られるような、ごちゃごちゃした感じや、無秩序な感じが不思議とありませんでした。大きな水彩画の画架、整理整頓された絵画用のキャビネット、パピエマシェ（パルプ、紙片、布片などと、のりを混ぜ合わせた紙。張り子に用いられる）が人型を成していて、衣装に古風な趣を持たせて配置されています。ピンで留められていたり、結ばれていたり、縫い合わせられていたりと、リジェント・ストリートのお店の窓辺で見たもののようでした。人型の木炭のスケッチは、参考のために壁にピンで留められています。頭や手や足、そして、顔と手の一、二枚のスケッチが鉛筆で丁寧に描かれています。作業場のほうは、文字どおり典型的な効率的な場所です。

これとは対照的なのが、リリスの神秘的な領域です。明るく照らされている隅に、小さなテーブルがあって、その上に黒いビロードのクッションが置かれています。そして、クッションの上には、クリケットのボールほどの大きさの水晶玉が載っています。テーブルの上方にはいくつかの本棚があり、心霊主義や精神感応や幽霊や心霊研究やその他のオカルト現象を扱った本が並んでいます。上のほうの本棚には、文字体系を詳細に分析した手紙で一杯になっている箱がありす。一方壁には、小さなビーバーの毛皮のついた、小さなハート型のもの――硬貨地板（貨幣として型押しするための平らな金属板）だと思います――が掛かっています。そして、そのそばには、一連のエジプトのビーズ玉が絹糸で吊るされていました。

けれども、この女性のこのように奇妙な二つの面は、結びついていないわけではありません。壁には、額に入った神秘的な形の絵がいくつか掛かっていて、ウィニフレッド・ブレークと署名してあります。エドワード・バーン＝ジョーンズ（サー・エドワード・コーリー・バーン＝ジョーンズ。一八三三～一八九八年。イギリスの美術家）を思い出させますが、まねしたものではなく、このうえなく素晴らしい水彩画です。画架の上の作品はフリーズ（装飾のある小壁）のような感触を帯びています。人物は裸ですが軽く衣類をまとい、裸の人物の一人はスタイル画にスケッチされて、すでに一部は衣装を着ていました。

わたしの部屋と家具や調度品の観察は、部屋の主《あるじ》がやって来たので妨げられました。彼女はわたしに安楽椅子を勧めました。彼女自身はスツールに座って、質問を始めました。

「さて」と彼女が言いました。「わたしは詮索好きだと思われたくはないわ。だけど、あなたがどのようにうまくやったのかはとても知りたいわ。わたしが教えた方法を実行したの？」

「実行しました――少なくとも無言の意思については――ですが、完全にではありません。提案については大いに活用したと思います」

「そして、あなたの作品を売ったの？」

「ええ、売ったと言って差し支えないと思います」ここで、わたしはミスター・キャンベルの二つの代案について彼女に説明しました。

「みごとにやったじゃないの、シビル」と彼女は感心したように言いました。「あなたの初めての試《こころ》みは大成功よ。これで自信がついたでしょう？」

自信がついたとは言いきれませんでしたので、言い逃れするような返事を丁寧にしました。すると、リリスがいらいらしたように遮りました。

「わたしはこのような懐疑的な態度は理解できないわ」と彼女が言いました。「あなたは原因と結果を目の前で体験したのでしょう？　それにもかかわらず、つながりを認めようとしないの？　あなたはあなたの作品をこの男に託したのでしょう？　お店の外で、この男があなたの作品を買うように切実に願ったのでしょう？　そして、あなたはお店のなかへ入り、彼はあなたの作品を買った。これ以上、何を望むのかしら？」

「でも、わたしが念じなくても、彼は買ったかもしれないわ」

「そうね」と彼女は同意しました。「彼は買ったかもしれないわ。だけど、それは物質的なものについて論理的に考える方法ではありません。わたしがマッチをすって、燃えるものに火を近づけて、火がついたとするわ。わたしが火のついたマッチを近づけなくても、それは燃えたかもしれない。でも、誰も火のついたマッチと火がついたことのつながりを疑わないわ。物質的な原因と結果は、疑わない確信があって生まれるのよ。わたしたちは精神的な、あるいは、肉体的な出来事に遭遇するやいなや、この特別に懐疑的な態度が表れるのよ――そして、言うまでもないことを認めて受け入れることを拒否するのよ」

「無言の意思とわたしの作品が売れたことのあいだにつながりはない、と主張するつもりはないわ」とわたしは言いました。「わたしが言いたいことは、両者のあいだにはつながりがあると証明されているとは見なさないということよ。賛成とも反対とも決められないのよ。どちらにしても、証拠が充分とは思えないもの」

「確かに、あなたの言うとおりね」と彼女がしぶしぶ認めました。「だけど、わたしはあなたを納得させたいわ。なぜなら、あなたには尋常ではない力があると確信しているから」

彼女はしばらく黙っていました。それから突然、尋ねました。「あなたは降霊術の会へ行ったことがあるかしら、シビル？」

「いいえ、まったく」とわたしは答えました。

「それなら、一度行ってみるべきよ」と彼女が言いました。「詐欺師が執り行う怪しげなものじゃなくて、われわれの知識を広げようと真剣に取り組んでいる人たちが運営している私的な降霊術の会よ。わたしと一緒にどうかしら？」

「なかなか面白そうね」わたしはそれほど乗り気ではなく答えました。

「ええ、なかなか面白いわよ」と彼女が言いました。「たった今、あなたは証拠について話したでしょう。本物の降霊術の会で、心霊現象が実際にあることを納得させてくれる証拠をあなたは得るわよ。わたしに友だちがいるの――ミスター・クエックとか言ったわ――彼がわたしに注目に値する実演をしてくれたのよ。彼は降霊術の会の一つに、あなたがわたしと一緒に行くことをとても喜ぶでしょう」

「ミスター・クエックは霊能者なの？」とわたしは尋ねました。

「いいえ。彼はとても繊細で、特別な力があるけれど、霊能者とは言いがたいわ。でも、超常現象の優秀な研究者なの。そして、心霊研究にとても興味を持っているわ。彼の実験のいくつかをあなたに見せてくれるように頼んでみましょうか？」

「ありがとう、リリス。今日よりがっかりさせないでね。わたしはかなり懐疑的な気の持ちようなほうだけれど、こういったことを知りたいと思っているのよ。あなたがやって来るまで、あの絹糸のビーズで、あなたは何をしているのかしらと思っていたのよ」

「あれは振り子運動の研究なのよ」と彼女が嬉々《きき》として答えました。「魔法の振り子なの。直達《ちょくたつ》鏡《きょう》（喉頭、気管支、食道、直腸など身体開口部に、反射鏡などを用いずに直接金属管を挿入して内部を観察する臨床検査器具）として心霊科学で知られている器具よ。いわば、潜在意識を見えるようにするためのものよ」

「どのように使うの？」

「潜在意識が筋肉に及ぼす影響によって機能するのよ。見せてあげるわよ――でも、自分でやってみたほうがいいわ。なぜなら、あなたは信じていないから」

彼女は水晶玉とそのクッションをテーブルから移動させて、ばらばらの文字の入ったボウルの中身を空にすると、素早く文字を円の形に並べて、時計回りのアルファベットを作りました。それから、フックから振り子を外しました。

「さて」と彼女が言いました。「あなたがやることはこうよ。あなたはテーブルに肘をついてあなたの手を安定させるの。そして、糸を親指と人差し指でつまんで、円の中心にあるテーブルから少し離してぶら下げて。そうして、ぜったいに手を動かさないでじっとしていて」

「わたしがじっとしていれば、ビーズもじっとしているわよ」

「だけど、そうならないのよ。揺れ始めるのよ。どうもそれ自身の調和によって。あなたの精神状態に従って。たとえば、あなたがそれをグラスのなかに吊るして、時を打つように念じると、時を打つのよ。あなたが念じる、あるいは、わたしがあなたのもう一方の手を握って念じる。すると、円のなかで左右に揺れるのよ。念じた方向に揺れるの。だけど、これって意識のある意思の力の運動なの。実験で、わたしたちがやろうとしているのは、潜在意識を呼びさますことなの。もしある物事や人物があなたの潜在意識を占めているなら、振り子が文字のほうへ揺れて、その物事や人物の名前を示すのよ。あなたが心地よくいられるように、椅子を持ってきてあげるわ。あなたがじっとしていられるように」

リリスの説明を聞いているうちに、わたしはこの実験にすっかり乗り気ではなくなってしまいました。もちろん、わたしはリリスが力説する神秘的な力を、このばかげた振り子が見せてくれるなどとは少しも信じていません。それでもやはり、彼女の自信はわたしの気持ちを揺り動かしました。それで、わたしの潜在意識を自分自身に向けることにしました。もう逃げられません。わたしは椅子に座ると、リリスの指示を実行していきました。

三十秒ほどのあいだ、わたしのじっとしている手に吊り下げられたビーズは、まったく動きませんでした。それから、わかるかわからない程度に振動し始めました。わたしの目は、どれを指すのかと文字に釘づけでした。そして、わたしは少なからず驚いて、振り子のかすかな動きを見つめていました。振り子はJの文字のほうへ揺れていました。わたしは手をまったく動かしていません。それにもかかわらず、振動はしだいに大きくなり、まるで悪霊にでもとりつかれたかのように、円を半分ほど横切るまでに大きく揺れるようになったのです。

「これでわかったでしょう」とリリスが言いました。「振り子がUか、あるいは、Jの文字のほうへ揺れているわ。円をもっと大きくするべきだったわね。振り子がどの文字を指しているのか、よりはっきりさせるために。とりあえず、UとJを書き留めるわね」

振動がしだいに小さくなってきました。そして急に、振動の向きが直角に変わりました。わたしが驚いて見つめていると、振り子はAの文字を指していました。

「今度はAかPね」とリリスが言いました。「両方の文字を書き留めるわ」

またもや、振り子は振動の向きを変えました。そして、リリスはEとSを書き留めました。わたしは恐怖さえ感じるなか、その後、振り子は六度も振動の向きを変えると動かなくなり、円の周りを回り始めました。

「これでおしまいよ」リリスがそう言ったとき、わたしはすぐさま振り子を離しました。「六つの文字が示されたわね。UかJ、AかP、EかS、もう一度AかP、EかSがもう一度、そして、FかR。これらの文字が何を表しているのか考えてみましょう。残念ながら、文字はごちゃ混ぜになっているわ。いくつか組み合わせを考えてみるけれど。UPEASF。これは意味を成さないわね。UPSASF。これもだめね。Jで始めてみるわね――JAEPEF。これもだめ。JASBSF。そもそもBの文字は含まれていないわね。これらの文字はあなたに何か進言しているのかしら、シビル？　あなたの潜在意識のなかに潜んでいる、UかJで始まる何かの名前とか？　考えてみてちょうだい。昨日は町で何をしたの？」

「いろいろなことよ。もちろん、販売業者のところへ行ったわ。それから、陶磁器と骨董品の個人的なショーへ行ったわ」

「陶磁器」とリリスが物思いにふけりながら、彼女が書き留めた文字を見渡しました。「ええと、アップチャーチかしら？　そうじゃないわね」もう一度、彼女は文字に目を通しました。そして、はやる思いで尋ねてきました。「そこに、何かウェッジウッドがなかったかしら？」

それを聞いて、ミスター・ホークスリーがわたしたちと話しているときに、年配の紳士がみごとな青色のウェッジウッドのカップと受け皿をショーケースのなかに慎重に置いているのに気がついたことを、思い出しました。それで、わたしはそのことを正直に答えました。

「あったわ。美しい青色のジャスパーウェア（十八世紀にイギリスのウェッジウッドが開発した陶磁器。青地に白い浮き彫りを飾ることが多かったので、この青色はウェッジウッド・ブルーと呼ばれるようになった）のカップと受け皿が」

「それよ！」とリリスが勝ち誇ったように声をあげました。「さっきの文字はジャスパー《jasper》よ。それでも、あなたはカップと受け皿を見て以来、そのことを考えもしなかったんじゃないの？」

「あなたがウェッジウッドのことを話すまで忘れていたわ」

「やっぱり」とリリスが言いました。「そして、そのことが潜在意識の不思議なところなのよ。あなたはほんの一瞬、ものや人物を見ただけだから、すっかり忘れてしまっているの。永遠に、消失してしまったように。だけど、そうじゃないの。潜在意識のなかに入りこんで、長いあいだそこに意識されずにとどまり続けるのよ。何らかのきっかけ――たとえば、夢とか――で、意識の領域に現れるまでは。とにかく、潜在意識のなかにずっと残っているのよ。そして、振り子や水晶玉のような媒体によって、いつなんどきでも顕在化するのよ」

「水晶玉も直達鏡だと言うの？」とわたしは尋ねました。

「そうよ。だけど、まったく別の種類のものね。振り子は、潜在意識が筋肉に作用することで動くの。水晶玉は潜在意識が視覚に作用するのよ」

「とても学問的な話ね。だけど、あなたが水晶玉を使って何をやっているのか正確に話してくれるかしら」

「わたし個人について言えば」とリリスが答えました。「ほとんど何もしていないわ。水晶に現れる像を読むことを水晶占いと言うけれど、かなり特殊な能力なの。わたしは水晶占いをする人として、あまり大したことないわ。だけど、本当にその能力を授かった場合は、驚くべき結果を得られるのよ。たとえば、こう言うことよ。水晶占い師がくつろいだ気持ちで水晶玉の前に座っているの――優秀な水晶占い師の多くは女性だけど――そして、水晶玉のなかの明るい光をじっと見つめているの。顕在意識を従順な状態に保っておくのよ――実際、何も考えずに。しばらくすると、水晶玉のなかの光が薄暗くなるの――雲か霧がかかったように。そして、しだいにその雲や霧のようなものが形を成してきて、何らかの形が現れるのよ――多くの場合、薄暗くて、ぼんやりしているけれど。だけど、ときとして、凸面鏡《とつめんきょう》に映し出されたように、とても明るくて鮮明に見えるときがあるの」

「だけど、その絵は何なの？　何を表しているの？」

「いろいろなことよ。顕在意識からは忘れられてしまった過去の場面かもしれないし、あるいは、夢のように記憶の断片であるかもしれないわ。もしくは、近い将来に起こるであろう、ある出来事かもしれない」

「だけど」とわたしは反論しました。「まだ起こってもいない将来の出来事が、なぜあなたの潜在意識のなかにあるの？」

「あなたの言いたいことはわかるわ」とリリスが言いました。「将来のことを事前に知るというのは、確かに難しいことよ。だけど、預言的幻視は確かに起こるの。時空を超えて、邪魔になるものを通り抜けて見ることができる予知能力は、存在するのよ。そのような能力を授けられた水晶占い師は、彼女が水晶玉のなかを覗きこむように、特定の人物や場所に彼女の意識を集中させることで、どんなに遠く離れていようとも、その人物が何をするのか、または、そこで何が起こるのかはっきりと見ることができるのよ」

「本当！」とわたしは声をあげました。「あまり好ましくない能力ね。本人の同意なしにその彼もしくは彼女を水晶占いすることは、リリス、その人のプライバシーと自由に対するとても大きな侵害じゃないかしら？　占われる人が朝風呂に入ることを水晶占い師が偶然わかったとしても、それはその人の自由じゃないかしら？」

リリスが声をあげて笑いました。（でも、彼女にとって、このことは新しい考えだったようです）「あなたって、恐ろしく事務的ね、シビル。でも、まったくあなたの言うとおりよ。わたしたちは自分たちの力を悪用してはいけないわ。わたしについて言えば、悪用するほどの力がないけどね。なぜなら、見分けがつかないような状況で、なんだかわからないような姿のぼんやりした絵を見たことがないもの。でも、おそらく、あなたならできると思うの。あなたには特別な才能があると確信しているから。水晶占いをやってみたらどうかしら、シビル？」

「そう言ってもらえると嬉しいけれど、今はそういうときじゃないわ、リリス。このおしゃべりのあと、自分たちの仕事にとりかからなくちゃ。それで思い出したけれど、あなたがやって来るまで、あなたの素晴らしい絵を見ていたの。あなたこそ、あなたの大いなる才能を無駄にしているんじゃないかしら」

「どんなふうに？」と彼女が尋ねました。

「これらのデザインは、素晴らしいタペストリーや壁の装飾を生み出すわ。もし壁が得られないなら、あなたはそれより小さい面で我慢するかもしれないわね。扇子《せんす》をデザインしたり描いたりしたことはありますか？」とわたしは尋ねました。

「いいえ」と彼女が答えました。

「やってみることをお勧めするわ」とわたしは言いました。「あなたのデザイン力と繊細な技術で、みごとにやれると思うわ。そして、フィリバーが何かを作ったり、彫ったりしてくれるかもしれないし、わたしだって、銀の打ち出し技法で宝石で飾ったピンとループのお揃いを作ってもいいわ。わたしの提案をよく考えてみてちょうだい」

リリスはクッションの上の水晶玉を手に取ると、わたしに微笑んで言いました。

「あなたと取引しましょう。あなたが水晶玉をあなたの部屋へ持っていって、時間のあるときにじっくり試してくれるなら、扇子のデザインを考えるわ。いかがかしら？」

わたしは手を水晶玉のほうへ差し出しました。わたしが主にやりたいことは、〈マグパイクラブ〉という媒体を通じてリリスを名声と富に紹介することです。ですが、魔法の振り子の驚くべき成功がほかの直達鏡について、わたしの興味を刺激しました。でも、わたしがそれを自分の部屋へ持っていったとき、鍵のかかる引き出しに後ろめたい気持ちでしまったことを白状しなければなりません。鍵のかかる引き出しが、のぞき見するお手伝いさんの目や、皮肉っぽくて疑り深いシジュウカラの目に触れさせないでおく安全な場所ですから。

しかし、水晶玉や魔法の振り子以外にも考えるべきほかの問題がありました。たとえば、十二本セットのスプーンです。これはミスター・キャンベルがわたしに作るように依頼して、彼の手紙のなかでも再び言及していたことです。それらに利益のある価格が支払われることを、そして、この仕事との相性のよさを知りました。そのことが仕事に取り組む勇気をわたしに与えてくれました。ですが、仕事にとりかかる前に、デザインを考えるための主題が必要です。キリスト教の十二使徒は陳腐ですので、わたしは別の十二の関連した対象を見つけなければなりません。丸一日かけて考えたすえ、絵のように美しく、扱いやすい主題として、十二宮《じゅうにきゅう》の星座に決めました。この計画を念頭に置いて、わたしは初めは鉛筆で、次にワックスと金属で本格的に仕事にとりかかりました。

忙しかったですが、自分の仕事に打ちこむことができて幸せでした。変化と、新しい何かがわたしの生活に生まれてきました。わたしの世界である小さな作業場から、わたしの思考はより大きな世界へ、とくに、テンプルバー（ロンドンの西の端、テンプルの近くにあった門）に隣接した地区へ入りこんでいくのでした。ときどき心配になってこの変化を眺めるのですが、なにやら新しい冒険に着手した人みたいに、うきうきしている自分を自覚しているのです。

そうこうしているうちに、わたしは〈マグパイクラブ〉の会員として迎えられるかの選挙の通知を受け取りました。同じ郵便の配達で、ミスター・ダベナントからの手紙も受け取りました。その手紙は、〈マグパイクラブ〉で彼と一緒にお祝いの昼食を食べようとのお誘いでした。そして、わたしが銀やそのほかの材料を補充するために町へ行く機会があったとき、午後にはウェルクローズ・スクエアへ戻るつもりで、わたしは彼の招待を受けました。しかし、サウスケンジントン博物館に貸し出された骨董品の銀器が展示されていて、彼はわたしの専門的な案内でそれを鑑賞したいと思っていたようでした。さて、男性の職人、あるいは、女性の職人のわずかな経験に対して、技術面の教育で、認められた名作を勉強することに匹敵するものはありません。わたしは強く、そして、さらに技術的な教育が必要だと感じていました。人の話をよく聞き、共感する聞き手に古い作品の素晴らしいところを説明することは、わたし自身の集中力を高める助けになると考えました。そして、そのようになりました。いずれにしても、わたしは博物館で長く楽しい時間を過ごしました。その後、クラブのテーブルで夕食を食べながら、わたしたちはほかの展示品についてもとても打ち解けた雰囲気で語り合いました。

「今日は楽しい時間を過ごせました、ミセス・オトウェイ」地下鉄の駅で別れの挨拶を交わしながら、ミスター・ダベナントが言いました。「今日は銀器についてとても勉強になりました——鋳造について、あなたは百科事典のように物知りですね。そして、考えると楽しいのは、僕たちは博物館のほんの一部しか見ていないことです。あそこはまさに無尽蔵な場所です。近いうちに、もう一度あなたと一緒に訪れることができたら嬉しいのですが」

わたしは曖昧な回答になるような返事をしました。ですが、わたしにとっては、曖昧ではありませんでした。すでに前例ができあがったつもりで、ミスター・ダベナントは自分の思いどおりにやろうとしているのかと疑わしく思いました。

家に着くと、ミスター・オトウェイからの手紙がわたしを待っていました。まったく予想していなかったわけではありません。それというのも、彼の怪しげな仲間から、わたしのその後の様子を聞いているだろうという、かなりの確信がありましたから。表向きは警告のような短い手紙を、彼は一、二通受け取ったようです。ですが、実際には曖昧な言い回しですが、脅迫でした。そして最近は、よりはっきりとした内容のものを受け取ったようです。それで、彼はわたしと会って、このことについて一緒に話し合いたいとのことです。そして、わたしの都合のいいときに会う約束をしたいとのことです。今までと同じように、わたしはタワー・ワーフで会いましょうと返事しました。そして、二日後にわたしはそこで彼と会いました。

見たところ、彼は少しも改善していませんでした。彼の青白い顔は張りつめていて、険しい表情をしていました。彼のまぶたは腫れていて、奇妙な細かいしわに覆われていました。両手は激しく震え、指には喫煙者に見られる濃いしみが浮かんでいます。彼の服装は今まではこざっぱりとしていましたが、目に見えて雑でした。実際、彼ははっきり言ってみすぼらしく、なおざりに見えました。それでも奇妙なことに、彼はいくぶん太ったようでした。

彼のこの悲惨な状況を見て何も感じないようなら、わたしは人間以下でしょう。彼の苦悩は他人の幸せや、あるいは、悲惨な状況に無関心な間接的な結果で、まったく思いやりを抑えたものではありません。そして、わたしは同情するような声の調子で彼に話しかけました。

「ミスター・オトウェイ、あなたは」とわたしは言いました。「必要以上に、これらのばかげた手紙を心配していると思います。あなたは少しも元気そうに見えません」

「僕はまったく元気じゃないんだ」と彼は意気消沈して答えました。

「そして、あなたはたばこの吸い過ぎだと思います」

「確かに。それに、お酒も飲み過ぎだ。僕は人生を通じて温厚な人間だよ。それで、夜寝るために薬を飲まなくちゃならないんだ。この心配事が僕を壊していくんだ」

「まあ、ミスター・オトウェイ。こんなことでくじけちゃだめよ」とわたしは異議を申し立てました。「それが何だっていうの？　あなたが詐欺師だと思っている、哀れな脅迫者じゃないの。そして、その脅しは空威張りだということも、あなたはわかっているわ」

「必ずしも事実じゃないよ、ヘレン。この男は間違いなく詐欺師だ。彼は何もわかっていない。彼には知りようがないんだ。それでも、彼は大きな面倒を起こすことができる。実際、彼は再度、審問を開くように要求することができる」

「確かに。そして、もし審問が再度開かれたりしたら？　審問で支持されてきた証拠の詳細について、不愉快なコメントがつくかもしれないわね。だけど、起こるかもしれない最悪なことは、そのことでしょう」

ミスター・オトウェイは哀れなほど情けない態度でわたしを見ました。しかし、彼の憂鬱そうな顔は、わたしの楽観的な言葉を聞いても少しも晴れませんでした。

「このように元気に、そして、自信に満ちて話せる君は素晴らしいね、ヘレン」と彼が言いました。「だけど、君は間違いなく危機的状況を楽観視しているよ。あの証拠の詳細の隠蔽《いんぺい》がどのように行われたのかについては何とも言えない。どのような考えで、あのようにすることにしたのか――とくに、そのことを隠蔽するために僕たちのあいだで共謀と呼べるようなものがあったのかについても。とにかく、最後の手紙を見てもらいたいんだ。ほかのものはまったく重要ではないと思う」

彼は札入れを取り出すと、ぎこちない手つきで手紙を取り出しました。そして、わたしに手紙を差し出しましたが、彼の手に握りしめられた手紙がぶるぶる震えていました。最後の手紙らしく、下手くそなタイプ打ちで、さらに、半ば文盲の人のように言葉遣いが混乱していました。手紙はこのように書かれていました。

ミスター・ルイス・オトウェイ、

この手紙の書き手は、あなたが再度、面倒な状況に向き合うことを警告します。審問でいくつかのことが隠されたことを、少なくとも、なぜあなたの奥さんがあなたと一緒に暮らしたがらないのか、そして、いくつかのことが隠されたことを彼女も承知していることを、私が話している人物は知っています。あなたが思っている以上に、その人物は知っているのです。これはあなたのことを思っての警告です。

他人の幸せを祈る人より。

二度読んでから、わたしは手紙をミスター・オトウェイに返しました。そして、先ほどのわたしの自信が揺らいだことを白状しなければなりませんでした。もし書き手が単なる推測だけで書いたのだとすれば、その人物は正しく推測することのできる並外れた才能の持ち主でしょう。さらに詳しく知っているという彼の主張については、どのようにしてそのようなことが可能なのかわたしにはわかりません。わたしの父とミスター・オトウェイのあいだで致命的な面談が行われたとき、わたしが信じる限りでは、あの家のなかにいたのは三人だけでした。実際に面談のときにいた人たちのなかで生き残っているのはミスター・オトウェイだけで、彼だけが何が起こったのかをはっきり知っているのです。従って、この手紙の主張は、おそらく嘘でしょう。それでも、わたしがこの考えを退けたとしても、なおぼんやりとした不快感と疑いがわたしの心に入りこんできます。ミスター・オトウェイは知っているけれど、わたしが知らない何かが、何か恐ろしい秘密からわたしだけが故意に遠ざけられているのではないかと。わたしがミスター・オトウェイをちらっと見ると、やつれて、激しく身震いして、すっかり恐怖にとらわれていました。これを見て、わたしの疑いは疑惑へと深まりました。

「もちろん」彼は手紙を札入れに戻しながら言いました。「君が正しいのだと思う。つまり、この男がこの先さらに手の内を見せてくれるのを待つしかない。警察を頼るのはばかげている。連中は公表していない証拠があるのかとか、なぜ奥さんと一緒に暮らさないのかとか、すぐに尋ねてくるだろう。そして、もし警察がこの手紙の書き手を捕まえることができても、今度は書き手よりも警察を恐れなければならなくなるだろう。君が思っているように、手紙の書き手はお金をゆすろうとしている脅迫者かもしれない。だが、もし彼が追いつめられているなら、この脅迫を正当化しようとするだろう」

これを聞いて、わたしは同意するしかありませんでした。この手紙で、それとなく主張していることは実際に事実で、警察の助けを借りることは、おそらく結果的には隠してきた事実を明らかにすることになるでしょう。

「このような手紙を書きそうな人の心当たりはないの?」とわたしは尋ねました。彼がまったく知らない人物であるとは思えません。（何の心当たりもないの？　このような手紙を書きそうな人を、一人も思いつかないの?）

彼はこっそりわたしを見ると、一、二度咳払いをしてから答えました。彼が答えたとき、彼の態度はためらっているようであり、また言い逃れしようとしているようでした。「疑いはあまり役に立たない」と彼が言いました。「事実ではないのだから。動機がわかればいいが、動機がわからなければ、この人物が、あるいはあの人物が怪しいという単なる推測に……」彼は最後まで言い切らず、話し合いたくない何かがあるかのように、うつろな表情を浮かべました。

わたしたちはしばらく無言でいました。彼が突然わたしのほうを向いて、この話し合いを終わりにしたそうな仕草をしたので、わたしはこの面談を終わりかけました。

「ヘレン」と彼は真剣な声で言いました。「君の決意をもう一度考え直してくれるように、そして、このような不幸な別居生活を終わりにするようにお願いすることは可能だろうか？　僕の孤独を、僕が健康を害していることを、そして、この面倒を――この面倒は、僕たち二人の共同の面倒だろう。そして……」

「ミスター・オトウェイ、それは無理です」とわたしは答えました。「不可能だと念を押しておきます。あなたの不幸を考えると、そして、こんなにも具合が悪そうなのを見ると心を痛めます。ですが、あなたが提案することを、わたしは受け入れられません。わたしたちは他人であることを忘れないでください。わたしたちは別居以外にはありません。今までどおり、わたしたちは続けなければなりません」

「僕たちはずっと離れていなければならないという意味ではないだろう？」と彼が声をあげました。「一時的な別居だったはずだ」

「とにかく、別居を考え直す時期ではありません」とわたしは応じました。「ですが、あなたのほうの状況がどうなっているのか知ることができてよかったです。わたしにできることがあればお手伝いします」

わたしは立ち上がると、手を差し出しました。彼はわたしの手をしぶしぶ取りました。わたしのほうから握手するために彼に手を差し出したのは、これが初めてでした。

「送っていくよ、ヘレン」と彼が言いました。

「いいえ、けっこうです」とわたしは答えました。「わたしは一人で帰ります。もし何か新たなことが起こったら、手紙で知らせてくれますか？」

彼はすぐさま約束しました。そして、わたしたちは向きを変えて、それぞれ反対方向へ歩き始めました。少し離れると、わたしは立ち止まり、振り返って彼を見ました。彼の落胆している様子や、肉体的にも老けこんだように見えたことに気がついたので、心の痛み――自責の念ではありませんが――彼の明らかに悲惨な重荷を何らかの方法で軽くしてあげられなかったことに後悔の念を感じました。彼の不幸せな状況は彼が自分で招いたことですし、彼は自分の人生を壊すときに、わたしやわたしの父の人生も壊しました。しかし、復讐心というのは、文明的で発達した精神にとっては異質なものです。彼がやったことで、わたしは今でも彼をひどく嫌っています。それでも、不安や恐怖に昼も夜も彼がつきまとわれていることを考えると心が痛みます。

第十六章　低賃金の芸術家

わたしは行かなければならないことをミスター・オトウェイに告げましたが、なぜだかは言いませんでした。もしわたしが告げていたら、おそらく、彼はかなりびっくりしたでしょう。なぜなら、わたしたちが話し合っているあいだに、わたしは決意を固めていたのですから。決意というのは、ソーンダイク博士のところへ行って、すべてをあらいざらい打ち明けるというものです。彼は彼を訪《たず》ねるようにわたしを誘ってくれて、とくにわたしが助言や助けが必要なときは、ときどき報告してくれます。そして、わたしは手紙を書いて、訪ねることを申し入れるつもりでした。だけど今、わたしは彼と約束せずに彼を訪ねることにしました。仮に彼がそのときわたしに会うことができないなら、会う約束をとるつもりです。

タワー・ワーフから、わたしはすぐにマーク・レーンへ向かいました。わたしが駅に入ったとき、時刻は午後六時十五分前でした。列車が西へ向かって走っているあいだ、わたしは状況をあれこれ考えて、何と言うべきか決めました。何か問題が起こっていることを、わたしはほとんど疑っていませんでした。わたしはミスター・オトウェイの警告を共有していませんでしたが、わたしは少なからず不安でした。たとえば、わたしの父の死についての再審問が開かれたら、醜聞を必然的に伴い、わたしの不可解な行動が明るみに出るに違いありません。そして、醜聞は大惨事になるでしょう。疑わしい証言として、ウェルクローズ・スクエアで、わたしは仲間にどんな顔をして向き合えばよいのでしょう？　そして、どのようにジャスパー・ダベナントを支持したらよいのでしょうか？　このようなことを、あまりじっくりと考えたくはありません。そして、これらの考えの根底には、ミスター・オトウェイの恐怖のなかには、わたしが知っている以上の何かがあるのではないかという不安な気持ちでした。そして、そのことをわたしはあえて考えたいとは思いませんでした。

テンプル・ステーションから、キングス・ベンチ・ウォークの５Ａ番にあるソーンダイク博士の法廷弁護士事務室への行き方は、難しくありませんでした。そして、オーク材の外側のドアが開いていて、内側のドアの小さな真鍮のノッカーはそれとなく訪問客を受け入れてくれていることがわかりほっとしました。わたしはノッカーを控えめに鳴らしました。すると、すぐにミスター・ポルトンと顔を合わせました。わたしを見て、彼は友好的で、思いやりのある顔つきになりました。

「ドクターは彼の実験を調べるために研究室にいますよ。おそらく、もうすぐ終わるでしょう。あなたが訪ねてきたことを伝えてきましょう。お茶でもいかがですか？」

わたしが辞退すると、ミスター・ポルトンは意味ありげに頷いて、すぐにわたしに肘掛け椅子を勧めて、立ち去りました。一、二分経って、ソーンダイク博士が部屋へ入ってきて、心のこもった挨拶をしてくれたので、わたしはすぐにくつろいだ気分になりました。

「あなたがいつ私に会いにきてくれるのかと思っていました。事実、あなたがどのように暮らしているのかウェルクローズ・スクエアまで見にいこうかと真剣に考えていました。すぐにポルトンがあなたにお茶を持ってくるでしょう。そのとき、あなたはあなたの状況をすべて話さなければいけませんよ。新しい家で、あなたが心地よく暮らしているとよいのですが」

「わたしはとても幸せです、ソーンダイク博士。そして、あんなに心地よい家をわたしのために探してくださって、とても感謝しています。そして、新たな見込みのある仕事にも着手したんです。それで、あなたに助言をお尋ねしようと、そして、告白しようと思ったんです」

「告白ですって」厳かにわたしを見つめて、ソーンダイク博士が言いました。「そのことは必要ですか？　そして、充分に考慮しましたか？」

「ええ、そう思います。一つだけです。この秘密はもっと前にあなたに話しておくべきでした。ですが、別の人が巻きこまれているので、信頼に対する裏切りのような気がしたんです。でも今は、わたしの法律顧問には、すべてを知っておいてもらったほうがいいと思っています」

「そのとおりです。助言というものは、周知の事実に基づいてのみ行われるものです。そして、あなたがどのようなことを話そうとも、私が職務上知りえたことは秘密情報として扱うことを言っておきましょう。依頼人が話したいかなることも、法律家は外部に漏らしてはいけないのです。事実、そのような行為は禁じられています。ですから、あなたがいかなる情報を私に話しても、秘密漏洩にはなりません」

「それを聞いてほっとしました。それというのも、わたしがわたしのことをあなたに最後に話したとき、あなたが重要だと考えるであろうことを話さないでおいたのです」

「審問に関する何かですか？」

「そうです。わたしが何を話さなかったとお思いですか？」

「ミスター・オトウェイが彼の証拠を示したとき、何かを隠したとかですか？　あなたのお茶をどうぞ。か弱い女性の端役《はやく》を使って、いい年の独身男が家庭内の奇跡を示すためだけにとか。ポルトン、その刺繍飾りの布巾《ふきん》はいいね」

ミスター・ポルトンは施設の信用を維持するための彼の努力をソーンダイク博士に認められて、満足そうな笑みを浮かべて気の利いたサービスを提供しました。そして、ミスター・ポルトンが立ち去るとき、外側のドアを閉めました。

「ポルトンは明らかに相談の内容を嗅ぎとったようだ」とソーンダイク博士が言いました。とくに指示しなくても、こちらがやってもらいたいことを彼はいつでもやってくれるので、精神感応なるものを信じてしまいそうだよ。彼が牡蠣《かき》のように秘密を守るのでなければ、精神感応の能力は気まずいものになるかもしれない。急ぐ必要はありません。ですが、あなたが私に何を知ってもらいたいのか落ち着いて話してください」

このことに勇気を得て、わたしはミスター・オトウェイの手に握られていた鉛入りの杖について話さなかったことを打ち明けました。それから、怪しげな手紙についても。彼はとても注意深く聞いていて、ずいぶんと関心を持ったようでした。なぜなら、メードストーンのミスター・オトウェイの家屋や、彼の暮らしぶりや、わたしが知っている彼の経歴についてかなり詳しいことを訊いてきましたので。

「杖はあなたが持っていましたか、それとも、ミスター・オトウェイが？」と彼が尋ねました。

「彼が持っていました。とにかく、あの日からわたしは杖を見ていません」

「そして、あなたは家政婦以外の彼の友人について何も知らないのですね？」

「ええ、何も知りません」

「ミセス・グレッグはまだ彼と一緒ですか？」

「そうだと思います。でも、確かではありません」

「そして、彼がリオンズ・イン・チャンバーに住んでいること以外、彼の暮らしぶりについて何も知らないのですね？」

「知りません。彼の暮らしぶりについて、本当に何も知りません」

「あなたが何も知らないでいることは、あなたにとって好都合でしょう」とソーンダイク博士が言いました。「これらの手紙はお金をゆすろうとしています。これらの手紙は敵対する人物か、あるいは、脅迫以外の方法を考えている何者かから送られてきたのかもしれません。そして、問題は、この人物がどのような手札を持っているのかです。この人物は単なる推測でもって行動しているのか、あるいは、確かな情報に基づいているのか？　問題は、二つの問いを含んでいます。あの朝、あなたとあなたのお父さんとミスター・オトウェイ以外に、誰かがあの家にいたのか？　そのとき、ミスター・オトウェイがあなたに話した以外のことが、何か起こったのか？　どちらも否定的と思われます。ですが、どちらについても確証はありません。一方、あなたの立場は心地いいものではありません。そして、ミスター・オトウェイのほうは、いっそう心地いいものではありません。なぜなら、おそらく誇張されているでしょうが、彼の不安は雲をつかむような、とらえどころのない話だからです。彼は不安に駆られて行動しています。惨事についての彼の説明が事実であろうが、虚偽であろうが、もし彼が審問ですべてを話す勇気があったとしても、反証がないのだから、彼の説明は受け入れられたに違いない。しかし、このことは今や問題ではありません。もし再審問が開かれれば、彼がある事実を言わないでおいたことを、陪審員は重要な証拠として見なすようになるでしょう」

「助言するとすれば、このような脅迫の手紙など忘れてしまいなさいと言うほかありません。できることはほとんどありませんが、いくつか注意を要する質問をします。そして、新たに何か進展があれば、すぐに知らせてください」

これで話し合いではなく、相談が終わりました。なぜなら、ソーンダイク博士は、職人としてわたしが進歩していると強く言ってくれました。そして、ミスター・キャンベルの作品に専門家としての意見を述べるように、階下にいるミスター・ポルトンに呼びかけました。その意見は、作品は期待どおりに素晴らしいという趣旨のものでした。

「さて」わたしが辞去しようと立ち上がったとき、ソーンダイク博士が言いました。「あなたは仕事についてかなり大胆な選択をされました。あなたはすでに経済的に成功しています。商業的な側面についてさらに経験を積めば、あなたはおそらく充分満足できる収入を得られるでしょう」

ミスター・ポルトンの実際的な経験に裏打ちされて、このことで充分に勇気づけられました。

ですが、この相談の別の結果について、わたしはあまり満足していません。実際、ソーンダイク博士との相談は隠し事の重荷からわたしを解放してくれましたが、わたしの不安の解消にはほど遠く、かえって不安なことが増えました。彼はこの怪しげな手紙を本当の危機の兆候だと見なしているだけでなく、わたしが隠していることを知っている以上に、ミスター・オトウェイが隠しているかもしれないことを明らかに心に抱いていました。実際、ミスター・オトウェイがわたしの父を殺したと彼が疑っていないという確信はありませんでした。

考えなければならないことは山ほどありました。そして、どれも楽しいものではありませんでした。それから二、三日のあいだ、わたしはこの新たな複雑なことで頭が一杯でした。わたしの明るい地平線の上に、黒い雲が沸き立つように。わたしの父が亡くなったあの恐ろしい朝の出来事を、詳細にわたしは何度も思い出しました。しかし、悲劇自体にも、悪意のある反響にも、新たな光は差しこんできませんでした。わたしは部屋のドアに鍵をかけて、リリスの水晶玉さえ試してみました。しかし、わたしの信念が弱いのか、あるいは、そのような力を持っている人がわたしにもあると認めてくれた特別な精神的資質がないのか、リリスが話していた雲とか霧がわたしの目の前に立ちこめて、水晶玉を覆い隠してしまいました。それがすべてでした。雲や霧が消え去ったとき、何の絵も現れませんでした。ですが、わたしの頭のなかで描いたちっぽけな心象だけが、水晶玉の明るい表面に浮かんでいました。

しかし、若さと健康に不安はつきものです。日にちが経つうちに、うっとうしい印象はしだいに薄れていき、再びわたしは自分の仕事に没頭するようになりました。十二宮図のスプーンは速やかに進展していき、わたしに自信を与えてくれました。そして日々、技量が進歩しているのがわかりました。費やす労力は少なくなり、けれど、作る喜びは多くなっていきました。容易にできるようになることは、喜びを持ってやることです。ちなみに、技術が向上するということは、作業の速度が速まり、より大きな力を得られるようになります。すでにわたしはミスター・キャンベルが考えている適正な価格とはいくらくらいなのか考え始めています。

さらに、ほかの気晴らしもありました。週に一、二度、わたしはクラブに立ち寄りました。これらの訪問が即席の小旅行のような役割をはたしてくれました。画廊や展覧会や博物館へ、そして、一、二度はコンサートや演劇へ行ったようでした。ジャスパー・ダベナントとわたしのあいだに生まれつつある関係については、あまり考えたくありませんでした。おそらく、わたしたちが思っている以上にダチョウは賢い鳥です。なぜなら、少なくとも期待する痛みを避けますから。遅かれ早かれ、何らかの理解に到達しなければならないことは間違いありません。しかし一方で、ミスター・ダベナントは楽しい仲間です——陽気で明るく快活でユーモアがあり、それでいて、目的に向かってひたむきで、将来の展望を真剣に考えています。わたしたちの小旅行は取るに足りない軽薄なものでしょう。そして、楽しさと陽気なことはより堅実で真剣な興味を味つけるための調味料にすぎませんでした。若い男と女のあいだの友情は必然的に友情に留まらざるをえませんが、わたしたちの友情も例外的なものではありませんでした。もちろん、資格はありました。しかし、わたしが言いましたように、わたしは未来に身を任せて。心地よく流れに身を任せていました。

このとき、わたしは驚くべき発見をしました。たまたま町へ出かけたある日、本屋の陳列窓で、わたしはアトリエの陶磁器についての本を見ました。そして、これはミス・フィンチの役に立つと考えて、その本を買いました。それなのに、彼女に渡すのを忘れてしまいました。朝の作業の途中で、わたしはその本を突然思い出しました。作業場の戸棚にしまったのです。それで、ベンチから立ち上がって、本を彼女に渡しました。彼女の作品は庭の奥のほうにあります。かつて船鍛冶屋だった離れ家にあります。わたしたちのように、彼女は親しい隣人、そして、親しい友人でもありました。休みの日に、わたしは一度だけ彼女の作業場に入ったことがあります。彼女はわたしにろくろや旋盤や小さな窯《かま》を見せてくれました。彼女の作品について、彼女は異常なほど隠したがります。彼女は寡黙《かもく》な女性です。彼女自身については、彼女は友人に温かい関心を示し、実際、愛情深く、愛らしい人でした。

母屋から彼女の離れ家を隠している低木の茂みを回っていくと、静けさとのどかさによって、かえってわたしは落ち着かない気持ちになりました。そして一瞬、わたしは彼女の仕事を妨げることをためらいました。それでも、わたしは罪の意識を抑えて、ドアを力強く叩きました。するとすぐさま、聞き慣れた甲高い声が、どちら様ですか、と尋ねました。

「わたしよ、ペギー。ヘレン・オトウェイよ」とわたしはすまなそうに答えました。三十秒近く間があきました。それから、彼女は鍵を外してドアを開けました。かなり驚いた様子で、頬を桃色に染めていました。

「仕事中はいつも鍵をかけているので」と彼女が説明しました。

「あなたの仕事の邪魔をするつもりはないわ、ペギー。町であなたのために手に入れた本を持ってきただけなの」

「まあ、入ってちょうだい、シビル」と彼女が言いました。「もちろん、邪魔なんかじゃないわよ」

彼女はわたしから本を受け取りました。そして、すぐにページをめくり始め、絵図をちらっと見ると声をあげました。「なんて素晴らしい本なの！　読むのが楽しみだわ。そして、わたしのためにこの本を手に入れてくれて、あなたはなんて優しいのかしら！」彼女は自分の腕をわたしの腕に親しみを込めて回しました。そして、さらに彼女の家の奥のほうへと案内してくれました。そこは漆喰《しっくい》の作業場に充てられていて、鋳型《いがた》と棍棒《こんぼう》が作られています。さらに、粘土の部屋があって、そこにはガスエンジンや謎めいたろくろが使用されないままになっていて、大まかに片づけたようです。わたしたちは立ったまま、とりとめのないおしゃべりをしました。賛成の意を呟きながら、彼女はまだ本のページをめくっていました。わたしは材料やなじみのない工芸品の電気器具に敬意を表しながら、職人としての好奇心でわたしの周囲を見回しました。ここで、わたしは最初の驚きを得ました。脇のベンチの上に、明らかに製本工具と思われるものがあることに気づいたからです。隠したがるシジュウカラは陶芸家でありながら、製本業者でもあるというのでしょうか？　わたしはこのことを訊いてみようと思いました。一方で、わたしの注意は明らかに彼女が作業中だったベンチに釘づけになりました。それは元の場所から動かされたスツールのようでした。このベンチの上に、かなりの大きさ――高さ十二インチ（約三六センチ）ほど

――の物が、湿った布にくるまれて立っていました。その近くに溶射拡散器、たくさんの小さなへら、小さなモデリングツール（設計図を描くためのツール）や、いくつものクリームのように白い陶器のポットに覆いがかぶせてありました。それは温かい青色の花のような装飾を丁寧にあしらったものでした。その一つの覆いを思いきって外してみると、ポットのなかはクレヨンのように見える明るい色合いの粘土を小さく巻いたもので一杯でした。

「あなたはかなり道具にこだわるようね」繊細で小さなポットを手に取って、表面から粘土のかすを取り除きながら、わたしは言いました。

「なぜこだわらないの？」とペギーが尋ねました。「作業をするとき、それに適した道具を使うべきじゃないかしら？　むかしの職人はそうしてたわ。古いかんなやのみが、美しく彫りあげていくのを見たもの。だから、素晴らしい道具を使ってこそ、より良い仕事ができるのよ。もし作れるなら、自分自身の道具を持ちたいわ」

「できるわよ、ペギー」とわたしは言いました。「あなたがどういうものがほしいのか教えてくれたら、わたしがあなたのために作るわ」

わたしはしゃべりながら、うわの空で小さなポットをひっくり返して、底をちらっと見ました。そのとき、わたしはまさしく衝撃を受けました。そこには一つだけ装飾がありました。でも、それが驚くべきものでした。小さな青い鳥だったのです。

思わず感嘆の声が唇をついて発せられました。そして、ポットをベンチの上に置きました。（これの意味するところは何かしら？　ミスター・ホークスリーのように、ペギーもミスター・

ゴールドステインの陶磁器に魅せられたのかしら？）「何をしているのか教えてくれないかしら、ペギー？」とわたしは尋ねました。

それを聞いて、彼女は頬を染めました。彼女がとても動揺したようなので、わたしは彼女に強く迫りすぎたのだと感じました。しかし、残酷であろうとなかろうと、わたしは謎の中心へ迫るつもりでした。

「どちらかといえば、言いたくないのよ。気を悪くしないでね、シビル」と彼女が恥ずかしそうに言いました。

「なぜなの？　あなたは素晴らしいじゃないの」

「でも」彼女は粘り強く言いました。「覚えておいてほしいのだけれど、わたしの作品を人に見せることを許されていません」

「誰に許されていないの？」

「わたしの作品を扱ってくれる販売業者に。販売業者にとってはそれなりの理由があって、秘密にしているんです。誰が作っているのか、誰にも知られないように」

「でもペギー、販売業者はともかく、あなたはわたしには見せてくれたじゃないの？」

「もちろん、見せるべきじゃなかったわ。でも、あなたに見てもらいたかったの。でも、約束は約束でしょう？」

「もちろんよ」わたしは同意しました。それから、素早くベンチのほうへ進むと、用心深く湿った布を手に取り、覆われていた物を明らかにしました。小さなターンテーブルの上に立っているジャーが現れました。狼狽してあえぎ声を発し、ペギーは前に飛び出しました。でも、遅かったのです。行為は行われたのです。さらに、ひどいことは発覚しました。わたしについていえば、ミスター・ホークスリーの謎の陶磁器は謎ではなくなりました。

ジャーの外見はかなり奇妙でした。しかし、間違いようがありません。緑色の粘土は焼成されておらず、プラスチックのままですが、いい感じの灰色です。そして、ずんぐりした八角形の胴体と短い首と縁は、豊かで入り組んだ花の装飾で覆われていて、花の装飾はとても小さくて繊細でした。完成した部分のなかで、この装飾の表面はくすんだ青色と鮮やかな赤みを帯びています。そして、未完成の部分はでこぼこであり、表面は製本業者のいわゆる空押《からお》しが用いられています。それでも、いくらか深みが増しています。

作品から目を離して、わたしは敬意を込めた驚きの念で製作者を見ました。きまり悪そうな、あるいは、開き直ったような態度で、彼女はわたしのそばに立っていました。この控えめで小さな女性は、優れた職人《craftsman》――わたしはあえて女職人《craftswoman》とは言わず、男性形の言葉を使いました――だという考えがわたしのなかに浮かびました。この先の世代からも称賛を受ける、未来に残る名品の製作者だと思いました。そして、わたしの友人の偉業に対する驚きの称賛と誇りの最初の衝撃で、わたしが知っていることをほとんどしゃべってしまいました。ですが、じっくり考え直して、より良い計画を思いつきました。

「ねえ、ペギー！」とわたしは声をあげました。「あなたがこれほど質の高い仕事をするとは夢にも思っていなかったわ」

「それほど素晴らしくもないわよ」愛情のこもった卑下した言葉を発しながら、彼女は答えました。「美しいオワロン陶磁器の単なる模造品ですもの。オワロンの陶磁器は、いつもわたしを魅了してくれるのよ。一つにはとても愛らしいし、もう一つは、言い伝えによれば、それを作ったのは女性だそうよ。だけど、わたしの作品は彼女の継ぎ合わせじゃないわよ。わたしにはそんなことできないもの」

「あなたのはどうやったの？」

「見てちょうだい。わたしがやった以上に、もっと型にはめて作った装飾にするべきなのよ。そのことがより重要であるべきなのよ。彼女の作品はもっとも複雑に鋳造《ちゅうぞう》されているわ。装飾の多くは丸い型で形づくったの。だけど、それに関していえば、わたしの作品を遂行する余裕がないの。長くかかりすぎるのよ。それに、ある程度は、注文のために働かなくちゃならないわ。わたしの注文は控えめに作ることになっているの。簡素なものがいいのよ」

「あなたの注文ですって！　販売業者からの？　彼について教えてちょうだい、ペギー。そして、どうしてそんなに隷属的なの？」

「べつに隷属的じゃないわ」と彼女は根気強く反論しました。「でも、販売業者とのあいだで契約があるのよ。彼がわたしのすべての作品を扱うの。そして、わたしの作品をほかの誰にも売ってはいけないし、わたしがどんな作品を作ろうとしているかを教えてもいけない条件なの。だから、あなたもなかへ入れるべきではなかったの。だけど、あなたがここで見たことを誰にもしゃべらないって信じているから」

ミスター・ホークスリーは正しかったのです。それで、彼が販売業者の首を絞めたがっていたことを同情の念を抱いて思い出しました。

「その契約のことだけど、ペギー」とわたしは言いました。「販売業者はあなたのすべての作品を扱う権利があるって言ったわよね。この特権に対して、彼はあなたにいくらか払ってくれるの？」

「そうよ。契約書に署名したとき、五ポンド払ってくれたわ。だけど、作品の最初のロットの支払いからその分を差し引くけど」

「それじゃただの分割払いじゃないの。あなたの作品を独占的に扱えることに対する支払いじゃないわ。そして、価格はどうなっているの？　いくらで設定されているの？」

「もちろん、販売業者は価格を設定しているわ。彼はわたしよりもそのことをよく理解しているわ」

「あたりまえじゃないの。それで、いくらで設定されているの？」

「まあ、通常の価格だと思うわ。たぶん、このジャー一つに対して十五シリング払ってくれるわ」

「それで、そのジャーを作るのに、どれくらいの期間がかかるの？」

「そうねぇ」と彼女は考えながら言いました。「それほど長くはかからないわよ。このジャーはろくろで回したあとで、形を整えなくてはならないの。それから、装飾にとりかかるのよ。もちろん、それなりに時間はかかるわよ。蓋も含めて、一週間ほどかしら。それから、焼成して艶をだすのよ。だけど、焼成と艶だしは数回に分けて行うの」

「それらすべてに対して、週十五シリングなの」わたしは声をあげました。

「およそ一ポンドね」と彼女が言いました。「それがわたしの収入よ。多くはないでしょう？　だけど、少しは貯金もあるし、そのほとんどを作業場の整備に費やしたけれど」

「そして、この重要な契約はいつまで有効なの？　いつ期限切れになるの？」

「期限切れですって？」彼女は少しきまり悪そうに繰り返しました。「期限切れについては何も知らないわ。期限については定めていないもの」

「ペギー」とわたしは厳かに言いました。「あなたは陶芸家のトレードマークを変えたほうがいいわ。小さな青いフィンチをやめて、小さな緑色のガチョウにしたほうがいいわよ。だけど、真剣にこれを調べなくてはね。わたしは法律家の娘よ――法律の知識を引き継いでいるとはとても言えないけどね。それでも、この契約は取り消せないものではないと確信しているわ。法律家のわたしの友人に、それを見させてくれないかしら？　もちろん、極秘扱いにするから」

「いいわよ。あなたがそうしたいなら、シビル。だけど、そのことが問題じゃないと思うの。わたしは作品を作ることが好きなの。そして、それで生活しているわ。このうえ何を望むの？」

「もっと意欲的な何かをやりたいって言っていたじゃない。あなたの持てる力をつぎ込んだ最高傑作を。そうでしょう？」

　彼女はしばらく黙ったままでした。遠くを見るような、もの言いたげな表情を浮かべていました。突然、彼女は口を開きました。「シビル、あなたに見せるわ、だけど、絶対に誰にもしゃべっちゃだめよ」彼女はわたしを大きな戸棚の前へ連れていきました。そして、彼女はドアの鍵を外して、ドアを開きました。一枚の棚の上に、赤いワックスのかかった背の高い燭台か、あるいは、照明用ソケットが載っていました。手の込んだデザインで、柄《え》とソケット本体は立派で、それでいて控えめで、活気があり上品な一群の形が基調となって、美しく形づくられ、生命と表現力に満ちていました。

「これが」と彼女が言いました。「わたしの芸術の料理人になるのよ――ワックスでできているように見えないけれど。アイボリーホワイトで、豊かな色の象嵌《ぞうがん》を想像してちょうだい。そしておそらく、釉薬《ゆうやく》をかけるわ。できるときに少しずつ進めたり、調子にのってきてやめることができなそうなときにやるつもりなので、数か月かかるわ。模型製作は終わったわ。次は型に入れて作るのよ。だけど、今のところ、実際に作品は作らないつもりよ。彼――販売業者よ――に持たせるつもりはないの。完成させたら、それは彼のものになるわ」

「そうね。契約によれば、そうなるわね。そして、そうしてはだめよ。この作品はあなたに陶芸家として一流の地位を与えるべきよ。でも、これ以上あなたの時間を無駄にしたくないわ。わたしにあの契約書を預けてもらえないかしら？」

彼女は昼食のときにわたしに預けると約束しました。これを持ってわたしは自分の作業場へ戻り、彼女を啓発したり解放したりするためにわたしの頭に浮かんできた計画をじっくり考えました。しかし、わたしのほうであれこれ計画を立てる必要のないことがわかりました。なぜなら、チャンスや神の導きが既存の機会をわたしに提供してくれたからです。あの晩、わたしはミスター・ダベナントから短いメモを受け取りました。そこには、のっぽのミス・スミスがイギリスとフランスの軟質磁器を手に入れ、それらを一週間クラブで展示する、と書いてありました。「彼女は初日に目玉となるものを作りたいのでしょう」と彼は言いました。そして、そこで昼食を食べようと、ホークスリーとわたしを誘ってくれました。「あなたも来られますか？　もし来られれば、ミス・スミスが喜ぶでしょう。そして、ホークスリーと僕もどれほど嬉しいかおわかりでしょう。さらに、とても興味深いショーになると思います」と書いてありました。

これこそ、わたしが望んでいた好機です。すぐさま、わたしは疑うことを知らないシジュウカラのもとへ行って、陶磁器のショーへわたしを小うるさいことを言わずに、一緒に連れていくことを約束させました。それから、陶器と磁器にとても関心のあるお客を連れていくことを、わたしはミスター・ダベナントに手紙で知らせました。そして、わたしたちは四人だけになれる小さなテーブルに座れるようにお願いしました。

同じく、法的な拘束力があるのかないのか教えてほしいと、わたしはペギーの契約書をソーンダイク博士へ郵送しました。こうして、わたしが望んでいたように、ミスター・ゴールドステインを当惑させるためのお膳立てを敷いたので、すっきりとした気持ちで、わたしは自分自身の仕事へ戻ることができました。

第十七章　シジュウカラの神格化

硬質磁器と軟質磁器のそれぞれのいいところは、ときとして、収集家や専門家によって熱く討論されることです。だけど、おそらく、そんな彼らでものっぽのミス・スミスの展示品の開示のときほど熱心に意見を交わさないでしょう。昼食の前の三十分間、中央のガラスケースと追加のショーケースがお披露目のために用意されると、熱心な鑑定家の集まりに囲まれました。たとえ美しさに劣るとしても、柔らかい粘土と、さらなる耐久性という対照的な美点を兼ね備えている本物の磁器は、もう一度見直され、解説されました。

展示の重要性が認められていることほど意義のあることではありませんが、会員や彼らの友人の参加はのっぽのミス・スミスにとってとても嬉しかったに違いありません。チェルシーやボウやナントガルやピンクストンやほかのイギリスの陶磁器だけでなく、初期のセーブルも含む古いフランスの軟磁器もあります。作品をちらっと見ただけでも、会話の材料を提供してくれます。長い中央のテーブルに座っている人たちを観察すると、ドゥーハム・ブラウン少佐に支援してもらっている女主人が、晴れやかな顔をしてテーブルの上座に座っていました。（少佐は口数が少なく、もっぱら食べるほうに熱心なようです）われわれの小さなテーブルは目立たないように隅のほうへ置かれましたが、それでも軟質磁器の影響を受けずには済みませんでした。なぜなら、ミスター・ホークスリーとわたしのお客は豊富な知識でもって軟質磁器について話し合いました。ミスター・ダベナントとわたしは彼らの豊富な知識に敬意を表して、用心して口数が減るようになりました。

わたしたちの二人のお客は、これといった理由もなく、お互いにとても喜んでくれていました。それというのも、ミスター・ホークスリーは単なる収集家にとどまらず、あらゆる種類の陶磁器に博学で、それでいて熱心な生徒でもありましたから。一方、わたしの友人のペギーについては、彼女がしゃべるにつれて、彼女が材料や作業の工程について精通していることが明らかになってきて、わたしが彼女に見せた素朴な小冊子など恥ずかしくなりました。

とにかく、実際にミス・フィンチは大きく変わりました。彼女は気心の合う人と会いました。気心の合う人に触れてその影響を受け、いつもは無口で隠したがるシジュウカラの才能が大きく開花して、わたしを驚かせました。彼女が透きとおるような甲高い声でミスター・ホークスリーの重厚なバリトンの声とデュエットしているように話しているのを聴いたとき、いつもはウェルクローズ・スクエアの古い鍛冶屋の鍵のかかったドアの向こうで働いている、小柄で静かな陶芸家をとても想像できませんでした。

昼食後、ショーケースの展示はさらに驚くべき様相を呈して再開されました。中身をもっとよく見られるように、ガラスケースが開けられました。そして、熱心な愛好家が触れたり、なでたり、匂いをかいだりできるように、作品が取り出されました。ミスター・ダベナントもわたしもその人たちのなかには加わりませんでしたので、わたしたちは比較的短時間でお宝の展示品を鑑賞して、その後は隠れ家のようなわたしたちの小さなテーブルへ戻って、眺めたりおしゃべりしたりしました。

「陶磁器の熱狂的なあの二人の愛好家を見てごらんよ」とミスター・ダベナントが声をあげました。「二人はすでにとても親しい間柄のようだ。そして、ミス・フィンチはあの花瓶で何をやろうとしているのだろう？　花瓶にキスするつもりかな？　いや、違う。彼女はそれをのっぽのミス・スミスへ返した。さてさて、熱心なことはいいことだ。ところで、ミス・フィンチは小柄で素敵な女性だ。あなたのあの友人はかわいくて、絵のように美しい。それに大きく進展した。僕は改めてウェルクローズ・スクエアに尊敬の念を抱き始めたよ」

　彼女の年はわたしと同じくらいなのに、わたしは母親のような誇らしい気持ちでシジュウカラを見つめました。絵のように美しいという言葉は、彼女の温かい雰囲気をとらえていて、みごとに彼女を言い表していました。彼女の美しい髪や髪型、素朴で趣《おもむき》のあるドレスが引き立てる小柄な体つき。ドレスはリリスのやり方を敷き写したようです。ミス・フィンチはわたしがマグパイクラブへ紹介した女性です。そして、彼女はわたしの信用を高めてくれていると感じます。

「僕はしばしば驚いています」考え深そうに黙ってから、ミスター・ダベナントが言いました。「ウェルクローズ・スクエアなんておよそふさわしくないところを、なぜあなたが住む場所に選んだのか。そして実際、あなたがどのようにその場所の存在を知ったのか。中流階級の人たちはほとんど知りません。僕のことを不謹慎な詮索好きだと思わないでください、ミス・ヴァードン」

「ミセス・オトウェイはそんなふうに思いません」とわたしは言いました。

「ミセス・オトウェイは神話です――法的擬制《ほうてきぎせい》（実際には違うものを法的には同一であるかのように見なし、同一の法的効果を与えること。電気は物質ではないが、盗電については財物と見なして窃盗罪を適用するなど）です。僕は彼女の存在を認めるのを拒みました。彼女は単に書類上の存在です。教区簿冊上の存在です。実際の人物としては、ミス・ヘレン・ヴァードンです」

「それはかなりばかげたことのように聞こえます」とわたしは言いました。「でももちろん、そのようなことはありえませんわ。なぜなら、話し手がミスター・ダベナントですもの。おそらく、謎めいた見解のなかに、隠された意味があるのでしょう」

「そのようなものはありません」と彼が反論しました。「いずれにしても、隠したままでいることなどできないでしょう。あなたとこの男、オトウェイのつながりを認めることを拒否するという意味です。あるいは、あなたと彼のけだもののような名前を結びつけることを拒みます」

「ですが、法律や慣例に従えば、彼の名前はわたしの名前でもあるのです」

「僕は法律や慣例など気にしません」と彼が言いました。「オトウェイという名前は、僕にとって許しがたいものです。そして、厳密に言えば、それはあなたの名前ではありません。もしヘレンと呼ばせてくれないなら、僕はあなたをミス・ヴァードンと呼びます。そして、僕たちは古くからの親しい友人であることを考えると、そのように呼んではいけない理由がありません」

「明らかに、確立された慣例というものがあります。ピーターと呼ばれている、ある司教がいます。なぜなら、それが彼の名前だからです。この慣例はヘレンに当てはまります。ですが、ミス・ヴァードンには適用されません」

「それでは」と彼が続けました。「われわれもその素晴らしい慣例に倣《なら》いましょう。ヘレンとお呼びしましょう。いいでしょう?」

「わたしにはあまり選択肢がありません。ミセス・オトウェイが法的擬制なら、ミス・ヴァードンは不法擬制です」

「擬制について話すのはやめましょう。洗礼の事実を忠実に守りましょう」

「承知しました、ミスター・ダベナント」

「だけど、なぜミスター・ダベナントなのですか? 僕の洗礼名はジャスパーです」

「とてもいい名前ですね」とわたしは言いました。「でも、慣例はあなたの場合には当てはまりません。あなたはミスター・オトウェイと結婚していません」

「もちろん、していません。あー、よかった! もししていたら、小さな裏切りになるでしょう。さらに言えば、あなたもしていません。あなたは書類に署名をしただけの、ばかげた式を挙げただけです。その書類はこの式が本物でないことを表明しています」

「擬制を避けるために、わたしたちの契約に固執するつもりはありません。でも残念ながら、わたしの結婚は法的見地からすると、現実であり、効力のあるものなのです」

「なにが法律だ!」と彼は軽蔑したように声をあげました。「誰が法律を気にしますか? 有名な法律の名士であるバンブル・C・Jが〝法律なんてばかで間抜けだ〟と表明したではありませんか。おまけに、彼はとくに婚姻法に言及しています。誰がばかで間抜けの意見に基づいて自分の行動や信念を決めるでしょうか?」

「思うに、あなたは建築のために法律を捨てたようですね！　詭弁《きべん》を弄《ろう》する才能をいかして、あなたは大法院の法律家かイエズス会士になるべきでした。ところで、のっぽのミス・スミスがいます。彼女はわたしたちが彼女のお宝を無視していると思っています」

しかし、わたしたちの女主人は非難の声を発しませんでした。反対に、彼女は喜びと感謝の気持ちでいっぱいになってきました。

「わたしの愛するミセス・オトウェイ」女主人はわたしににっこりと微笑み、感情もあらわにわたしの手を握って、声をあげました。「ミス・フィンチという若い女性をわたしの陶磁器を見に連れてきてくれて、お礼の言葉もないわ。彼女は感じがいいし、そのうえ、陶磁器のことをなんでも知っているわ。なんて素晴らしいんでしょう。彼女自身が陶芸家かもしれないわね。そして、彼女の美しいものを愛することや、美しいものを見ることを楽しむことが、言葉にできないくらいわたしを喜ばせるのよ。彼女にはわたしの収集品のすべてを見てもらうように案内してちょうだい。頼んだわよ。ぜひとも、彼女には見てもらいたいもの」

わたしは喜んで引き受けました。なぜなら、このことがミスター・ゴールドステインにとってもう一つの命取りを意味するからです。そして、このときペギーとミスター・ホークスリーがわたしたちに合流したので、わたしは準備を整え、日付を決めることができました。

のっぽのミス・スミスが慌ただしく立ち去ると、ミスター・ホークスリーが口を挟みました。

「わからないなぁ」と彼が言いました。「なぜ僕はのけ者にされなくちゃならないんでしょう。僕だって収集品を持っています。そして、それはミス・フィンチの興味をきっと惹くと思います。

なぜなら、彼女はあまり現代の陶磁器を見たことがないと僕に話しましたから。彼女にそれを見せてあげてくれませんか、ミセス・オトウェイ?」

ペギーの同意を得て、再び、わたしは喜んで承知しました。わたしの計画は、成功の結末へ向かって急速に進んでいきました。そして、そのことを精力的に推し進められると感じていました。それというのも、まさにあの朝、わたしはソーンダイク博士から手紙を受け取ったのです。手紙と一緒に契約書も返送されてきて、契約書は法的には価値のないものであり、そして、社会的秩序に反していると公然と訴えていました。

「日にちの決定については」とミスター・ホークスリーが言いました。「みんなで僕の部屋へ移動してはどうでしょう?　そして、お茶を飲んでから陶器を眺めて。どうでしょう?」

ペギーとわたしにはとてもいい考えに思えたので、わたしたちはそのように言いました。

「そして君は、ダベナント?」とミスター・ホークスリーが尋ねました。

「片づけなければならない仕事が一つ、二つあるんだ」と彼は答えました。「でも、連中は待ってくれるだろう。芸術は長いんだ――僕の場合、ものすごく長い。よし、移動して、陶器とお茶のどちらもいただこう。ピープスが思い出させてくれたのは、中国のお茶だ。まさに、この場にぴったりだ」

わたしたちは外へ出ると、ストランド街へ向かいました。そこでわたしたちはハンサム馬車（屋根付きの一頭立て二人乗りの二輪馬車）を二台貸切ってドーバー・ストリートからピカデリーへ向かいました。そこに広々として、堂々としたミスター・ホークスリーの住居がありました。ロンドンのウエストエンド（ロンドンの中心部より西側の地域。裕福な人々の邸宅や高級ホテルが立ち並ぶ）の後背地にあります。彼の部屋は二階にあって、階段を上って着いてみると、四つの部屋が横に並んでいました。わたしたちは穏やかで無表情な紳士に出迎えられました。彼の立ち居振る舞いは、外交機関の上級職の役人を思わせました。

「われわれと一緒にお茶でもどうですか、タップロウ?」とミスター・ホークスリーが役人に恭《うやうや》しく声をかけました。ミスター・タップロウはわたしたちのためにドアを開けてくれました。そして、わたしたちの誘いに応じて、ひそかに歩き始めました。

わたしたちは大きくて立派な部屋へ入りました。そこは背の高い窓から差しこむ日差しで、とても明るい部屋でした。物珍しそうに、わたしの周りを見回しました。なぜなら、装飾品のなかに陶磁器がないことにすぐに気がついたからです。壁面は重要な絵画――すべて現代絵画です――で覆われていました。マントルピースの上やほかの置き場所には、大理石やブロンズの小像――こちらも、いずれも現代の代物《しろもの》です――が置いてあります。ですが、陶磁器については、小さな額縁のカメオのレリーフが一つあるだけで、ほかには何もありません。アパートは相当な家具の収集家の住居を思わせました。窓の反対側の部屋の片側には、フランスやフランドル地方の戸棚や食器棚が並んでいるのですから。

「君がガラス張りの陳列ケースを好まないことは知っていました、ホークスリー」とミスター・ダベナントが言いました。

「好みません」という返事が返ってきました。「それらは公共の美術館のためのものです。ですが、魅力的ではありません。そして、人は一度にすべての作品を見たいとは思いません。僕は一つずつ取り出して、作品を一度に一つずつ鑑賞するのが好きなんです。言うまでもありませんが、それぞれの作品は個別のものです。それぞれ個別の創造的労力のたまものです。ですから、鑑賞についても個別に味わうべきです」

「あなたは現代の作品がお好きなようですね、ミスター・ホークスリー」とわたしは言いました。「それらは古いものと同じくらい素晴らしいとお思いですか？」

「最良の現代の作品は古いものと同じくらい素晴らしいと思います」と彼は答えました。「もちろん、商業的なものについて話しているのではありません。そのようなものは芸術的感覚において取るに足りないものです。僕が言いたいのは、古い工芸品と同じ条件で、同じ力量の職人が作った現代作品であればということです。そのような作品は本当に素晴らしい。残念ながら、そのような作品はほとんどありませんが。ですが、供給が需要に見合うか心配です」

「部分的には、現代の職人の責任だとは思いませんか？」とミスター・ダベナントが尋ねました。「精巧で手の込んだ、従って費用もかかる作品に限定する傾向があるのではありませんか？　もちろん、古い作品は現代の工場における安いという感覚ほど安くはありませんでした。エトルリア（紀元前八世紀から紀元前一世紀頃に、イタリア半島中部にあった都市国家）の作品や、あるいは、ボウやチェルシーの作品などは決して手放せません。しかし、価格というものは、時代や目的に応じて変化します。それなのに、現代の工房の陶磁器は家庭用としては使えません。ほかの工芸品についても、同じことが言えます。たとえば、製本業の精巧な印刷、装丁や金属細工などのように。もし現代の職人が収集家だけを満たして実用的な顧客を無視するなら、商業的な作品によって締め出されても文句は言えないでしょう」

このとき、ミスター・タップロウがお茶を持ってやって来ました。そして、会話にとても興味を示しました。わたしは先ほどの会話が続いてほしいと思いました。このときのわたしの思いは、おしゃべりをやめて、本題に戻ってほしいというものでした。それで、お茶を飲んでいるあいだ、一般的で、いくぶんとりとめのない会話による討論が再び始まることを、わたしはわざと邪魔しました。そのような会話が終わったと思えるやいなや、わたしは陶磁器の話を切りだしました。

「壁のあの額縁はウエッジウッドのカメオですか?」とわたしは尋ねました。

「いえ、違います」とミスター・ホークスリーが答えました。「あれはソロン（紀元前六三〇年頃〜紀元前五六〇年頃。アテナイ——アテネの古名——の政治家、詩人）の作品の一つです。濃い色のついた土に白い釉薬《ゆうやく》をかけて作られています。近くへ来て、ご覧になってください」

わたしたちが立ち上がって額縁の周りに集まると、ミスター・ホークスリーはその美しさについて長々と説明しました。確かに、とても美しいものでした。

「愛らしい作品です」と彼は言いました。「とらわれることなく、のびのびとしています。ウエッジウッドのレリーフはソロンのものと比べて、とても硬い感じに見えます。同じ装飾を施した花瓶を、僕はいくつか持っています。それで、まずそれらを見てもらったほうがいいでしょう」

彼は移動できるターンテーブルを、オーク材で彫られた精巧なフランドル地方の戸棚のほうへ転がしていきました。戸棚を開けると、ソロンの素晴らしい作品が並んでいました。ペギーが一目見たら、目を輝かすでしょう。一つ一つ、それらは慎重にターンテーブルの上に置かれました。あらゆる方面から眺め、称賛し、議論し、そして元に戻しました。戸棚のほかの中身は、それほど重要な作品ではありませんでした——ほとんどフランスの作品でした。それでも、いずれも敬意を表され、注目されました。次はクルミ材で彫られたフランスの戸棚で、マーティン・ブラザーズ（ロンドンの陶器メーカー）やほかの個別の職工による現代の炻器《せっき》（土や粉末状の鉱物を練って成形し、かたく焼きしめて作った焼き物）で占められていて、ミスター・ホークスリーはことのほかお気に入りのようでした。

「見てください」ターンテーブルの上に、茶色のマーティンウェアの素晴らしいトビージョッキを置きながら、彼が言いました。「これに匹敵する古い塩釉《えんゆう》（釉薬の代わりに塩を使って焼成すること）の陶磁器があれば、見せてもらいたいものです。造形を見てください！　美しい表面と実際の作りを見てください！　それから街へ出て、お店のショーウインドーの品物を見てください。粉々に砕いてやりたくなるでしょう」

「まあまあ」とミスター・ダベナントが言いました。「お店がその品質を正しく評価したり、正当な取り扱いをしていないとは言えないでしょう。もし前の世代が現代の世代と同じくらい精力的な壊し屋なら、古い作品の収集家は古代のごみの山のなかからお宝を探さなければならなくなるでしょう」

「そのとおり。それが事実です」とミスター・ホークスリーが言いました。わたしたちは次の戸棚へ移動しました。「自国の陶磁器がさらに価値のあるものになれば、もっと敬意を払って扱われるようになるでしょう。さて、この戸棚は一部だけ埋まっています。まだ名前を知らない一人の芸術家の作品のために、残りの場所は空けてあるんです。その芸術家の陶磁器をお見せしよう、ミセス・オトウェイ。ミス・フィンチにとっては新しいかもしれません」

彼がドアの鍵を外すと、わたしの心臓は高鳴り始めました。そして、心配そうな目をペギーに向けました。なぜなら、何が出てくるか、わたしは知っていたからです。ですが、彼女がそれをどのように受け取るか知りませんでした。今のところ、彼女は閉まっているドアを期待に胸を膨らませて見ていました。それから、ドアが左右に開かれました。すぐさま、彼女は死人のように青ざめました。一瞬、彼女は気を失うのではないかと思いました。それで、ミスター・ダベナントがすぐさま彼女のところへ近づきました。しかし、彼女は死人のように青ざめていたのから、今度は顔を真っ赤にしていました。彼女の速い呼吸と震えている手が、彼女がどれほど大きなショックを受けたのかを表していました。

一方、ミスター・ホークスリーはそのようなペギーの様子にまったく気づかずに、花瓶や広口瓶やボウルの列を眺めていました。そして、とくにミステリーウェアの美しさについて長々と話していました。作品は二つのグループに分けられていました。純粋に象嵌細工の作品と、象嵌と化粧土の装飾と浮き彫りにした装飾を兼ね備えたものと。そして、彼は後者の棚のなかから一つを取りあげると、それをターンテーブルの上に置きました。

「さて、愛らしい広口瓶ですね、ミス・フィンチ?」と彼が言いました。「美しいサンポルチェアー（フランス最古の高品質な陶器）や、オワロンの陶器を思い出しませんか？」

ペギーはゆっくりとターンテーブルを回しながら、広口瓶を謎めいた表情を浮かべて見つめていました。「いくぶん似ているようです」と彼女は同意しました。「少なくとも、作り方は同じでしょう」

「おお、僕のお気に入りを冷たくあしらわないでください、ミス・フィンチ」とミスター・ホークスリーが言いました。「僕が持っているどんな陶器よりも、これは大切にしているものなんです。とても魅力的なうえに、面白い。これこそ、まさに本物の陶器です。美しくて貴重です。アトリエの陶器の多くが画廊や飾り戸棚のために作られているのに対して、家庭用としても実用的です」

「あなたはそれがどこで作られたのか、まだつきとめていないのでしょう？」とわたしは尋ねました。

「いいや」と彼は答えました。「原産地は謎のままです。ロマンスのようです。そのことが、僕がこれに夢中になる理由の一つです。しばしば、陶芸家についてじっくり考えるんです。そして、彼についてあらゆる奇妙な説を考えるんです」

「たとえば？」

「あるときは、こんなふうに想像するんです。彼は販売業者に借金があるんです。彼は販売業者から融資を受けていたかもしれません。そして、それを完済することができなくて、自由の身になれない。可能性は充分あります。またあるときは、こうも考えます。彼はアルコール中毒のうえ、薬物も常用しているかわいそうな人間の一人かもしれません。それで、販売業者は彼を地下室かどこかに閉じこめて、最低の生活を強いて働かせています。だけど、僕はこれらの考えを放棄しました。アルコール中毒や薬物中毒の人間に、このような健全で理性的で精緻な作品が作れるはずがありません。だけど、彼は何者で、どういう人間なんでしょう？　僕は彼を見つけたいと思っています。そして、彼が僕に与えてくれた喜びに感謝したい。さらに、おそらく受け取っていないであろう彼の労力に見合った正当な対価を得られるよう力を貸したい」

「どうして、そう確信できるんですか？」とミスター・ダベナントが言いました。「この陶器はかなり高価でしょう？」

「個別の作品に費やされた時間や労力を考えれば、決して高くはないよ。僕がこの特別な作品のためにゴールドステインに支払った価格は、七ギニーだ。この価格は、もし芸術家が全部を得ることができたとしても、あまり高い報酬とはいえない」

「七ギニーですって、ミスター・ホークスリー！」とペギーが疑わしそうに声をあげました。

「そのとおり、ミス・フィンチ。だから、僕はその金額以上の価値があると言っているんです」

わたしは意地の悪い満足の気持ちでペギーをちらっと見ました。彼女の頬は怒りで紅潮していて、戦いを決意したような光が目に宿っていました。

「なんて恥さらしなの！」と彼女が抗議しました。「スキャンダルもいいとこだわ！　貪欲で強欲なかわいそうな人ね！　十五シリングで買った作品に、七ギニーの値をつけるなんて！」

少しのあいだ、気まずい沈黙が訪れました。ペギーの怒声は落雷が落ちたようでした。そして、二人の男は言葉を失うくらい驚いて彼女を見つめていました。かわいそうなシジュウカラは顔を赤らめて、当惑していました。それはスプーンをこっそりポケットに入れたのを、とがめられたかのようでした。

「あなたは」とうとうミスター・ホークスリーが口を開きました。「ゴールドステインがあの広口瓶に十五シリングしか払わなかったと、どうして知っているんですか？」

「たまたま支払われた金額を知ったのよ」と彼女が消え入りそうな声で言いました。

彼女が訴えかけるようにわたしをちらっと見たので、わたしは口を挟みました。

「いまさら仕方ないわよ、ペギー。ネコは袋から出てしまいました。少なくとも、頭は出てしまったわ。つまり、秘密の一部はばれてしまったのよ。だから、残りの部分も出してしまったほうがいいわ。ミスター・ホークスリー、確かに、あれはミス・フィンチ自身の作品なのです」

ミスター・ホークスリーは、気を失うのではないかと思いました。あんなに驚いた男の人を見たことがありませんでした。彼は雷にでも打たれたかのようでした。

「あなたの言っていることは、ミセス・オトウェイ」と彼が声をあげました。「ミス・フィンチが実際にこの陶器を作ったということですか？」

「そうです。これは始めから終わりまで、彼女の作品です。彼女が造形して、装飾を施し、釉薬をかけ、そして、焼成したのです。さらに、彼女はいかなる助けも借りずにやり遂げたのです」

ミスター・ホークスリーは偽りのない称賛と尊敬のまなざしでペギーを見つめたので、わたしは彼がすぐに夢中になるところが好きでしたが、微笑みたいと思いました。それで、かわいそうなシジュウカラは痛々しいまでの恥ずかしさからいくらか立ち直りました。

「今日は僕にとって記念すべき日です、ミス・フィンチ」と彼が言いました。「これほど僕を夢中にする、あのような陶器を作る創作者にずっと会いたいと思っていました。そして今、その願いは成就《じょうじゅ》したんです。はるかな高みにいる芸術家を見つけることは、この上ない喜びです」

彼は褒め言葉が口を突いて出るのを避けるため、口を閉じました。すると、ミスター・ダベナントが警告するかのように指を立てました。

「ホークスリー、気をつけたほうがいいぞ」と彼が言いました。

「わかっている」とミスター・ホークスリーが言いました。「ありきたりの褒め言葉を言うのは簡単です。だから、誰もが言いたくなるようなことは、まだ一言も話していない。それでも、神秘的な芸術家の登場はとても嬉しい驚きをもたらします」

「僕もそう思う」とミスター・ダベナントが言いました。「ミス・フィンチを地下室にこもって夢中になっている紳士の代役として、君がとても好ましく思っているのが想像できます」

これを聞いて、わたしたちはみんな笑いました。そして、そのことで重苦しかった雰囲気が解消し、わたしたちの気持ちもなごみました。

「それでも」とミスター・ダベナントが言いました。「われわれは卓越した陶芸家と知り合いになれるのは光栄だが、あの十五シリングの亡霊につきまとわれたままだ。ミス・フィンチの商取引の合意は調査が必要だ」

「確かに」とミスター・ホークスリーが同意しました。「なぜこの男はあなたの作品を、こんなばかげた価格で手に入れたのですか？」

「見かけほどばかげてはいません」とペギーが答えました。「わたしが始めた頃は、わたしのどんな作品もまったく売れませんでした。恐ろしいくらい落胆しました。誰もわたしの作品とかかわりを持とうとはしませんでした。わたしの初めての作品は簡素な陶器でした。そして、安い陶磁器のお店さえも、わたしの作品を置いてくれませんでした。それから、ミスター・ゴールドステインと偶然出会いました。彼はわたしの簡素な赤い広口瓶やボウルの陶器を一つ二つ、それぞれ数ペンス（イギリスの旧通貨単位。ペンスはペニーの複数形。一ペニー十二分の一シリング）で買ってくれました。大したお金にはなりませんでしたが、それでも、とにかく始まりました。それから、わたしはこの管状粘土の本体に化粧土の装飾と色つきの象嵌細工を施して、ミスター・ゴールドステインに見せました。すると、彼は続けるように言い、もしわたしが契約書に署名するなら、わたしの作品をすべて引き受けると申し出ました。それで、わたしは契約書に署名しました。それからずっと、彼はわたしの作品を扱っています」

「彼の言い値で？」

「そうです。わたしの作品はどれほどの価値があるのか知りません」

「さてさて」とミスター・ダベナントが言いました。「僕の法律の知識はいささかさびついているけれど、これだけは言える。その契約書は筋が通らないだろう」

「通らないでしょうね」とわたしは言いました。「今まさに、法律家の意見を聞きました。そして、われわれの助言者がそれは無効だと、だから、無視できると断言しています」

「さらに」とミスター・ダベナントが言いました。「あなたはすぐにそのことを訴え出たほうがいいでしょう」

「なぜわざわざ訴え出るんだ?」とミスター・ホークスリーが尋ねました。「僕がゴールドステインのところへ立ち寄って、彼に契約書の写しを破棄させるほうが手っ取り早い。彼の店には、立派で便利な保温鍋が吊るしてあります。僕は今朝それを見たばかりです」

「なんの話なのか、わたしにはわからないのですが」とわたしは言いました。

「彼には充分明らかだろう」とミスター・ホークスリーが答えました。

ミスター・ダベナントがくすくす笑いました。「君のやり方は、ホークスリー、僕の心に強烈に訴えます。僕は認めなければなりません。だが、連中は思慮分別があるわけじゃありません。たとえそれが熱い石炭で満たされていたとしても、法的手段のほうが保温鍋よりもいいでしょう。契約書を信頼できる事務弁護士に渡しましょう。そして、事務弁護士にゴールドステイン宛に、彼の立場について手紙を書いてもらいましょう。その後、彼はミス・フィンチに何も言ってこなくなるでしょう」

もうしばらく話し合って、手続きの方法としてはあまり美しくはないけれど、ミスター・ホークスリーの案が採用されました。そして、ミスター・ダベナントが実行役に任命されました。

「そして、われわれのクラブで、一人の女性がブルーバードウェアのショーを持つでしょう」とミスター・ホークスリーが言いました。「僕は集めたすべての作品をそこへ持っていって、ブロック体の大文字で書かれた芸術家の名前の札を付けて展示するでしょう。そして、芸術家の名前がわかったとき、陶磁器の収集家は作品の見本を手に入れようと、お互いにわれ先にと争うでしょう」

　ミスター・ホークスリーの残りの作品は、おざなりな検討しかされませんでした。豪華なド・モルガンの陶器でさえ――虹色の色彩を放っていましたが――期待はずれの作品と見なされました。そして、わたしたちはかなりくつろいだ気分で、飾り戸棚の最後を閉めました。

「さて」ミスター・ホークスリーが鍵をポケットにしまいながら言いました。「この楽しいひとときをささやかな催し物として開きたい――たとえば、クラブでの内輪の夕食会や、観劇の夜などに。僕の提案に賛成の人は？」

「わたしたちは変われないのだから」とわたしは言いました。「このまま行くしかないでしょうね」

「モーニングドレスを着ると、楽しめると思います」と彼が再び加わりました。「そして、われわれはみんな同じショックを受けたのだから、お互いに当惑しないようにできます」

　彼の提案は拍手喝采で採用され、成功裏に実行されました。そして、ウェルクローズ・スクエアで、いつものささいな混乱が起こりました。それというのも、しかつめらしい顔をしたミス・ポルトンがハンサム馬車から現れた二人の浮かれ騒ぐ人をなかに入れるために緑色のドアを開けたのが、午前零時を告げたときだったからです。

「今日は楽しかったわ！」わたしたちが踊り場で「おやすみなさい」と言ったとき、ペギーが熱烈に声をあげました。「そして、明日も楽しい日になるわ」

「そうよ。あなたはあなたの名品を作り続けることができるのよ。そして、出来上がったら、クラブでお披露目するのよ。そうすれば、ちょっとした財産を稼げるわよ」

「でも、売りたくないわ」と彼女が言いました。「充分よくできても、斬新でなくても、あるいは、下品でなくても、わたしはミスター・ホークスリーに提供すべきだと思うの——感謝の印《しるし》として」

「何のための感謝の印なの？」

「わたしの作品への、彼の評価のためよ。わたしは彼に本当に感謝しているの、あなたと同じくらいに、シビル。彼は作品だけでなく、作り手についても考えてくれているわ。わたしはずっと一人でやってきたわ、閉ざされたドアの内側で、朝から晩までポケットをいっぱいにするために。ミスター・ホークスリーは、わたしのような無名の作り手のことを考えてくれて、探してくれて、力になってくれたわ。ミスター・ゴールドステインの束縛から解放してくれた、あなたのことは忘れないわ。だけど、ミスター・ホークスリーにはとても恩義を感じるの。こんなわたしを普通じゃないなんて思わないでね、シビル」

「あなたは小さなガチョウのひななのよ」とわたしは言って、彼女にキスしました。そして、彼女の奴隷のような状態が終わり、繁栄と成功に向かって夜明けが始まるのです。

第十八章　壊し屋のなかで

ペギー・フィンチの出来事に没頭したことで、わたしは自分のことをある程度忘れることができました。そして今、わたしの友だちが束縛から解放されたことで、わたしは新たな熱意を持ってわたしの仕事に復帰しました。さまざまな邪魔が入ったにもかかわらず、十二宮のスプーンは順調に進んでいます。ミスター・ホークスリーの部屋を訪れた衝撃的な日から数日後には、わたしはうお座のスプーン——スプーンのセットの最後の一本です——の最後の仕上げにとりかかっていました。

楽しい仕事でした。そして、十二本のスプーンを並べたとき、わたしは不満ではありませんでした。確かに、難しかったです。ですが、難しさは職人の技を磨きます。おひつじ座やおうし座やしし座やおとめ座、そしてやぎ座のようないくつかの宮《きゅう》は難しくはありませんでした。おひつじ座の頭やおうし座、あるいはほかの象徴的な宮は、明らかでふさわしいスプーンの握りを提供してくれます。ですが、ほかの宮は、たとえば、ふたご座やうお座や、とくにてんびん座などは扱うのがたやすくはありません。実際、てんびん座などは少し逃げたところがあります。なぜなら、てんびんを型取りながら、人前に出せるスプーンの握りに仕上げるのは不可能に思えたので、わたしはてんびんをボウルの肩の部分に追いやって、おおよそ正義の女神（両手にはかりと剣を持って、目隠ししている）の頭の握りを形づくりました。そうです。難しかったすべてのことが、考えと創意工夫の楽しくて、面白い鍛錬になりました。こうして、現時点での、わたしの最高傑作が出来上がりました。ですが、もう少し丸みをつけたいと思います。フィリス・バートンはすでにスプーンのセットを見ていて称賛してくれていますが、それを入れるための楽しそうな小さな箱――蝶番《ちょうつがい》でとめたクルミ材の厚板でできていて、底板にはスプーンを入れる十二のかたどられたくぼみがあり、蓋には翼のある砂時計と月が浅く彫られています――を作りましたから。

ひとまとめに扱われないように、わたしはスプーンを小包にして、箱は別の小包にしました。そして、前日にわたしは手紙でミスター・キャンベルに知らせてから、ある朝、ウォーダー・ストリートへ向けて出発しました。わたしがお店に入るよりも先に行うべき無言の意思を、わたしはうっかりして省《はぶ》いてしまいました。通りを渡っていると、わたしはミスター・キャンベルが大きなペルシャネコを連れた説得すべき人とお世辞を交わしているのを見ました。そのとき、同時に彼もわたしに気がつきました。ですから、わたしはそのまままっすぐお店のなかへ入らざるをえませんでした。

彼は勇気を与えてくれるように、愛想よくわたしを迎えてくれました。実際、彼はへりくだるように握手をして、嬉しそうにわたしを見ました。そして、彼のわたしの作品の受け入れ方がさらに勇気を与えてくれました。買い手のことわざのような軽視する言葉は、まったくありませんでした。率直に、彼は夢中になっていることを表してくれました。彼はスプーンを一本ずつ腕を伸ばして持ち上げ、頭上で左右に振り、腕時計職人のレンズでスプーンをそれぞれ調べました。

そして、特別に柔らかい親指で強く押しました。そしてようやく、満足そうな声をあげてスプーンを置きました。

それから、条件の話になりました。彼が一セットにつき二四ギニーを提案したとき、わたしは無言の意思を省いたことを喜びました。なぜなら、わたしはおそらく一八ギニーくらいと思っていましたから。

わたしの作品の価格が決まったので、わたしは木の箱を取り出しました。フィリスが半ギニーの値段をつけていました。それはちょっとばかげています。わたしは大胆にそれに一ギニーの値段をつけました。

「長期的な値段です」顔をしかめて、ミスター・キャンベルが言いました。ですが、彼の親指がきれいに彫られた彫刻をなぞっているのを、わたしは見ました。彼がスプーンを一本ずつくぼみに丁寧に入れていくのを、わたしは見ていました。

「長期的な価格です、ミセス・オトウェイ」彼は頭を箱の片側に傾けて、繰り返しました。「しかし、かなりの仕事です。そして、正しいことです。だから、僕は気に入っているんです。それらのスプーンを、普通の型打ちした一般商品のようにビロードの箱に詰めるのは罪でしょう。いいでしょう、ミセス・オトウェイ。木の箱の値段を一ギニーにしましょう。そして、あなたの作品をもっと見たいです」

小さな木の箱が閉じられ、鍵のかかる引き出しにしまわれて、わたしから隠されてしまったのは近親者との死別のような痛みを伴いましたけれど、このことを聞いてとても満足でした。わたしが二枚の小切手を受け取ったとき――フィリスの分として、二枚に分けてもらいました――わたしはこの世に心配ごとなどないかのように、ウォーダー・ストリートを足取り軽く歩いていました。

考えのつながりとは、多くの注目を受けた現象です。聖アンナ教会の反対側にいたとき、わたしはこのことに気がつきました。わたしの目が古風な趣のある尖塔を見て輝くやいなや、わたしはミスター・ダベナントのことを考えました。あるいは、ジャスパーと言うべきかもしれません。リリスが言ったように、おそらく、彼はすでにわたしの心のなかに、潜在意識のなかにいるのです。そして、教会の尖塔は直達鏡のような働きをしたのかもしれません――とても力強いものである必要はありませんが。いずれにしても、わたしの考えは彼のほうを、そして、マグパイクラブのほうを向いていました。そして、わたしの足取りが同様の方向を向くのは不自然なことではありませんでした。

わたしはよく知っている道を歩きながら、この数か月に起こった変化をつくづく考えました。短時間で、新しい生活が始まっていました。友だちもいなくて、親を亡くした、独りぼっちがミス・ポルトンの家で安らぎの場所を求めて、彼女の状況はどれほど変わったことでしょう！　彼女は仕事で、家庭で、そして友人――リリスやフィリスやペギーや、そして、ジャスパー――に囲まれて幸せです。それでも、内なる声が優しく、けれど、ときどき侵入してくるように執拗《しつよう》に尋ねてきます。わたしはどこへ向かっているの？と。ジャスパーとの関係はたちまち成熟してきました。だけど、成熟して何になるの？　答えは一つしかありません。そして、その答えからは、さらなる質問が生じます。通常の状況であれば、愛し合う男女は結婚という永続する充足を見いだします。しかし、結婚が不可能な場合、その愛は単なる惨事であり、岩と砕け散る波間を漂う長い航海でしかありません。

内なる声は相変わらず小さな声で、しかし、用心深く囁《ささや》きます。わたしはエセックス・ストリートの終点に近づいたので、内なる声は聞きとれなくなりました。なぜなら、反対方向からクラブの建物に近づいてくるのは、ジャスパー自身だったのです。

「やあ！」と彼が声をあげました。「これは運がいい！　あなたが今日あたりロンドンへ来るんじゃないかと思っていたんです。お仕事ですか、それとも、気晴らしですか？」

「仕事でした。そして、今から気晴らしをしたいと思います。今日はもう休みます」

「これはまた、なんという偶然だ！　僕も今日はもう休みなんです」

「あなたの偶然は、どういうわけかわたしに生活の糧にかかわることを思い出させます。そのことはいつも起こります」

「まったく、そのとおりです」と彼は同意しました。「でも、考えてみてください。そのようなことを思い出さなかったら、偶然も起こらないでしょう。何か栄養のあるもので、元気づけることから始めませんか？」

「始めませんかというのがどういう意味なのかわかりませんが、わたしはここに昼食を食べにきました」

「僕も、そうです——またもや偶然ですね。それなら、隅のいつものわれわれの小さなテーブルに着きませんか？」

　わたしたちはいつものテーブルに着きました。そして、わたしたちの昼食が運ばれてくるのを待っているあいだ、わたしはジャスパーの仕事についていくつか思いきって尋ねました。

「あなたは、かなり多くの休みをとっているようですね」とわたしは言いました。

「そうです。僕の仕事には、いわば、はっきりとしるされた休みがあります」

「そして、仕事から離れているときは、何をしているのですか？　裁判官を補佐する補佐官をやっているのですか？」

　ジャスパーがにやりと笑いました。「あなたは僕の仕事を過大評価しています。いいえ、違います。もっと簡素で、もっと節約する生活をしています。僕は自分の小さなオフィスを、名目だけのわずかな家賃で法律家から転身した作家に貸しています。僕が不在のときは代わりに顧客との面談を行い、彼らの質問に対して曖昧な返事をして、不明瞭で、紛らわしい情報を与えることを条件に」

「それだと、顧客は不満に思いませんか？」

　再び、ジャスパーがにやりと笑いました。「この問題は」と彼が言いました。「重要な哲学的原理を含んでいます。有名な哲学者は〝我《われ》思うゆえに我あり〟という名言で、彼自身の存在を証明しました。つまり、彼が存在しなかったら、彼は思うことができなかったということになります。この原理を僕の顧客に適用するのです。彼らが不満に思うには、彼らが存在しなければなりません。しかし、彼らは存在しません。従って、不満に思うこともないのです。以上、証明終わり」

「あなたが顧客がいるかどうかを気にしているようには思えません。ですが、これは独立した収入を持つことの最悪の状態です」

「まさに、逆境でしょう？　ですが、驚くべきことに、僕は持ちこたえています。これを少し食べてみませんか？　ペリオンと呼ばれています。ウエートレスはピーリオンと表現していましたが、明らかにピーコックやピーヘンなど似たものと間違えたのでしょう。いずれにしても、彼女は動物学者ではありません」

このとき、のっぽのミス・スミスが部屋のなかへ入ってきて、わたしたちのテーブルで足を止めると、わたしたちと挨拶を交わしました。それで、わたしは約束を思い出しました。「次の水曜日を忘れないようにミス・フィンチに言わなくっちゃ」とミス・スミスが言いました。「そのときまでに、わたしはここからわたしの作品を戻します。そして、ミスター・ホークスリーはアトリエの陶磁器の特別な展示のためのケースを確保しているでしょう。あなたもミス・フィンチをそこへ連れてくることを忘れないでね」

ジャスパーの代理人のように、わたしはこのことに曖昧に答えました。なぜなら、ペギーを彼女自身の作品の展示に引っぱり出せないと知っていましたから。それに、今までのところ、ミスター・ホークスリーは確保する自信がなさそうでした。

「王立芸術院の卒業証書ギャラリーを観たことはありますか？」のっぽのミス・スミスが立ち去ったとき、ジャスパーが尋ねました。「もしないのなら、今日の午後一時間ほど観にいきませんか？」

わたしは卒業証書の作品を観たことがなかったので、わたしはその提案を喜んで受け入れました。わたしたちは昼食を終えると、王立芸術院へ向かい、異なるアカデミー会員の作品や、古い作品や新しい作品を鑑賞したり比較したりして、楽しい時間を過ごしました。バーリントン・ハウスからグリーンパークへ回り、今、わたしたちはそれぞれの椅子に座っています。しばらく、わたしたちは先ほどギャラリーで観た絵について話に花を咲かせました。それから、話題はわたしたちの友人のペギーのことに移っていきました。

「ホークスリーはミス・フィンチの広告代理人を買ってでるでしょう」とジャスパーが言いました。「そして、彼は仕事ができる。彼は精力的な男です。さらに、彼はすべての陶磁器の鑑定家を知っています。昨日、僕は彼に会いました。それで、ブルーバードウェアの話を長々と聞かされましたよ」

「わたしは彼の熱心なところが好きですよ」とわたしは言いました。

「僕も好きです」とジャスパーが同意しました。「それはちょっとしたロマンスです。彼の陶磁器についての称賛は本物です。彼が芸術家の個性と呼んでいるところに惹かれるものがあります。彼は明らかにあなたの親しい友人に夢中になっています。彼女のほうはどうなんですか？」

「彼女も夢中だと思います。とにかく、彼女の作品を見いだしてくれたことに、彼女は彼にとても感謝しています。そして、とくに無名の芸術家に興味を持ってくれたことに」

「きっと、そのとおりでしょう」とジャスパーが言いました。「等身大のロマンスの対象がいたんです。熱烈な称賛をする一方で、感謝する気持ちもある。さらに、美貌と性格の良さも兼ね備えている。僕たちが見るであろうことを、僕たちは見ています、ヘレン。例を挙げるなら、僕は羨望のまなざしで見ています」

「なぜあなたがそのようなことを？　あなたもペギー・フィンチがお好きなのですか？」

「僕はホークスリーの幸運が羨《うらや》ましいのです。もし彼がこの女性を愛していて、彼女も彼のことを好ましく思っているなら、彼は彼女に結婚を申しこむことができます。そのことに僕は嫉妬するんです」

　わたしは何も答えませんでした。実際、何も言えなかったのです。そして、すでに壊れる音が、わたしの耳には聞こえています。

「僕が思うに、ヘレン」長い沈黙のあと、彼が言いました。「僕があなたをとても愛していることを、あなたは気づいています」

「わたしたちはとても良い友だちだと思っています。そして、お互いにとても深く慕っています」

「僕たちは友だち以上です、ヘレン」と彼が言いました。「少なくとも、僕のほうには友情以上のものがあります。あなたは僕のすべてです――僕にとって、世界中で重要なことのすべてです。僕の人生において、かたときもあなたを忘れることはありません。僕たちが離れ離れのときは、あなたに会いたくて恋しく思います――再びあなたに会えるまでの時間を飽きるほど数えなければなりません。そして、一緒にいるときは、金の砂の粒のように、幸せな時間があっというまに過ぎ去っていきます。でも、僕はこのことをあなたに言う必要はありません。僕があなたを愛していることを、あなたはわかっているに違いありませんから」

「わたしはそのことが怖いのです、ジャスパー――そして今、この世で一番大切な友人を失うかもしれないことが」

「そんなことにはなりませんよ、ヘレン。僕がその友人になれるなら。これならどうですか？」

「そうなるでしょう。わたしたちの友情は、わたしには心地いい友情です。心地よすぎて、長く続かないような気がします。そして、もしけちをつけられたりしても、誰も傷つかないでしょう。ですが、もしそれがわたしの恐れていることに、つまり、続けることが不可能になったら、友だち以上でいられないばかりか、友だちでもいられなくなります」

一分以上、わたしたちは黙っていました。そして、二人とも厳粛な気持ちになっていました。ようやく、ジャスパーがためらいがちに尋ねました。「ヘレン、もし僕たちがこのような二人になったら、あなたが自由になったら、僕と結婚してくれませんか？」

このような状況では、答えるのが難しい問いでした。さらに、きまりの悪さをごまかすために適当なことを答えるのは、自分自身が許せませんでした。

「はい」とわたしは答えました。「もちろんです」

「それなら」と彼が言いました。「なぜ僕たちは友だち以上になれないのかわかりません」

「だけど、ジャスパー。どうやって？　わたしは結婚している女なのよ」

「僕はそのことを認めていません」と彼が言いました。「あなたの結婚はでっちあげられたものです。慣習として社会的に認められた結婚への履行障害によって、実際、あなたは未婚女性です。

あなたの夫と呼ばれている男に、あなたは縛られてはいません。あなたは彼のことが好きでもなく、尊敬もしていません。そして、彼に対する何の義務も負ってはいません。彼との結婚という偽りの行為でもって、彼はあなたにそう仕向けているだけです」

「わたしはミスター・オトウェイのことは考えていません」とわたしは言いました。「彼はわたしにとって何者でもありません。わたしは彼に何の義務も負っていなければ、考慮もしていません。さらに、彼のために、わたしは髪の毛一本も犠牲にするつもりはありません。それでも、法的にわたしは彼の妻であるという事実は残ります。そして、彼が生きている限り、わたしは別の結婚をすることはできません」

「しかし、そのことは事実ですか、ヘレン？」と彼は異議を唱えました。

「事実です。もしあなたが重婚を例外として考えないなら、事実です」

「もちろん、考えません。重婚は法的制裁を受ける無益な試みであるばかりか、詐欺行為です。ばか以外は誰も重婚を試みようとは思いません」

「それなら、わたしはあなたの異議の意味がわかりません」

「僕の言いたいことは」と彼が言いました。「偽りの結婚は、本当の結婚の可能性を排除しないということです」

「まだ、おっしゃっていることがわかりません。本当の結婚とはどういう意味ですか？」

「本当の結婚とは、男女のあいだで生涯にわたって永続する結婚です。通常、このような相互関係は社会的秩序などの理由により、行政の正式な承認を必要とします。それが結婚という相互関係です。法的な承認は、付帯的で不必要な付け足しです。あなたの場合、行政は実在していない結婚――まさしく、でっちあげです――を受理し、承認しています。その結果、もしあなたが本当の結婚の契約をしたら、行政はその承認を差し控えるでしょう。それでもかまいません。結婚を邪魔することはできません」

「独創的な考えね、ジャスパー」とわたしは言いました。「そして、このことはあなたの法的な訓練に寄与するわ。だけど、さらに詭弁《きべん》だわ。常識のある普通の人に当てはめると、ある男と法的に結婚している女は、別の男の妻として暮らしているという状況は、結婚している女が夫ではない男と一緒に暮らしているということなのよ」

「それが世間一般の見解です」と彼は言いました。ですが、それは誤った見解です。法的制裁――あまり重要ではありません――と生涯にわたっての結びつきの約束――結婚の本質です――を混同しています。実際、このことが結婚です」

「だけど、何の成果があるのですか、ジャスパー?」とわたしは尋ねました。「わたしたちは風紀のかなり抽象的な問題を話し合っているようね。わたしたちのことに、適用できるのかしら?」

「できますよ。僕は言いたいことを言うのに少し神経質になっていますけど、少なくとも、僕はそう考えています」

「あなたが神経質になる必要はないと思います。とにかく、わたしたちのあいだの理解をはっきりさせたほうがいいわ。あなたはどうしたいのか、はっきりと言ってください」

彼はしばらく考えていました。明らかに、どのように話すか、いささか途方に暮れていました。

ようやく、彼はきまり悪そうにわたしの前に彼の提案を示しました。

「状況はこうです、ヘレン。あなたと僕はお互いに親密な関係になっています。あなたは僕と結婚する気があると認めているのだから、僕たちは愛し合っていると言っていいでしょう。一時の気まぐれなどではなく、互いに惹かれ合う気持ちに基づいて。僕たちは人格者です。そして、僕たちの愛は深い思いやりに基づいています。僕たちは何年も友だちでいました。出会った頃から、お互いを好きでした。そして、時が過ぎるにつれて、さらに好きになりました。僕たちは友情を育《はぐく》んできました。そのことは二人にとって、さらに大事なことになっていきました。そして、ついに愛に育ったんです。僕にとっては、強烈で情熱的な愛です」

「僕たちはそう簡単に変わりそうもありません。僕たちのようなタイプの人間は変化することを求められていません。僕たちはお互いに愛し合っています。ですから、このまま最後まで愛し合い続けるでしょう」

「わたしたちの状況が普通なら、わたしたちは普通に結婚するべきでしょう。すなわち、きちんとした法的な身分を授けてくれる所定の手続きを経て、公然と婚姻関係を結ぶべきです。そして、わたしたちの婚姻関係は裁判所で効力を与えられるのです。ですが、わたしたちの状況は普通ではありません。わたしたちは手続きに従いたいと思っています。でも、わたしたちは許されません。わたしたちは自分たちの目的のために、手続きなしで済ますような、昔ながらの慣習を軽々しく無視できる立場ではありません。なぜなら、そのような人たちは正式な結婚の責任を避けるでしょう。わたしたちは手続きを経て、法的な身分を喜んで受け入れるでしょう。ですが、法律ちが拒否します。法的に無効なのです」

「それゆえに、僕たちには二つの選択肢があるのです。僕たち二人が望むような結婚は諦《あきら》めるか、あるいは、手続きなしで済ませて、法的な身分のない結婚をするか。もし僕たちが結婚することを諦めたと仮定して、考えてみてください、ヘレン。僕たちが諦めるものは何でしょうか？　生涯の幸せです。男女のあいだで可能な、永続的な喜びと思いやりに満ちた交わりです。なぜなら、僕たちは恋人ですが、まだ、友だちでもあるからです。そして、死が二人を分かつまで、友だちでいるでしょう。僕たちの好みや興味や思いやりは、ほかのすべての人々よりも仲間としてお互いを好きでしょう。どれほど多くの既婚の男女が、このようなことを言えるでしょうか？　僕たちにはこのような完璧な仲間関係があって、そのことが結婚生活を永続的に楽しくし、疑念や不安のない幸せを与えてくれるのです。そして、もし法的な無効や手続き上の障害に僕たちの結婚を妨げることを許したら、僕たちは先ほどのことを失うのです」

「一方で、僕たちが手続きなしで結婚したら、何を諦めるのでしょうか？　実質的には何もありません。法的な安全は、僕たちにはなんの価値もありません。なぜなら、僕たちはお互いに相手が不変であることを知っています。もし僕たちがこのことを約束するなら、強制ではなく、約束を守るでしょう。なぜなら、二人ともその約束が破られることを望まないからです。法的な身分と社会認識については、分別のある二人なら、このような見かけ倒しの幸せを諦めることもありえるのではないでしょうか？　僕たちの運命は僕たちの手のなかにあるのです。この偽りの結婚を訴えて、永遠に取り消しましょう。僕の意中の女性であるあなたを、取るに足りない僕にとっての仲間であり、友人であり、妻であると末永く呼ばせてください。なぜなら、あなたの夫は、あなたが彼を幸せにするために尽くしたことに、彼が生きている限り報いるつもりだからです」

わたしはジャスパーの訴え――穏やかに、しかし、情熱的に話していました――を聞きながら、半ば彼の気持ちに応えたいと思いました。彼が妨げとなる慣習を打ち破ろうとする男らしい様子だけでなく、彼の言うことは正しいと心底思ったことを認めます。懸案から、彼は些細で重要でないことと、実際に問題となることを分けました。それでも、わたしたちのあいだには、きわめて重要な違いがありました。それは、彼は男で、わたしは女だということです。男女のあいだで、慣習の価値は同じではありません。法的制裁なしに、わたしは現実に彼の妻になれるかもしれません。ですが、世間はわたしを彼の愛人と見なすでしょう。

「ジャスパー。やっぱり無理よ」とわたしは言いました。「あなたが言ったことはすべて事実だと認めます。そして、わたしも望んでいます。あなたが申し出てくれた幸せを受け入れられたら、どんなに素晴らしいでしょう！　わたしたちの交際は、永遠の喜びになるなんて言う必要ないわ。そんなこと、わかっているもの。でも、だめなのよ。たとえわたし自身のためには受け入れたとしても、あなたのために受け入れられないわ。わたしを通じて、あなたが健全な社会から追い出されるかもしれないと考えたら耐えられないもの。それが何を意味するのかわかるでしょう？　あなたは名誉も名声もある紳士です。そんなあなたが、社会から見放された人になるかもしれない。ほかの男の妻と一緒に暮らしている男と言われるかもしれない。たとえ彼が属している社会には認められるとしても、絶えず説明や弁明が必要となるでしょう」

「あなたは社会的重要性を誇張しすぎています、ヘレン」と彼が言いました。「僕たちはオトウェイに手紙を書いて、正式にあなたとの結婚を破棄してもらいましょう。そのうえで、僕たちが自由の身となったら、僕たちの身分と、僕たちがこのようなことになってしまった異例の事態を隠し立てすることなく述べましょう。きっと、僕たちは激しい非難よりも、同情や共感を受けるでしょう。一人も友だちを失うことはないでしょう。僕たちを苦しめるような人はいないでしょう。そして、オトウェイは、彼にその気があれば、救済策を受けることができるでしょう」

「あなたが言いたいのは、彼は離婚できるということですか？」わたしは身震いして言いました。

「そうです。でも、彼はしないでしょう」

「彼が離婚に応じるとは思えないわ。でも、もし彼が応じたら、彼は丸裸よ。そして、離婚裁判の汚名が一生わたしとあなたについて回るわ」

「それは確かに愉快ではありません」と彼が答えました。ですが、その代わりに得ることを考えてください。いつも一緒にいることの喜びを考えてみてください。自分たちの家庭を持ち、一緒に海外へ行き、世界を見て回ることを」

「言わないで、ジャスパー」とわたしはお願いしました。「思わせぶりなことは言わないで。そんなことをいくら聞いても、わたしの慰めにはならないわ。なぜなら、わたしがあなたを名誉ある地位から引きずり下ろして、社会的な汚名を着せることに変わりはないもの」

「僕のことは考えなくてかまいません」と彼は答えました。「僕はこのことをよく考えました。僕は失うものよりも、大いに得るものに満足しています。なぜなら、僕はあなたを得るのですから。僕にとって、あなたは世界中のどんなものよりも価値があるのですから」

「あなたはすべてを考えたわけではありません」とわたしは言いました。「わたしの父が亡くなったときにわたしが犯した愚行――審問のときに、事実を伏せたことです――を、あなたは知っています。そして、あなたはそのことを許し、軽く扱いました。ですが、ほかの人たちは別の見方をするでしょう。そして今、わたしがあなたに話したこの脅迫者がいます。いつ何時、辛辣なスキャンダルが起こってもおかしくありません。そして、このスキャンダルに、あなたは巻きこまれるでしょう」

「そのことは、僕にとって問題ではありません」と彼は言いました。「ただあなたさえいれば、どんなことも僕には問題ではないのです」

「今は、あなたはそう思っているでしょう。ですがジャスパー、何年も先のことを考えてください。このことが何年も先にはどうなっていくか考えてください。あなたが身分や名声を失って、社会的に葬られたとき、わたしたちは自分たちが行ったことを後悔したら、わたしたちは自分たちを責めたら、そして、密かに相手を責めたら……」

「僕たちはそのようなことはしませんよ、ヘレン。僕たちはいつも誠実でいるでしょう。そして、社会的に葬られることはないでしょう。とにかく、僕は自分の身分について、きわめてはっきりしています。僕はあなたを妻に迎えたいです。あなたを得るためなら、僕はどんな犠牲でも払うつもりです。そのようなことはなんでもありません。しかし、それはあくまで僕の身分であって、必ずしもあなたの身分ではありません。あなたの犠牲のほうが、僕のより大きいのですから。女性の見方は男性とは違いますから」

「それです、ジャスパー。あなたの提案は充分に道理をわきまえたものだと理解しています。わたしはそのことを誇りに思うし、感謝しています。わたしへの愛のために、そこまでしてくれるのでしょう。それでも、わたしにはそのようなことはできそうもありません。それが、わたしができる唯一の答えです。あなたが提案してくれて、わたしが切望している幸せを、わたしが自ら拒むことがどれほどの思いなのか言い表せません。拒むことはわたしの胸を張り裂けさせるものであったとしても、それがわたしの答えでなければならないのです」

長いあいだ、二人とも黙ったままでした。わたしは恐る恐るジャスパーを見ました。落胆と深い悲しみが、彼の顔に刻まれていました。心臓をわしづかみにされ、自責の念に襲われました。(どうして、こうなることを予想しなかったのかしら？　彼の思いに応えられないとわかっていながら、彼の友情が愛へと育まれていくのを、なぜみすみす見過ごしてしまったのかしら？)わたしはこのわたしの親愛なる友人に対して、もっとも卑劣な身勝手さでもって対応したのではなかったでしょうか？

彼はわたしのほうを向くと、静かに落ち着いた口調で話しました。

「僕の代わりに訴えるのは、僕にとって公平ではありません。あなたの感情と判断が拒む関係を無理強いするつもりはありません。ですが、尋ねたいことが一つあります。僕が望んでいることを、あなたに話しました。僕はいつでもあなたを望んでいることを、あなたは覚えているはずです。今日僕たちが言ったことを、じっくりと考えてみてください。そして、もし違うように考えられるようになるなら、僕はあなたを待ち続けていることを思い出してください。そして、もし別の答えを言えそうなら、僕に言ってください。このことを約束してくれませんか、ヘレン？」

「わかりました」とわたしは答えました。「約束します、ジャスパー」

「ありがとう、ヘレン。一方で、僕たちは今までどおり友だちですよね？」

「もう二度と、今までのようにはなれません」とわたしは言いました。「友情は愛へと変わりました。ですが、愛は友情へは戻れません。このことは、実った果実が花へは戻れないのと同じです。ジャスパー、わたしたちの友情はこれでおしまいです。今日別れたときが、二人の別れになるのです」

「そうなりますか、ヘレン？　僕たちは永遠に別れなければならないと？　以前のような関係に戻って、今日のことは忘れることはできないと？」

「わたしは今日のことを忘れることはないでしょう。もちろん、あなたのことも。なぜなら、わたしたち自身の心の平和のためにも、わたしたちは離れていて、お互いに会うのを避けなければなりません。それが唯一の方法ですが、難しいでしょう」

彼は同意してくれたと思いました。なぜなら、さらに異議を申し立てませんでしたから。「それが唯一の方法だとあなたが言うなら、ヘレン、そうなのでしょう」と彼は落胆して言いました。

「だけど、そう言うのは難しい。あなたのいない人生など考えたくありません」

「わたしもそうです、ジャスパー。わたしがあなたにさようならと言うとき、わたしの人生から太陽がなくなるでしょう。そして、二度と夜明けは訪れないでしょう」

再び、わたしたちはしばらく黙ったままでした。そして再び、このようなことになってしまったことで、わたし自身を責めました。

「僕たちがときどき会うかもしれないなんて思わないでください、ヘレン」と彼がついに言いました。「一定期間、たとえ長いあいだ会わなかったとしても、ただ僕たちはお互いを本当に完全に失ったわけではないと感じるかもしれません」

「だから、わたしは会うことを避けるべきだと言っているのです。なぜなら、わたしたちはお互いを失いました。わたしについては、なんの意義もありません。わたしはわたしの人生をミスター・オトウェイに拘束されているのです。ですが、あなたには目の前に開けた人生があります。そして、わたしがあなたを解放することで、あなたは自由になれるのです」

「自由だって！」と彼が声をあげました。「僕は自由じゃないし、ならないでしょう。さらに言えば、なるつもりもありません。今も、そして、これからも、僕はあなたのものです。僕はそうでありたいと願っています。僕たちは、いかなる表面上の結婚はできないかもしれません。それでも、実際の感情としては結婚しています。僕たちの心は結婚しています。僕たちはお互いに永遠に結びついています。僕たちが生きている限りは。そして、二人とも心変わりしなければ。あなたもそのことはご存じでしょう？」

わたしは何て言えばいいのでしょう？　彼はわたしが考えていたことを口にしました。あえてわたしが認めなかった願いを言葉にしました。弱くて、不公平だったかもしれませんけど、わたしたちが別離の暗い日々を迎えても、たとえば、見えない糸でわたしたちはまだつながっていると考えると、いっとき救われたような気持ちになります。そのことが、陰鬱な未来の闇にかすかな明かりを灯してくれます。結局、わたしたちは毎月手紙を交換し合い、一年に一度会うことにしました。わたしたちの文言を胸に刻んで、わたしたちは厄介事を遠ざけ、恐ろしい別れの前の残されたわずかな時間を最大限に活用するようにしました。

ですが、いつもの明るいわたしたちの友だち関係に戻ろうとしたにもかかわらず、過ぎ去る時間は悲しみと心の痛みに満ちていました。無意識のうちに、わたしたちはかつて楽しい思いをした場所を訪れ、楽しかったときのことを見ていました。それは、ギロチンへと容赦なく進む死刑囚移送車のなかの二人の恋人の死への旅立ちのようでした。なぜなら、今日という日が終われば、わたしたちを荒涼とした気持ちにさせる別れが訪れるのですから。

そして、ついに別れのときが来ました。ケーブル・ストリートの角で、わたしたちは立ち止まり、お互いに向き合いました。少しのあいだ、わたしたちは濃くなってきた暗闇のなかに立っていました、手と手を握りしめて。わたしは話そうとしませんでした。なぜなら、わたしの心は破裂していましたから。わたしが熱烈に愛した男の人をとても見られませんでした。そして、ジャスパーはわたしの手を握りしめて、とりとめのない愛の言葉をいくつか呟くだけでした。そして、わたしたちは別れました。最後に力を込めて手を握り合うと、わたしは向きを変えて、ケーブル・ストリートに沿って急ぎました。彼がじっとわたしを見つめていることはわかっていましたが、わたしは振り返りませんでした。通りがわたしの目の前で揺れて、わたしはすすり泣くのをこらえるのがやっとだったからです。

わたしはまっすぐ家には帰りませんでした。感情が乱れていて、わたしはとにかく急いで進みました。シャドウェルのどこかにいたこと以外は記憶がないのです。シャドウェルでは、二人の親切な警官が、ここはわたしのような者が来るところではないよ、とわたしを引き返させてくれました。ようやく、悲しみの最初の嵐が過ぎたとき、そして、自分自身を取り戻したとき、わたしはウェルクローズ・スクエアへ向かいました。そして、いつもの頭痛を訴えて、すぐさま自分の部屋へ引き下がりました。

部屋のなかで静かに、外部から隔絶していると、もうこらえる必要のない涙と、悲しみにくれて、わたしは生まれたばかりの幸せを葬《ほうむ》りました。生まれたばかりの幸せは、生まれるとほとんど同時に、亡くなりました。

第十九章　思い違いと覚醒

傷心を癒すもっとも効果的で、広く知られているのは、その苦痛の対象から気を紛らわせることです。そしておそらく、そのことは効果のほども実証されているのでしょう。しかし、実際に苦しんでいる人には、その療法も効かないということがしばしば起こります。一人で秘めた悲しみを慰《なぐさ》め、再びソドムのリンゴ（旧約聖書における滅ぼされた背徳の街ソドムと、禁断の果実になぞらえるリンゴから有毒な果実の通称）のような悲しみを何度も味わうのが好きなのです。

ふさぎこんでいたこの数日のわたしは、まさにそうでした。作業場に閉じこもっていたことで、わたしは瞑想にふける充分な時間を得ることができました。瞑想では、わたしはジャスパーへの愛を何度も思い出し、こうなったかもしれないことを激しい後悔の念にさいなまれ、未来について漠然と考えていました。ふさぎこんでいた日々のなかで気を紛らわせるため、わたしはできるだけ作業場か部屋に閉じこもるか、あるいは、一人でぶらぶらと出歩いて、仲間から距離を置きました。東の大通りに沿って進んでいくと、友だちに会えるような気がしていました。

ですが、わたしが避けていた気晴らしが、思いがけずやって来ました。まず、ペギーと一緒にのっぽのミス・スミスを訪ねることにしました。それがジャスパーと別れてから、一日か二日後に予定されていましたので、わたしはそのことを考えるのが嫌でした。ですが、そうするしかありませんでした。でも、ペギーにとって、そのことがどれほどの意味があるのでしょうか？　そして結果的に、わたしは彼女を失望させたとしたら、わたしは自分を許せないでしょう。わたしは磁器を伴った、もっとありふれた表敬訪問のようなものを探しました。しかし、そうではありませんでした。のっぽのミス・スミスは、ようやくペギーの才能についての噂を耳にしていました。そして、彼女に会わせるために特別に厳選された鑑定家を招待していました。ミスター・ホークスリーも含まれています――彼が自分で自分を招待したのでなければ。彼はほれぼれするような、畏敬の念に満ちて、その場にいました。それでもやはり、ある種の所有者の雰囲気を漂わせていました。わたしは興味を持って、そのことに気がつきました。そのことは認めざるをえませんでした。ペギーにとっては勝利でした。そして、とても満足していましたけど、彼女はそのことを控えめに受け取りました。しかし、わたしにとっては、とても小さいものでしたが、玉に瑕《きず》でした。なぜなら、ミスター・ホークスリーがウォレス・コレクション（イギリス、ロンドンのメリルボーンにある美術館）を観にいこうと提案しましたので。ペギーはまだこの美術館を観たことがありません。そして、わたしは彼女のために同意しなくてはと思いました。さらに、この陶磁器に熱心な二人が、監視役なしで親しい関係になるのはそれほど遠くはないだろうと、ほっとするような思いで楽しみにしていました。

それから、別の種類の気晴らしもありました。お茶のあとのある晩、リリスがわたしを連れ出しました。そして、心配そうにわたしを見て言いました。「わたしたちのシビルは、最近、彼女らしくなくなってきたわ。何か心配事があるんじゃないかしら」

「わたしたちは誰もが小さな厄介事を抱えているわ、リリス」とわたしは答えました。「そして、受けとめるよりも、ときには諦《あきら》めて受けとめないこともあるのよ」

「いいえ」と彼女が返答しました。「厄介事が誰かほかの人のものであるとき、諦めることのほうが簡単よ。でも、とても悲しそうにしているあなたを見ると心配なのよ。マーガレットやわたしだけでなく、わたしたちみんなが。わたしたちはみんな、あなたがとても好きなのよ、シビル。そして、どんなことでもあなたの手助けができることを、わたしたちみんなは特権と考えているのよ。そのことは知っているでしょう?」

「もちろん知ってるわよ。優しくて頼りになる友だちに、わたしより気がつく女はこの家のなかにいないわ」

「友だちは親交と同じくらい役に立つわよ。もしわたしたちにできることがあれば、そのことを忘れないでちょうだい」

わたしは彼女に丁寧にお礼の言葉を述べました。それから、彼女は別の話題の話をしました。

「シビル、いつだったかわたしたちは心霊実験について話したことがあったわね。そして、わたしの友だちのミスター・クエックが実施するいくつかを、あなたは見たいかもしれないってわたしは言ったわよね。彼はこの種の権威なの。当時、ミスター・クエックは家から離れていました。ケント州（イギリス南東部の州）での講演旅行です。しかし今、彼は再び家にいます。わたしは彼にあなたのことを手紙に書きました。そして、彼と少し話をしました。次の金曜日に、彼が数人の友だちに頼んでいるように、あなたにも実演してくれるようあなたを誘うように頼みました。わたしと一緒に行きませんか?」

わたしはあまり気が進みませんでした。しかし、断ったりしたら、リリスががっかりすることもわかっていました。彼女はわたしに心変わりさせようと決意していました。それで、わたしは彼女の招待を受けました。そして、ペギーがわたしたちに加わったとき、彼を訪ねる計画の詳細を立てました。準備中であることを聞くやいなや、ペギーはとにかくそわそわしていました。

「なんて楽しそうなの!」とペギーは声をあげました。「わたしも連れていってくれるでしょう、リリス? この前のとき、とても楽しかったわ」

しかし、リリスはペギーに対してあまり熱心ではありませんでした。なぜなら、ペギーは権威の信奉者ではありませんでした。そして、そのことを隠そうとしません。

「あなたは何しに来るの?」とリリスが言いました。「あなたは超常的なことを信じていないでしょう。小ばかにするために来るつもりかしら」

「わたしは念じ続けるべきでしょうね」とペギーが返答しました。「すでに信じこんでいる人に何を言っても無駄よ。そして、わたしはそういったことが好きなだけでいるべきでしょうね。そのクエックっていう人はとても面白そうね。あなたが会ったなかで、もっとも面白い人よ、シビル。ねえ、わたしも連れていってよ、リリス」

「もちろん、来たければ来てかまわないわよ」リリスがあからさまにがっかりした様子で答えました。「だけど、ミスター・クエックのことを、詐欺師か道化師みたいに言うのはやめてちょうだい。彼はハンサムじゃないかもしれないけれど、とても博識でとても誠実よ」

「なんですって、リリス」とペギーが言いました。「わたしは、彼を詐欺師とか何とか言うつもりはないわよ。そして、わたしも連れていってくれることに感謝するわ」

こうして、訪ねる計画は出来上がりました。実演にはできるだけ真剣に臨むようにすると、ペギーが言いました。この話し合いでの彼女の心配は、彼がわたしをそそのかしていないかどうか、彼に目を光らせておこうとする気持ちとは関係していないわけではないとわかりましたが、わたしたちの軽口の会話でも、ペギーはそれ以上ミスター・クエックを小ばかにするようなことは言いませんでした。

ミスター・クエックの家は、ケンジントンのクロムウェル・ロードから少し離れた静かな通りにありました。実演は図書室と応接間のあいだの大きな部屋で行われました。三つの電球が灯り、シルクの袋で覆われていました。それで、照明は薄暗いものでした。訪問者は全員で十二人ほどです。わたしたちが遅れてやって来る人たちを待っていると、ミスター・クエックが一般的な超常現象について意見を述べました。

彼はペギーやほかの誰からも軽蔑されることはないと、わたしは思いました。彼の容姿や仕草は、この場面に必要でした。最初に彼をちらっと見たときの印象は、不快なものでした。そのときの彼は、明らかに不相応に思える男でした。大きな体、ずうずうしそうな顔つき、そして、長くて脂ぎった髪の毛。髪の毛は後ろに梳《と》かして、首筋に不揃いに寝かしつけてあります。彼は滑らかな調子で話しました。彼の態度は自信に満ちていて、説得力があり、教訓的で、信頼できそうなものでした。そして、なにより女性への対応に慣れているという印象を受けました。この場の聴衆はもっぱら女性でした。

「われわれが実演しようとしている実験の結果を解釈するにあたって」と彼は言いました。「心霊現象や超常現象は物質とは関係していないということから考えて、五感によって直接感知できないということを心に留めておかなければなりません。われわれは潜在自我を、自分自身のものも、他人のものも、見ることも触ることもできません。ですが、見ることができなくても、電流やヘルツ波は存在します。別の形を通じて、われわれはそれらの存在や特性について間接的に知っています。電気は熱や明かりや音に変わります。そして、これらはラジエーターによって感知できます。電球や電話などは、直接われわれの五感で感知できます。つまり、隠れた潜在意識の自我とともにあるのです。それ自体は見えません。ですが、形を変えて五感を通じて顕在意識で感知できます。そして、このように形を変えることで、それらの存在が明らかになるのです」

彼のこの話は筋の通ったものでした。ですが、実験自体は全体を通じて期待はずれのものでした。おそらく、わたしは期待し過ぎていたのでしょう。または、わたしの先入観が、実験にあまり興味を抱いたり、注意を向けたりすることの妨げになったのかもしれません。さらに、ミスター・クエックは助手を連れていました。（わたしにはほとんど共謀者というか、サクラに思えました）助手の容姿は、ミスター・クエック自身よりも好ましく思えました。斜視で、無口なモーガンという名前の三十五歳くらいの女でした。媒体という言葉は使われませんでしたが、彼女に知覚力があるようでした。それで、わたしは実験に対してさらに先入観を抱きました。

わたしたちは実演を以心伝心で始めました。わたしには、以心伝心は退屈で、疑わしいものでした。おそらく、わたしは気まぐれなのでしょう。手順の明らかに取るに足りないこと——それは言葉で言い表せないくらい退屈な、応接間のゲームに似ています——は、わたしの判断に影響します。知覚者のミス・モーガンは目隠しをして、部屋の真ん中に座っています。それぞれ大文字が一文字書かれている一組のトランプと、もう一組のトランプが取り出されました。カードは無作為に引かれ、ミスター・クエックも含めて、ほかのみんなを考慮して、カードは知覚者の後ろに掲げられました。ミスター・クエックは知覚者の手を握っていました。それから、ミス・モーガンはカードか、もしくは、文字を推測しました。ときどき、彼女は正しく当てました。ときどき、ほぼ正しく当てました。また、ときどきはまったく外れました。正しく当てた確率は、確率の法則より大いに高いものです、とミスター・クエックが言いました。わたしもあえてそう言います。ですが、実演には興味をそそられませんでした。振り子時計の実験は以前見たときとても感動しましたが、それさえも、今は興ざめしています。かなり驚くべき経験をしたことで、わたしは手品の振り子に対してある考えを持つようになり、少なくとも、その力について部分的な説明ができます。それで、直達鏡を試すわたしの順番が来たとき、わたしは指で糸を取り、目を閉じました。ミスター・クエックがこのことに反対したとき、わたしは反対側の壁をじっと見つめました。時計の振り子も時計回りの文字も見えませんでした。このような状況下で、振り子は完全に失敗でした。何のつづりも表していません。それでも、わたしが振り子と文字をじっと見続けていると、揺れているボールがわたしが選んだ言葉をはっきりとつづりました——リリスと。

次の実験が始まったときも、わたしの心は明らかに懐疑的なままでした。最初、このようなことは、わずかにあくびをしそうになること以上のことをもたらしませんでした。これらの物を使って、心霊的な力や能力を示したいはずです。言い換えれば、特別な人が接触することで、ある物質のなかに永続的に残るものを感じることです。ミスター・クエックの説明によれば、このような能力は例外的に感性が鋭い人にやどるとのことです。彼自身も、ある程度その能力があるとのことです。ですが、ミス・モーガンにおいては、その能力が並外れていることが、続いて行われた実験で明らかにされました。

この直後に、ミス・モーガンはもう一度目隠しをしました。そして、一つを残してすべての明かりを消しました。それで、部屋のなかは真っ暗同然です。そして、実演が始まりました。ミスター・クエックが耳打ちしたので、来訪者の女性の一人が指から指輪を抜き取って、彼に渡しました。そして、ミスター・クエックはミス・モーガンに指輪を渡しました。彼女は指輪を厳かに額に当てました。それから、期待に満ちた静寂が続きました。そのとき、ペギー・フィンチがくすくす笑う声が聞こえました。彼女はわたしの前に座っていました。

ついに、ミス・モーガンが口を開いて、しゃべりました。彼女には、何かの光景が見えているようでした。そして、それらを詳細に語りました。当然ながら、わたしにはそれらを確認することも、それらが指輪と何か関係があるのかも判断できません。実験が終わったときに、指輪の所有者が言いました。語られた光景は、彼女は知っているけれど、ほかには誰も知らないある場所と出来事にほぼ一致すると。そうであるなら、疑う余地はなさそうです。それでも、すべての手順がばかばかしくて、取るに足りないことだという思いが、わたしには残りました。

　次の実験は、別の来訪者の手にはめられていた手袋でした。そして、実験が終わったとき、ミスター・クエックが最前列に座っている女性に耳打ちしました。彼女はペギーに、そして、ペギーはわたしに耳打ちしました。

「彼はあなたのハンカチを貸してほしいと言っているわ、シビル」とペギーが小声で言いました。

　わたしは自分のハンカチをポケットから取り出して、ペギーに渡しました。ペギーはハンカチを玉のように丸めると最前列の女性に渡して、彼女はミスター・クエックに渡しました。彼はそれをミス・モーガンに手渡しました。彼女はそれを氷嚢《ひょうのう》のように額に当てると、強烈な精神統一をはかりました。すると、またもやペギーの隣の来訪者からくすくす笑うのをこらえるような音が聞こえてきました。

　そのとき、ミス・モーガンが話し始めました。

「わたしは田舎を通りすぎています――素早く――とても素早く。大きな荒れた草原を、そして森を。森の木々は奇妙な形をしています。木々はすべて一列に並んでいます――まっすぐな列です……ですが、待ってください！　これらは本当に木々でしょうか？　いいえ、木々であるはずがありません。あまりにも小さすぎます。棒のように成長した植物です――つる植物に違いありません。ブドウ園です――それなのに、ブドウのつるのようには見えません。違います、違いません。今、わかりました。それらはホップ（ユーラシア原産のクワ科のつる性多年草）です。ホップの畑です。そして今、わたしは別の場所を通りすぎています。丘の頂上にある道へ出ました。四方に丘があります。そして、窪地《くぼち》には町があるようです。さらに、町には水があるようです……そうです、水です――川です……ですが、船は見えません……何か赤い物が見えるだけです……わかりました！　赤い物は帆です――赤い帆です。帆はいつでも白いと思っていました」

彼女が中断しました。張りつめた静寂のなかで、わたしは身を乗り出して、熱心に聞きました。わたしの無関心や退屈はいまやすっかりなくなっていました。こちらは、カードを当てたり、文字板を読むのとはまったく違うものでした。彼女はメードストーンを生き生きと、正確に語りました。少なくとも、わたしにはそう思えました。西のほうから橋に近づくと見えてくるメードストーン。もちろん、単なる想像です。しかし……。

「わたしは」とミス・モーガンが再び話し始めました。「幅の広い通りを下って、丘を下りています。わたしの前にあるあれは、何でしょうか？　そうです、あれは橋です。今ははっきりと見えます。わたしは橋へ向かっています。わたしの左側のこれは、何でしょうか？　金色の塊のように見えます。なおかつ、ゾウのように見えます。もちろん、ばかげています。そんなはずありません……ですが、確かに金色に見えます。なおかつ、本当にゾウのように見えるのです！　わたしはそれを何とも思っていません。そして今、それはいなくなってしまいました。そして、わたしは橋の上にいます」またもや、彼女は中断しました。わたしは座ったまま、ぼんやりとした驚きを持って彼女をじっと見ていました。もしすべての実演が詐欺行為でないのなら、光景の現実性については、もはや疑いの余地はありません。巧みに推測するという考えは、少しのあいだも楽しめませんでした。描写はメードストーンと一致したばかりではありません。橋のそばの醸造所の金色のゾウは、あの場所の象徴的な存在です。わたしに疑いの余地はありません。本物の、そして、もっとも驚くべき心霊現象か、あるいは、悪意のある詐欺です。しかし、詐欺だとすると、リリスが加担しているに違いありませんが、超常現象よりも、さらに信じられません。

このような考えが目まぐるしくわたしの頭をよぎっているとき、ミス・モーガンが再び描写し始めました。

「わたしは橋の上に立っています。しかし、橋は次第にぼやけてきました。川岸の近くに、大きな家が見えます。古い、古い家です。川岸の縁まで建っているようです。そして、家の向こうに、木々と教会の塔が建っています。今、なくなりました。何も見えません。これですべてでしょうか？　いいえ、ほんのかすかに人々の一団が見えます。人々は草原にいるようです。そして、草原には、たくさんの白い物が見えます。ヒツジのようです。しかし、じっとしています。おお！　それらはヒツジではありません。墓石です。人々は黒い服を着ています。そして、墓穴の周りに立っています。葬式に違いありません……そうです、サープリス（聖職者が着る、広い袖で腰の下までの長さの白い綿の羽織）を着た聖職者がいます……しかし、次第に消えていきます」

「今度は人々の黒い影が見えます。そして、それもなくなりました。これですべてのようです」

彼女はしばらく黙っていました。それから、声をあげました。

「いいえ、違います。何かがやって来ます。とても薄暗いです。でも、テーブルに男が座っているようです。間違いありません！　しかし、男が何をしているのかわかりません。男は書いていません。右手に何かを持っています。そして、上下に動かし続けています。おお、今、見えました。ハンマーです。男は明るい物をハンマーで叩いています――金属片です……今、はっきりしました。しかし、男ではありません。女です。少しのあいだ、女の姿がはっきりと見えました。ですが、彼女もまた薄暗くなっていきます……そして、いなくなりました。何も見えません……これでおしまいです……そうです、おしまいです。ほかには何も現れません」

彼女は額からハンカチを取り除きました。そして、ミスター・クエックのほうへ差し出しました。彼はハンカチを受け取ると、わたしが座っているほうへ足音を忍ばせてやって来ました。

「ありがとうございました、ミセス・オトウェイ」と彼が囁きました。「とても有意義な実験だったと思います。ですが、僕よりもあなたのほうが、好ましい判断ができるでしょう」

「確かに、とても有意義でした」彼がわたしにハンカチを返したとき、わたしは答えました。

「正確な描写に本当に驚きました」

「さきほどの交信のやりとりは、偶然や推測による説明よりも現実に近かったと思いますか?」と彼が尋ねました。

「偶然ということはないと思います」とわたしは答えました。「描写はとても詳細で、微《び》に入り細《さい》を穿《うが》つものでした」

「これは面白い」と彼が言いました。「なぜなら、本物の霊的能力によるものという以外に、説明のしようがありませんから。ミス・モーガンは、あなたと顔見知りではありません。さらに、先ほどのハンカチが誰のものか、彼女は知りません。この実験の素晴らしい成功によって、あなたはまれな霊的能力の持ち主であるというミス・ブレークの推測が支持されました。無生物について、あなたは明らかに並外れた霊的能力を持っています。水晶占いをすれば、あなたは成功するでしょう。水晶玉で何か実演をしたことはありますか？」

「あります。ですが、すべて失敗しました。何も見えませんでした」

「そのようなことは、初期の実演ではよくあることです」と彼が言いました。「精神集中はかなり難しいことです。僕の指導のもとで、もう一度やってみませんか？　簡単な場面を思い描くことのお手伝いができるでしょう。やってみませんか？」

ミス・モーガンの実験の驚くべき成功が、わたしのかつての好奇心を呼び起こしました。わたしがすぐさま同意したので、ミスター・クエックは満足しました。新しい実験の性質について、一同に説明がありました。そして、必要な準備が整えられました。わたしのために、安楽椅子が部屋の真ん中に置かれました。そして、ほかの人たちの椅子がその後ろに並べられました。その結果、わたしは彼らが目に入らないことで、気が散らなくなりそうです。わたしはリリスを通りすぎて椅子へ向かいましたので、笑みを浮かべて彼女に挨拶しました。ですが、彼女が何の反応も返さなかったので、少し驚きました。この実験にわたしが積極的にかかわっていることを見て、彼女は満足しているようです。ですが、明らかにそうではありませんでした。こんなに不愛想な彼女を今までに見たことがありません。

わたしが椅子に座ると、後ろにもたれるように、そして、楽な姿勢をとるようにミスター・クエックが指示しました。黒いビロードのクッションが、わたしの膝の上に置かれました。そして、そのクッションの上に、水晶玉が載せられました。水晶玉は薄暗い黄昏《たそがれ》のようにほとんど真っ黒で、一つだけ灯っている電球の光を反射しているだけでした。

「明かりの明るい一点をじっと見つめてください」とミスター・クエックが言いました。彼はわたしのそばに座っていました。「それにあなたの注意を集中してください。そして、ほかには何も考えないでください。あなたの心をさまよわせないでください。そして、目を動かさないでください。明かりの一点だけを考えて、それを見てください。すぐに、あなたの目の前に霧が立ちこめてきます。すると、あなたは眠けを感じてくるでしょう。だんだん眠くなってきます。ですが、あなたの目は開いたままです。そして、相変わらず霧を見ています。今、それが見えていま す……」（このことは、そのとおりでした）「霧は次第に濃くなってきます。あなたはだんだん眠けをもよおしてきます――少し眠いだけです――それでも、あなたの目は大きく開いています。さらに、眠くなってきます――さらに、さらに眠くなってきます……」

彼はこの言葉を呪文のように何度も何度も繰り返しました。そして、彼の声――最初は柔らかくて、秘密めいて聞こえました――は歌うような独特な声になりました。同時に、だんだん遠くなっていきました。穏やかな日に、静かな係留地の水の上を横切る遠く離れた船から聞こえてくる声のように、小さく、かぼそくわたしに届きました。その一方で、わたしは奇妙な眠けに襲われました。まるで夢のなかにいるような感じでした。それでも、わたしの目は大きく開いたままです。そして、目の前に浮かんでいた霧は、霧のなかから一条の光が輝きました。そして、小さくてかぼそい声は呪文を唱えるように続き、遠のいていきました。もはや、何と言っているのかわかりません。わたしは霧のなかの火花を見ていました――労力を費やすことなく、まばたきもせずにじっと見つめていました。

今、霧が少し晴れてきたようです。そして、明かりの点が大きくなり始めました。雨戸の閉まった暗い部屋のなかの穴のように見えます。そして、あたかもオペラグラスか望遠鏡を通して見ているかのようです。しかし、わたしには、明かりがぼんやりと見える以外は何も見えません。明かりの真ん中あたりが黒く、ぼやけた形をしています。それでも、明かりの部分がさらに大きくなっていきます。そして今、ほかの形が見えます。薄暗くて、はっきりしません。そして、一瞬のうちになくなりました。レンズの焦点が合うと、幻灯機の絵がはっきりしました。暗い影はミスター・オトウェイです。彼は立ったまま前かがみになって、床の上の何かを見つめています——何かは暖炉のそばに横たわっています。じっとしていて、青白い顔が上を向いています。今は、はっきりと見えます。死んでいるわたしの父の顔が見えます。こめかみには赤い筋が見えます。ミスター・オトウェイが握っている杖の銀色に輝く取っ手も見えます。

映像はさらにもう数秒続いたような気がします。それから、薄暗くなって、わからなくなって、素早く暗闇のなかへ消えていきました。そして、わたしは椅子に座っていることに気づいて、すっかり目が覚めました。それでも、頭が混乱していて、少し恐ろしくさえありました。部屋がすっかり明るくなると、来訪者がみんなわたしの椅子の周りに集まってきて、とても不思議そうにわたしを見つめていました。

「水晶玉のなかに何か見えましたか?」とミスター・クエックが丁寧に尋ねました。

「はい」とわたしはあまり丁寧ではなく答えました。「どれくらいわたしは眠っていたのですか?」

ミスター・クエックが腕時計を見ました。「ちょうど五分二十秒です」と彼が答えました。わたしは立ち上がると、ペギーに話しかけました。彼女は少し心配そうにわたしを見ていました。わたしは彼女に尋ねました。「何が起こったの、ペギー? わたしは何かおかしなことをしゃべったのかしら?」

「いいえ」と彼女が答えました。「あなたは眠っていたわ。そして、あなたはカードを当てて、その数字で掛け算をやったり、割り算をやったりしたのよ。それだけよ。でも……」彼女が低い声で付け加えました。「あなたが許可しなければ、彼はあなたに催眠術をかけるようなことはしなかったでしょう。あなたは彼に許可しなかったでしょう?」

「もちろん、許可していないわ」とわたしは答えました。

このときリリスがわたしたちのところへやって来て、同じ質問をしました。

「いいえ」とわたしは答えました。「催眠術をかけられることになっているなんて話は聞いていないわ」

「わたしも、そう思うわ」と彼女がいらいらした様子で言いました。「物事が明らかになっているときに、問題は起こらなかったわ。だけど、まったくふさわしくありませんでした。あなたが立ち去ってから、わたしはミスター・クエックにそのことについて話をするつもりよ」

「あなたはわたしたちと一緒に行かないの?」とペギーが尋ねました。

「いいえ、行かないわ」とリリスが答えました。「わたしは彼と話さなければならないことがあるの。だから、少しここに残るわ。だけど、三十分後にあなたたちを追いかけるわよ」

この話し合いが終わると、すぐにペギーとわたしは辞去しました。列車に揺られながら、わたしは起こったことの詳細を友人から聞き出さそうとしました。しかし、奇妙にも、彼女はその話題に触れたくないようでした。ですが、催眠状態に入るやいなや、わたしが証言した場面のはっきりした光景を見るだろうと、ミスター・クエックがわたしに示唆したことを覚えていました。ミス・モーガンが見た古い町で、その直後、彼女が葬儀を描写したのと同じようにと。それから、少し間を置いて、ミスター・クエックが大きな数や分数の掛け算や割り算の多くの問題を出しました。わたしはそれらを驚くほど簡単に素早く解きました。わたしの光景の性質について、ペギーはさほど興味を示しませんでした。そして、ミスター・クエックや心霊科学とは関係ない話題の会話になっていきました。

わたしたちが家に着くと、ペギーはわたしの部屋へついてきました。そして、ここでリリスを待ったほうがいいと言いました。わたしもそうしようと思っていました。そして、ここでもまたもや彼女は、ミスター・クエックや彼の実験について話題にするのを明らかに避けようとしました。ですが、彼女がわたしの椅子に座ってうわさ話をしているとき、ときどき彼女を見ると、彼女の目はマントルピースの上の置き時計をこっそりと見ていました。それで、彼女がリリスのことを心配しているのだろうかと思いました。ラトクリフのあまり安全とは言えない地域を、リリスは一人で通ってこなければならないのですから。しかし、彼女が何を感じていようと、彼女は話を続けました。話自体はかなり変わったものでした。そして今や、彼女自身についての秘密を打ち明けるような話になってきました。話自体は相変わらず変わったものでした。彼女とミスター・ホークスリーとの友人関係は、あまりしっかりしたものでないことは明らかでした。だけど、二人は頻繁に会っていました――このことは、わたしも知っていました。そして、彼らの好みへの共感は、より個人的なとても強いそれぞれの好みと関係していることは明らかでした。

この秘密めいたうわさ話が中断したあと、ペギーは突然恥ずかしそうにして、頬を紅潮させ、ためらいがちに尋ねました。

「シビル、あなたはミスター・ダベナントとけんかしなかったでしょうね?」

「けんかですって、ペギー!」とわたしは声をあげました。「もちろん、してないわよ。わたしと彼は、あなたにけんかっぱやいと思わせていたのかしら?」

「もちろん、違うわ」と彼女が答えました。「でも最近、あなたたち二人は会っていないようだから」

「ええ、確かにかなり長いあいだ、ミスター・ダベナントとは会っていないわ」とわたしは言いました。

彼女はしばらく黙ったままでした。すると、ますます彼女の頬が赤く染まっていくことに、わたしは気がつきました。

「あなたは何のために、頬を染めているの?」とわたしは尋ねました。

彼女は恥ずかしそうに笑みを浮かべて、わたしを見上げました。「シビル、わたしのことを詮索好きだとか、偉そうだとか思わないでね。わたしはあなたの友だちよ。そして、わたしたちはお互いが好きでしょう？」

「わたしたちはそれこそ親友と呼べる友だちよ、ペギー。だから、あなたが知りたいことを何でも、遠慮しないで訊いてちょうだい」

「わかったわ。それじゃあ訊くわね。なぜあなたとミスター・ダベナントは結婚しないの？　彼があなたのことをどれだけ好きなのか、誰もが知っているわ。そして、あなたも彼のことをとても気にかけているでしょう？」

「ペギー、あなたはこの手のことには、ほんと鋭いわね」わたしがそう言ったので、彼女はヒナゲシのように恥ずかしそうにしていました。

「おそらく、わたしは鋭いんでしょうね」と彼女は少しふてくされて言いました。「だけど、なぜ彼と結婚しないの、シビル？」

「ペギー」とわたしは言いました。「それには、れっきとした理由があるのよ。その名前はミスター・オトウェイよ」

「シビル」とペギーがあえぎながら言いました。「あなたは未亡人じゃない！」

　わたしは首を横に振りました。「いいえ、ペギー。わたしは実質的には未亡人よ。でも、法律的には既婚の女なの。いないも同然だけど、わたしには夫がいるのよ。間違って結婚してしまった男だけど。そして、決して一緒には暮らさない、また、暮らしたいとも思わない男だけど。それでも、なくすことはできないわよ。そういう状況なのよ」

　彼女は彼女の腕をわたしの首に回しました。そして、彼女の頬をわたしの頬に押し当てました。

「かわいそうなシビル」と彼女は声をあげました。「なんてひどいことなの！　とっても気の毒だわ。どうすることもできないの？」

「死があるわ」とわたしは言いました。「それでおしまい。だから、最近はミスター・ダベナントと会わないのよ」

「ひどすぎるわ、シビル」と彼女が言いました。「あなたとミスター・ダベナントは、お互いにとても幸せになれるのに。その問題のためになれないなんて、理解できないわ」

「わたしたちにどうしろっていうの、ペギー？」

再び、彼女は頬を染めました。そして、反抗的な目つきでわたしを見て答えました。

「わたしは自分の人生を台なしにしたくはないわ。わたしなら、彼と駆け落ちするでしょうね」

「あなたならやりそうね。そして、世間があなたたち二人を何と言うか考えたかしら？」

「望む男が得られるなら、好きなことが言えるわ。だけど、実際には何も言えないわ。良識のある人なら、わたしのことを一ペニーたりとも悪く言わないでしょう。そして、あなたのことも。選択の余地がなかったことを理解して、あなたは正しいことをしたと、誰もが言うでしょう。名ばかりの夫との生活を余儀なくされるなんて、誰も思わないわよ」

このときわたしは椅子から立ち上がって、化粧台へ向かい、蠟燭《ろうそく》に火をつけました。それから、ポケットに手を入れて、宛先が書いていない封筒と鉛筆を取り出しました。鉛筆で、わたしは封筒に署名して、〝十一時十分前〟と書きました。すべての手続きがとても自動的でした。なぜそんなことをしたのか、自分でもわかりません。封筒や鉛筆がわたしのポケットに入っていたことさえ、知りませんでした。なぜなら、それらをポケットに入れた覚えがないのです。ですが、一連の動作をほとんど無意識のうちに平然とやっていたのです。

わたしは封筒に書いてから、封筒を開けて、紙切れを取り出しました。紙切れには、見慣れない手書きの文字が書いてありました。わたしは蠟燭の近くにかざして、読みあげました。

「十一時十分前に、あなたは蠟燭に火をつけて、この封筒と鉛筆をポケットから取り出します。あなたは封筒にあなたの署名と時間を書きます。それから封筒を開けて、このメッセージを読みます」

わたしはしばらく突っ立ったまま、驚いてこの紙を見つめました。それから慌てて置き時計を見ました。十一時十分前でした。わたしは視線を置き時計からペギーへ移しました。彼女は座ったまま、なんとも気づまりな表情を浮かべてわたしを見ていました。

「このことについて何か知っている、ペギー？」とわたしは尋ねました。

「ええ」と彼女が答えました。「あのクエックという男が、あなたにするように言ったのよ。彼はメッセージを書くと、あなたが深い眠りについているとき、封筒と鉛筆をあなたのポケットに入れたのよ。彼はメッセージをあなたの耳元で囁いた。それから一分ほど経ってから、あなたに目を覚ますように言ったのよ。すると、あなたはすぐに目を覚ましたわ。初めにあなたの許可も得ないで、彼はずうずうしくもけだもののような実験をやったようだったわ」

「確かに。とにかく、尋常なことではないわ。わたしはまったく好きではありません」

「中身は何もないわ」明らかに心地よい印象は受けなかったように、ペギーも言いました。「いわゆる、催眠術と呼ばれているものよ。超常現象でも何でもないわ。医者なら誰でも知っているわよ」

「でも」とわたしは言いました。「とても奇妙な出来事だわ。自分で考えることなく、誰か他人の意思で操られているような不気味な感覚だわ。そして、ほかの実験のいくつかはかなり驚くべきものだったわ。たとえば、ミス・モーガンの光景よ」

「巧みに言い当てただけじゃないの?」

「違うわ、ペギー。それは不可能よ。彼女の描写は、細かいところまでわたしの知っていることに当てはまったわ。そして、いつも正しかった。メードストーン・ブリッジから見える光景の彼女の描写を、あなたも聞いたでしょう?」

「ええ。そして、あなたのマントルピース越しに見える水彩画を見て、その光景を思い出したわよ」

「とても不思議で、理解しがたいことだと思わない?」

「思わないわ」とペギーが答えました。「彼女はどうやったと思う?」

「わたしのハンカチから、わたしには理解できない何かの力が、彼女に伝わったとしか思えないわ」

「それで、あなたは間違って想像したのね」とペギーが言いました。「あなたのハンカチはずっとわたしのポケットに入っていたのよ。彼女が匂いを嗅いでいたのは、わたしのハンカチだったの。そして、彼女の描写は少しもわたしのとは合わなかったわ。わたしは自分の陶磁器をハンマーで叩いたりしないもの」

「だけど、わからないわ。あなたは彼女にわたしのハンカチを渡したでしょう？」

「いいえ、わたしは自分のハンカチを彼女に渡したわ。ほら、わたしは以前、このようなハンカチの手品を見たわ。それで、わたしは自分のハンカチを用意しておいたのよ、手のなかに丸めて。だから、取り替えるのはとても簡単だったわ。だけど、今は戻しておいたほうがいいわね」

彼女は彼女のポケットからハンカチを取り出して、わたしに手渡しました。そして、わたしが自分のものだと確認してから、わたしは彼女のハンカチを取り出して、彼女に返しました。

「あなたはけっこういたずら好きね、ペギー」とわたしは言いました。「策を講じたのはお互いさまと認めないわけにはいかないけれど。だけど、どのようにやったのか、まだわからないわ。詐欺だということは明らかだけど。だけど、どんなふうに作用したのかしら？　彼女はどうやって情報を得たのかしら？」

「彼女はミスター・クエックから得たのよ。そして、彼はリリスから得たんだわ」

「まさか、リリスがこの悪だくみにかかわっているなんて言うつもりじゃないでしょうね？」

「もちろん、そんなつもりはないわよ」と彼女が憤然として答えました。「リリスは指先まで淑女だもの。まさにそこなのよ。彼女は決して疑わないでしょう。だけど、彼女はクエックにあなたについて手紙を書いたのを、わたしは知っているわ。そして、あなたについて彼に話もしたわ。だから、あなたについて彼女が知っていることをすべて、彼が彼女から聞き出したのは間違いないでしょう。そして、彼がケントの旅行からちょうど戻ってきたことを、あなたも覚えているでしょう？　彼は間違いなくメードストーンへ行ったことがあるのよ。そして、絵はがきのようなものもあるわ。どのように行《おこな》ったのかについては、謎なんかじゃないわ。だけど、わからないのは、リリスの目の前でそれをするほど彼は愚かなのかしら。彼女が彼のことをどう思っているか伝えるために、彼女は残ったのかしら」

わたしたちが話し合っていると、リリスが階段を上がってきたので、わたしは走り寄って彼女を止め、それからなかへ入れました。

「嬉しいけれど、わたしを待つ必要なんてなかったのよ」と彼女が言いました。「それというのも、ミスター・クエックのとても不適切な行為を謝りたいの」

「そのことはもういいの、リリス」とわたしが言いました。「なんともなかったから。それに、そのことでペギーとわたしは自分たちだけで話し合う時間が持てたし」

「催眠状態の実験は正しく作用したかしら？」

「完璧だったわ――薄気味悪いほどに」

「それなら、それだけの体験を得たのよ」とリリスが言いました。「ミスター・クエックの残りの実験については、本物の研究というよりも、一般向けの娯楽として考えなければならないと思うわ、シビル。だけど、もう遅いわ。今は床に就いて、明日話したほうがいいわね」

この助言は最初の半分について、すぐさま実行に移されました。そして、もしミスター・クエックがわたしを騙そうとしたことにわたしが悪感情を抱くなら、むしろわたしの悲しみや人間関係のもつれよりもほかのことを考えるように仕向けてくれたことに感謝すべきでしょう。

第二十章　雲と日光

翌朝、ミスター・クエックの家での体験を見直していると、わたしは物の見方がかなりはっきりと変わっていることに気がつきました。あそこでの体験で、強烈な印象を得たようです。わたしが見た光景というのは常識はずれで、そのうえ、わたしにつきまといました。さらには、不可思議なものでした。わたしは不思議な行動を完全に無意識のうちに、無自覚で正確に規則正しく行っていました。単なる催眠術による暗示だと簡単に説明がつくし、医者なら誰でも知っていると言って、ペギーは意に介しません。ですが、その説明では、何も説明していません。妄想――信じやすい人たちの単なる迷信として退《しりぞ》けてきたいくつものことは、現実に起こることに気がついたのは事実です。そして、この発見が新たな可能性や真実に、わたしを向き合わせてくれました。ミス・モーガンが語った光景は巧妙な詐欺だと思っていますが、完全になかったものにはできない衝撃を与えました。あのとき彼らが生み出したショックは、漠然とした余波を生み、より謎めいた体験と同じくらい、より現実的な体験として残りました。

これらのことを考えると、わたしは困惑しました。わたしは自分がどのようにして催眠状態にされたのか、わかっていません。このことについてリリスに尋ねる機会が、早くも訪れました。「それは謎でも何でもないわ」と彼女が答えました。「催眠状態を生み出す正統な方法は、何か明るい物――金属のボタンや水晶玉、あるいは、小さな白い紙きれなど、じっと見つめる対象を作り出すことなの。被験者の注意を集中させるために、被験者はその物体をじっと見つめるように、そして、ほかには何も考えないように指示されます。これの目的は、できる限り意識的な自己を取り除いて、潜在意識的な自己を乱されることなく活動させることです。このように精神の放心状態が生まれたとき、被験者は暗示を受け入れる準備が整います。もし実験の実施者が被験者は眠くなってきたと告げれば、被験者は眠気を催してくるでしょう。それと同時に、被験者はさらに暗示を受けやすくなります。もし実施者が被験者はある感覚を感じるようになると告げると、被験者はそのように感じます。もし被験者がある行動をするように告げられると、被験者はそのように行動します。これがあなたに起こったことです。ミスター・クエックは、水晶玉をじっと見つめるようにあなたを誘導しました。そうやってあなたが放心状態になったとき、彼はあなたを催眠状態に導いたのです。そして、葬儀の前の短いあいだにあなたが見たいくつかの場面を見るだろうと、彼は告げました。そして、あなたはそれらの光景を見たのです」

「ええ、見たわ。そして、驚くほど鮮明によみがえってきたの。だけどリリス、わたしが自分の部屋で蠟燭に火をつけたとき、わたしは催眠状態ではなかったわ」

「ええ、催眠状態ではなかったわ。あれは催眠状態後だったのよ。そして、本当にもっとも面白い状態よ。そのことを理解するためには、二つの人格を考えなければならないわ。意識的な自己と潜在意識的な自己、あるいは、意識下の自己と言ってもいいわね。さあ、暗示は潜在意識的な自己に働きかけるわ。一方、意識的な自己は眠っているか、休止しているわ。そして、意識的な自己が戻ってくるか目覚めても、顕在意識には認識されていないけれど、潜在意識は働き続けているの。あなたの場合、もし暗示がある特定の時間に行うことになる行動に意識を向けられたなら、潜在意識は時間の経過を記録し続けるし、特定の瞬間の行動の過程を定めるわ。行動自体は顕在意識によって認識される。だけど、一連の潜在意識は働き続けているにもかかわらず、認識されないの。別に謎めいているわけではないけれど、とても奇妙なのよ」

「そして、これらの暗示は催眠状態に陥っているときだけ作用するのね？」

「そのことはまだはっきりしていないの」とリリスが答えました。「通常は睡眠中に、この種の暗示はときどき作用するかもしれないようね。そして、同じ理由で、睡眠中は、意識的な自己は休止している——作用しなくなっているの。でも、潜在意識的な自己は作用しているのよ。わたしたちが夢で見るように、そして、より顕著なのは夢遊病よ。だけど、通常の睡眠中の暗示の作用については、さらなる研究が必要ね。睡眠薬のような薬による睡眠は、通常の睡眠よりも催眠状態になりやすいと思うわ」

「そうね。かなり超常的で不可思議ね」とわたしは言いました。だけど、わたしが言ったように、これらの奇妙な体験の影響は残っていました。オカルトや超常的なことに対するわたしの懐疑的な態度は、かつてわたしがとても信じられないと見なした物事の可能性を受け入れる余地をわたしの精神状態に与えてくれました。

それにもかかわらず、わたしは心霊研究の不可思議にかすかに興味を持ちました。実際、わたしはわたしの日常生活に関係することにはあまり興味がありませんでした。わたしは野心的な仕事――半ば教会で使われるようなデザインの銀の燭台――にわたし自身を向き合わせることで、わたしの仕事のための情熱をよみがえらせることに努めました。エナメルの豊かさを取り入れて、打ち出し技法を用いました。しかし、作業の喜びはすっかりなくなりました。さまざまな過程――巧みに実行できたけれど、気のない満足でした――は喜びになるはずでしたが、型どおりの製造工程でしかありませんでした。そして、それらを通じて、死別に対する終わりのない心痛、喪失感、そして、わたしの人生から明かりが永遠に消えてしまった感覚を覚えました。時間が過ぎても、それらは少しも軽減しないようでした。むしろ、日ごとに親愛なる仲間がいなくなって寂しくなりました。

おそらく、もしわたしが失ったものがもっと決定的なものであったなら――たとえば、もしジャスパーがわたしを置いて死んでしまったら、わたしの新たな人生をやり直そうと一生懸命努力したかもしれません。ですが、わたしたちの別居が、決定的な状況を阻《はば》んでいるのです。少しのあいだ、やりとりを再開しようかと考えたわけではありません。しかし、扉《とびら》は完全に閉じられてはいないという感覚が、わたしの心のなかに残っています。『それでも、僕はあなたを求めている。それでも、あなたを待っている』というジャスパーの言葉が、望んでもいないのによみがえってきます。そして、扉はまだ閉じられていない。わたしがそのことを選べば、別居を終わらせることができるということを何度も何度も思い出させます。そして、ペギーの遠慮のない物言いは効果がなかったわけではありません。ペギーは慎み深い人のお手本ですし、そして、乙女のように礼節を守る人です。そして、彼女が慣習にとらわれた見方をあからさまに軽蔑することを思い出したとき、ときどきわたしはあまりに上品ぶっていないかと自問せざるをえませんでした。それらのすべてがわたしの心をかき乱しました。それでも、わたしの決心は変わりませんでした。なおかつ、わたしの人生をやり直すという不退転のような決意もありませんでした。月に一回の最初の手紙が来るときが近づくまで、数週間がだらだらと過ぎました。情熱的な憧れの気持ちで、わたしが楽しみにしていた手紙は、間違いだと告げました。そんなはずはありませんでした。その章は終わり、その巻は変更できないかたちで閉じられるべきでした。

手紙が来るときが近づくにつれて、わたしの不安は大きくなっていきました。そしてある日、むさくるしい東部を見放して、わたしはサウス・ケンジントンへ行く列車に乗りました。そして、とくに目当てのものがあったわけではありませんが、ヴィクトリア・アンド・アルバート博物館へ向かいました。正面玄関へと続く階段を上って、出入り口へ近づいたとき、のっぽのミス・スミスと面と向き合いました。彼女も、ちょうど入ってきたところでした。わたしを一目見るなり、彼女は大げさに驚いた仕草をして立ち止まりました。

「なんとまあ！」と彼女は声をあげました。「あなた、本当に生きていたのね！　もう二度とあなたに会えないと思っていたわ。どこにいたの？　あなたに最後に会ってから、ずいぶんと月日《つきひ》が経ったわ。そして、ミス・フィンチも。彼女に何があったの？　あなたはこの博物館へ入るところだったの？　わたしはちょうどソルティング・コレクション（ジョージ・ソルティング：一八三五〜一九〇九年。イギリスの美術品収集家。彼が集めた美術品の総称）を観てきたところよ。素晴らしいでしょう？　この博物館の目玉よ。そう思わない？」

「まだソルティング・コレクションを観たことがないのよ」とわたしは言いました。

「ソルティング・コレクションを観たことがないですって！」と彼女が声をあげました。「まあ、ミセス・オトウェイ！　なんて残念なんでしょう！　そして、あなたも鑑定家でしょう？　そこは理想郷よ。収集家の天国だわ。人は死後、行きつけの場所をしばしば訪れるということを信じる？　わたしは事実だと思うわ。もしそうなら、わたしはソルティング・コレクションを訪れるでしょうね。わたしの霊魂を二つに分けて、ソルティング・コレクションとウォレス・コレクション（イギリス、ロンドンのマンチェスター・スクエアにある美術館）をそれぞれ訪れるわ。とても楽しいでしょうね。好きなように、いつまでも使える、制限のない気晴らしよ。それに、煩わしい制限もなければ、閉館時間もないのよ。なんて都合がいいのかしら！　あなたはただ閉じられたドアや壁を通り抜けて、階段を浮かんでいくのよ。そして、ガラスケースのなかにだって入れるわ！　わたしのことを、いかれた異邦人だと思っているでしょうね。だけど、わたしはいかれてないわよ。あなたはどうなの？　そして、ミス・フィンチは？　それに、どうして長いあいだクラブに顔を出さないの？　ミスター・ダベナントがかわいそうだと思わないの？」

わたしは心臓が止まったような気がしました。そして、青ざめたに違いありません。なぜなら、のっぽのミス・スミスが追い打ちをかけるように言ったからです。「あなたを驚かせてしまったようね、ミセス・オトウェイ。だけど、あのことについてさえも聞いていないと本気で言うつもり？」

「わたしは何も聞いていないわ」わたしはきっぱりと言いました。「ミスター・ダベナントが、どうかしたの？」

「わたしも詳しくは知らないのよ」と彼女が言いました。「二輪馬車のような。あるいは、荷馬車だったかしら？　いいえ、二輪馬車だったと思うわ。でも、確信がないのよ！　二輪馬車と荷馬車の違いをよく知らないんだもの。何が違うの？」

「そのことは問題じゃないでしょう」とわたしはいらいらして言いました。「何があったの？」

「確かに、違いは問題じゃないわね」と彼女は同意しました。「荷馬車のようだったけれど、本当は二輪馬車だったと思うわ。そうよ、二輪馬車だったのよ。少なくとも、わたしはそう思ったわ。いずれにしても、馬車が走り去っていったようなの。もちろん、走り去ったのはウマよ。だけど、彼は馬車に乗っていたので、同じだったの。彼は歩道に投げ出されたのよ。ストランド街でのことよ。くだらないものを売っているお店の近くの。あれらは何て呼ばれていたかしら。どうも名前を覚えるのは苦手よ。ありふれた名前だったわ」

「名前なんかどうでもいいから」とわたしは急かせました。「ミスター・ダベナントがどうなったのか教えてよ」

「そうね。起こったことはこうよ。馬車が歩道に乗り上げたとき、メッセンジャーボーイを除いて、道行く人たちはみんな散り散りになったわ。そして、メッセンジャーボーイがまさに馬車の目の前に倒れたのよ。そのとき、ミスター・ダベナントが走り出して馬車から少年を引っ張り出そうとしたの。事実、彼は少年を引っ張り出したわ。だけど、自分自身も助けるには、時間が足りなかったのよ。ウマが急に向きを変えて彼に当たり、彼は石畳に激しく叩きつけられたの。彼は体を横にして石畳の上に倒れ、彼の肋骨はこなごなに砕けてしまったわ」

「それで、彼は今、どこにいるの？　病院にいるの？」

「いたわ。彼はチャーリング・クロス病院へ運ばれたわ。だけど、そこに留まらなかったのよ。彼はすぐに家に帰ると言い張ったの。それで、病院は添え木やら何やらをあてがったわ。そして、あなたは信じられる、ミセス・オトウェイ？　その後ずっと、彼は寂しい彼の部屋で一人で暮らしているなんて。看護する人さえいないなんて。それって男らしくない？」

「それじゃあ、誰が彼の面倒をみているの？」

「誰もいないわ。もちろん、女性の清掃作業員や洗濯女と呼ばれる人たちはいるわよ――なぜそのようにと呼ばれるのか、わたしにはわからないけれど。あの人たちは、ごみ収集作業員のように見えるじゃない。そして、階下のオフィスから、男がときどき様子を見にくるわ。由々《ゆゆ》しき事態よ。ミセス・オトウェイ、お願いよ。彼のところへ行って、彼の世話をしてあげてちょうだい」

「行くわ」とわたしは言いました。「今すぐ、行くわ」そして、わたしは手を差し出して、彼女との話し合いを終わらせました。

「なんて優しいの、ミセス・オトウェイ！」彼女はわたしの手をしっかりと握りしめて、説明しました。それで、わたしは遠慮がちにわたしの手を引き抜こうとしました。「あなたなら、彼の助けになれるでしょう。彼の世話をすると言うのよ。あなたの言うことなら聞くわ。でも、しっかりしなきゃだめよ。あなたならできるわ。さあ、行って」

「彼が適切に世話を受けているか見てくるわ」とわたしは答えました。

「そうね。でも、彼には看護婦が必要よ——きちんと教育を受けて、資格を持っている看護婦が。あなたはあの場所で優秀な看護婦を得ることができるわ。何て名前だったかしら？　キャベンディッシュ——キャベンディッシュ何とかよ。わたしは名前を覚えるのが苦手なの。ちょっと待って。わたしのハンドバッグに名刺を入れたの。まだあるはずよ……」彼女はわたしの手を離すと、彼女のハンドバッグを開きました。それで、わたしは階段を後退《あとずさ》りすることができました。

「面倒をかけたくないわ」とわたしは慌てて言いました。「なんとかできると思うから。さようなら」こう言って、わたしはいささかぶしつけにその場を離れ、幅の広い道路を渡って角を曲がるやいなや、走りだしました。数分後に、わたしは息を切らせて駅に到着しました。ちょうどサークル線（ロンドンの地下鉄）の列車が動きだすのが見えました。わたしはいら立って、叫び声をあげそうでした。次の列車が来るまで、わずか数分です。にもかかわらず、その数分が何時間にも感じました。わたしはいらいらしながら、プラットホームを足早に行ったり来たりしていました。そして、事故についての、のっぽのミス・スミスの混乱した説明を何度も思い返していました。そして、彼女の説明をもとに、ジャスパーの状態を理解できるように組み立てようとしました。

　列車に乗っているあいだも、その進行は耐えられないほどゆっくりで、駅が果てしなく続くように思われました。じっと座っているのも、目的地に着くのをただ待っているのも苦痛でした。そして、ようやくテンプル駅に着いたとき、言い表せないほどほっとした気持ちになり、列車から飛び降りると階段を駆け上がり、通りを急ぎました。わたしの歩みはゆっくりだったかもしれません。しかし、体感的には速く感じました。

ミドル・テンプル・レーンの端で、わたしはフリート・ストリートへ入りました。そして、道路を渡って、クリフォーズ・イン・パッセージへ向かいました。ここへは一度も来たことがありません。だから、ジャスパーの家の番号は知っていましたが、どの辺《あた》りなのか訊いたほうがいいと思いました。アーチ道を通りすぎるとき、わたしは門衛詰所のドアにどことなく聖職者のような男が立っているのを見ました。そして、その男から、五四番は庭の東側の中庭のなかにあることを教えてもらいました。そして、その方向へ、わたしは再び急ぎました。そのとき、とても薄暗い印象がはっきりと戻ってきました。静かな安らいだ感覚とでもいうような、都会の喧騒から離れた感覚、さらに、素朴で心地よい、昔ながらの質素な感じです。わたしは小さな中庭を横切って、二つ目のアーチ道をくぐると、二つ目の大きめの中庭へ出ました。そこにはプラタナスの葉が茂り、薄汚れた赤レンガの時代がかった家の明かりが見えました。一目で、中庭まで細い小道が続いているのがわかりました。敷石で舗装された歩道に沿って十歩ほど歩くと、五四番の入り口へ到着しました。そして、番号の横にはミスター・J・ダベナント、建築士と書かれていました。そしてその下に、小さめの文字で、ジョナサン・ウィーブル、元弁護士の作家と書いてありました。

わたしは入り口のなかへ入りました。そして、ドアをノックしました。ここはミスター・ウィーブルの家のようです。ドアには、〝どうぞお入りください〟と書かれています。それで、わたしはなかへ入りました。すると、なんとなくむさくるしい、若い男と出会いました。彼はテープによって書見台のような台に貼りつけた、大きな書類に明らかに没頭していました。「ミスター・ダベナントにお会いしたいのですが」とわたしは言いました。「彼は重傷を負っているのですか？」

「一時間ほど前に彼に会ったときは、そのようなことはありませんでした」との答えが返ってきました。

「彼はわたしと会っても、かまわないでしょうか？」わたしは彼がミスター・ウィーブルだと思いましたが、彼はわたしをじろじろと見てから答えました。

「彼は問題ないと答えるべきでしょう。そっとしておく必要はありません。すぐにわかりますよ。お座りになったらいかがですか？」

彼はきびきびと立ち上がって、急いでオフィスから出てきました。そして、彼が一度に階段を二、三段上がっていくとき、わたしはまだ名前を伝えていないことを思い出しました。彼の自信に満ちた態度が、わたしから不安を取り除いてくれました。それでも、わたしの動揺はほとんどおさまりませんでした。それでも、わたしの不安は和《やわ》らぎました。ジャスパーの容態は深刻なものではなさそうだからです。わたしの不安がおさまるにつれて、別の感情が起こり始めました。わたしは本当に彼に会いたかったのです。あまり時間をあけずに、わたしたちは一緒にいるべきです。もはや別々にいることに、耐えられそうもありません。恍惚にも似たこの思い――期待で、痛いほどの喜びです――が、再び彼に会いたいという強い願望をわたしに呼び起こしました。

ミスター・ウィーブルの階段を下りてくる足音が、わたしの鼓動を速くしました。そして、彼が急いでオフィスへ戻るとき、わたしは興奮して立ったまま震えていました。

「どうぞ、お入りください」と彼が言いました。「ミスター・ダベナントがお会いします。階段を上がって、二階の踊り場の右手のほうです。ドアは開けたままにしてあります。ドアの上に、彼の名前があります」

わたしはミスター・ウィーブルと同じ速さでは階段を上がりませんでした。ですが、膝が震えるほどできるだけ速く上がりました。二階に着くと、人を寄せつけないような鉄のドアが、少し開いていました。そして、ドアの上には最愛の人の名前が、白い文字で書かれていました。わたしが重いドアを後ろへ引くと、それより軽そうなドアが現れ、それも少し開いていましたので、わたしは重いオーク材のドアを閉めて、軽いほうのドアを押し開きました。しばらくわたしは入り口に立ったまま、古風な趣のある古めかしい部屋のなかを見ていました。羽目板張りの壁には、窓を通じて、きらめくプラタナスの柔らかい緑色の光が降り注いでいます。彼は低い木製の長椅子にもたれかかって、火のそばに座っていました。そして、手には本を持っていました。わたしは一目見ただけで、彼がすっかり変わってしまったことがわかりました。やつれて疲れた青白い顔をしていました。ですが、わたしが暗がりから歩み出ると、疲れた顔が明るくなり、本を床に落としました。そして、彼は腕をわたしのほうへ投げ出しました。

「ヘレン！」

「ジャスパー！」

すぐに、わたしは彼のそばに跪《ひざまず》きました。彼の腕がわたしに回され、わたしは頬を彼の頬に押し当てました。そして、少しのあいだ、わたしたちは何もしゃべらずに抱き合っていました。そして、部屋のなかも、置き時計と枝が窓ガラスをこする音が聞こえるだけです。だから、わたしはずっとこのままでいられたらと思いました。なぜなら、ようやくわたしの心は穏やかになったのですから。

「ジャスパー」ようやくわたしは声を出しました。「大丈夫なの？　ひどいけがをしているのでしょう？」

「ひどくはないよ」と彼が答えました。「肋骨にひびが入って、少しあざもできただけだよ。もう、かなりよくなっているんだ」

「だけど、なぜわたしに一言も知らせてくれなかったの？　わたしたちは友だちでしょう、ジャスパー？」

「どうしてできるというんだ？」と彼が抗議しました。「約束は約束だから。一か月がまだ経っていない」

「ジャスパー！」とわたしは声をあげました。「どうして、あなたはそれほどおばかさんなの？　もちろん、あなたはわたしに知らせるべきだったのよ。そうすれば、わたしはすぐにあなたのもとへ来たでしょうに」

「あなたは来てくれると思っていました、ヘレン」と彼が言いました。「だけど、僕が約束を守ったのは、ほかにも理由があるんです。そんなことをしたら、卑しいことのように思えたんです。なぜなら、あなたをとても求めていたけれど、僕は本当に危険な状態というわけではありませんでした。ところで、どうやって僕の事故のことを知ったのですか？」のっぽのミス・スミスとのやりとりについて、彼に話しました。すると、彼は穏やかに笑いました。「彼女がぞっとするような話で、あなたを怖がらせたのですね。ですが、彼女にとても感謝しています。それと同じように、僕はあなたに会いたかった、ヘレン」

彼がわたしを引き寄せました。そして、愛情を込めてわたしの髪の毛をなでました。そして再び、わたしたちはしばらく黙っていました。置き時計の音が、静かに時を刻んでいきます。プラタナスの枝が、優しく窓ガラスをこすっています。そして、言葉によって遮《さえぎ》られたくない、静かで穏やかな幸せな気持ちに、わたしは満たされていました。

そのとき、ジャスパーがわたしの耳元へかがんできて、囁きました。

「ヘレン、僕に何か言うことはないですか？」

もちろん、彼が何を言いたいのかはわかっていました。そして奇妙なことに、彼の質問は予期していなかったけれど、そして、そのときは彼の問いについて意識していなかったけれど、わたしの気持ちは決まっていました。

「ええ、あるわ、ジャスパー」とわたしは答えました。「わたしはあなたのものです。あなたなしでは生きていけません。それがどういうことなのか、世間は何かと言うでしょう。世界がなくても、わたしは生きていけるでしょう。ですが、あなたなしでは生きていけません」

彼はわたしを引き寄せると、恭《うやうや》しくキスしました。「ねえ、ヘレン」と彼が優しく言いました。

「最愛の妻よ。あなたの大切な贈り物が僕にとってどれほどの意味があるのか言葉で伝えることができたら、僕は感謝します。だけど、人生はわれわれの目の前にあります。そして、僕の人生は長く、感謝の気持ちで満ちたものになるでしょう。あなたは僕に僕が心から望むものを与えてくれました。もし愛と祈りと誠実な奉仕がどのようにでもあなたに報いることができるなら、われわれの人生が続く限り、これらはあなたのものです」

こうして、数週間におよぶ長い惨めな思いと絶望が、あっと言う間に消え去りました。わたしたちは元の状態に戻りました。そして実際、元の状態以上になりました。わたしたちは自ら認めた、そして、認められた恋人同士です。そして、わたしの心がわたしの役割を意識せずに実行するにつれて、今やわたしはこの新しい約束の一部になったのだから、そのことは避けられないし、満足できるものでした。社会的慣習に反するという思いに、わたしは乱されませんでした。

わたしたちがおしゃべりしているあいだ、わたしが彼のそばで心地よく座れるかもしれない低い椅子に、ジャスパーはわたしを座らせました。ですが実際には、わたしたちはほとんどしゃべりませんでした。なぜなら、わたしたちのあいだには、よけいなことはしゃべらなくても完全に意思疎通ができるテレパシーのようなものが生じていました。わたしたちは二人ともとても幸せで、心を動かされていました。そして、手を握りしめて、より打ち解け合って座っていました。そして、わたしたちの考えは言葉に乱されることなく進み、お互いに相手が考えていることがわかりました。

体の弱い石炭運搬人のようなゆっくりとした足取りで、すぐにミスター・ウィーブルがやって来て、玄関のドアに鍵を差しこむことをやるべきこととして長々と話したので、わたしたち二人は笑いました。ミスター・ウィーブルは、とても用心深い男だったのです。

「何かお手伝いできることがあれば、遠慮なくおっしゃってください」ジャスパーが彼をわたしに紹介したとき、彼が言いました。「僕は概して彼のお茶を淹れたり、包帯を取り換えたりしています。お茶を淹れましょうか？　それとも、あなたが淹れますか、ミセス・オトウェイ？」

「わたしがお茶を淹れましょう」とわたしは言いました。「でも、あなたが包帯を取り換えているあいだに、わたしは出かけていって、おいしそうなケーキを買ってきましょう」

「それはいいですね」とミスター・ウィーブルが言いました。「われわれのところにあるのは少ないですし、少し古いですから。ケーキで思い出したけれど、一日前か二日前の鶏肉が残っていますね。使っていない書類保管金庫に入れたまま、忘れていました。行って、取ってきます」

「鶏肉だって、ウィーブル」とジャスパーが言いました。「たとえて話しているのですか？」

「そうです」とミスター・ウィーブルが答えました。「無意識に笑みを浮かべる年配の婦人で、今まで聞いたなかで、もっとも奇妙な名前です。彼女の名前は何だったかな？　ビッグボーイ・ジョーンズのように、二つの意味にとれる何とかだ。

「のっぽのスミスじゃないのか？」とジャスパーが言いました。

「それだ。君が手書きで書いて署名した感謝の手紙を、同じ日に、僕は彼女へ送ったんだ。さて、始めましょうか、ミセス・オトウェイ？　フェッター・レーンの左側の突き当りの近くに、おいしいケーキ屋があります」

わたしはジャスパーの書類鞄と鍵を持って、通用門からフェッター・レーンへ向かいました。古い古風な趣のある通りを歩いていくにつれて、簡素なお店を覗きこんでいました。そして、わが物顔のような奇妙な雰囲気の古い木造家屋を、まるで自分が近所に暮らしているかのように、じっくりと見ていました。わたしはケーキ屋を見つけました。それは、まさに田舎町で見かけるような、昔ながらのパン屋さんでした。ジャスパーの好みをもとにケーキを選んでいると、わたしは二人家族の供給源としてのこの店の利点をほとんど無意識のうちに考えていました。もしわたしの精神状態が突然変わるなら、バッグに食料を入れてフェッター・レーンを戻るたびに、心配のない解放された気分に包まれて、ショーウインドーを覗いてまわったり、見知らぬ中庭や小道に入りこんだりして、きっと戻れなくなってしまうでしょう。わたしは朝の気分と、今の気分を比べずにはいられませんでした。朝の気分は絶望的で、心は疲れていて、意気消沈していました。ジャスパーの部屋のなかへ入ったとき、ミスター・ウィーブルはすでに立ち去っていましたが、彼はやかんに水を満たして、台所のガスストーブで沸かしていました。わたしはお湯が沸くときの小気味よい音を聞き、湯気が立ち上るのを見つけました。台所は不合理でしたが、楽しそうでした。食器棚がとても大きいうえに、棚や薬品の小さな流しまで付いていることを考えると、医師の治療室か、化学者の研究室を思わせました。それでも、とてもよく整理されていて、とても使いやすいそうです。そして、お湯が沸く音に合わせてわたしの心は弾んでいましたが、食事の準備に励んでいるあいだ、こけの生えた庭を小さな窓から見ることができたり、あるいは、開いたドアを通じて、ジャスパーがうっとりとした笑みを浮かべてわたしを見ているのを見ることができたり、さまざまな品物がどこにあるのか彼に指示されるのも気に入りました。すべてがとても楽しくて、親密で、このような素朴で細かいことが、わたしに幸せの現実味をもたらしてくれました。

くつろいだお茶のあいだ、わたしたちは少しずつ二人のこれからのことを話し合いました。ジャスパーがとても慎重に考えてくれているのは明らかでした。

「僕は見かけほど重症ではありません」と彼が言いました。「動かさないようにする必要はないと思います。動かさないように言うのが、医師の仕事です。僕は言われたとおりにやります。それでも、僕の包帯は数日のうちにとれるでしょう。そして二週間もすれば、すっかり元気になるでしょう。僕が元気になるまで、今の状況をそのままにしておいたほうがいいと思います。そのあいだは、あなたも僕のところへ来ないほうがいいでしょう」

「わたしにあなたをほったらかしにしておくように言っているのですか？　けがを負っているあなたを一人にして、誰も世話をしないというのですか？」

「そうです」と彼は答えました。「もちろん、僕はあなたにものすごくいてもらいたいです。ですが、僕が一人なことと助けがないことは、単なる感傷的な側面です。僕がとても心地よくて、しっかり面倒をみてもらっていることは、あなたが自分の目で確かめたでしょう。ウィーブルは少しも僕のことを忘れたりしません。そして、このことはもっとも必要なことだと考えていますが、われわれがはっきりと結婚するまでは、慣習やしきたりなどをないがしろにするようなことは、もっとも慎んだほうがいいでしょう。われわれの結婚は、法的にも教会からも認められません。ですから、慣習やしきたりといったことに最大限の敬意を払って、真面目に取り組む必要があります。われわれは責任を伴わない、気楽な関係になることはできません。われわれは結婚の契約を結ぼうとしています。そして、そのことの尊厳と重要性に適した適切な手続きを経て、公にそうすることを提案します」

「だけど、どんな手続きが可能なの？」とわたしは尋ねました。

「僕の提案はこうです」と彼が答えました。「ここで会う日にちと時間を決めましょう。そして、立ち会ってくれる証人を二人用意します。一人は、ウィーブルがやってくれるでしょう。もう一人は、ミスター・ダスキンです。これら二人の証人の同席のもと、われわれ二人は正式に夫と妻であることに同意するのです。われわれは一人ひとり、異例の手続きを必要とする状況を記した、同じ趣旨の宣言書を作成します。とくにあなたの場合、オトウェイとあなたの結婚を非難し、否定することを記します。この宣言書を各自が証人の前で読みあげます。二人の証人もまた読みあげます。そして、証人の立会いのもと、われわれはお互いに署名するのです。証人の連署も、法的に必要なのかどうかよくわかりませんが。もしそうでないなら、われわれの署名は証人の立会いのもとに行われたことを記したメモを作りましょう。それから、われわれは互いに宣言書を交換して、ミスター・オトウェイをはじめ、ほかの関係者や、われわれが知らせたいと思う人たちに、何が行われているか通知します。これならあなたも了承するでしょう、ヘレン？」

「了承するわ」とわたしは答えました。「追放宣告を除いては。何かほしいものがないか、たまにあなたを訪ねてはいけないのですか？」

「二週間だけですよ」と彼が言いました。「それに、書きたいときに手紙を書けます。われわれが結婚するまで、批判を引き起こすような行為は慎みましょう」

わたしはこれ以上異議を唱えませんでした。彼が正しいと思ったし、それ以上に、彼が提案した手続きに、何気なく礼儀正しい親切な敬意や、わたしへの心ない批判に対する抗議を感じずにはいられなかったからです。彼が二人の将来のことを考えてくれていることに気をよくして、ミスター・ウィーブルと二回目の顔合わせを避けるために、わたしは比較的早めに彼のところを辞去しました。後で知ったのですが、彼はジャスパーが寝るのを手伝うために、毎晩八時から九時のあいだにやって来るとのことです。

「わたし、毎日手紙を書くわ」手袋をはめながら、わたしは言いました。「そして、このことを約束してちょうだい。もし何かわたしにできることがあれば、知らせてちょうだい。そして、わたしのことを口うるさい人だと思わないでね。いいこと？」

彼は約束してくれました。そして、玄関の鍵を彼に返したとき、わたしはかがんで、彼にキスしました。そして、鉄製のドアを閉める前に彼のほうを振り向いたとき、わたしはこの別れを一か月前の惨めな別れと比べずにはいられませんでした。

第二十一章　恐ろしい遺産

ジャスパーと一緒になることについてわたしの考えが突然、まったく変わってしまったことには、わたし自身が絶えずいくぶん戸惑っていました。それは潜在意識で考えていたことだと、リリスなら間違いなく説明したでしょう。そして、おそらく彼女は正しいでしょう。わたしの印象はこうです。法的に認められていない結婚に対するペギーの率直な態度は、わたしが思っていたより重大な効果がありました。彼女の言葉をときどきはっきりと思い出しますが、彼女の言葉は、わたしの心のなかで無意識のうちに影響を与え続けていました。あるいは、別れて暮らすことなど不可能だとわかったのかもしれません。そして、ジャスパーの存在でわたし自身を見つめたとき、そのことをはっきりと認識したのかもしれません。

しかし、不安なしに、わたしが新しい生活秩序を受け入れたのも事実です。考えられないと思っていた条件も、今は完全に筋の通った、そして、受け入れられることのように思えました。今までわたしが抱いていた不安な心の疼《うず》きは、わたしの承認や反論のためにジャスパーが送ってきた申告書の原稿によって生まれたものでした。なぜなら、善意からでた彼の書類は、半ば挑戦的で、半ば抗議する言い回しを含んでいましたが、気まずい生々しさを伴って、この結婚はほかのどんな結婚とも違うということを、そして、わたしはほかのどんな既婚女性とも違うということとをわたしに痛感させました。それでも、わたしはそれを承認して送り返しました。そして、忘れようとしました。そして、新しい生活の準備を静かに続けました。

しかし、見た目としてはわたしの習慣は変わっていません。わたしが感じた陽気な気分や快活ささえ抑えようとしました。わたしの最近の様子の突然の変化が人目につかないように。わたしは相変わらず別居生活を続けています。ですが、とても幸せでした。そして作業場で、ジャスパーの手紙をじっくり読んだり、間もなく訪れる幸せな日々に思いを巡らせたりして、もっぱら過ごしました。ジャスパーへの結婚の贈り物として仕上げようという考えが突然浮かんでくるまで、しばらく、燭台のことは忘れていました。そして、仕事の喜びがよみがえってくると、思いもよらない技が開花したりしました。線や図を描いたり、穴をあけたりは、導かれなくても決められたところを進んでいくようでした。ハンマーは馴染みの道具となり、それ自身の意思の力が発揮されているようですし、そして、小さなエナメル炉は、喜びの声をあげていました。

そうやって、日にちが過ぎていきました。それぞれの日々が魅了するような庭の黄金の門へとわたしを近づけてくれました。そして、わたしが望むことなどできないと思っていた静かな幸せでわたしを満たしてくれました。最初の週の終わり頃、ジャスパーから手紙が来ました。手紙にはこう書いてありました。包帯はすでにとれて、歩いている。そして、すっかりよくなって回復していると。それで一日か二日経ってから、わたしたちはまた会う日にちと時間を決めました。来週の木曜日——五日先です——の午後六時です。手続きはわたしが到着しだいすぐに実行されることになっています。それから、わたしたちはクラブで静かに夕食を食べて、コンサート会場か劇場で夜を過ごすつもりです。そして、臨港列車（連絡船に接続する列車）に乗って、ヴリシンゲン（オランダの都市）かカレー（フランス北部の都市）――わたしはこちらのほうが好きです――へ行くつもりです。

毎日、心待ちにしていたにもかかわらず、この手紙が来たときはショックでした。それというのも、わたしの穏やかだった幸せの気持ちが、隠すことが難しいほど興奮したのですから。新婚旅行の具体的な日にちや場所――わたしはフランスの北部を選びました――を選ぶことは、この大いなる冒険に現実味を与えてくれました。そして、漠然とした未来から現在へ引き戻してくれました。なぜなら、今わたしは最後の準備をしなければならないのですから。わたしは旅行鞄の荷造りをしなければなりません。そして、このことは必然的に運搬を伴います。そして、公《おおやけ》の別れを伴います。それで、もしわたしがこっそりいなくなることを望んだら――そんなことを望んでいませんが――計画は不可能になったでしょう。しかし、当然のことですが、わたしはわたしの当面の意向について多くを語りたくはありませんでした。事後に手紙で説明する準備をしていて、そして、この小さな地域に広まっている礼儀作法がそのことをとても簡単にしました。わたしはしばらくのあいだみんなの前からいなくなると、ミス・ポルトンや親しい友だちに伝えました。そして、彼らがどんなに奇妙に感じたとしても、わたしの当面の準備を知れば、さらに尋ねたりはしないでしょう。どうしても持っていかなければならない数少ないものの荷造りは気づかれないし、少なくとも口出しされません。そして、最後のお別れに向けて、わたしの持ち物の残りを目立たないように整理し始めました。

水曜日に――その日はわたしの出発の前日です――ミスター・オトウェイから手紙が来ました。手紙は、昼食がちょうど終わったときに到着しました。わたしは手紙をちらっと見て、テーブルから立ち上がりました。趣旨は今までのものと同じでした。ですが、なにやら危機が迫っているのは明らかでした。書き手の極端な動揺が、書かれている内容や、熱烈というよりむしろ支離滅裂な態度だけでなく、筆跡にも表れていました。筆跡はミスター・オトウェイの日頃の実務的できれいな文字とは大きく異なって、乱れてだらしないものでした。

「親愛なるヘレン」で手紙は始まっていました。「もうずいぶんと長いあいだ、僕の悲惨な出来事――これはある程度、君の出来事でもあるけど――で君を悩ませたりはしてこなかった。だが、そのことはさらに悪くなってきている。そして、僕が耐えられる限界に近づいてきている。これ以上、僕は耐えられそうもない。僕の健康はむしばまれ、精神は病んでいる。僕の頭はおかしくなりそうだ。死こそが恩恵であり、安楽だろう。このことは、的外れではない。こんなことを続けることはできない。これらのことは僕に平穏をもたらさない。一週間と経たないうちに、新たな脅迫を受けるんだ。そして、今こうしているときも……だけど、君に手紙では伝えられない。恐ろしすぎるんだ。頼むから、僕のところへ来てくれ、ヘレン！　ひどく苦しんでいるんだ。決して僕を許さないとしても、僕をかわいそうだと思ってくれ。僕は君のところへは行けない。なぜなら、僕は今、ベッドを離れることができないんだ。僕はやつれはてて、廃人同様だ。今回だけでいいから、僕のところへ来てほしい。そして、僕を助けることはできなくても、少なくとも、僕を慰めてほしい。それほど長くは、僕に悩まされることはないから。

取り乱している夫、ルイス・オトウェイ
この手紙から呼び起こされる感情は複雑で、かなり矛盾したものでした。心のなかでは偽りの結婚とわかっていたことを受け入れざるをえなくなった今ほど、ミスター・オトウェイに対して嫌悪感を抱いたことはありませんでした。わたしは生まれながらに持っている権利を奪われてきたのです。そして、彼はわたしを奪いました。彼の無慈悲な身勝手さが引き起こした彼自身とわたしへの問題に対して、同情する気にはなれませんでした。それでも、わたしは彼のところへ行くことを決めました。会いにいこうと思ったのは彼に一撃を加えてやろうと思ったことへの良心の呵責によるものか、あるいは、好奇心からか、それとも、彼の死が近いことを確かめたいと思ったからなのかはわかりません。さまざまな思いが交錯したのは間違いありません。そして、そのことが決定的要素となったのです。とにかく、わたしは会いにいくと決めました。わたしの彼への訪問がどのような法的意味を持つのかわかっていませんでしたが、わたしはジャスパーに相談するべきだと思いました。わたしはすぐに決心をしました。そして、午後の早い時間にポケットに手紙を入れて、西へ向かって歩きだしました。

わたしは直接ミスター・オトウェイの部屋へは行きませんでした。わたしの決心がかたまるやいなや、わたしは状況をよく考えて、起こりうることを予想することが必要だと感じました。西へ向かう途中で、わたしは喫茶店で立ち止まりました。そして、注文したお茶が出てくるのをのんびりと待っているあいだ、わたしは手紙を取り出して読み、もう一度通して読みました。明らかに、脅迫者は焦ってきています。そして、より強硬になってきています。まるで、新たな策を講じようとしているかのようです。ですが、脅迫者はわたしには興味がないようです。ミスター・オトウェイの死を予感させる二つの文章に、わたしの目は釘づけになりました。

「それはそれほど遠いことではない」そして、もう一つは「それほど長くは、僕に悩まされることはない」という文章です。（彼には自分の死を予感するはっきりとした根拠があるのかしら？それとも、単に恐怖に悩まされ続けた結果かしら？　あるいは、わたしの同情を惹こうとして、大げさに書いているだけかしら？）これらは、決して小さくない疑問をわたしに投げかけました。なぜなら、ミスター・オトウェイの死はわたしを自由にし、ジャスパーとのもつれた関係を解きほぐすことになるのですから。

わたしは熟慮を重ねてお茶を飲みながら、これらの疑問を慎重に考えました。冷淡で、感情を交えることのない、利己主義の自分を隠そうとはしませんでした。ミスター・オトウェイについてのわたしの感情は、感傷的なものを持ち合わせてはいませんでした。何らかの提案を評価するように、彼のことを考えていました。ですが逆に、彼が生き延びることではなく、わたしは彼の病状に興味を持ちました。わたしは彼が嫌いです。ですが、憎んではいません。彼の不健康を望んでいるわけではありません。もしも彼を苦しみから救うことができるなら、わたしはそうするでしょう。かなりの努力を払ってでも。しかし、彼にすでに死期が迫っていて、わたしが指一本動かすことでその危機を避けることができたとしたら、わたしは指一本動かさなかったでしょう。

それが正直なわたしの気持ちです。わたしはテーブルから立ち上がって手紙をポケットに戻したとき、わたしの頭に浮かんだことは、ミスター・オトウェイは自分はもうすぐ死ぬと思っていること、そして、そのことが正しいことをわたしは望んでいるということでした。

リオンズ・イン・チャンバーに着いたとき、太陽はすでに低くなっていて、夜の闇が通りに下り始めていました。薄明りの灯った石の階段を、わたしは二階へ上がりました。二階のフロアーの明かりはとても暗かったので、ドアの上のミスター・オトウェイの名前を読むのに苦労しました。ようやく見つけたとき、文字が消えかけていてよく読めず、おまけに何年もこのままのようだったのでびっくりしました。確かにミスター・オトウェイの部屋はありましたが、思ったとおり、彼は最近、入居したばかりでした。

ミセス・グレッグがドアを開けてくれました。彼女は薄暗い入り口に突っ立ったまま一言も発せず、わたしと対峙しました。

「こんばんは、ミセス・グレッグ」とわたしは言いました。「ミスター・オトウェイから訪ねてくるように言《こと》づかっているのですが……」

「あなたの法律上の夫を訪ねてくるのに、言い訳などいりませんよ」と彼女が遮りました。

「ありがとうございます、ミセス・グレッグ。ミスター・オトウェイは手が空いていますか？」

「いいえ」と彼女が答えました。「彼には来客の予定があります」

「それは残念」とわたしは言いました。「彼はとくにわたしに会いたがっていましたが……」

「明日、もう一度お越しいただけますか？」と彼女が言いました。

「いいえ、申し訳ありませんができません。もしミスター・オトウェイが今晩はわたしと会うことができないなら、わたしは彼に手紙を書かなければなりません。かなりの時間を割くことのできる別の機会はないでしょうから」

彼女はしばらく考えていました。そして、彼との面談を取りやめたことの責任を負うのを、彼女は嫌がっていることに気がつきました。

「もう少し経ってから再び来ることはできますか?」とついに彼女が尋ねました。「彼の来客との用事は七時半頃までに、あるいは、八時十五分前までに終わるでしょう。八時に再び訪れることはできますか?」

これほど遅くまで外にいたくはありませんでしたが、ミスター・オトウェイに会うとしたら、今晩しかありません。とうとう、わたしは彼女の申し出を承諾しました。それで、ミセス・グレッグもほっとしたようでした。

わたしが階段を下りるとき、二人の足音が聞こえました――男と女が階段を上ってくる足音です。一階の踊り場で、わたしは男に会いました。彼は街灯を点灯する人でした。わたしが彼とちょうどすれ違ったとき、彼は踊り場の明かりを点灯しました。そして、その明かりはわたしの背後から光を放ちました。そして、階段を上がってくる女に降り注ぎました。彼女が階段でわたしとすれ違ったとき、わたしは彼女をちらっと見ました。ですが、すぐに彼女が誰なのかわかりました。彼女はミセス・キャンベルでした。彼女はウォーダー・ストリートの販売業者の妻でした。

奇妙な出会いでした。そして、このことは多くの考えることや推測することの材料を、わたしに提供しました。ミスター・オトウェイの部屋は二階の部屋だけです。すると、ミセス・キャンベベルが彼の待っている来客なのでしょう。これはかなり奇妙な偶然の一致です。ですが、そのことだけではありません。突然、誰だかわかったことは、明るいランプの光が暗闇を照らしてほっとしたように、わたしの記憶を呼び起こしました。わたしは思い出しました。お店でミセス・キャンベルに会って彼女の声を聞いたとき、彼女に以前どこかで会ったことがあるような気がしました。そして、彼女の言葉のアクセントやイントネーションを聞いたとき、以前聞いたことのあるアクセントやイントネーションを思い出しました。そのときは、漠然とした印象でした。ですが今、新たな状況とのつながりによって、印象がとてもはっきりとしました。彼女の顔がミスター・オトウェイの顔を思い出させるのです。ですが、奇妙なことに、彼女の声やアクセントはミスター・オトウェイだけでなく、ミセス・グレッグも思い出させるのです。そして、この奇妙な類似は唯一の違いによって、さらに奇妙なものとなりました。ミセス・グレッグははっきりとしたスコットランド訛《なま》りで話しました。それは一風変わった訛りです。わたしが聞いたことのあるスコットランド人の人たちの訛りとはかなり違いました。一方、ミセス・キャンベルのほうはスコットランド訛りがまったくありません。ですが、二人には、なんとも言いようのないほど似ている印象があるのです。

ここはじっくりと思案のしどころです。そして幸いにも、わたしはこのあと一時間半ほど待たなければなりません。このような奇妙な一致は、単なるわたしの思いこみで済ませるわけにはいきません。しかし一方で、明らかにミセス・キャンベルはミスター・オトウェイの部屋の世話をしています。そして他方で、わたしをウォーダー・ストリートのお店に紹介したのはミスター・

オトウェイであることも事実です。ですが、推測はいくらでも膨らんでいきますので、これ以上推測するのをやめて、この問題を退けました。そして、ミスター・オトウェイの健康と、そのことがもたらすわたしの未来について考えを戻しました。

わたしはリンカーンズ・インとテンプルで一時間半をのんびりと過ごしました。ジャスパーとぶらぶら歩いたときは、ロンドン自体が楽しみや気晴らしだと痛感しました。歴史的な通りや絵のように美しい路地を訪れる観察力のある人は、鈍感である必要はありません。そして今、以前ぶらぶら歩いたところをもう一度訪れるのも、とても楽しいものです——これからもしばしば繰り返すことでしょう——その一方で、現在の出来事を熟慮したり、始まろうとしている新しい生活のことに思いを馳せるのも楽しいものです。こうして、時間はみるみる過ぎていきました。それで、インナー・テンプルの掛け時計が八時十五分前を上品な音で告げたとき、わたしは思わずびっくりしました。

八時きっかりに、わたしはミスター・オトウェイの部屋のベルを鳴らしました。すぐさま、口数の少ないミセス・グレッグがなかへ入れてくれました。静かな狭い廊下に沿って、彼女はエントランス・ロビーへ案内してくれました。一部は図書室に、一部は台所になっている大きな部屋を通りすぎて、寝室のドアの前に着きました。彼女は相変わらず一言も発せずに寝室のドアを示して、去っていきました。

わたしがなかへ入ったとき、ミスター・オトウェイは体をベッドの上に半分起こしていました。そして、ぼんやりとした仕草でわたしに近づくように伝えました。そして、彼が手を伸ばしてきたので、わたしは彼の手を堅苦しい仕草で握りました。

「会いにきてくれてとても嬉しいよ、ヘレン」と彼が言いました。「しかも、こんなに早く。ミセス・グレッグが一度君を追い返してすまなかった。必要なかったんだ。もう一人の来客は延期されたのだから」

「大したことじゃないわ」とわたしは言いました。「今晩しか時間がなかったの。新たな問題は何なの？　あなたの手紙から推測すると、何か新たな進展があったの？　はっきりとした脅迫を受けたの？」

彼は再び半身を起こして、驚くほど強くわたしを見つめて、低く抑えた声で言いました。「ヘレン、ドアがきちんと閉まっているか見てくれ」

わたしは言われたとおりにしました。それから、彼は椅子を彼の近くへ引っ張ってくるように言いました。わたしのために用意しておいた椅子のようです。これも言われたとおりにして、わたしは椅子に座りました。そして、身がまえるように彼を見つめました。

半身を起こしたまま、彼はできる限り顔をわたしに近づけました。そして、囁くように言いました。「ヘレン、訊きたいことがあるんだ。君のお父さんの杖はどうなった？」

秘密でも打ち明けるように声をひそめて、おまけに、へんな熱心さと恐怖と疑惑の入り混じったようなまなざしを向けられ、わたしはいささか驚きました。なぜなら、同じ質問をソーンダイク博士からも訊かれたからです。

「まったく知らないわ」とわたしは答えました。「あなたは知らないの？」

「いいや、知らない。あのとき以来、見ていない。あのときというのは……わかるだろう？」

「もちろん、わかるわ。忘れるわけないじゃない」

「だけど、ミスター・オトウェイ。だけど僕の記憶では、君がお父さんの杖を持ち去ったと思うんだ」

「だけど、ミスター・オトウェイ。わたしを家から出したのはあなた自身でしょう。あなたはわたしが出ていくのを見ていたわ。そして、わたしが杖を持っていなかったことも。そして、その後、わたしは戻ってこなかったでしょう」

絶望だという仕草をして、彼は枕の上に沈みました。

「そうだ」と彼が呟きました。「そうだったと思う。いや、確かにそうだった」

「そうよ」とわたしは言いました。このことについては、これ以上訊かれませんでした。「あの朝、わたしが立ち去ったとき、杖はあなたの家にあったわ。だけど、なぜそんなことを訊くの？何か重大なことなの？」

彼はベッドの反対側にあるテーブルへ向かいました。そして、鍵の束を手に取ると、書類保管金庫の鍵を開けて、一枚の紙を取り出しました。

書類は今までのと同じようなタイプ打ちされた手紙でした。そして、文章の長さも同程度でした。内容は次のとおりです。

ミスター・ルイス・オトウェイ。

いくつか奇妙なことをお尋ねします。ミスター・ヴァードンの杖についてです――鉛の詰まった銀色の握りのついた杖です。杖はどこですか？　誰かがそれを持っているはずです。そして、銀色の握りに傷があるとのことです。そして、血の跡とグレーの髪の毛が付着しているとのことです。このことについて、何かご存じではありませんか？　もしご存じないのなら、杖を探したほうがいいでしょう。なぜなら、何週間も経たないうちに、何者かから、あるいは、警察から連絡があるでしょうから。

他人の幸せを祈る人より。

手紙を最後まで読み終わって、わたしが目を上げると、とても奇妙な表情でわたしを見つめているミスター・オトウェイと目が合いました。ですが、彼はすぐさま目をそらしました。わたしの力強いまなざしに困惑したように。先ほどのミスター・オトウェイの動揺した質問とともに、この手紙はわたしの心に古い疑問を呼び起こしました。遠回しなこの告発のなかに、真実があるのでしょうか？　このいかがわしい男を相手に、わたしはとんでもない間違いをしでかしたのでしょうか？　これらの疑問がわたしの脳裏をよぎりましたので、ミスター・オトウェイの顔を凝視したとき、そのことがわたしの表情に表れたのでしょう。いずれにしても、わたしが何かしゃべると、彼は顔をそむけました。そして、わたしが手紙を彼に返して、彼がそれを受け取ったとき、彼の手はアルコール依存者の手のように震えていました。そして、何も言わず書類保管金庫へ戻しました。

しばらくのあいだ、わたしたちは二人とも黙ったままでした。そして、わたしは座って、彼の周囲を嫌悪感を抱いて見ました。息の詰まるような部屋の空気で、少し気分が悪くなりました。ベッドサイドテーブルの上に載っている物――たばこ入れやお酒のデカンターやサイフォンやベロナール（睡眠薬の商標名）の錠剤――によって、お酒と薬を常用しているという好ましくない印象を持ちました。そして、青白い顔、腫れぼったいまぶた、数多く刻まれたしわ、垂れ下がって震えている下唇の彼自身がまぎれもなく不快でした。部屋全体もそこの居住者も、不健康でむさくるしく、まともではありませんでした。

しかし、見た目には不健康そうでむさくるしかったけれど、ミスター・オトウェイの外見には目立った変化はなく、わたしが判断できる限り、彼の憂慮すべき彼自身についての説明を正当化するような新しいものは何もありませんでした。彼の様子はお酒やたばこやベロナールを常用していることを裏づけていて、気もそぞろで、怯えていて、情緒が不安定なように見えますが、わたしの目には、死にかけているようには見えませんでした。沈黙のあいだ、わたしは彼を値踏みするようにじっくりと見ました。もし彼の凶兆が本物であり、わたしの同情を誘うために意図的に装っているのでないなら、慢性的な恐怖の状態の結果にすぎないのではないかとわたしは危惧しています。

わたしが彼を嫌悪感を持って見ていると、彼は感じているはずです。なぜなら、今彼は非難するようにわたしのほうを向いて、うんざりしたようにため息をついたのですから。

「ヘレン、君は僕と僕のごたごたにあきあきしているだろうね。だけど、君は辛抱《しんぼう》しなければいけない。長くはかからないのだから」

「なぜそんなことを言うの？」とわたしは尋ねました。「これらの手紙の心配は別として、あなたは本当に健康を害しているの？」

「僕の健康は日に日に悪くなっているよ」と彼が答えました。「はっきりとした病気を患っているわけではないんだ。しかし、絶え間なく続く警戒と不安、次々と襲ってくるショックで心身ともに疲弊している。回復するための安らぎがないんだよ。昼間は、絶えず不安とうつの状態だ。そして、ついついこれに手を出してしまう」そう言って、彼はお酒のデカンターを指しました。「これらで少しでも落ち着けないと、夜はさらに悪くなる」そう言って、今度はベロナールを指しました。「いずれにしても、たばこもベロナールもウイスキーも長生きや健やかな健康には役に立たない」

「でも」とわたしは言いました。「あなたは誇張したり、不必要に警戒させてはいけないわ。あなたは確かに良好な状態じゃないわ。それは、見ればわかります。だからといって、あなたが危険な状態にあると考える理由にはならないわ。薬やウイスキーをやめて、気分転換に外出してみたらどうかしら？」

彼は首を横に振りました。「僕は外出できないんだよ」と彼が言いました。「あいつらが僕を見つけて、つけまわす。興奮剤や鎮静剤をやめるのも無理だ。それらが良くないのはわかっている。だけど、さらに悪くならないための最後の手段なんだ」

「どういう意味？」とわたしは尋ねました。

彼はすぐには答えませんでした。ですが、わたしの問いをよく考えて、さらなる秘密を打ち明けようか考えているようでした。ようやく、彼はいささか不意にわたしのほうを向きました。彼の顔には、今までに見たことのない表情が浮かんでいました。いつもの彼の無表情とは違った、興奮と恐怖を示唆するような妙に荒々しい表情でした。妙な歓喜さえも伴って。

「ヘレン」と彼はことさら力を込めて言いました。「死の宣告のもとに、この世に生まれてきた人間がいるんだ。黒い帽子が彼らの揺《ゆ》り籠《かご》に垂れこめるんだ。生涯を通じて絶えず警戒して、もし可能なら、死の宣告が遂行されるから逃れなければならない。だけど、もはや逃れられないときがやって来た。彼らはもう逃げるのに、逃れるために奮闘するのに疲れたんだ。そのとき、彼らは諦めた。それでおしまいだよ」

「僕はそういう人間の一人だ、ヘレン。僕の母は自ら命を絶った。僕のたった一人の兄も、同じく自ら命を絶った。母の父も自殺した。そういう血筋なんだ。僕の母は、果樹園の木で首を吊っているのを発見された。僕の兄は行方不明になり、一か月後、使われていない衣装だんすのくぎで首を吊っているのを発見された。僕の祖父は屋根裏の梁《はり》で首を吊っていた。おそらく、ほかにもいるだろう。いずれにしても、言ったとおりだろう。父たちは負け惜しみを言い、子どもたちはいらいらさせられた」

彼は話を中断しました。わたしは座ったまま不安な驚きで、彼の顔のめったに見られない活気を見ていました。ほのかに頰を紅潮させ、目には生き生きとした光が宿り、興奮するのを抑えていました。この新たな局面は、変に不快でした。

「自分を混乱させようと、このような作り話をしてはいけないわ」とわたしはいさめるように言いました。

「作り話なんかじゃない」と彼は声を荒らげました。「深刻な現実だ。長いあいだ、遺産は僕を通りすぎたと思っていた。だが、あのような手紙の最初の一通が来たとき、遺産が僕に舞いこんだことを知った。そして、新たな脅迫が来るたびに衝動が起こる。あのような手紙が来るたびに、母や兄のことを思い出す、そして、彼らも同じように感じていたのではないかと考えている自分に気づく。それで、僕は強いウイスキーを飲む。そして、意識を失う。最近はベロナールを服用するまで眠る気になれないんだ」

「なぜ眠る気になれないの？」とわたしは尋ねました。

彼はベッドの端へ移動しました。そして、頭を突き出すと、半ば怯えたような、半ば喜んだようないやらしい目つきで部屋の暗い隅を見つめました。彼のその目つきは、わたしを骨の髄まで動揺させました。

「何があるの、ミスター・オトウェイ？」わたしは隅を見つめて尋ねました。けれど、何も見えません。

「見えますか、ヘレン？」わたしをじろじろ見て、彼が尋ねました。それから、隅を振り返りました。隅はベッドの頭部と一直線です。「大きなフックか、曲がった釘です。何のために、あそこにあるのかはわかりません。だけど、巨大な金属の手が手招きしているように、あそこにあるんです」

わたしは彼が言ったものを見ました。床から七フィート（約二一〇センチ）ほど上の壁に取りつけられた大きな曲がった釘かフックが見えました。そして、少し体が震えました。それは、まさに恐ろしいことを暗示しているようでした。

「目を覚まして横になっていると」ミスター・オトウェイは隅を見たまま続けました。「最初の脅迫の手紙が来てから、僕は左側を下にして横になるんだ。なぜなら、釘だかフックだかが僕の後ろになるから。そして、それに引き寄せられるように感じるんだ。それを見られるように、僕は寝返りを打たなければならない。僕がそれを見るたびに、それが僕を手招きしているようなんだ。そう、まさに今がそうなんだ」

「わたしが抜いて、取り除いてあげるわよ」とわたしは言いました。

「そうだね」と彼が反射的に答えました。「たぶん、抜けるだろう——わからないけれど。それでも、そこからなくなったとしても、僕はさらに気が休まらないかもしれない。ある意味では、ほかのすべてのトランプのカードが僕にとって不利であっても、まだ一枚使えるカードを持っていることに満足しているのかもしれない」

話しているとき、彼は半ば怯えたような、半ば喜んでいるような奇妙な表情でわたしを見ていました。彼の表情を見て、彼が受け継いだのは少しの精神異常も含まれているのではないかと思いました。それから、彼は這うようにベッドの真ん中へ戻ると、天井を見つめて横になりました。その後、彼の顔から興奮していた表情が徐々になくなっていきました。そして、いつもの重苦しい無表情を取り戻しました。

今、彼はテーブルの上の小さな旅行用の時計をちらっと見ました。そして、わたしのほうを向いていいました。「いつもこの時間にベロナールを飲むんだ。水を一杯と、錠剤を持ってきてもらえないだろうか？」

言われたとおりにしようとして、わたしが椅子から立ち上がると、わたしの小さなハンドバッグ——それまでわたしの膝の上に置き忘れられていました——が床に滑り落ちました。わたしは拾って、椅子の背もたれの取っ手に吊るしました。そして、洗面台から水の瓶とタンブラーを持ってきました。タンブラーに水を注いでミスター・オトウェイに手渡し、ベロナールの瓶を手に取りました。新しい瓶だったので、封を切ってコルクを引き抜き、詰め物も取り除きました。

「三錠ください」とミスター・オトウェイが言いました。

わたしがベロナールの瓶を彼に手渡すと、彼は三錠振り出して、冷ややかな笑みを浮かべました。

「僕が今まで会ったなかで、君はもっとも用心深い女性だ」と彼が言いました。「だけど、僕に僕自身の責任を負わせるのは極めて正しいよ」

彼は一度に一錠ずつしっかりと噛み砕いてから水と一緒に飲みこみました。それから、わたしにはウイスキーとソーダ水のように見えましたが、それらを混ぜて一息に飲み干しました。

「興奮を促すものはベロナールの効き目を早めるんだ」と彼が説明しました。「三十分後くらいに眠れるだろう。僕が眠りにつくまで、一緒にいてもらえないかな？」

遅くなるけれど、わたしはこのことに同意しました。断《ことわ》る気にはなれなかったのですが、わたしが彼のために何かしてあげるのはこれが最後だと感じていました。それで、わたしは椅子に再び座って、彼を見つめました。おそらく、ウイスキーとソーダ水の影響なのでしょう。彼は先ほどよりも静かに、そして、穏やかに見えました。わたしに訪問させることになった話題に戻ったときも、彼は穏やかでした。

「あの杖については謎めいたものがある」と彼が言いました。「あのときの状況を思い出してみると、書き物用のテーブルのそばの隅に杖を置いたのを覚えている。その後、二度と見ていない。どこにあるのかまったくわからない。君が持っていったと思っていたんだ。だけど今、僕が間違っていたことに気づいた。どうやら、杖は好ましくない人物の手に渡ったようだ。そして、われわれはそれがどうなったのか聞いていない」

「杖のことはもう考えないほうがいいわよ、ミスター・オトウェイ」とわたしは言いました。「どうしようもないんだから。そして、あなたが心配しなければしないほど、連中もあなたに危害を加えられないでしょう」

「そうだね」と彼が同意しました。「それは良い助言だ。そして、僕はそれに従うよ。だけど、明け方前に起きるとなると、だいぶ違ってくる。この時間帯が最悪なんだ、ヘレン。このときの被害妄想には耐えきれそうもない。恐怖で汗びっしょりになるんだ。階段に警官がいるような気がするんだ。ベルの音に耳をすませている自分に気づくんだ。恐ろしい、恐ろしいんだ！　そして、何週間も気づかれていないあの衣装だんすと、なかの暗闇にいる人影のことを考えているんだ。そして、それから……」

彼は陰になっている隅へ目を向けました。そして、わたしは無意識に壁の高い場所にある釘をちらっと見ました。

彼はもうしゃべりませんでした。そして、わたしは静かに座ったまま、彼を見守っていました。

そして、考えました。彼の恐ろしい遺産とそれが意味するかもしれないすべてのことを考えました。(彼に迫ってきている死の遺産というのは現実のことなの？　今も彼のベッドの上に垂れこめている黒い帽子というのは本当なの？　もしそうだとしたら？　もし今晩、このようにわたしが見守っているなかで、彼の恐怖が彼の心臓をわしづかみにして、彼が目を覚ましたとしたら、ベッドから這い下りたとしたら……わたしは思わず陰になっている隅を盗み見しました。そして、わたしが見るにつれて、わたしの心は大きな釘の下の壁の部分が薄暗い形で満たされていきます。細かい部分も、全体の輪郭もはっきりしません。ただの形です。ぼんやりとしていて、恐ろしくさえあります。わたしもかすかに身震いしました。それでも、心象を拭い去ろうとはしませんでした。身の毛がよだつようです。薄暗く細長い形です。ですが、わたしはそれほど動揺しませんでした。なぜなら、それによって、別の一連の考えを思い出したからです。次の晩に審問がありました。証明をする怪しげな権利のもとに証人がすべてを整然と、そして、無駄に異議を申し立てていました。荒れ地へ手に手を取って乗り出す二人の社会ののけ者がいました。反抗的な態度で、軽蔑されることを覚悟して。それでも、社会ののけ者のままです。そしてよく見ると、釘の下の壁の部分に浮かんだ形は、薄暗かったのが、次第にはっきりとしてきました。その形はミスター・オトウェイです――死んでいます。故ミスター・オトウェイ。もはや法的な障害ではなく、存在しなくなった作りものにすぎません。

暗い隅から、わたしは生きている男に視線を移しました。彼はじっと横たわっています。ときどき軽くいびきをかきながら、穏やかに息をしています。そして、たまに頬を膨らませています。

彼は眠ってはいません。なぜなら、彼はときどき目を開いたり閉じたりしていますから。ですが、彼は明らかに眠けを催しています。わたしは大いに関心を持って、魅了されてと言ってもいいかもしれませんが、彼を見つめていました。これは有罪を宣告された男が絞首刑執行人の馬車で死出の旅へ向かうのを見ているかのように。有罪を宣告された男であるとともに、自殺願望を持つ男でもあります。いつ何時、死出の旅へ旅立ってもおかしくないかもしれません。そして、彼の目的地への到着は社会ののけ者からの解放です。彼は行く準備ができています。だけど、彼の旅立つきっかけを待っているのです。最後の要因は、どんな形をとるでしょうか？　突然の警告のショックでしょうか？　あるいは、不変の恐怖の蓄積でしょうか？

わたしは身を乗り出して、彼に優しく話しかけました。

「あなたのお兄さんに何があったのか知っているの、ミスター・オトウェイ？」

彼は目を開いて、わたしをぼんやりと見ました。「君は何を言っているんだ、ヘレン？」

「あなたは知っているのかどうかと思って……あなたのお兄さんが自ら命を絶つ、何か特別なことがあったのかどうか」

答える前に、彼は眠そうにじっくりと考えていました。ようやく、眠そうな声で答えました。

「そのことについては、はっきり知らないんだ。兄は次から次へと心配事を抱えていた、お金のこととか、家庭内のこととか。いつもとは違うことが起こったことを知らなかった。兄は神経質になっていて、しばらく落ちこんでいた」

こう答えると、ミスター・オトウェイは目を閉じて深呼吸しました。そして、わたしは彼の答えの意味を考えました。明らかに、彼のお兄さんが自殺するはっきりとした原因はありませんでした。ただ神経をさいなまれたり、落ちこんだりしたことが蓄積した結果です。これらのことが限界にまで達すると、破裂するのです。彼のお兄さんの状態は、今のミスター・オトウェイの状態とほとんど同じです。

もう一度、わたしの目は陰になっている隅へとさまよいました。すると再び、大きな釘の下の壁の部分が、細長い形に覆われてきました。今、わたしはその形をよりはっきりと思い描けそうです。それはもはや単なる形ではありません。見分けのつくものになっていました。力なくぶら下がっている腕、下向きのつま先、横向きに垂れている陰になった顔。とても恐ろしいものでした。それでも、わたしは恐れることなく、ある種の距離を置いて、それを見ていました。そして、次第に慣れてきました。それで、それの意味するところを考えてみようと思いました。

まず、人ではありません。それは存在しなくなった人に取って代わったものでした。その人には妻がいました。しかし、妻もいなくなっていました。その代わりに、未亡人がいました。恋人のいない、自由な女性です。独身女性のすべての権利と自由を授かっています。合法的で正式な結婚をする権利も含まれています。形は醜く、恐ろしいものでした。しかし、貴重で好ましい贈り物を持っていました。

わたしの想像によって映し出された形から、わたしは現実の男に目を移しました。その男はこのような形に置き換えられました。彼は今、仰向けにぐっすり眠っています。軽くいびきをかきながら、そして、息をするたびに頰を膨らませて。彼は不快な光景でした。そして、彼の呼吸は不愉快な音を立てていました。彼は仰向けに寝るべきではありませんでした。なぜなら、仰向けに寝る人は夢を見がちだからです。そして、その夢は自殺を伴うような良い夢ではない傾向があります。さらに、いびきをかく人はおぞましい夢を見がちです。

このように考えたことで、わたしの考えは新たに働き始めました。もしこの男が階段の警官の重い足音や、フロアーの暗闇のなかで呼び鈴の取っ手を手探りするといった、生々しく激しい悪夢のような目の覚めるような恐怖の夢を見たら、あるいは、彼の夢が恐ろしいものが詰まったあの衣装だんすを彼に見せたら、どうなるかしら？　そして、自分自身に問いかけたにもかかわらず、わたしは驚くほど鮮明にどのようなことが起こるかを想像していました。恐怖にとりつかれた男が突然目を覚ましてパニックに陥り、ベッドから転げ落ちて、暗闇の釘へ向かうのを、わたしは想像しました。

この場面の精神構造は驚くほど完璧で秩序だっていました。わたしは方法の詳細までも考えていました。実際に、釘がありました。しかし、何も吊るすものがなくては吊り下げられません。そして、吊るすものはすぐに用意されなければなりません。そうでなければ、吊るすものが見つかる前に、首を吊ろうとする衝動が萎えてしまうかもしれません。わたしは何か使えそうなものがないか、部屋のなかを見回しました。すぐに、ベッドの頭側のそばに掛かっている、古い鐘の紐が目に留まりました。一目見て、これなら充分だと思いました――もし鐘を鳴らさずに紐を外せたら。しかし、紐を引きちぎるよりも切り離す必要があることは、自殺者にも明らかでしょう。方法はすでに手の内にある。そして、男もいる。自己破滅的な傾向にあって、そういった行為を起こす状態で眠っている。

　わたしはじっと座ったまま、夢中になって彼を見つめていました。そして、このような考えが次第にはっきりと頭に浮かんできました。それが次第に具体的になり、より強い衝動に駆られていくことに、わたしはほとんど気づいていませんでした。ついに、わたしは身を乗り出して、低い声で話しかけました。

「ミスター・オトウェイ、そんな格好のままで寝てはだめよ」

　返事がありません。そして、彼からは何の反応もありません。荒い息遣いが途切れずに規則正しく続いていて、目は閉じたままです。もう一度、わたしは話しかけました。今度はもっと大きな声で、より明確にはっきりと。

「ミスター・オトウェイ、聞こえる？　今のままの格好で寝ていると、おそらく、あなたは夢を見るでしょう。恐ろしい、危険な夢を見るかもしれないわよ。あなたのお母さんやお兄さんの夢を。壁の釘があなたに手招きする夢を。そして、あなたはパニックになって目を覚まし、釘がまだ手招きしていると思うかもしれないわ。そして、それから……」

　わたしは突然話すのをやめました。わたしはいったい何をしているのでしょう？　これは、災難を避けるための警告でしょうか？　言葉は発せられています。ですが、決してそのようなものではありませんでした。それは暗示でした。取り繕っていない純粋な。恐ろしい事実がわたしに一撃を加え、わたしを石に変えたようでした。わたしは像のように体を硬くして、座っていました。身を乗り出したまま口を開いて、恐ろしい言葉を言い終えようとしているかのようでした。

わたしが行ったこのような恐ろしいことに愕然《がくぜん》としました。降霊術のあとにわたし自身が見たことが一瞬でよみがえりました。意識が朦朧とした眠りが、どれほど催眠状態と似ているかをリリスがわたしに話しているのを聞きました。そして、再びわたしによみがえりました。わたしの心には恐ろしい考えが浮かんできているのに、そのことを意識することなしに、壁のあの恐ろしい釘を見つめて座っているわたしの姿が。

この恐ろしい考えの恐怖で身を乗り出したまま固まってしまったかのように、どのくらい長くわたしは座っていたのでしょう。答えることは不可能です。わたしが行ったことを認識したので、わたしは雷に打たれたように動けなくなってしまいました。そのことがわたしから動く力を奪ったのです。

部屋は静けさが深まっていきました。眠っている男の単調な息遣い――いびきをかきながら、穏やかに呼気と吸気が続いています――は、深い静けさに何の影響も与えません。そして、テーブルの上の小さな旅行用時計の規則正しく時を刻む音だけがより強く聞こえてきます。

突然、部屋の外で何か物音がします。わたしは金切り声のようなあえぎ声を発して、飛び上がりました。おそらく、ミセス・グレッグでしょう。ですが、張り詰めた精神状態のわたしには、ただの物音も警報のように聞こえます。わたしはしばらく立ちつくしていました。鼓動が速くなり、息が短く浅くなってきました。それから、わたしはつま先立ちで部屋を横切って静かにドアを開け、部屋の外を覗きました。窓に降り注いでいる月の光だけが明るい以外は、外は真っ暗です。ですが、その月の光を頼りになかを見たところ、その部屋には誰もいませんでした。

何が何だかわからないままなのが怖かったので、わたしは出入り口を通り抜けて、静かになかへ入りました。そして、おそるおそる周囲を見回しました。月の光は大きな戸棚か、あるいは、衣装だんすを照らしています。それらは立ち聞きする人の、とっさの隠れる場所のようにも思えました。それと同時に、ミスター・オトウェイのお兄さんとの関連を思い出しました。それで、やめておくようにわたしの頭は警告しているにもかかわらず、なかに誰もいないことを確かめるために、わたしは取っ手を引っ張りました。しかし、戸棚には鍵がかかっていました。とにかく、開きませんでした。

それから、わたしはテーブルの下を見て、部屋の暗くなっている隅々を覗きました。そういうことをするにつれて、どんどん神経が高ぶっていきます。そして、ときどき耳を澄ませたり、出入り口から振り返って寝室を見たりしました。そこにはミスター・オトウェイがお墓の彫像のようにじっと横たわっていました。

突然、何かがわたしに近づいてくる気配がありました——音は戸棚から聞こえてくるようです。恐怖のあまり、わたしは叫び声をあげそうになりました。わたしの最後の冷静さがなくなりました。それで、すっかりパニックに陥り、わたしは部屋から逃げ出すと廊下を走り抜けて、エントランス・ロビーへ向かいました。ここは真っ暗でした。そして、気も狂わんばかりに掛け金を手探りしていると、指がひんやりとした汗に触れました。ようやく、わたしは掛け金を探り当て、ドアを引き開けて外へ飛び出しました。そして、うつろに響く残響に満ちた建物のドアが閉まる甲高い音を聞いたとき、わたしは階段を駆け下りていました。

一度、人通りへ出ると、わたしの警報もいくらかおさまってきました。それでも、あの寝室のじっと動かない人影や、壁の不吉な釘や、わたしが眠っている男の耳元で囁いた言葉を思い出すと、恐怖がいつまでもわたしにつきまとってきます。わたしはストランド街へ足早に歩きました。そして、路上でタクシーを呼び止めようとしたとき、ハンドバッグをミスター・オトウェイのベッドのそばの椅子の背もたれに掛けたままだったことを思い出しました。財布はハンドバッグのなかです。ですが、仮にハンドバッグのなかにわたしの全財産が入っていたとしても、わたしには取り戻しにいく勇気がなかったでしょう。

タクシーが縁石のそばに止まりました。わたしは一瞬ためらいました。しかし、もうすぐ午後十時になります。運賃を借りることのできる誰かが待っていてくれるでしょう。それで、わたしは運転手に必要な説明をしながら行き先を告げて、タクシーに乗るとドアを閉めました。しかし、タクシーはとても古いもので、でこぼこの脇道を音を立てて走りました。息の詰まるような寝室のあの場面が、何度も何度もよみがえりました。なおかつ、幽霊のような月の光に照らされたあの不吉な戸棚を見て、居間の謎めいた音について考えると、もしも見ている人か聞いている人がいたなら、無言の意思や暗示の意味するところを理解しただろうかと、あまり心地よくない気持ちで考えました。

第二十二章　大惨事

朝の太陽の快適な光で目覚め、太陽の光がわたしの寝室の窓を通して降り注いできたので、昨晩の幻影はいなくなりました。ミスター・オトウェイの部屋から逃げ出してきたときのパニック状態も、今はおぼろげな気晴らしとして振り返ることができます。ミスター・オトウェイが眠っているときに彼の耳元で囁いた言葉さえも、もはや恐ろしい意味を持ってはいません。それらはいいように解釈しやすいものではありますが。それらはわたしが説明できない衝動から発せられた言葉であり、じっくりと取り組みたくはないものです。ですが、わたしの小さな冒険とともに、漠然と心霊研究と結びつきそうです。この先も、できるだけ避けたい決意をした主題ですが。

ミスター・オトウェイについては、もし彼の家族の説明が正しいのなら、おそらく、彼は遅かれ早かれ自殺するでしょう。彼は中年をとうに過ぎていたので、その性癖は彼が表現していたほど強くはありませんでした。他方で、彼は今、極度の緊張状態に陥っているので、間違いなく自殺願望を抱きやすいでしょう。もし脅迫者が今後も圧力をかけ続ければ、おそらく続けそうですが、限界点にはわりとすぐに到達するかもしれません。仮に大惨事が起こったとしても、そして、いつ起こったとしても、そのことが個人的な不幸としてわたしに表れることはないだろうということを、わたし自身から隠すことはできませんでした。

このことで、ミスター・オトウェイと彼との問題を片づけると、わたしはもっと魅力的なことを考えることができます。なぜなら、この日は特別な日だからです。ほんの数時間で、わたしのジャスパーとの別居も終わりを迎えるでしょうから。わたしたちは結ばれるのです。二度と離れることのないように。

わたしは立ち上がって、服を着ました。このことは、わたしの思考のなかの重荷です。数週間の別居と孤独はなくなりました。そして、ジャスパーと最後に会ったときと現在までのあいだに横たわっていた時間は、ほとんど使い果たされた砂時計の砂のように消えていきました。早く逃げ出して幸せを独り占めしたいと思い、わたしは急いで朝食を済ませました。そして、作業場で朝のほとんどの時間を過ごしました。引っ越しのときにわたし自身で指示するために戻ってこなくてもいいように、簡単に詰められるように器具を揃えました。燭台は仕上がっていて、わたしの期待以上の出来ばえでした。わたしはこの特別な日にジャスパーに渡そうと思って階上へ持っていき、トランクに詰めました。それから、友だちのペギーを訪ねました。彼女は彼女の作業場で陽気な声を発して、彼女の名作の蠟型《ろうがた》から複雑な石膏型を作っていました。ですが、わたしは彼女のところに長居はしませんでした。なぜなら、型作りは夢中になる作業だし、独りで取り組んだほうがいいからです。

庭から家のなかへ入ったとき、手に電報を持っている家政婦に会いました。

「たった今、あなた宛に来たところです」と彼女は言って、電報をわたしに差し出しました。

「何か言づてがあるかどうか、配達夫が待っています」

電報を受け取ることに慣れていない多くの人にとって、オレンジ色がかった封筒は重要な出来事の前触れだと思うでしょう。とくにわたしの人生の身近に危機が迫っている、今のわたしにとっては。封を開けて紙を広げているとき、わたしの鼓動はとても荒々しくなっていました。短いメッセージが書いてありました。ですが、それを読んだとき、今朝の太陽の光とともにやって来た人生の喜びは、吹き消された蠟燭の火のように一瞬で消えてしまい、荒涼とした気持ちになりました。

「今日の約束は取り消します。そして、クラブへは来ないでください。ジャスパーより」

書かれていたのは、それだけでした。文章自体に不安に思わせるものはありません。ですが、わたしにとっては今までの高揚した気持ちをしぼませ、不安を一気に高めるものでした。震える手で紙をたたみ直すと、家政婦に言づてはありませんと伝えて、自分の部屋へ駆け上がり、部屋のなかに閉じこもりました。

わたしにとっては痛烈な痛手でした。その失意の苦しみによって、わたしが耐えてきた心の飢えと、最愛の人がわたしのもとに戻ってくる瞬間をどれほど強く求めていたのかに気がつきました。わたしの幸せの突然の崩壊――それはほんの一瞬でしたが――は、まるで謎であり、不安であり、疑念でした。いったい、何が起こったのでしょう？　ジャスパーの体調が突然悪くなったのでしょうか？　そんなことはありえません。なぜなら、彼は元気にしていました――少なくとも、そのように見えました。さらに言えば、クラブについての謎めいた言葉です。なぜわたしがクラブへ行ってはいけないのでしょう？

この禁止の言葉の真意がわかりません！　このことを考えれば考えるほど、わたしはわからなくなりました。他方で、出来事が謎に包まれていることで、ほっとしている部分もあります。もちろん、わたしはジャスパーの誠実を一瞬たりとも疑ってはいないばかりか、わたしたちの結婚に対する彼の見方が変わったのかもしれないなどと考えることもできませんでした。妨げとなるような何かが起こったのです。ですが、ジャスパーはわたし自身であり、わたしはジャスパー自身です。そうであれば、たとえどんなことであろうと、障害は一時的なものに違いありません。

わたしは自分自身にそう言いきかせました。そして、すべてうまくいっていると信じこみました。それでも、たまたまトランクを見て、何も書かれていないラベルの付いた燭台を目にしたとき、涙をこらえきれませんでした。昼食のとき、ミス・ポルトンにわたしの訪問が延期になったことを伝えました。そして、食事のあとすぐに、わたしは出かける準備をしました。長くきびきびと歩こうと思ったのです。わたしが戻ってくるまでに、ジャスパーからの手紙が届いているでしょう。そうすれば、何があったのかもっとはっきりと知ることができるでしょう。

わたしが外出着を着て、出かけようとしてハンドバッグをしまっていた引き出しを開けたとき、昨晩、ミスター・オトウェイの部屋に置いてきたことを思い出しました。ハンドバッグのなかには、財布だけでなく、名刺入れや、それがなくては不便を感じるいくつかのものも入っていました。クラブへ行くことを禁じられても、そのことは同じ地域内ではあるけれど、リオンズ・イン・チャンバーへまでは拡張されないでしょう。いずれにしても、わたしはハンドバッグが必要でした。じっとしていられないこの状態では、あてもなく通りを歩き回るよりも、目的の場所がはっきりとしているほうが落ち着きます。

マーク・レーンからテンプルまでの短いあいだ、わたしは何度も何度も電文の内容を考えましたが、何の手がかりもつかめませんでした。もしわたしがジャスパーのことをよく知らないでいたら、激しく取り乱していたでしょう。ですが、ショックがおさまってくるにつれて、わたしの楽観主義がよみがえってきました。そして、わたしを安心させてくれる知らせが書かれているに違いないと確固たる期待を胸に、ジャスパーからの手紙を楽しみにしました。

テンプル駅から出て、アランデル・ストリートを歩き、ストランド街を渡ってハーフ・ムーン・アレーを通りすぎて、見覚えのある古い金メッキの表示をちらっと見ました。ブックセラーズ・ロウの傘屋の外に掛けられている緋色のパラソルと関連しています。これらの二つの表示を見て、ジャスパーと楽しく散策したことを思い出しました。そして、わたしを元気にしました。この気持ちは、わたしが再びリオンズ・イン・チャンバーのむき出しのむさくるしい石段をもう一度上るときまで続きました。そのとき、明らかに違っていることに気がつきました。わたしが冷たく薄暗い石段を上っていると、気持ちが落ちこむ感覚に襲われました。わたしは薄暗い明かりを通りすぎました。恐怖に怯えて、大急ぎで、飛ぶように石段を上がるわたしに、その明かりは降り注いでいました。そのとき、忘れていた不安がよみがえりました。わたしは不快な寝室のよどんだ空気を再び吸うのです。ベッドの上の見苦しい人影を再び見るのです。血の気のうせた顔や腫れたまぶたを。そして、壁の悪意のあるような釘が記憶の奥底から生々しくよみがえってくるのです。玄関に着くまでに、これらのことに対する嫌悪がとても強くなったので、わたしは半ば引き返して、手紙で用を足そうとしました。

ですが、この弱さを意志の力で克服して、わたしは固く心に決めて呼び鈴を鳴らしました。少しの間があってからドアが開きました。ミセス・グレッグがいつもの彼女のように石のように突っ立ったまま、一言も発せずにわたしを見つめました。

「こんにちは、ミセス・グレッグ」とわたしは言いました。「昨晩、辞去したときに、ハンドバッグを忘れてしまって」

「そうですね」と彼女が答えました。「あなたは寝室のドアを開けっぱなしで、おまけに、ガスマントルもつけっぱなしのままでした。それで、今朝、わたしがそれを見つけました」

「ごめんなさい」とわたしは言いました。

「いいえ、どういたしまして」と彼女は感情を表さずに言いました。そして、まごつかせるほど、奇妙なものでも見るようにわたしを見つめました。

「わたしのハンドバッグを取ってきてもかまいませんか?」とわたしは尋ねました。

「かまいませんよ」と彼女は答えました。ですが、彼女はその場を動くでもなく、また、わたしに入るように言うでもありません。そして、相変わらず奇妙な、謎めいた顔つきでわたしを見ていました。

とても不愉快な状況を和らげようとして、「今日のミスター・オトウェイの気分は良いといいのですが」とわたしは言いました。

「そう思うのですか?」と彼女は言って、しばらくしてから「彼に会いたいのですね?」と言いました。

「いいえ、彼を起こしたくはありません」とわたしは答えました。

「ご心配なく」と彼女が言いました。「彼を起こさないでしょう」

「ですが、今日は彼に会うためにきたのではありません。わたしのハンドバッグを取りにきただけです」

「そのためだけに来たのですか？」彼女は驚いたようにわたしをにらみつけて、尋ねました。

「ほかに何があるというのですか？」とわたしは尋ねました。

彼女は顔を前に突き出して、謎めいた声で答えました。「あなたの夫がどこにいるのか尋ねるためにきたと思ったものですから」

「おっしゃっていることがわかりません、ミセス・グレッグ。ミスター・オトウェイは在宅していないのですか？」

「いません」と彼女は答えました。そして、わたしが黙っていると、彼女は尋ねました。「彼がどこにいるのかお教えしましょうか？」

「そのことはわたしには関係のないことです、ミセス・グレッグ」とわたしは言いました。

「関係ありませんか？」と彼女が尋ねました。「あなたの夫はセント・クレメント遺体安置所にいると聞いても、気になりませんか？」

「遺体安置所ですって！」わたしはあえぎながら言いました。

「そうです、遺体安置所です」そう言って、彼女は黙ったまましばらくわたしをにらみつけました。それから、突然わたしの腕をつかんで叫びました。「あんた！　寝室の壁の釘を知っていたでしょう？　あなたは青ざめるかもしれませんね。今朝、わたしがガス灯であの釘に何がぶら下がっていたか知ったら、もっと青ざめるでしょうね」

恐怖で何も言えないまま、わたしはしばらく彼女を見つめていました。それから、彼女は揺らめいているようでした。このとき、わたしは人生で初めて気を失ったのだと思います。なぜなら、気がついたとき、わたしはロビーの床に横たわっていました。そして、わたしのそばにミセス・グレッグが跪《ひざまず》いて、濡れたタオルをわたしの額に載せていました。

わたしはなんとか起きあがりました。体がふらつきます。ミセス・グレッグは黙ってわたしにわたしのハンドバッグを手渡して、ドアのほうへわたしを案内しました。そこで、彼女は掛け金に手をかけると振り向いて、わたしと顔を合わせました。

「おわかりでしょうけど」と彼女が言いました。「これは終わりの始まりです。あなたはかわいそうな妻だった。けれど、素敵な未亡人になるわ。それが長く続くかどうかはわからないけれど」

この人を小ばかにしたような、遠慮のない彼女の言葉に、わたしは何の返事をしませんでした。わたしは完全に壊れてしまいました、肉体的にも、精神的にも。わたしはよろめくように歩いてフロアーへ出ると、鉄の手すりにつかまって、ゆっくりと階段を下りました。恐怖で気が急いているのですが、足が震え、気を失った影響が残っていて、用心した足取りでしか進めません。ホリウェル・ストリートをよろよろと歩いていると、新聞売りの少年が大通りを走ってきて、わたしのところで止まり、新聞を差し出しました。

「これをどうぞ。リオンズ・イン・チャンバーで自殺です。家政婦の話です」

わたしは顔をそむけて、急いで彼を通りすぎました。ですが、ストランド街へ出たとき、恐ろしい知らせを叫んでいる人たちがいて、おぞましい顔が大写しになっているポスターが貼られていました。しかも、それらの一つひとつが、とくにわたしに向かって訴えているかのようでした。アランデル・ストリートへ引き返して、衝動的に駅へ向かいました。わたしが駅に近づくと、新たな新聞売りの少年たちの集団がわたしの行き先を左のほうへそれさせました。それで、わたしはエンバンクメントのほうへ徒歩で向かいました。

歩いているうちに、ショックからわたしが肉体的に立ち直るのに、街の空気や運動が助けとなり、わたしは自分を取り戻し始めました。まず初めに、わたしは恐怖と罪の意識に完全に当惑し、押しつぶされました。わたしはこの哀れな男を死に追いやったのです。わたしは彼の死の方法と態度と時間を決めたのです。わたしの指示に従って起こったのです。道義的にも、おそらく法的にも、殺人になるでしょう。わたしは意識しました、そして、ほのめかしました。そして、わたしが意識したりほのめかしたりしたことが起こったのです。ミセス・グレッグが恐ろしい話をしてきたとき、わたしの心に浮かんだのはそのことでした。

ですが今、歩くにつれて、わたしはこのことをわたしに都合よく考え始めました。彼の死とわたしの意思や暗示を関連づけるものは何もない、とわたしは自分に言いきかせました。単なる偶然かもしれません。この考えをよく考えてみようと思いました。ですが、だめでしょう。この偶然の一致は、そのような詭弁《きべん》で言い逃れるにはあまりにも完璧すぎました。このような方法で、わたしはミスター・オトウェイの死の責任から逃れることはできないでしょう。

それで、わたしは意思の問題をじっくりと考えました。ミスター・オトウェイが自殺するよう意図的に望んだわけではないと自分に言いきかせました。そして、彼が自殺するように、意識的に仕向けたわけでもありませんでした。ですが、自分自身を守るためにいくつかのことをやったにもかかわらず、彼の自殺の可能性——特定の方法で特定の時間——について偽りのない満足感を抱いていたかどうかは疑わしいものでした。そして、そのことと実際の意思のあいだにははっきりとした区別はありません。そして、彼が眠っているとき、彼に話しかけた言葉がありました。意識したものでも、意図的なものでもありませんでした。だけど、それなら、あれらは何だったのでしょう？　衝動的に話したあれらの言葉は、明らかに潜在意識から発せられたものです。しかし、潜在意識の意図には道義的責任はないのでしょうか？

それで、わたしの考えは行ったり来たりと堂々巡りを繰り返しました。それでも、いつも同じ結論に達しました。ミスター・オトウェイは死にました。そして、わたしの行動が彼を死に追いやりました。わたしの胸のなかにしまった、この恐ろしい秘密は後を引くかもしれません。そして、生涯連れ添うことになるでしょう。逃れることはできません。

ですが、わたし自身の胸のなかにしまっておけるでしょうか？　このことがとても現実的な脅威を伴って、ぼんやりと現れ始めた別の問題です。ミセス・グレッグはどこまで知っているのでしょう？　彼女はわたしとミスター・オトウェイの会話を立ち聞きしたかもしれません。運命を決するようなあれらの言葉さえも。そして、もし彼女が立ち聞きしたのなら、彼女はそれが何を意味するのか容易に理解するでしょうか？　今やわたしは状況を考えるようになってきましたので、何を考えているのかわからないこの女の行動に警戒すべき何かを感じています。脅迫するような、非難するような何かを。そして、そのことや、そのようなことが起こる可能性を考えるにつれて、わたし自身を非難するような良心よりも、より実体のある何らかの恐怖がわたしの胸に忍び寄ってきます。

わたしが家に着くと、ジャスパーからの手紙がわたしを待っていました。ですが、新しいことは書かれていませんでした。彼はポスターを見て、新聞を買いました。そして、すぐさま電報を打ちました。彼の文の調子は率直に満足を表していました。わたしたちの結婚に対する法的な障害は、今や取り除かれました。もう宣言は必要ありません。ほかの人たちと同じように、わたしたちは結婚できるのです。わたしたちは自由です。

そのことが手紙の内容でした。わたしたちの問題はすべて終わりました。すべてが落ち着くまで、わたしたちは会わないほうがいいでしょう。しかるべき手続きがすべて終わったとき、晴れてわたしたち二人は一緒に暮らすことができるのです。

わたしは手紙を下に置きました。そこに書かれていることは事実です。リオンズ・イン・チャンバーの寝室の薄暗い隅を座ったまま見ていたときのように、欲望に導かれて描いたわたしの想像が現実になってきました。わたしが忘れていた、そして、メードストーンの小さな教会でのあの運命的な朝につけられた足かせは外れ、わたしは再び自由を手に入れました。

このことを自分に言いきかせてさえも、心のなかの声が警告するのです。そして、わたしの心は恐怖の戦慄を感じるのです。

第二十三章　死者の影響力

ミスター・オトウェイがわたしの人生に入りこんできたことは、わたしの人生の災難の始まりでした。わたしが彼から聞いた一番初めの言葉はわたしの人生の平和を打ち砕きました。そのとき以来、太古の船乗りのように、彼の不吉な人間性から発散されると思われる悪影響につきまとわれてきました。彼が死んだ今でさえ、彼の悪意ある魂がつきまといます。遺体安置所に横たわっている彼の死体から悪意のある影響を発してわたしの心に忍び寄り、外からわたしを包みこむのです。彼が生きているあいだ、ミスター・オトウェイはわたしにつきまとう悪魔でした。そして、死んでなお、彼は悪意のあるポルターガイストとなりました。

このような彼の一時的な悪影響は、まず初めに、わたしがリオンズ・イン・チャンバーを二度目に訪れたときの夜に現れました。検視官事務所の役人が検視のための召喚状を持ってウェルクローズ・スクエアを訪れた夜でした。検視官事務所の役人がやって来たことを告げられたとき、わたしは漠然とした警戒を抱きましたが、わたしの心のなかの良心の動揺にすぎません。なぜなら、この検視の目的は、問題の答えを見つけるためのものだからです。つまり、ルイス・オトウェイはどのように死んだのか?についてです。それについて、わたしはこのように答えられます。〝無言の意思と暗示〟によってと。ですが、わたしはこの問題に答えるつもりはありません。

検視官事務所の役人の姿が見える部屋へ入ったとき、わたしは意識的に守りに入っていました。ですが、そのようなことは不要でした。役人は巡査の制服を着た、父親のような文化人でした。思いやりがあって敬意を表し、決して詮索好きではありませんでした。

「とても悲しい用事で訪れました」と彼が話し始めました。「すでにご存じかどうか知らないのですが……」

「ミスター・オトウェイの死についてですか?」とわたしは尋ねました。

「ああ、すでにご存じなのですね。ほっとしました。検視はあさっての午後三時から、遺体安置所に隣接された部屋で行われます」役人は隣接された部屋への行き方を示した案内をわたしに手渡しました。それから、こう付け加えました。「審問を始めるにあたって、何かわれわれの参考になるようなことを教えていただけたら、とてもありがたいのですが。あるいは、召喚状を発送するべき証人の名前とか……」

わたしは考えました。脅迫の手紙は検視の際に言及しなければならないでしょう。ミセス・グレッグがそのことについて何も知らなかったとしても、わたし自身がそのことを伝えるべきでしょう。

「たまたま知ったのですが」とわたしは答えました。「ミスター・オトウェイはかなりの数の匿名の手紙を受け取っていました。そして、彼はそのことで大いに悩んでいました」

「脅迫の手紙ということですか?」と役人が尋ねました。

「お金の要求ではなかったと思います」とわたしは答えました。

「どのような類《たぐい》の手紙かご存じですか？　脅迫状でしたか？」

「そうです。遠回しにですが。わたしが読んだ二、三通には、わたしの父の死について書いてありました。父は突然亡くなりました。そして、そのときはミスター・オトウェイと父は二人きりだったのです。脅迫状は、ミスター・オトウェイがわたしの父の死に責任があることをほのめかしていました」

役人は素早くわたしを見ると、考えこみました。

「検視でそれらの手紙を提出することは可能ですか？」しばらく考えてから、役人が言いました。

「手紙はわたしの所有物ではありません」とわたしは答えました。「ですが、もし検視官が提出するよう命じるなら、そのように努めます」

「ありがとうございます」と役人が言いました。それから、少し考えてから付け加えました。

「もし明日午後二時に検視官事務所に立ち寄ることができるなら、あなたに命令を下して、あなたが実行するのをお手伝いすることができるでしょう」

後半の部分はわたしを勇気づけました。わたしはすぐにそのことに同意しました。そのあとすぐに、役人はオートバイのヘルメットを満足そうに手に取ると、わたしに召喚状を渡して、ドアのほうへ向かいました。わたしは役人に玄関広間まで付き添い、彼を送り出すと、彼と別れの挨拶を交わして、彼が階段を下りていくのを見守っていました。すると、暗闇から別の人影が現れ、途中で彼とすれ違って階段を上がってきました。

「ミセス・オトウェイはこちらにお住まいですか？」別の人影が尋ねました。わたしは少し疑うような目つきで彼を見ました。検視官事務所の役人が去るこのときに現れるということは、この二つの出来事には何か関係があるのかと思ったからです。

「わたしがミセス・オトウェイです」とわたしは言いました。

「おお、そうですか。重要なことを少しお話しさせてもらってかまわないでしょうか？　お時間はとらせませんので」

わたしはためらって、彼を疑わしそうに見ました。ですが、断る正当な理由もありません。それで、先ほどの役人が辞去した応接間に彼を通し、空いている椅子を勧めました。

「あなたにお伝えしようとしていることは、ミセス・オトウェイ、苦痛を伴う出来事です。リオンズ・イン・チャンバーでの、もっとも嘆かわしい出来事です。あなたにとって、もっとも痛ましい出来事です――もっとも痛ましい！　心からの同情をお受け取りください」

「ありがとうございます、ミスター……」

「ハイアムズが私の名前です。亡くなられたご主人から、僕のことは聞いたかもしれません。僕たちは何年もの付き合いです」

「夫はあなたのことはわたしに話しておりませんが、ミスター・ハイアムズ。ですが、わたしにどのようなご用件でしょうか？」

「大したことではありません。ご主人が亡くなられたとき、ご主人は僕の高価な財産を所有していました。それをすぐさま返していただきたいと思いまして」

彼は確かに時間を無駄にしませんでした。わたし自身の態度も感傷的なものではありませんでしたが、彼のこの性急さはほとんど無礼とさえ思えました。

「あなたには何も困難なことはないでしょう」とわたしは言いました。「適切なところへ申し出れば」

「そのことをまさに、僕はやっているのです」と彼が言い返しました。「あなたは未亡人です。彼の財産はあなたが相続しています」

「いいえ、少しも」とわたしは答えました。「遺言の検認がまだ終わっていません。夫の財産は遺言執行人に預けられています」

彼はそれほど驚かずにわたしを見ました。わたしが父から身につけた言葉遣いは、女性としては普通ではないかもしれません。

「遺言執行人は誰ですか?」と彼が尋ねました。

「知りません」とわたしは答えました。

「ですが」と彼が言いました。「あなたは遺言を見たでしょう?」

「いいえ、遺言があったことさえ知りませんでした。わたしが知っているミスター・オトウェイの仕事上の習慣から、そのようなものが存在するだろうと推測しただけです」

「しかし、これではとても納得できません」とミスター・ハイアムズが言いました。「数千ポンドの価値のある僕の財産が、彼の部屋に眠っているのです。そして、この部屋を管理している女性は彼の鍵を入手できます。これは仕事の話ではありません」

「どのような性質の財産ですか?」とわたしは尋ねました。

「とても価値のある石のコレクションです。誰でも小さな箱にでも入れて、ポケットに入れて持ち運べます」

「それでしたら」とわたしは言いました。「可能性として、銀行家に預けていることが考えられます」

「誰が彼の銀行家ですか?」と彼が尋ねました。

「本当に知りません」

「知らないだって!」と彼が声をあげました。「でも、あなたは彼の小切手を見ているに違いありません。彼はあなたに手当てを払っていたでしょう?」

「彼からは一切の手当てを受け取っていません。それに、彼の小切手も一度も見たことがありません」

ミスター・ハイアムズは不信感を隠さずにわたしを見ました。「もっとも珍しい状況ですね」と彼が言いました。「彼の弁護士の住所を教えてもらえますか?」

「申し訳ありませんが、ミスター・ハイアムズ、できません。もし彼に弁護士がいたとしても、知りません。ミスター・オトウェイの行動については何も知らないのです」

ミスター・ハイアムズの顔つきが険しくなりました。「ミセス・オトウェイ、あなたは実業家と話をしていることを、そして、かなりありえない話をしていることを承知していますよね?」

「とてもはっきりと承知しています、ミスター・ハイアムズ」とわたしは答えました。「そして、あなたの立場がとても難しいということも承知しています。あなたにお勧めできることは、リオンズ・イン・チャンバーへ行って、家政婦に会うことです。ミセス・グレッグです。彼女はミスター・オトウェイと何年も一緒にいました。ですから、あなたが知りたいことを教えられるかもしれません」

ミスター・ハイアムズは口を固く結ぶと、わざとゆっくり立ちあがり、帽子を手に取りました。「つまり」と彼が言いました。「状況として、僕が理解しているのはこうです。遺言があるかどうかも、夫の銀行家の名前も、弁護士の名前もあなたは知らなければ、夫の行動も何も知らない。そして、彼が死んだとき、彼が保管していた財産についてのいかなる責任も放棄するというのですね？」

「そうです」とわたしは答えました。「そのことがあなたにとって、とても納得できるものではないことは、わたしにも理解できます。おそらく、のちほどあなたのお手伝いができるかもしれません。ミスター・オトウェイの行動について、わたしがもっと知れば。あなたの住所を教えてもらえますか？」

彼は今にも拒みそうでしたが、彼の理性が怒りに打ち勝ち、テーブルの上に名刺を置きました。名刺には、彼の名前がデービッド・ハイアムズ、宝石商と書かれていました。そして、住所は、五〇一、ハットン・ガーデンです。

「新たに何かわかれば、あなたに手紙でお知らせします」とわたしは言いました。彼はわたしに冷ややかに、そして、ぶっきらぼうに礼を言うと、唇を固く引き結んでドアのほうへ歩いていきました。そして、不機嫌そうなけんか腰の表情を浮かべて、何も言わずに出ていきました。

彼が去ってから、しばらく、彼がやって来たことの意味を考えました。彼との面談は、わたしの異常な立場を生々しくわたしに再認識させました。ミスター・オトウェイは、わたしにとってまったくの未知な人物です。彼の過去についても、最近の習慣についても、生活スタイルについても、彼の友人や職業――彼が就いていればですが――についても、彼の家族や社会的地位についても、わたしは何も知りません。彼のことを引退した事務弁護士と、そして、宝石の収集家か販売業者だと、父は言っていました。なんとなく、わたしは彼を裕福な男だと思っていました。しかし、彼のことを何も知らず、そして、彼や彼の行動のことをほとんど考えていませんでした。彼はわたしの人生にいっときだけ入りこんできた未知の人なのです。そして、再びわたしの人生からいなくなったのです。どこにいたのかを示す荒涼とした痕跡だけを残して。

これが現実の状況です。しかし、世間一般の見知らぬ人にとっては、信じられないことでしょう。わたしはミスター・オトウェイの未亡人なのです。実際には違っていましたが、わたしはミスター・オトウェイの法律上の妻だったのです。そして、世間はわたしに法的な責任を負わせます。遺体安置所に横たわっている死んだ男が、生きているときに放棄せざるをえなかった主張を成し遂げようとしているかのようでした。妻としてのわたしの立場は、単に作りあげられたものです。ですが、未亡人としてのわたしの立場は、否定しようがない現実なのです。

わたしが死んだ男の行動にどの程度巻きこまれているのかがはっきりして、わたしの検視官事務所の訪問は、新たに重要な意味を持ちました。差し当たり、審問での公用の情報を求めるあいだ、あたかも検視官の命令であるかのように装って、わたし自身のための情報を集めなければなりません。事務所の住所――ブラックムーア・ストリート、ドルリー・レーン――は召喚状に印刷されていました。そして、二つ三つ問い合わせて、わたしは次の日に時間どおりに検視官事務所を訪れました。

前夜の友だち――検視官事務所の役人の名前はスモールウッドだとわかりました――が事務所にいて、眼鏡をかけていくつかの書類に目を通していました。奇妙にも役人には見えませんでした。わたしが入室すると彼は立ち上がって、引き出しを開けて一枚の紙を取り出しました。「これがあなたが求めていたものです、ミセス・オトウェイ」そう彼が言ったとき、机に座っていた若い男がすぐに顔を上げました。「あなたが私に話した手紙の提出を求める検視官からの命令書です。ほかに何かお手伝いできることはありますか?」

「できればミスター・オトウェイの部屋へ同行していただいて、手紙を探すあいだその場にいてもらえると、ありがたいのですが……」とわたしは答えました。それを聞いたとき、彼はいくぶん驚いたようでした。「ご存じのように、わたしは家政婦にとって見知らぬ人間です。わたしは彼の家のなかのことも、どのように片づけられているかも知らないのです。それに、もし何か紛失したりすれば、わたしの責任になります。ですから、信頼できる立会人にいてほしいのです」

彼はすぐにそのことを理解して、わたしを安心させてくれました。そして、わたしと同行することに同意してくれました。というか、数分後にわたしの後を追うとのことです。それで、わたしは事務所を辞去すると、ゆっくりとドルリー・レーンを歩きました。それから、メイポール・アレーを経由してストランド街へ進み、さらに東へ曲がってリオンズ・イン・チャンバーへ向かいました。

家の前でわたしは一、二分立ち止まって、それから、ゆっくりと階段を上がってミスター・オトウェイの玄関へ辿り着きました。階段を一段上がるごとに、不快な気持ちが強まってきます。なぜなら、むき出しの石段がわたしの不快な記憶をよみがえらせるのです。大急ぎで、飛ぶように石段を下ったことなど、以前のひどい出来事を思い出すのです。わたしの記憶から、スポンジのように永遠に吸収された出来事です。

呼び鈴に手をかけたまま、ミスター・スモールウッドが階段を上がってくる足音が聞こえないかと、わたしはドアの前で立っていました。彼が到着するまで、このままでいようかと思いました。ですが、突然ドアが開いて、ミセス・グレッグと対峙しました。おそらく、彼女は内側から人がやって来るのを見ていたのでしょう。

「何のために、そこに突っ立っているのですか?」と彼女が尋ねました。「なぜ呼び鈴を鳴らさないのですか?」

「呼び鈴を鳴らそうとしていたら、いきなりドアが開いたものですから……」とわたしは答えました。

彼女は冷ややかに微笑んで、わたしを見ました。わたしをまごつかせる、彼女のあの奇妙で、何を考えているのかわからないような笑みです。

「そして、どのようなご用件ですか?」と彼女が尋ねました。

「ミスター・オトウェイの手紙を取りにきました——彼がときどき受け取っていた匿名の手紙で

す。おそらく、ご存じだと思うのですが……」

「わたしが彼の手紙を読むとでも思っているのですか？　そのようなことはしません。彼の手紙のことは何も知りません」

「でも、彼が手紙をどこにしまっているかは教えられるでしょう？」

「いいえ、それも知りません。あなた、まさか彼の部屋を探し回って、手紙を見つけようっていうんじゃないでしょうね？」

　このとき、ようやく階段を上る足音が聞こえてきました。ミセス・グレッグも訝《いぶか》しげに聞き耳を立てています。そして、ミスター・スモールウッドの姿が現れると、彼女の態度が目に見えて変わりました。

「彼は何をほしいのかしら？」と彼女が尋ねました。

「彼は手紙を受け取りにきたんです。今、手紙を探しているところです」検視官の命令書を取り出して、わたしは答えました。彼女は命令書に目を通しました。そして、ミスター・スモールウッドがドアへ進み出ると、彼女はわたしたちになかへ入るように身ぶりで示しました。

「どうぞ」と彼女はぶっきらぼうに言いました。「わたしには関係ありませんが、邪魔はしません」

　わたしたちがなかへ入ろうとしたとき、再び階段を上ってくる足音が聞こえました。それで、この来客が誰なのか見ようと、わたしたちは待っていました。来客がミスター・ハイアムズだとわかって、わたしは少なからず驚きました。偶然にしては出来過ぎているように思いました。

「これはなんて運がいいんだ」彼は自分を正当化することもなく言いました。「まさか、こんなところであなたに会えるなんて、ミセス・オトウェイ。何かお探しですか?」

「証拠として提出しなければならない書類を探しにきたんです」とわたしは言いました。「検視官の要求です」

「なるほど」とミスター・ハイアムズが言いました。「それなら同時に、僕の財産も見つけられるかもしれませんね」

「どのような財産ですか?」とミセス・グレッグが尋ねました。

「石の包みです――とても価値のある石です――ミスター・オトウェイが僕の同意を得て預かっているものです」

ミセス・グレッグが鼻を鳴らしました。「あなたはばかですか? ミスター・オトウェイが、高価な石の包みをかぎたばこか何かのように自分の部屋に置いたままにしておくとでも思いますか? ここにそのような石はありませんよ」

「あるかもしれないし、ないかもしれない」とミスター・ハイアムズが言いました。「とにかく、何か見つかるかどうか探させてもらいます」

このやりとりのあいだに、わたしたちはゆっくりとロビーから廊下へ移動して、このとき居間に入りました。わたしたちが居間を横切っているとき、わたしは物珍しそうに大きな戸棚を見ました。わたしが訪れた夜、その外観の何がそれほどまでに警戒すべきものだったのだろうとぼんやり考えました。しかし、太陽の光によって、心をかき乱すような雰囲気が居間からなくなっていても、寝室のほうはそうではありませんでした。それにもかかわらず、わたしはしっかりした足取りでなかへ入り、ベッド脇のテーブルを見ました。ベッド脇のテーブルはわたしが最後に見たときのままのようでした。こう思ったとき、わたしは腕をつかまれました。すばやく振り向くと、ミセス・グレッグがわたしのそばにいました。彼女はわたしを見すえたまま、そして、腕をつかんだまま、ベッドの頭側の隅を指していました。何気なく、わたしは彼女が差しているほうを見ました。そして、あの釘を見つけました。両端がほどけた赤い鐘の紐が、輪になって掛かっていました。もちろん、わたしはそれがそこにあることを知っています。それでも、それを目にすると、再び気分が悪くなり、気を失いそうになりました。そして、顔面蒼白になっていたに違いありません。わたしが懸命に自分自身を取り戻して、彼女のほうに向きなおって話をしようとしたとき、彼女は勝ち誇ったようないやらしい目つきでわたしを見ていました。

「ミスター・オトウェイの鍵を貸していただけますか？」とわたしは尋ねました。

「化粧台の右の引き出しにあります」と彼女が答えました。「わたしはこの件の当事者ではありません。しかし、邪魔はしませんよ」

ミスター・スモールウッドが引き出しを開けて鍵の束を取り出すと、わたしに手渡しました。わたしは鍵に目を通すと、もっともそれらしいのをいくつか選んで、書類保管金庫に一つひとつ試してみました。四番目の鍵が合いました。わたしが鍵を回すと、金庫の蓋が持ち上がりました。なかには、ミスター・オトウェイがわたしに見せた手紙が入っていました。わたしは手紙を取り出してテーブルの上に置くと、金庫のなかの残りのものも取り出しました。残りはそれほど多くはありませんでした。小切手帳、預金通帳、小さな日誌、備忘録、株券の束、小銭の入ったズック袋、そして、金庫の底にフールスキャップ判（平判の大きさを規定したイギリス標準規格。封筒用紙では約二四×一一センチ）の封筒がありました。そこには〝匿名の手紙〟と書かれていました。

わたしは封のされていない封筒を開けました。そして、手紙を取り出しました。わたしは一枚一枚にざっと目を通しました。全部で七枚ありました。そのうち三枚はすでに見たことがありました。すべてを見てから最後の手紙を加えて、わたしは封筒へ戻して、それから、ほかのものを金庫へ戻し始めました。

「そこに小切手帳がありますね、ミセス・オトウェイ」とミスター・ハイアムズが言いました。彼はわたしの行動を興味深く見ていました。「銀行家の住所を控えさせてもらってもかまいませんか？」

わたしは小切手帳を彼に渡して、金庫の中身を戻し続けました。戻し終わったとき、彼が小切手帳を戻すのを待って、わたしは金庫を開けたままにしていました。そしてこのとき、もう一人加わっていることに、少し驚きながら気がつきました。

新たに加わったのは、背が低くて太った中年の男でした。日に焼けていて、明らかにユダヤ人です。大きなわし鼻で、かなり人目を惹く黒い目をしていました。彼は寝室の開いたままの出入り口のところに立ったまま、少し不愉快な笑みを浮かべてわたしたちを見ていました。わたしが驚いたことに彼が気づくと、彼の笑みがさらに広がって、より不愉快になりました。

「皆さん、楽にしてください」と彼が言いました。「公共の建物です――ドアが開いていたので、少なくとも、私はそう思っています」

ミスター・ハイアムズが驚いて振り向きました。そして、ほかの人たちもいっせいに振り向きました。

「お名前をお訊きしてもよろしいですか？」とミスター・ハイアムズが尋ねました。

「かまいませんよ」人当たりのいい返事が返ってきました。「私の名前はアイザックスです――アイザックス・アンド・コーヘン事務弁護士の代表です。ミスター・オトウェイの遺言の執行人の一人です。このような立場を考慮すると、これらの手続きがどのようなものなのか、お尋ねしないわけにはいかないですね。あなたは遺言者の小切手帳を所有しているようです。万年筆をお貸ししましょうか？」

ミスター・ハイアムズが赤面して、慌てて小切手帳を下に置きました。

「へんな言いがかりはやめてくれ」とミスター・ハイアムズが声を荒らげました。「ただ住所を控えようとしただけだ」

「何のためにですか？」

「ミスター・オトウェイが管理している僕の財産が、銀行に預けられているかどうか尋ねるためですよ」

「どのような性質の財産ですか？」とミスター・アイザックスが尋ねました。

「推定四千ポンドの価値のある宝石のコレクションです」

「それでしたら」とミスター・アイザックスが言いました。「あなたが求める情報を私は提供できます。書類以外の財産は、銀行に預けられていません」

「今回の場合」とミスター・ハイアムズが言いました。「宝石はこれらの部屋のどこかにあるはずです」

「その可能性はあります」とミスター・アイザックスが同意しました。

「それらがここにあるかどうか突きとめることに異議がありますか?」

「あります」とミスター・アイザックスが答えました。「遺言は検認されていません。そして、遺産管理承認書も発行されていません。遺言の検認が済んでいない場合、私がこれらの建物を所有し、価値のある財産も含めてすべて封印します。遺産管理承認書を受け取るまで、わたしはいっさい干渉しません」

「どれくらいで遺産管理承認書はできるのですか?」とミスター・ハイアムズが尋ねました。

「遺言が検認されてから、七日はかかるでしょう。状況によっては、もう少しかかるかもしれません。ところで、ここで何が行われていたのか知っておきたいのですが。たとえば、そちらのご婦人は……」

「ミセス・ルイス・オトウェイです」とわたしは答えました。「検視官の指示でこちらへやって来ました。証拠となるいくつかの手紙を探すために」

「手紙は見つかりましたか?」

「はい」とわたしは答えました。「手紙はここにあります。あなたは遺言執行人とのことですので、これらはあなたに渡したほうがいいでしょうね。そして、もしあなたが適切だと思うなら、検視官に渡すこともできます」

わたしは執行人に封筒と検視官の命令書を渡しました。彼は検視官の命令書に目を通してから、尋ねました。「あなたはかなり広範囲を探さなければなりませんでしたか？」

「いいえ」とミセス・グレッグが答えました。「彼女はどこを探せばいいかよく知っていました。そして、すぐに見つけました」

これを聞いて、ミスター・ハイアムズが素早く振り向いて、疑わしそうにわたしを見ました。それで、ここはわたしのほうから説明したほうがいいと思いました。

「わたしは真っ先にこの金庫のなかを覗きました。なぜなら、ミスター・オトウェイが手紙の一つをこのなかへ入れるのを見たことがあるからです」

「なるほど」とミスター・アイザックスが言いました。「とても自然ですね」しかし、それでもミスター・ハイアムズが納得していないのは明らかでした。

わたしは小切手帳を金庫のなかへ戻して鍵をかけ、鍵をミスター・アイザックスに渡しました。彼は匿名の手紙を役人に渡して、受領書を受け取りました。わたしの仕事は終わりを迎えています。わたしは自分の名刺をミスター・アイザックスに渡し、代わりに彼の名刺を受け取り、ミスター・スモールウッドと一緒に立ち去りました。

「なんとも奇妙な仕事ですね」わたしたちが階段を下りているとき、役人が言いました。「いろいろなことに、多くのユダヤ人が関与しているようです」

「ユダヤ人ですって？」わたしは疑問に思って繰り返しました。「何がユダヤ人なのですか？」

「ユダヤ人ですよ」わたしの問いに少し驚いて、彼ははっきりと答えました。「ユダヤ人の一般的な名前です」

わたしはミスター・スモールウッドの言葉を考えました。事実に基づいたものとは思えませんでした。この件において、わたしの知る限り、たまたま二人のユダヤ人が登場しただけだと思いました。それでも、一種のユダヤ人にまつわる雰囲気が、ミスター・オトウェイを取り囲んでいるような気がしました。たとえば、キャンベル家の人たちがいます。それから、ミセス・グレッグです。彼女は強いスコットランド訛りなので、スコットランド人なのでしょうが、ユダヤ人として通ります。一方、ミスター・オトウェイは見た目が典型的なユダヤ人です。

入り口で、わたしたちは別れました。ミスター・スモールウッドは立ち止まって、最終的な命令をわたしに下しました。

「明日になれば、状況も良くなるでしょう」と彼が言いました。「故人が本人であることの確認に関する証拠を提出できるように、あなたは死体を検分する必要があります」

そのことを思い出させてくれたことに礼を言いました。ですがむしろ、思い出さないほうがよかった。漠然とした警告がわたしを満たしていました。そして、昼夜を問わずわたしにつきまとっている、眠っている男の姿が、より恐ろしい姿に置き換わり始めたのです。そして、わたしが遺体安置所を訪れたら、その姿が永遠にわたしにつきまとうような気がしたのです。

第二十四章　集まった雲

自分の用事を哀れに思うことをわたしは嫌悪しましたが、そのことが時間厳守についてのミスター・スモールウッドの助言に従うことを阻《はば》むことはありませんでした。遺体安置所のあるドルリー・レーンから外れたむさくるしい小さな通りへ入ったとき、二時半の少し前でした。目的の場所は簡単に見つかりましたが、遺体安置所を見つけるのはさらに簡単でした。わたしが通りに入ったとき、十人前後の人たちの列が狭い出入り口を通っていくのが見えました。ぶらぶらしている人の小さな集まりが出入り口を注意深く見ていました。最初の十数人は陪審員でしょう。わたしは反対側をゆっくりと通りすぎて、短い通りの端まできました。わたしが後戻りし始めたとき、陪審員が出入り口から列を作って出てきて、通りの数ヤード先の建物へ入り始めました。そしてその直後、ミスター・スモールウッドが門のところに現れました。彼はすぐにわたしを見つけて、わたしが近づくのを待っていました。

「あなたが間に合ってよかった」と彼が言いました。「死体を検分するため、陪審員が集まっています。検視官は時間どおりに審問を始めるでしょう。こちらです」

狭い通路を、彼はわたしの前を歩いていきました。通路の端まで来ると、彼はドアを押し開きました。彼に続いて、わたしは遺体安置所に入りました。裸の石の床のホールには、大きな二つのスレートぶきのテーブルがあり、その一つには布で覆われた仰向けの人影が横たわっていました。ミスター・スモールウッドがオートバイのヘルメットを脱ぐと、わたしたちは一緒に畏敬の念を抱かせるような布で覆われた体のほうへゆっくりと進んでいきました。その体は、重苦しい雰囲気に包まれてじっと横たわっています。とても静かに、役人は布の両端をつまむと、後ろに引きました。わたしが死体と直面するのを避けようとするかのように、布はゆっくりと後退していきました。

わたしはとても緊張していたせいで、死体を見たときの第一印象は、思っていたほど恐ろしくはありませんでした。顔は青白く、蠟《ろう》のようでした。それでも、今まで見たなかで、もっとも穏やかで、満ち足りた表情をしていました。やつれて怯えていた顔つきはなくなり、やすらぎの表情にとって代わっていました。威厳さえも感じます。しばらくして、わたしはほっとした気分を感じました。しかしそれから、スレートぶきのテーブルの上のよじれた真っ赤なロープを、わたしは目にしました。そして、本能的に剝き出しの喉を見ました。そして、顎の下の浅い溝――ロープの跡だと思われます――に気がついたとき、圧倒されるような恐怖がよみがえってきました。寝室の壁のあの恐ろしい形と、眠っている男が自分の死のメッセージを無意識のうちに受け取っていることに勝るとも劣らない恐ろしい姿が、わたしの目の前に現れました。

新たな恐怖――わたし自身による信じられないような恐怖――を伴って、わたしは青白い穏やかな顔を見て、非難している様子を読み取りました。彼はわたしの指示で死んだのです。彼は奈落の底の縁に不安定な状態で立っていました。そして、わたしが彼を押したのです。

信じられませんでした。意識的な意図もなければ、罪の意識もありませんでした。偶然以外の何物でもない、とわたしは自分に言いきかせたのでしょう。それでも、明らかに否定できない事実がありました。知らず知らずのうちに、無意識のうちに、わたしは不吉なことが起こることを期待していました。恐ろしい言葉が生まれ、わたしの口から発せられました。そして、わたしが期待したことと発した言葉が、一気に現実のこととなったのです。あの夜、ベッドに横たわって生きていた男が、今はスレートぶきのテーブルの上に蠟のような顔をして横たわっているのです。「あまり長居はしないほうがいいでしょう」とミスター・スモールウッドが言いました。そして、彼の言葉を聞いて、わたしは自分が耐えられる限界に達していることに突然気がつきました。わたしの膝は震えていて、よどんだ空気のなかで息も苦しくなっていました。

「ここから出ましょう」とミスター・スモールウッドが続けました。「あなたには少々荷が重すぎたようです。こんにちは、ミセス・グレッグ」

わたしは急いで顔を上げて、ミセス・グレッグを見ました。彼女は音も立てずに入ってきたに違いありません。テーブルの裾のほうに立っていて、わたしをじっと見ていました。刺すようなまなざしと、奇妙で謎めいた表情が、いつでもわたしを動揺させます。ですが今、わたしは本当の恐怖を感じていました。わたしが通りへ向かって通路に沿ってよろめきながら歩いていると、彼女の見張るような、謎めいた視線がわたしを追ってくるのです。（この女はどこまで知っているのかしら？　彼女は何を聞いたのかしら？）そして、もし彼女がわたしの最後の言葉を聞いたのだとしたら、その言葉がいかに重要なのか理解しただろうかしら？　それらは重要な問題であり、間違いなく一時間か二時間以内に答えを聞かなければならないものでした。

ミスター・スモールウッドに付き添われて、わたしが部屋——その部屋は審問が開かれる部屋ですが——へ入ったとき、法廷はすでに整っていて、始める準備ができていました。陪審員たちが、長いテーブルの片側に沿って座っていました。そして、記録係が一人、二人、テーブルのもう一方に座っています。一方、証人や本件に関心のある人たちの椅子が並べられています。そのなかには、ミスター・アイザックスや、ミスター・ハイアムズや、キャンベル夫妻、そして、わたしは誰だかわかりませんが、きわめてユダヤ人ぽい若い男もいました。わたしは椅子の列の最後に座りました。そして、わたしたちに続いて入ってきたミセス・グレッグが真ん中に近い椅子に座りました。

わたしが座ったとき、検視官が記者の一人に声をかけました。「あなたはどこの新聞社の代表ですか？」

「私は新聞記者ではありません、検視官」と男は答えました。「私はソーンダイク博士のために報告書を作成するように依頼されています」

「ソーンダイク博士だって！　彼が本件とどのように関係するのですか？　彼については何も知りません」

「私は、ただ彼から一文字も違えず証拠の報告書を作るように頼まれただけです」

「ふむ」と検視官は不満の声を漏らしました。「まったくの個人の目的のために記録係を審問へ送りこんでくることが適切なことなのか、私にはわからないが」

「これは公開法廷ですよね？」と記録係が言いました。

「確かに。だが、そのことは問題ではない。まあ、よろしい。それでは開廷しましょう。証人は揃っていますね？　ちょうど三人か。予備陳述で時間を使いたくありません。本件はかなりはっきりしていると思われます。だから、証人の証言から事実を得ることができるでしょう。知ってのとおり、ルイス・オトウェイの死亡状況を調べるために、われわれはここにいるのです。彼の死体をあなた方は先ほど検分しました。死亡したのは十八日の夜か、あるいは、十九日の朝と思われます。死体は彼の寝室の釘からぶら下がっていたのを、家政婦のミセス・グレッグが見つけました。彼女の証言を最初に取りあげるのが最善でしょう」

ミセス・グレッグが呼ばれて、テーブルの上座のほうへ移動しました。そして、宣誓をしてから、陳述を始めました。

「名前はレイチャル・グレッグ。五十一歳です。故人であるルイス・オトウェイの家政婦です」

「どれくらい故人の家政婦を務めていましたか？」と検視官が尋ねました。

「三十三年です」

「故人の職業は？」

「彼は引退した事務弁護士でした。しかし、宝石の鑑定家でもありました。そして、ある程度扱っていました」

「あなたの知る限り、彼は経済的に困窮していましたか？」

「いいえ。わたしは彼が裕福な人間だと思っていました」

「彼が自ら命を絶ちたいと思うことに心あたりはありますか？」

「あります。仮に彼がなんらかの問題を抱えていたとして、首吊り自殺をよくほのめかしていました。彼の家系は自殺の傾向があるのです。彼の兄も母も、そして、母の父親も首吊り自殺をしています」

「ですが、そのことは、彼に影響を与えたかもしれないという傾向にすぎません。彼が実際に自殺する心あたりはありますか？　彼の態度や彼の心の状態や、あるいは、彼が自殺するかもしれないとあなたが思うような出来事についてはいかがですか？」

「最近では、ありません。結婚するまで、彼は控えめに言ってもいつも元気でした。結婚後、彼は以前と同じではなくなりました。結婚したことで、彼はあらゆる問題を抱えこむようになったようでした」

「その変化はどのように起こったのか、詳しく話してください」

「彼は八か月前に結婚しました――去年の四月二十五日です。当時、彼はメードストーンに住んでいました。突然の結婚でした。ミス・ヘレン・ヴァードンとかいう娘と結婚するつもりだと、彼がわたしに話した前日まで、わたしは何も知りませんでした。そして、結婚式は内密に行われることになっていました。なぜなら、彼女のお父さんが同意していませんでしたから。結婚式の朝、ミスター・オトウェイが外出するのを見ました。それからすぐに、わたしも買い物に出かけました。戻ってくると、書斎にミセス・オトウェイがいるのに気がつきました。そして、彼女の父――ミスター・ヴァードンです――は床に横たわって死んでいるようでした。ミスター・オトウェイは医者を呼びに、飛び出していきました。新婚の二人が教会から家に戻ってきてから、すぐにミスター・ヴァードンがやって来たようです。そして、言い争いが起こりました。それから、ミスター・ヴァードンが倒れて死にました。そのときは、ミスター・ヴァードンとミスター・オトウェイの二人だけだったと思います」

「わたしが到着してすぐに、ミセス・オトウェイは辞去しました。そして、彼女自身の家に戻りました。そして、彼女は僕と暮らすことを拒んだと、ミスター・オトウェイが言いました。とにかく、彼女は一度もミスター・オトウェイとは暮らしませんでした。そして、彼が亡くなる夜まで、彼に近づきもしませんでした」

「故人はこの別居生活に同意していましたか？」

「おそらく、彼女が同意させたのだと思います。ですが、別居生活は、彼にとって大いに問題だったと思います。一度ならず、彼は一緒に暮らすように彼女に迫っていました」

「別居することになった原因を知っていますか？」

「いいえ。ミスター・オトウェイはそのことにはひと言も触れませんでした」

「別居生活は故人にとって大いに問題だったとおっしゃいました。そのことが明らかに彼の精神状態に影響を与えましたか？」

「ええ、彼女がいなくなってから、彼はとても落ちこんでいました。そして、立ち直れませんでした。彼はますますふさぎ込んでいきました」

「別居生活以外に、彼がふさぎ込んでいった別の理由をご存じですか？」

「はい。ミスター・ヴァードンの突然の死は、彼にも大変なショックでした。ミスター・ヴァードンと言い争ったことで、原因の一端は自分にもあると感じていました。そして、メードストーンで、そのことについて大いに噂《うわさ》になりました。起こったことについて、ミスター・オトウェイは責められました。さらには、不正行為があったという噂まで広まり始めました。ミスター・オトウェイが、ミスター・ヴァードンを殺したというのです。このような噂は彼の精神状態を大いに傷つけることになりました。それで、メードストーンの家を手放して、ロンドンへ引っ越したんです」

「故人とミスター・ヴァードンが言い争っていたとおっしゃいましたが、何について言い争っていたのですか？」

「内密に行った結婚についてだと思います。ですが、そのときわたしは家のなかにいませんでした」

「故人が抱えていた精神的抑圧について、ほかに原因はありましたか？」

「あったと思います。はっきりとは申しあげられませんが……月に一度来る手紙のことで、彼は大いに悩んでいたようでした。彼が手紙を読んで、心配そうに顔を曇らせているのをよく見ました。その後、彼は神経質になり落ち着きがなくなり、ベロナール（睡眠薬）を飲まないと眠れなくなりました。さらに、今までよりもかなり多くたばこを吸うようになり、ウイスキーも多く飲むようになりました」

「あなたが供述した手紙を、あなたも見ましたか？」

「手紙を読んだことはありません。ですが、外側は見ました。いずれの手紙にも、イースト・ロンドンの消印が押されていました」

ここで、検視官が大きな封筒から七通の手紙を引っ張り出しました。わたしが書類保管金庫のなかで見つけて、ミセス・グレッグに封筒のまま手渡したものです。

「これらの手紙に見覚えはありますか？」

ミセス・グレッグは封筒をひっくり返して消印を近くで見てから、返しながら答えました。

「ええ。わたしが供述した手紙のようです」

検視官は手紙をテーブルの上に置いて、しばらく考えてから言いました。「さて、ミセス・グレッグ。ミスター・オトウェイが死亡したときの状況について、あなたが知っていることを教えてください。あなたは、ミセス・オトウェイが訪ねてきたことを話しました」

「ええ、彼女は水曜日の夜、六時半頃、リオンズ・イン・チャンバーへやって来ました。そして、ミスター・オトウェイに訪ねてくるように手紙で言われたと話しました。ですが、そのときミスター・オトウェイは別の訪問客を待っていましたので、わたしは彼女に八時頃、再び訪ねてくるよう伝えました。そして、彼女はそのことを承知しました。ミスター・オトウェイは最後の数日はかなり弱っていました――神経質になり、とても落ちこんでいました。それに、よく眠れていませんでした。それで、三日ほどベッドから離れられませんでした。わたしは午後八時頃にミセス・オトウェイがやって来ることを彼に伝えました。そのとき、彼女と個人的なことを話し合う、そして、座っている必要はないと言いました。わたしは午後七時半に夕食をお出しして、わたしが夕食の後片づけを終えた直後に、ミセス・オトウェイがやって来ました。わたしは彼女を彼の寝室へご案内してから台所へ行って、わたしの仕事を片づけました。午後九時半にわたしは床に就きました——いつもより少し早く休みました。お二人が話し合うのに静かなほうがいいと思ったからです。火曜日の朝、七時十五分前にわたしは起きました。着替えると、掃除するために居間へ向かいました。そのとき、驚いたことに、居間から見えるのですが、寝室のドアが大きく開いていました。そして、寝室で、ガスマントルの明かりが煌々とついていました」

「ミスター・オトウェイの体調が悪くなったと思い、わたしは彼に呼びかけて、何かほしいものはないかと尋ねました。ですが、返事がありません。わたしのところからベッドが見えました。それで、彼がベッドにいないことがわかりました。それで、わたしはもう一度彼を呼びました。それでも返事がありませんので、わたしは寝室のなかへ入りました。最初に見たとき、彼は寝室にいないのだと思いました。しかし突然、彼が陰になっている部屋の隅にいるのを見つけました。彼は壁にもたれて立っているようでした。彼の両腕はだらんと垂れ下がり、頭は片方に傾いていました。近づいてよく見ると、彼は大きな釘からぶら下がっていて、足は床から三、四インチ（約十センチ）浮いていました。彼はかみそりで鐘の紐を切って、首を吊ったんです。少なくとも、そのように見えました。かみそりは開いた状態で、ベッドの上にありました。わたしはかみそりを拾うと彼のところへ駆け寄り、ロープの輪を切りました。彼が倒れたので、できるだけ優しく彼を床に寝かせました。彼はすでに死んでいるようでした。肌は冷たくなっていました。わたしは飛び出して、医者を呼びにいきました。建物の外で警官に会いましたので、何が起こったのか警官に話しました。すると、警官はわたしにリオンズ・イン・チャンバーへ戻って待つように言いましたので、わたしはそれに従いました。数分後、警官が医者と一緒に到着しました。医者は死体を調べて、こう言いました。ミスター・オトウェイ死亡。死後、数時間経っている」

「故人が首を吊るために自分自身を釘まで上げる何らかの手段を見ましたか？」

「見ました。彼の下に、椅子が床の上にひっくり返っていました。椅子の上に立って、ロープの輪を首に回し、それから椅子を蹴り倒したようでした」

「ミセス・オトウェイのバッグは？　それはどのようなバッグですか？」

「女性が財布やハンカチを持ち歩くのに使う、小さなハンドバッグです。翌日に、彼女はそれをとりにきました。それで、わたしはそれを彼女に返しました。彼女は何が起こったのか聞いていませんでした。それで、わたしがそのことを話すと、彼女は気を失いました」

検視官は眉間にしわを寄せて、しばらく考えました。そして、わたしはわたしのことをこっそり見ている一人か二人の陪審員の視線を感じました。かなり長い沈黙のあと、検視官が尋ねました。

「ミセス・オトウェイが、何時にリオンズ・イン・チャンバーを去ったのかご存じですか？」

「わたしが床に就いてから、約三十分後に玄関のドアの閉まる音を聞きました。ですから、午後十時頃だと思います」

「あなたがミセス・オトウェイを入れてから、彼女か故人を見ましたか？」

「いいえ、わたしはその後、寝室へは行きませんでした。居間へ二度行って、二人が話しているのを聞きました」

「あなたは、二人が何を話していたのか聞くことができましたか？」

「ときどき二言、三言聞こえました。わたしが居間に一度目に入ったとき、二人は自殺について話していたようでした。ミスター・オトウェイが釘とか壁とか話しているのが聞こえました」

「そして、二度目に入ったときは？」

「二人は相変わらず自殺について話していたようでした。故人のお兄さんはなぜ首つり自殺をしたのか、ミセス・オトウェイが故人に尋ねていました」

「言い争いや意見の対立を思わせることは、何も聞きませんでしたか？」

「いいえ。二人は友だちのように話していました」

「二人はどのような関係だか知っていましたか？」

「いいえ。結婚式で数分見た以外では、二人が一緒にいるところを見たことがありませんでした」

「その日の夜早くに、故人に来客の予定があったとあなたは話しました。その来客は誰ですか？」

「ミセス・キャンベルとかいう人です。彼女の夫は宝石商であり、骨董商でもあります。故人が長年お付き合いしていました。そして、商売も行っていました。彼女は商用で来たのだと思います。彼女がいたのは十分ほどです」

「本件についてあなたが知っていることは、これですべてですか？」

「そうです。わたしが知っていることはすべてお話ししたと思います」

検視官が陪審員のほうをちらっと見ました。「皆さんのほうから何か証人に訊きたいことはありますか？」と検視官が尋ねました。

陪審員の誰も何も尋ねませんでした。ミセス・グレッグが明解に証言を供述したことを検視官がねぎらって、彼女は解放されました。

検視官が彼のメモを読むあいだ、短い間《ま》があきました。そして、陪審員たちが小声で話し合いました。「警察の証拠と医学的証拠を型どおりに処理したほうがいいでしょう。それほど時間はかからないでしょう。巡査から始めましょうか」

巡査が呼ばれて、簡潔にミセス・グレッグの証言を裏づけました。巡査の供述が終わると、リオンズ・イン・チャンバーに呼ばれた医師が交代しました。そして、次のように証言しました。

「名前はジョン・シェルバーンと言います。王立外科医師会会員であり、英国内科医師会の有資格者です。そして、聖クレメント・デーンズの警察医の臨時代理人を務めております。十月十八日木曜日の午前七時二十八分、リオンズ・イン・チャンバーへ行って様子を見てくるよう、先ほどの証人に呼び出されました。その場所へ行ってみると、男が首を吊っていました。わたしは巡査と一緒に部屋を整えました。部屋のドアには、ミスター・ルイス・オトウェイと書かれていました。私は寝室へ行きました。ガスマントルがついていました。ブラインドは下りていて、カーテンも引かれたままでした。壁の近くの床の上に、死体が横たわっていました。背が高く、がっちりとして体つきで、五十から五十五歳くらいでした。そして、パジャマを着ていました。体は冷たく、かなり死後硬直が進んでいました。死後八時間ほど経過していると言っていいでしょう。首の回りには二重に赤い鐘の紐が巻かれていて、床から七フィート（約二メートル十センチ）離れて、壁の大きな釘からぶら下がっていました。一部はまだつながっていましたので、ロープは明らかに首を吊るために切断されたと思われます。切断された飾り房がベッドの上に残っていました。そして、ベッドの上には、ロープを切るためにベッドの上に立ったような跡がありました。ロープは端をいわゆる縦結びと言われる結び方で結わいて輪を作り、頭を輪のなかへ通して、ロープの片方を釘に引っ掛けてありました。こうして、引き輪の状況を作り出しました」ここで医師は太い糸を取り出して、彼の親指と椅子の背の取っ手で実演してみせました。

「首から二重の輪を外すと、ロープによるものと思われる浅い溝が喉についていました。故人の顔つきはいつもの首吊りのときのように、穏やかでした。そして、体には、暴行を受けたような跡は見られませんでした。故人がロープを釘に引っ掛けるために明らかに使用したと思われる椅子は、近くにころがっていました。そして、その近くに女性もののハンドバッグが落ちていました。ロープは鋭利なもの――家政婦の供述どおり、おそらく、かみそりだと思われます――で切断されていました。私は室内を見回しました。ですが、半分ほど空になったウイスキーのデカンターとベッドのそばのテーブルの上にベロナールの錠剤でほぼ満杯の瓶のほかに、何か意味のありそうなものは何もありませんでした」

「何時に死亡したと思われますか？」

「あくまで推定です。先ほど死後八時間ほど経過していると申しあげました。つまり死亡したのは、十月十八日の夜十一時頃です。しかし、厳密には言えません。一時間ほどの前後は考えられます」

「あなたの証言と、あなたも聞いたほかの証人の供述を聞きましたが、死因についてあなたの意見も形式的にお尋ねします」

「わかりました。死因は、明らかに首吊りによる自殺です」

このことで、外科的な結論は下されました。そして、医師が解放されると、検視官は陪審員のほうを向きました。

「これで死亡の事実と死因が立証されました。われわれが次に行うべきことは誘因――より間接的な遠因です――となる状況を立証することです。われわれは、この不幸な男が自殺したと結論づけました。次にわれわれが考えるべき問題は、なぜ彼は自殺したのかです。彼の未亡人の証言がその答えを得る助けになるかもしれません。ヘレン・オトウェイ、どうぞ」

わたしがテーブルの所定の位置に着いたとき、説教が終わったときに教会で起こるようななんとも言えない動きが陪審員と傍聴人のなかで起こったことにぼんやりと気づきました。しかし、本件において、死因は注意の緩和よりも明らかに集中です。わたしの証言はそうとうな関心をもって期待されていました。

「あなたのお名前は？」

「ヘレン・オトウェイです。二十四歳。ウェルクローズ・スクエア、六九に住んでいます」

「聖クレメント・遺体安置所に横たわっている死体が誰だかわかりますか？」

「ええ、ルイス・オトウェイで、亡くなった夫です」

「生きていた故人と最後に会ったのはいつですか?」

「十月十八日、水曜日の夜です」

「そのとき、何があったのか話してください」

「故人から訪ねてくるように手紙で依頼を受けて、会いにいきました。午後六時半頃に着きました。そして、ミセス・グレッグから、故人には別の来客の予定があると言われました」

「別の来客が誰だか、あなたは知っていましたか?」

「いいえ。ですが、階段を下りるとき、ミセス・キャンベルが階段を上ってきました。それで、彼女が別の来客だろうと思いました」

「ミセス・キャンベルを知っていましたか?」

「見かけただけです。彼女が彼女の夫のお店にいるのを見かけたことがあります。ミセス・グレッグは、午後八時にもう一度訪ねてくるように言いました。それで、わたしはそのことを承知して、そのとおりにしました。ミセス・グレッグはわたしをなかに入れると、わたしを彼の寝室へ案内しました。そして、わたしをその場に残して、ドアを閉めて去っていきました。その夜は、二度と彼女に会いませんでした。故人はベッドにいました。そばのテーブルの上には、ウイスキーのデカンターと、炭酸水の瓶と、たばこの箱と、ベロナールの錠剤の瓶と、書類保管金庫がありました」

「彼の様子に何か変わったことはありましたか?」

「いいえ。彼はあまり具合が良くはなさそうでした。ですが、彼の手紙からわたしが想像していたほど、悪くはなさそうでした。手紙からは、かなり危険な状態だという印象を受けたものですから」

「あなたはその手紙を持っていますか？」

「はい。ここにあります」そう答えて、わたしはポケットから手紙を取り出すと、検視官に手渡しました。検視官は手紙に目を通すと、ほかの書類と一緒に下に置きました。

「あなたが私に手渡したほかのと一緒に、あとでこの手紙について考えてみましょう」と検視官が言いました。「今は、あなたと故人のあいだで何があったのか話してください」

「最初に、彼がこの一日か二日前に受け取った匿名の手紙について、わたしたちは話しました。彼はその手紙をわたしに見せました。わたしが読み終わると、彼は書類保管金庫にしまいました」

「これから、われわれは匿名の手紙に取りかかるつもりです。ほかには何について話しましたか？」

「故人は手紙に書いてきたことを繰り返しました。すなわち、彼は長くは生きないだろうと。そのようなことを言う何か理由でもあるのかと尋ねました。そのとき、家族に強い自殺の傾向があることを、彼は話しました。彼の兄も母親も母親の父も、首吊り自殺をしたと話していました。それで匿名の手紙を受け取ったとき、自分も同じ方法で自殺するという衝動に駆られるかもしれないと思いました」

「この家族の傾向を、前もっては知らなかったのでしょう？」

「知りませんでした。彼はそのことを今までに話したことがありませんでした。そして、わたしは彼の家族を知りません」

「故人は、自分が実際に自殺するつもりであることをほのめかしていましたか？」

「いいえ。ですが、抗《あらが》うことが難しい衝動について話しました。そして、寝室の壁の大きな釘が彼を自殺に導くことを、そして、自殺の衝動を強めることを話していました。わたしは彼に釘を抜いてしまうように助言しました」

「この会話より前に、故人が自殺するかもしれないと思いましたか？」

「いいえ、そのような考えはまったく思いつきませんでした」

検視官はこれらの答えを考えていました。そして、さらにメモをとり、新たな主題を始めました。

「さて、ミセス・オトウェイ。故人とあなたとの関係についてですが、彼との関係は良好でしたか？」

「あまり良好ではありませんでした。わたしたちは実際には他人同然でした」

「証人の供述によれば、あなたは故人と一緒に暮らすことを拒んで、彼とは一度も一緒に暮らさなかったとのことですが、間違いありませんか？」

「ええ、間違いありません」

「故人とけんかをしましたか？」

「いいえ、けんかはしませんでした。わたしたちの結婚は取引でした。そして、わたしは自分の心を偽《いつわ》って同意したのです」

「詮索したくはありませんが、ミセス・オトウェイ、どのような状況だったのか理解したいと思います。もう少し詳しく説明してもらえませんか？」

「わたしの結婚と夫との別居生活の状況を、説明せよとおっしゃるのですか？」

「さしつかえなければ」

「わたしとミスター・ルイス・オトウェイとの結婚は、次のような状況のもとでとりおこなうことになりました。わたしはミスター・オトウェイとわたしの父の会話の一部を偶然聞いてしまいました。わたしの父が委託されている五千ポンドをすぐに支払うように、ミスター・オトウェイが要求していました。わたしの父は事務弁護士です。会話を聞いた限りでは、父はすぐにそのお金を用意できないようでした。すると、信託基金の不正流用で刑事訴訟手続きをとると、ミスター・オトウェイが脅しました。これについて、父ははっきりとは答えませんでした。そのとき、ミスター・オトウェイが、刑事訴訟手続きをやめてもいいと言いました。そして、彼とわたしの結婚を条件に、要求を保留することを申し出たのです。父はこのことに腹を立て、猛然と反対しました。そして、ミスター・オトウェイはわたしの家を去りました」

「父のことがとても心配になって、わたしはミスター・オトウェイと連絡をとり、彼が父をすぐさま彼の要求から解放して、そのことに関連する一切の手続きからも解放することを条件に、彼の申し入れを受ける用意があることを伝えました。ミスター・オトウェイはわたしの条件を受け入れました。そして、父がそのようなことには強く反対することがわかっていましたので、挙式が行われるまで父には知らせないようにしました」

「このお膳立てに従って、今年の四月二十五日にわたしたちは内密に結婚しました。そして、教会からミスター・オトウェイの家に行きました。何が起こったのかを父に知らせる手紙を、わたしは残しました。するとわたしたちが教会から帰ってきてすぐに、父がミスター・オトウェイの家にやって来ました。二階の部屋の窓から、父が庭に入ってくるのが見えました。そして、父の様子にとても驚きました。父は心臓を患っていましたので、過度の興奮や激しい運動には気をつけるように言われていました。父はとても興奮していて、とても具合が悪そうでした。ミスター・オトウェイは父をなかに入れました。そして、父の質問に答えるなかで、結婚式が行われたことを認めました。父が送った手紙について、ミスター・オトウェイはわたしに話したかどうか、父はミスター・オトウェイに尋ねました。ミスター・オトウェイが曖昧な返事をしたものですから、父は彼をろくでなしと呼び、わたしをたぶらかしてだましたと責めました」

「その後、二人は書斎へ行きドアを閉めましたので、それ以上の話は聞けませんでした。ですが、一、二分後、何かが倒れる重い音が聞こえました。急いで書斎へ行くと、父が床に横たわっていました。そして、すでに死んでいました。父のこめかみに、小さな傷がありました。そして、父の上にかがんでいたミスター・オトウェイは父の杖を握っていました。丈夫なマラッカ・ステッキで、銀色の握りには鉛が仕込まれています。ミスター・オトウェイが言うには、父が杖でミスター・オトウェイを脅したので、ミスター・オトウェイが父から杖を取りあげ、揉み合っているうちに、父が不意に倒れ、倒れた拍子に、頭をマントルピースの角にぶつけたとのことです」

「彼の言うことを信じましたか？」

「そのときは、信じませんでした。ですが、冷静に考えてみると、父の具合がかなり悪そうだったことを思い出し、ミスター・オトウェイは本当のことを言っているのだと思いました」

「あなたのお父さんの死について審問は開かれましたか？」

「ええ。医学的証拠に基づいて、父の死は興奮と怒りによって引き起こされた心臓麻痺と陪審員が結論づけました」

「そしてこのあと、あなたは故人と一緒に暮らすことを拒んだのですね？」

「そうです。わたしは彼に父の手紙について尋ねました。ですが、彼は手紙を見ていないと言いました。わたしは彼と一緒に郵便受けに行って、手紙を見つけました。消印によれば、手紙は第一便で配達されていました。そして、父の住所が封筒の外側に書いてありました。ほかに手紙はありませんでした。ミスター・オトウェイは手紙を見て、また郵便受けに戻したのだと確信しました」

「そのことが、彼と同居するのを拒んだ理由ですか？」

「部分的にはそうです。父の手紙には、負債を賄《まかな》うことができ、支払える日付も書いてありました。その結果として、父に対する脅されている手続きは不可能であり、ミスター・オトウェイは偽りの口実でもってわたしの同意を得たのです。そしてさらに、ミスター・オトウェイの行動が父の死の原因だったのです。これだけでも、わたしは彼の妻として同居することはできなかったでしょう」

「故人は別居生活に同意しましたか？」

「ええ、同居は無理だと理解しました。ですが、別居生活は一時的なものかもしれないと――近いうちに、わたしたちは仲直りするかもしれないと期待していました」

「あなたはそのことを考えましたか？」

「いいえ。彼はわたしの父の死に責任があると考えていましたので。そして、彼に対する強い嫌悪を克服することができそうもありませんでしたから」

検視官はこの発言をメモしました。そして、彼のメモに考え深そうに目を通してから顔を上げて、陪審員を見ました。

「この件について、何か質問はありますか？」と検視官が尋ねました。

陪審員がお互いに見合いました。そして、わたしを見ました。それから一人が言いました。

「この若い女性は、結婚の責任についてずいぶんとのんきな考えをお持ちのようです」

「そのことは、われわれの懸案事項ではありません」と検視官が言いました。「次にわれわれが検討すべきことは、故人が何者かから受け取った匿名の手紙です。匿名の手紙は七通あり、消印によればおよそ三週間おきに、ロンドンの東部から投函されています。最初の手紙から始めましょう」検視官がわたしに手渡して、尋ねました。「あなたは以前、この手紙を見ましたか？」

「見ました」とわたしは答えました。「去年の六月のある日、彼の依頼で会う約束をして会いにいったときに、彼がわたしに見せました。彼はとても心配しているようでした」

検視官はわたしから手紙を受け取ると、声に出して読みました。

〝ミスター・ルイス・オトウェイ〟

「これを書いた人は、あなたに警戒させるために書いています。ミスター・ヴァードンがどのように死んだのか、ある人物は知っているのでしょう。そして、ある人物はあなたの友人ではありません。ですから、あなたはあなたと敵対する人たちに目を光らせて、ある人物が何をするつもりなのか用心したほうがいいでしょう。今のところ、これ以上のことはわかりません」

〝他人の幸せを祈る人より〟

「誰がこの手紙を書いたかご存じですか？」と検視官が尋ねました。

「いいえ、知りません」

「まったく見当もつきませんか？　誰か思いあたる人は？」

「このような手紙を送ってくる人について、まったく心あたりがありません」

「故人はこの手紙についてひどく心配していた、とあなたは言いました。なぜ彼はそれほど心配だったのか、知っていますか？」

「ミスター・オトウェイがわたしの父を殺したという噂がメードストーンで立っていたからです。そういった噂が彼の心を蝕《むしば》んだのでしょう。そして、これという理由もなく、彼を神経質にしたのです」

　検視官が厳《おごそ》かに頷《うなず》きました。そして、別の手紙を開いて、わたしがよく覚えている文章を読みあげたとき、わたしはすべての勇気と冷静さがいまこそ必要だと知りました。

「この手紙の書き手は、問題を探すようもう一度あなたに警告しています」と検視官が言いました。「私が話しているこの人物は、審問で何かが隠されたことを知っています。そして、あなたの妻がなぜあなたと一緒に暮らそうとしないのか。それは、彼女もすべてを知っているからです。そして、何者かが知っているとあなたが考えている以上に、何者かは知っています。これは親切な警告です」

「他人の幸せを祈る人より」

検視官は読み終えると、わたしを鋭く見ました。

「この手紙の意味するところを説明できますか?」と検視官が尋ねました。「この手紙は、審問で何かが隠されたことを示唆しています。あなたが知る限りでは、何が隠されたのですか?」

「わたしの記憶では、証拠の一つが欠落していました。ミスター・オトウェイは、わたしの父の病気に触れませんでした」

「審問で、まったく触れなかったのですか?」

「まったく触れませんでした」

「あなたは証拠を伝えなかったのですか?」

「伝えました。ですが、ミスター・オトウェイの証言を認めますかと訊かれただけでした。そして、わたしは認めました」

「あなたはミスター・オトウェイの証言を認めた! ですが、その証言は正しくなかった。証人は、すべて事実を供述する義務があるんですよ。それにもかかわらず、ミスター・オトウェイは重要な事実を話さなかった。この重要な事実を、なぜ提供しなかったのですか?」

「わたしには、重要だと思えなかったからです。医学的証拠によれば、死因は心臓麻痺でした」

「医学的証拠ですって！」と検視官はいらいらしたように声をあげました。「このような法廷で、どれほど多くの怪しげな医学的証拠がとりあげられたでしょう。医師は決して過ちを犯さないかのように話される。証人としてのあなたの義務は、あなたが知っていることをすべて包み隠さずに話すことであって、そのことが重要であるかないかを決めることではありません。そして、私が理解できないのは、次のことです。あなたのお父さんは、頭に傷を負って床に横たわっていました。そして、そのそばには、鉛を仕込んだ杖を持った男が立っていた。この事実を、あなたはなぜ重要なことと考えなかったのですか？」

「今は、そのことを供述するべきだったとわかります」

「陪審員の評決は、何だったのですか？」

「評決は、医学的証拠のとおりでした――自然死でした」

「医学的な証人は、ミスター・オトウェイが鉛を仕込んだ杖を持っていたことを知っていましたか？」

「いいえ」

「あなた自身とミスター・オトウェイ以外の誰かが、鉛を仕込んだ杖のことを知っていましたか？」

「ミスター・オトウェイが医者を呼びに部屋を出ていったとき、ミセス・グレッグが入ってきました。彼女は部屋の隅にあった杖を見つけて手に取り、確かめていました。彼女はこの杖は誰のものなのか尋ねて、杖が重いと言いました」

「あなたのお父さんが亡くなったとき、ミスター・オトウェイがその杖を持っていたことを、彼女は知っていましたか？」

「彼女が知っていたと思うだけの理由はありません」

「さて」と検視官が言いました。「それはもっとも異常な行為です。ミスター・オトウェイの証言をあなたは聞きました。その証言が不完全であることをあなたは知っています。なおかつ、亡くなったのはあなたのお父さんであり、あなたはミスター・オトウェイに対してがまんできないほどの嫌悪を抱いているにもかかわらず、この不確かな証言を認めてしまいました。驚くべき行為です。しかし……」検視官は陪審員のほうを向いて続けました。「そのことはわれわれの懸案事項ではありません。われわれの懸案事項は、そして、この審問の目的は、ようやく見通しがつき始めたことです。われわれが調べている男の死に、これらの手紙が大きな影響を与えたようであることが理解できました。ルイス・オトウェイは、彼が審問で証言したとき、彼自身と彼の妻だけが知っていたもっとも重要で、なおかつ彼にとって不利な事実を話さなかった。それによって、すべての容疑を晴らす自然死の評決を得ました。もしすべての事実が公表されていたら、評決は違っていたかもしれません」

「これらの手紙を受け取ったことで、彼の安心感は砕けたに違いありません。明らかにほかの誰かが――そして、この何者かは間違いなく敵対する人物です――彼に不利な事実を知っている、そして、審問で明かされなかったさらに不利な事実を知っています。実際に、これらの手紙は殺人罪を、少なくとも故殺罪《こさつざい》（殺すつもりはなかったものの、結果的に人を殺してしまうこと）で脅していいます。彼が警告されても不思議ではありません。しかし、われわれは残りの証言を得たほうがいいでしょう。故人が妻に書いた手紙があるので、これから読みます。日付は十月十七日です。このように書かれています」

親愛なるヘレン

もうずいぶんと長いあいだ、僕の悲惨な出来事――これはある程度、君の出来事でもあるけど――で君を悩ませたりはしてこなかった。だが、そのことはさらに悪くなってきている。そして、僕が耐えられる限界に近づいてきている。これ以上、僕は耐えられそうもない。僕の健康はむしばまれ、精神は病んでいる。僕の頭はおかしくなりそうだ。死こそが恩恵であり、安楽だろう。このことは、的外れではない。こんなことを続けることはできない。これらのことは僕に平穏をもたらさない。一週間と経たないうちに、新たな脅迫を受けるんだ。そして、今こうしているときも……だけど、君に手紙では伝えられない。恐ろしすぎるんだ。頼むから、僕のところへ来てくれ、ヘレン！　ひどく苦しんでいるんだ。決して僕を許さないとしても、僕をかわいそうだと思ってくれ。僕は君のところへは行けない。なぜなら、僕は今、ベッドを離れることができないんだ。僕はやつれはてて、廃人同様だ。今回だけでいいから、僕のところへ来てほしい。そして、僕を助けることはできなくても、少なくとも、僕を慰めてほしい。それほど長くは、僕に悩まされることはないから。

取り乱している夫、ルイス・オトウェイ

検視官が手紙を読み終わったとき——手紙の内容は明らかに陪審員に強烈な印象を与えました——厳かにわたしを見ました。

「次の手紙に進む前に、この手紙について一つ二つ尋ねなければなりません。『死はそれほど遠いことじゃない。僕はこのような状態を続けることはできない。もうそれほど長く、僕に煩わされることはないだろうから』これらの文章から、あなたは何を理解しましたか？　故人が自殺をほのめかせているとは思いませんでしたか？」

「いいえ。彼の健康状態を言っているのだと理解しました」

「彼の家族は自殺する傾向があると知っていたら、これらの文章をどのように理解したでしょうか？」

「彼は自殺しようとしていると思ったでしょう」

「ですが、あなたはこの傾向を知らなかったと言いました」

「ええ、知りませんでした」

「彼は自分の悲惨な出来事について言及し、そのことはある程度はあなたの出来事でもあると言っています。彼はどのような意味で言ったのだと思いますか？」

「審問のとき、証拠の一部を欠落させた責任の一端は、わたしにもあると言ったのだと理解しました」

「この痛ましい手紙を受け取ったとき、あなたはどうしましたか？」

「どのような問題が起こっているのか知ろうと、その日のうちに彼に会いにいきました。そのとき、彼が受け取った匿名の手紙を見せてくれました」

「これがその一つですね?」そう言って、検視官が手紙をわたしに手渡しました。わたしがちらっと見て確認すると、検視官は陪審員に向かって読み始めました。

ミスター・ルイス・オトウェイ。

いくつか奇妙なことをお尋ねします。ミスター・ヴァードンの杖についてです――鉛の詰まった銀色の握りのついた杖です。杖はどこですか? 誰かがそれを持っているはずです。そして、銀色の握りに傷があるとのことです。そして、血の跡とグレーの髪の毛が付着しているとのことです。このことについて、何かご存じではありませんか? もしご存じないのなら、杖を探したほうがいいでしょう。なぜなら、何週間も経たないうちに、何者かから、あるいは、警察から連絡があるでしょうから。

他人の幸せを祈る人より。

検視官は手紙を下に置くと、わたしを物珍しそうに見ました。

「この手紙から一つ二つ重要な質問があります、ミセス・オトウェイ」と検視官が言いました。まず初めに、この杖はどうなりましたか?」

「どうなったのか知りません。書き物テーブルのそばの隅に、ミセス・グレッグが戻したと思います。わたしは杖を一度も見ていません。手紙をわたしに見せて、故人も同じことをわたしに尋ねました。ですが、わたしが彼の家を去ったとき、杖を持っていなかったことを、そして、彼の家には二度と行かなかったことを彼に伝えました」

「あなたのお父さんの杖がどうなったのか、尋ねようとは思わなかったのですか?」

「思いませんでした。ミスター・オトウェイが持っているものと思っていましたから」

「ミセス・グレッグが杖をミスター・オトウェイの家で見たと、あなたは言いました。ほかに誰かそれを見た人はいますか?」

「それを見た人がほかにもいるかどうかはわかりません。ですが、ミスター・オトウェイの家で、ほかの人にも見られているかもしれません。あの家で何があったのか、わたしはまったく知りません。父が死んでから、わたしはあの家に入ったこともありません」

「ミスター・オトウェイとあなた自身を除いて、あなたのお父さんが亡くなったとき、ミスター・オトウェイの手にその杖が握られているのをあなたが見たのを知っている人は、ほかにもいますか?」

「わたしの知る限りでは、いません」

「銀色の握りには傷がついていて、血とグレーの髪の毛が付着していると、手紙には書かれています。あなたが知る限りにおいて、この供述は正しいかもしれないと思いますか?」

「ありえないとは言えません」

「あなたのお父さんが亡くなってから、あなたは杖を調べましたか?」

「いいえ。ミセス・グレッグが手に持っているのを見ました。しかし、わたしは近くで杖を見ていません」

このとき、検視官のテーブルのそばに座っていた警視が立ちあがってテーブルに近づいてきて、テーブルの上にかがむと検視官に低い声で話しかけました。検視官は注意深く聞くと、一、二度頷きました。そして、警視が自分の席へ戻ると、検視官がわたしに話しかけました。

「いずれにしても、差し当たってそれでけっこうです、ミセス・オトウェイ。のちほど、さらに一つ二つお尋ねしなければならないかもしれません。証人が席に戻る前に陪審員のほうで何か訊きたいことはありますか？」

陪審員は誰も答えなかったので、わたしは席に戻りました。それから、検視官がミセス・グレッグを呼び戻しました。

「あなたがミスター・ヴァードンの杖を持っているのを、彼女は見たという先ほどの証人の証言を聞きましたね？　なぜ杖を調べたのですか？」

「別に調べていません。杖が部屋の隅に立てかけられているのに気がつきました。そして、妙だなと思いました――ミスター・オトウェイの杖ではありませんでしたので。わたしは隅から取り出して、杖を見ました。そのとき、握りのほうがずいぶんと重たいことに気がつきました」

「握りに傷が、あるいは、血がついていたかどうか供述できますか？」

「できません。握りを近くで見たわけではないので。ただ杖を拾いあげたときに重く感じただけです。そして、隅に戻しました」

「ミスター・ヴァードンが倒れて亡くなったとき、ミスター・オトウェイがその杖を持っていたのは知っていましたか？」

「いいえ。今日初めて聞きました」

「ミセス・オトウェイのほかに、誰かこのことを知っていると言えますか?」

「言えません。いないと思います。わたしが家に戻ったときには、すべてが終わっていました。ですが、ミセス・オトウェイと彼女の夫と彼女の父親の三人以外は、家に誰もいなかったと思います」

「その杖がどうなったのか知っていますか?」

「知りません。部屋の隅に戻してからは、杖を一度も見ていません。次の日に部屋を片づけにきたとき、杖は隅にありませんでした」

「ありがとうございました、ミセス・グレッグ。それでけっこうです」

証人を解放してから、検視官は陪審員のほうを見ました。

「今日のところは、これで本件をおしまいにしたいと思います。ですが、見かけは単純ですが、かなり幻想的です。いくつかのかなり奇妙な論点が生じており、細部をじっくりと考えなければならないでしょう。さらに、かなり価値のある宝石がこの家から持ち出されたか、少なくとも、行方不明の疑いがあります。このような状況では、警察当局は疑惑を問いただすために審問の中断を求めるでしょう。そして、皆さんもこのことに同意すると確信しています。ほかの案件については、評決が下される前に明らかにするべきでしょう。そこで、審問を十四日間中断することを提案します」

法廷の人々が立ち上がったので、わたしも立ち上がりました。わたしが立ち上がってドアのほうを向いたとき、ジャスパーが法廷の後ろのほうにいるのが見えました。彼もわたしも、感情を表していませんでした。そして、わたしたちの目が合うやいなや、彼は目をそらして出ていきました。わたしは彼の後を追おうとしませんでした。なぜなら、このような場所でお互い知り合いであるようなそぶりは望ましくないと彼が思っていることをすぐに理解できましたから。さらに、わたしは検視官に少しのあいだ呼び止められました。検視官は奇妙なほど礼儀正しくわたしに伝えました。遺言執行人としてのミスター・アイザックスのあと、わたしのさらなる証言が求められるかもしれないので、休廷中の会議に参加するようにと。ミスター・アイザックスは葬儀の手配の責任を負っていました。そして、日にちが決まればわたしに知らせると約束してくれました。

わたしが出入り口から外へ出たとき、自分自身でも気づかないくらい物欲しそうな様子で通りを見ました。ですが、もちろんジャスパーの姿はすでにありませんでした。孤独と疲労を感じながら、わたしは次に何をすべきか考えながらゆっくりとドルリー・レーンを歩いていきました。そのとき、突然、静かで心地よいクラブのことを思い出しました。クラブはここからとても近く、そこなら顔を洗って気分をすっきりさせて、一人で、あるいは、上品な人々に囲まれて、穏やかに過ごせるでしょう。それに、ひょっとするとジャスパーもそこにいるかもしれません。

そう思ったとたん、無意識のうちにわたしの歩く速度が速くなっていました。なぜなら、数分後にはクラブの玄関広間を抜けて、ジャスパーが来ていないか独り言を言っていましたから。大きな部屋へ通じるドアを開けたとき、わたしは隅にある馴染みのテーブルをすぐさま探しました。そして、ドアをじっと見つめて、そこに座っているジャスパーを見たとき、わたしの孤独と疲れは衣服を脱ぐようにわたしから消えていきました。

第二十五章　不安な気持ちと発見

わたしたちがテーブルで顔を合わせたとき、ジャスパーが言いました。「あなたがここに来たらいいのにとずっと思っていました。あなたが僕を見るやいなや、なぜ僕が姿を消したのかおわかりですか？」

「あのとき、わたしたちが一緒のところを見られないほうがいいと思ったからでしょう？」

「得策ではない以上の意味があります」と彼が言いました。「きわめて重要なことです。われわれはあの手紙について話すでしょう――でも、ここではありません。あなたに話さなければならないことがたくさんあります。しかし、われわれの話は、われわれが見られたり、立ち聞きされたりしない場所でするほうが望ましいです。僕は今すぐここを出ます。まだ、われわれは誰にも見られていません。そして、僕の部屋であなたを待ちます。手や顔の汚れを洗い落として、気分をすっきりさせてください。そして、すぐに来てください。お茶で休憩などしないでください。僕が用意しておきます。そして、あなたがふだん通らない道を使ったほうがいいでしょう。エンバンクメントをミドル・テンプル・レーンまで行き、クラウン・オフィス・ロウに沿って進み、キングス・ベンチ・ウォークを渡ってマイター・ストリートへ行き、マイター・パッセージでフリート・ストリートへ出て、フェッター・レーンへ渡り、通用門からクリフォーズ・インへ抜けてください」

「とても秘密めいて聞こえて、神秘的ね」とわたしは言いました。

「それが必要なんです」と彼が答えました。「できるだけ、一緒にいるところを見られないようにしなければなりません。陪審員とほかにも関心を持っている連中は地元の人間だということを、忘れないでください。そして、公共の大通りで簡単にわれわれと出くわすかもしれません。ですから、今から僕が出ます。その後、できるだけ早く来てください」

わたしは彼の提案に同意しました。用心がわたしにはいくらか過度に思えましたが、わたしがお湯と洗うためのものを探しているあいだに、彼は急いで出ていきました。

洗い落とすのに時間はかかりませんでした。なぜなら、化粧室に長くいたいという誘惑は、ジャスパーと合流したいという思いに打ち負かされましたから。数分後に化粧室を出ると、気分はずいぶんとすっきりして、健康的な食欲がわいてきました。そして、先ほど教えられた道順を通ってクリフォーズ・インへ向かいました。わたしはノッカーを使う必要がありませんでした。わたしが玄関口に着いたとき、ジャスパーがドアを開けて待っていてくれました。

「さあ」わたしがなかへ入って、彼が頑丈なオーク材のドアと内側のドアの両方を閉めたとき、彼が言いました。「これで、われわれは誰かに見られたり、立ち聞きされたりしないでしょう。これで心おきなく話し合えます」

「ずいぶんと秘密めかして、もったいぶるわね」とわたしは言いました。「何の話なの？」

「秘密めいていたり、もったいぶるのは、法律の勉強の副産物ですよ。われわれは今、そのことについて話し合います。でもまず、空腹を満たすのが先でしょう」

わたしのために、彼は安楽椅子を暖炉のそばに置いてくれました。それから、小さな台所へ姿を消しました。台所から、食器の大きな音が聞こえてきました。彼がトレイを持って現れました。トレイには、ティーポットと二人分の覆いが載っていました。そして、トレイを小さなテーブルの上に置いて、わたしのそばにティーポットを置くと、大げさな身ぶりで二つの覆いを取り除きました。

「カップが一つに、お皿が一つね」食べ物が、男性の食欲を満たすだけの贅沢な量で出てきました。

「なんですって！」とジャスパーが声をあげました。「あなたはいつもいくつのカップとお皿を使っているのですか？」

「お皿をもう一枚とソーサー付きのカップをちょうだい」とわたしは強い口調で言いました。

彼が追加で必要な食器をテーブルに持ってきて、二つ目の肘掛け椅子を引っぱってきたとき、お茶を注ぎながらいかめしく言いました。「ヘレン、われわれは長い謹慎期間を受けてきました――少なくとも、僕にはそう思えます。そして、それはまだ終わっていません。ですが、この小さな幕あいは、残っていることに対してわれわれの励みになります。僕には、完璧な幸せと仲間関係の未来が垣間見える気がします。ヘレン、われわれは今、選べば自由に結婚できる、普通に婚約した男女になったんだということがわかりますか？」

もちろん、われわれは自由になったことは理解しています。ですが、遺体安置所で布の下に横たわっている死体のことを考えたとき、〝普通〟という言葉が適用できるかどうか疑わざるをえませんでした。

「完全な安らぎと幸せがあなたとともにここにあるわ、ジャスパー」とわたしは答えました。「でも、このように隠れて会わなくて済むようになったとき、わたしは本当の意味で普通を感じられるでしょう。今だって、普通だとは思っていないもの。なぜ一緒にいるところを見られたらいけないの？」

「そのことははっきりしています」と彼が答えました。「率直に言いますよ、ヘレン。あなたの性格の勇気と強さに、僕は絶対の自信を持っています。あなたは困難な状況にいたことに、見て見ぬふりをしてもしかたありません。あの検視官は、あなたが匿名の手紙を書いたと考えています。そして、あなたはオトウェイの自殺願望について知っていたと、検視官は疑っています」

「でも、わたしは知らなかったとはっきり答えたわ」

「確かに、そうです。ですがいいですか、あれらの匿名の手紙を書いた人物は、自分の供述がどれくらい重要なのか知らない人物です。そして、検視官は、あなたがその人物だと考えています。検視官は、あなたがオトウェイを自殺に追いやったと考えています。そして、彼は動機を探しています。あなたはあなたが望んでいない夫によって苦しめられたことによって、すでにはっきりとした動機があります。そのような状況で、あなたが望んでいる男と結婚したら、望まない夫を亡き者にしようとする動機をさらに強固なものにしてしまいます。これこそ、まさに検視官が求めている動機です。ですから、このようなことはわれわれのほうにとっては、もっとも注意しなければならないのです。もしわれわれが一緒にいるところを見たという証人が現れたら、検視官はわれわれにとって都合の悪い質問をしてくるでしょう」

「そのような証人がいなければ、検視官はわたしにそのことについて質問することはできないかしら」

「検視官が事実をつかんでいなければ、恋人の存在をどこまで疑うかはわかりませんが、僕が提起しようとしている要点がわれわれにふりかかります。あなたは、弁護士か事務弁護士に代理をしてもらうべきです。弁護士のほうが望ましいです。法廷弁護士なら、さらにいいでしょう。彼らなら法廷で起こる緊急事態への対応に慣れているでしょう」

「ミスター・オトウェイの死について、わたしに嫌疑がかけられていると言いたいのね」

「そのような罪が法律で規定されているかどうか知りませんので、嫌疑という言葉は使いたくありません。人が自殺しようとするのは、人を殺そうとするのと精神的にはかなり同じことでしょう。しかし、法的な立場ではどうなっているのか即座に言うことはできません。僕の印象では、殺人と証明されなければ、そのようなことは法律が扱う罪ではないと思いますが。それでもなお、われわれが信頼できる弁護士があなたについていれば、僕はさらに安心できます」

そのとき、わたしが考えていたのはソーンダイク博士のことでした。審問に速記の記録係を手配するほど、彼はわたしの出来事に興味を示していました。もしわたしの弁護人を引き受けてくれたら、彼はまさにうってつけでした。ソーンダイク博士がこの件に興味を持っていることを、わたしはジャスパーに話しました。

「まさにうってつけだ！」とジャスパーは興奮して言いました。「あなたは彼に会わなければなりません、ヘレン。それも、すぐに。幸い、彼は地元の住人です。さらに、ここから歩いて数分のところに住んでいます」

事態は急を要するのはわかっていましたが、すでに慌ただしい一日を過ごしたあとでしたので、またもや人を訪ねることをしぶっていました。ですが、わたしはソーンダイク博士の助けを求めるべきだと、ジャスパーが譲りません。「僕が一緒についていきますよ」と彼が言いました。「だけど、一緒のところを見られないほうがいいんです。彼を訪ねられますか？」

「たぶん」彼に助けてもらおうと思っていましたが、わたしは煮え切らない返事をしました。それに、費用です！　彼ほど有名な弁護士となるとかなりの費用がかかるでしょう。

わたしたちはもうしばらく話し合いました。それから、ジャスパーからソーンダイク博士の家の行き方を教わって、辞去しました。

「思うに」彼が別れを告げながらいいました。「この件が片づくまで会わないほうがいいでしょう。たったの二週間です。その後、われわれは自由です。一方で、できるだけ頻繁に手紙のやりとりをしましょう」

ジャスパーと会うことは、ソーンダイク博士の助けを借りるべきだというジャスパーの要求から逃れることがさらに難しくなると思い、わたしもこのことに同意しました。それにもかかわらず、クリフォーズ・イン・パッセージからフリート・ストリートへ向かっていると、これからの寂しくも、気をもませる二週間をどことなくうっとうしく思いながらも、楽しみにしている自分に気がつきました。

これといったことは何も起こらずに、数日が過ぎました。ウェルクローズ・スクエアのわたしの友だちは、今のわたしの立場をおおよそ理解してくれていてとても同情的ですが、手に負えないペギーを除いて、誰もこのことには触れません。ペギーだけがわたしが新たに手に入れた自由を祝福してくれました。

「あなたにとってはつらいわね、シビル」とペギーが言いました。「彼がもうすこしきちんと処理しなければならないかもしれないけれど、最終的には最善の結果になるわよ——踏切事故や水死体やそのような死体の処理のように」

「あなたは人の痛みに対して少し冷淡ね、ペギー」とわたしは言いました。

「気にしないわ」と彼女はふてくされたように答えました。「それが事実よ。今はあなたのことをとても気の毒だと思うわ。このような無遠慮な質問にすべて答えなければならないのは、ほんとうに不快なものよ。おまけに、あなたの答えたことが活字となって新聞に載るのよ。だけど、すぐに終わるわよ。あなたも忘れることができて、良い日々を過ごせるようになるわ。半年も経たないうちに、わたしはあなたの結婚式で踊るでしょう」

わたしはショックを受けたふりをしなければなりませんでした。でも、彼女の意見はわたしの気持ちを楽にしてくれました。なぜなら、このことには明るい面もあるのですから。そして、その明るい面を垣間見ることで、勇気をもらえるような気がするのですから。

審問に最初に出席してから十日経ってから、わたしはミスター・アイザックスから手紙を受け取りました。検視官の指示により、休廷中の審問が終わるまで葬儀は延期されたと、彼からはすでに短い知らせを受け取っていました。ですが、遺言のことには何も触れていません。目下の手紙は欠落していた部分を補ってくれました。そして、多くの内容をわたしに教えてくれました。遺言は承認され、わたしは第一の受取人になったようです。遺言者は彼の動産――約八千ポンド――をあなたに遺贈します。少なくとも、リオンズ・イン・チャンバーの住居を家具付きで。そして、あなたは残りの遺産の受取人でもあります。リオンズ・イン・チャンバーは早晩、ミセス・グレッグから明け渡されます。そして、あなたが自由に使えます。住居は現在、施錠されています。鍵は私が所持しています。あなた自身がそこに住むか、あるいは、貸し出すのかについてお知らせください。遺言の写しは、私の事務所でご覧になれます。もちろん、原本はサマーセットハウス（一八五九〜一九九八年間、遺言検認裁判所が置かれていた）にて確認されます。

この遺言の条項が、わたしによく考えるよう注意を促しました。わたしはミスター・オトウェイに金銭要求などしていませんし、彼の遺言の当事者とも思っていません。彼が生きているあいだはずっと自己中心的で、わたしを傷つけてきたことに対する彼の死後の償《つぐな》いだと思っています。ですから、事実、わたしはあまり後ろめたい思いはしませんでした。

ミスター・アイザックスに返事をする前に、わたしはさらに二通の手紙を受け取りました。一通はジャスパーからです。そして、静かな調子で書かれていたにもかかわらず、内容を読んで、わたしは驚きました。わたしの代理を務める弁護士を得るための行動を起こさないわたしに業《ごう》を煮やして、ジャスパーはソーンダイク博士を雇うために彼に会いにいったのです。

「そのことは問題にならないとは思いますが、われわれはかなり運が悪いです」と彼は続けていました。「ソーンダイク博士は喜んであなたの代理を務めてくれるでしょう。だけど運の悪いことに、土壇場で内務省からの指示で、彼は本件の独立した調査を任命されてしまいました。彼は別のふさわしい弁護士の名前を教えてくれました。進境著しい若手のコーリーです。僕は彼と必要な手続きをしています。だから、あなたの関心事は面倒を見てもらえるでしょう。そして、ソーンダイク博士が本件の曖昧な部分をはっきりさせてくれると信じましょう」

もう一通は、ソーンダイク博士自身からでした。そして、ジャスパーの要請を確認していました。「今日、あなたの友人のミスター・ダベナントが私を訪ねてきて、あなたの代理として審問の成り行きを見守るように依頼されました。もし自由にできたら、喜んで引き受けたでしょう。ですが、内務省の指示で、本件を独立して調査するように命じられました。そして、休廷中の審問に証拠を提出しなければなりません。それで、あなたの友人にミスター・コーリーをお教えしました。彼は優秀な弁護士です。そして、必要なことすべてを処理してくれるでしょう」

「私があなた方とは別の側に回ったことを、ミスター・ダベナントはとても残念に思いました。ですが、これは別の側ではないと彼に伝えました。私は証人側の弁護士ではありません。ですが、どちらの側に雇われたとしても、私の証拠は同じになるでしょう。私は特別な関心や、個人の利益で代理の仕事を引き受けることはありません。ただ得られる事実を得るだけです。そして、私の証拠として公平に提出します。そして、私の依頼人には、そのことを承知で私を雇うのだというこ とをいつもはっきりさせています——そのことを承知のうえでというのは、依頼人にとっては、集められた証拠が必ずしも好ましくはないかもしれないということです。ですから、私はあなた方には雇われていませんが、あたかもあなた方側の人間であるかのように厳密に行動するでしょう。できるだけ解明するでしょう。そして、わかったことはすべて法廷で供述します。おそらく、このことこそ、あなたにとって最良と思われます」

「それで、あなたにお願いがあります。私はリオンズ・イン・チャンバーの住居を調べたいと思っています。そして、今はあなたの借用名義になっていると理解しています。それで、住居の鍵を私に貸していただきたい。そして、私が室内を調査することを許可していただきたいのです。もし承知していただけるなら、私の証拠をより完全なものにできるでしょう」

ジャスパーの手紙がわたしを驚かせたのだとしたら、ソーンダイク博士の手紙はずいぶんとわたしを怖がらせました。冷静で無慈悲なまでに公平で、手紙が伝えた実際の事実以外のすべてに対して非人間的な無関心にわたしはぞっとしました。そして、その文章の調子に、直接の脅威となるものを読んでいるようでした。もしわたしが彼を雇ったら、わたしの責任でそうするべきですが、彼はそうほのめかしたでしょう。彼のやろうとしていることは、できるならすべてを明らかにして、彼が知りえたすべてを法廷で話すことです。（彼はどのくらいわかっているのかしら？すでにどこまで知っているのかしら？）今までのところ、彼は証言の逐語的な記録を持っています。彼らは自殺について話していたようだというミセス・グレッグの供述を、彼は持っています。彼は暗示や無言の意思についても知るでしょう。わたしがあの哀れな男を死出《しで》の旅に送り出したことを、彼がすでに知っている可能性はあるでしょうか？　わたしの父が彼の驚くべき推理力について話していたことを思い出したとき、ミスター・オトウェイやわたしの証言から疑念のある箇所を、どれほど的確に彼が見つけたかを思い出したとき、わたしの罪を秘密にしておくことは、とても難しいと感じずにはいられませんでした。そのことはすでに見破られているような気がしました。

彼の要求について、明らかに、わたしには受け入れる以外に選択肢はありませんでした。一方で、わたしはソーンダイク博士に家の鍵を手渡すようにまさにミスター・アイザックスに手紙を書こうとしていたとき、ミスター・アイザックスを不必要に信用するのは避けたほうがよいのかもしれないと思いました。わたしはミスター・アイザックスのことを何も知りません。そして、彼についてとくに先入観も持っていません。それに、ソーンダイク博士が住居を調べる目的も知りません。それで、そのことについていくらか当惑していましたし、かなり不快に思っていました。結局、わたしは鍵のことでミスター・アイザックスの事務所を訪れることにしました。そして、自分でソーンダイク博士へ鍵を届けることにしました。

それで、わたしはミスター・アイザックスに短い手紙を書いて、わたしの意思を伝えました。そして翌朝、わたしはミスター・アイザックスの事務所へ向かいました。彼の事務所はニュー・インにありました。わたしの訪問はいくぶん予期せぬものであり、明らかに事務弁護士の興味を惹くであろうと理解していました。

「鍵にはすべてラベルを付けて、家具のおおまかな目録を作ってあります」と彼が言いました。

「あなたと一緒に確認しましょう」

「ありがとうございます」とわたしは言いました。「ですが、今日は目録の確認は行いません。わたしが正式に所有するまで延期しましょう。きょうはただ住居を見にきただけです」

こうは言ったものの、わたしはもちろん住居へ行くつもりはありませんでした。ですが、わたしは鍵をバッグに入れてウィッチ・ストリートを進みながら、先ほど言ったとおり、住居へ行ったほうがいいと思いました。さらに、住居にはすでに手が入れられていて、いくつかのものを元に戻す必要があるかもしれません。なぜなら、ソーンダイク博士は悲劇が起こった夜の状態の住居を見たいと思うでしょうから。そして、わたしにとってとても重要な出来事の舞台となったこの場所に、多少の好奇心がなかったわけではありません。

ウィッチ・ストリートのはずれまで来たとき、リジング・サン（ロンドンのパブ）のそばで向きを変えて、ホリウェル・ストリートをリオンズ・イン・チャンバーの入り口へ向かって進みました。そして再び、薄暗い石段を上っていると、前回訪れたときと同じように、悪意のある雰囲気に包まれ、そして、漠然とした恐怖を抱かせるのでした。玄関口に辿り着き、戸口に立つと、気持ちが高ぶって、しばらくなかへ入るのをためらいました。ようやく、わたしは勇気をふりしぼって、鍵を鍵穴へ差し込みました。そして、頑丈なドアを開いて、わたしはロビーへ足を踏み入れたのです。

しかし、わたしの緊張は少しも和《やわ》らぎませんでした。外側のドアを少し開いたままにして、わたしは素早く廊下を歩きました。台所と、ミセス・グレッグの部屋と思われる――明らかに家具が彼女のものでした――小さめの誰もいない部屋を覗いて、居間を横切り、寝室へ入りました。

ここは何も変わっていないようでした。大きな釘さえも、そのままです。わたしは思わず目を見張りました。赤いロープの端が相変わらず結ばれています。ベッドはむき出しになっていました。しかし、ベッドサイドテーブルはベロナールの錠剤の瓶にいたるまで、そっくりそのまま残っていました。わたしは周囲を素早く、神経質に見回しました。あの忘れることのできない夜の記憶と比べても、家具は何一つ動かされていません。ここはそのままだと判断したとき、わたしは向きを変えて出ていきました。

居間を横切ろうとしたとき、大きな衣装だんすのような戸棚が、わたしの注意を惹きました。そして、ここから謎めいた音が聞こえてきたのを思い出しました。（あの夜、ミセス・グレッグがここに隠れていて、罪に問われるようなわたしの言葉を盗み聞きしていたなんてことはあるかしら？）彼女の証言で、そのことには触れていませんでした。ですが、審問はまだ終わっていません。彼女が戸棚に隠れることが物理的に可能かどうか、確かめることにしました。ドアのところへ行って、鍵をかけました。そして、鍵を一つひとつ調べて、〝居間の戸棚〟と書かれた鍵を見つけました。少し変わった種類の鍵でした。よくある樽型ではなく軸が硬いもので、鍵を差し込んで戸棚のドアを開けたとき、鍵穴が錠前を貫通したことに気がつきました。それで、ドアは外側からと同じように、内側からも施錠できるのです。戸棚自体はわたしの目の高さより少し上に一枚の棚のある衣装だんすのような造りでした。ミセス・グレッグのような背の低い女であれば、なかで楽にまっすぐ立てるでしょう。戸棚の造りや錠前の特別な構造から、あの夜、このなかに隠れて盗み聞きすることができたかもしれません。少なくとも、そのことは言えるでしょう。

ドアを閉める前に、わたしはつま先立ちして、棚の上に何かあるかどうか見ました。内部は薄暗かったのですが、何か金属性の物が見えました。それで、それに手を伸ばしてつかみました。明るいところへ引っ張り出してきて、わたしは驚いて息をのみました。それはわたしの父の杖でした。わたしはそれを下に下ろして、両手に持って興味深く見て回りました。これがどうしてここにあるのでしょう。調べていると、銀色の握りのところにへこみがありました。そこには血のしみと二本の髪の毛もついていました。わたしは髪の毛を近くで見ました。でも、その髪の毛が父のものであるかどうかはわかりませんでした。髪の毛の一本は白く、もう一本は茶色がかったグレーです。父の髪の毛は、全体としては鉄灰色《てつかいしょく》（やや紫がかった、または青みがかった濃い灰色）です。ですが、一本一本の髪の毛からは判断できません。もしこれらが父の髪の毛であったら、父の杖を握りしめていた男が父の殺人犯です。恐ろしい考えですが、なんの確証もないわけではありませんでした。激怒したあの日にこのことを見たように、わたしの心臓の鼓動が速まるのを感じました。このことが真実を伝えるなら、わたしが行《おこな》ったことに対してこれ以上罪の意識にさいなまれることはないでしょう。ミスター・オトウェイがわたしの父を殺したのだと確信がもてたなら、わたしの口から無意識に発せられた言葉は、意図的に、そして、良心の呵責なく意識的に発せられたのです。

わたしは手に杖を持ってしばらく突っ立ったまま、この杖をどうするべきか考えました。杖の謎めいた登場が、厄介な事態を新たに引き起こすであろうことが容易に予測できました。ですが、杖を処分したり隠したりすることは不正直であるばかりか、危険な行為でもあります。なぜなら、何者かが杖の存在を知っているのは、ほぼ確実だからです。目録が作られたとき、杖を見られているに違いありません。結局、わたしは杖を棚の上に戻して、戸棚に鍵をかけました。そして、鍵をバッグにしまうと、ドアのほうへ向かいました。ドアは少し開いたままでした。

わたしはゆっくりとテンプルのほうへ歩きながら、心のなかでこの奇妙な発見をあれこれと考えていました。リオンズ・イン・チャンバーにあの杖があったことを、何者かが知っている。そして、その何者かはミスター・オトウェイか、ミセス・グレッグに違いありません。ですが、二人とも杖は見ていないとはっきりと供述しました。しかも、なぜ二人とも杖を隠して、杖など見ていないと言うのか推測するのは容易ではありません。わたしはその問題を何も理解できませんでした。ですが、一つだけはっきりしたことがあります。この発見をソーンダイク博士に伝えなければなりません。これでいかなる方法によっても、わたしが罪に問われることはありません。そして、いくつかの謎を解くための手がかりを彼に与えるかもしれません。謎が解けることは、わたしに有益をもたらします。

ソーンダイク博士の家のドアはミスター・ポルトンが開けてくれました。彼は顔をしわくちゃにして、親しみのある笑みを浮かべわたしに挨拶してくれました。

「申し訳ないが、博士は不在なんですよ」と彼が言いました。「そして、博士も残念がることでしょう。博士もあなたに会いたがっていました」

「問題ありません、ミスター・ポルトン」とわたしは言いました。「これらの鍵を預けにきただけですから。ですが、伝言も残しておきましょう。目録はまだ確認できていませんので、手に負えなくなるほど、家のなかを乱さないように彼に伝えていただけませんか？　そして、父の杖は居間の戸棚のなかにありましたと伝えてください。忘れないでくださいね」

「忘れません」最後の言葉に少し力を込めて、彼は答えました。「ですが、重要な問題において、自分の記憶を信頼していません。博士にメモを書いてもらえませんか？」

彼は筆記用具を取り出して、テーブルのそばに椅子を置きました。それで、わたしは椅子に座って、短い伝言を書きました。わたしが彼にメモを渡すと、彼はマントルピースの目立つ場所にメモを置いて、何か言いたそうにわたしを見ました。それで、わたしは彼が何か言うのを待ちました。

「階上に粉々になった古い腕時計があります」ようやく彼が口を開きました。「あなたが動くのを見たいと思うかどうかわかりませんが、見る価値はあります。細工を知りたいなら、古くて良いできの腕時計のなかを見るべきです」

そのとき、わたしは腕時計にも細工にも、あまり興味がありませんでした。しかし、それとはなしの褒め言葉は言うまでもありませんが、彼の親しみのある熱意に抗《あらが》うことはできませんでした。それで、わたしたちは一緒に階上の作業場へ向かいました。そこで彼は職人の喜びを持って精巧なろくろや、彫刻が施《ほどこ》されたお皿や、浮き出し模様のついた柱を見せてくれました。そして、彼は顕微鏡を持ってきてくれましたので、わたしはウマの毛ほどの太さがあろうかという鎖の輪の仕上がりを鑑賞できました。

休廷中の審問が再開される日が近づくにつれて、わたしの不安は罪深い秘密によって増大していきました。ジャスパーが言ったように、わたしの立場はいずれにしても難しいものでした。ですが、そのなかで本当に警戒しなければならないのは、ソーンダイク博士が本件に介入してきたことでした。自殺をほのめかす要素は、検視官や陪審員に疑われていません。ですが、そのことは、ソーンダイク博士の超人的な洞察力を免《まぬが》れられるでしょうか？　わたしにはできないような気がします。なぜなら、そのことの手がかりは、ミセス・グレッグの証言で明らかだからです。そのことに気がつけば、あらわになるでしょう。そのことに疑いの余地はありませんでした。ソーンダイク博士は、親切で思いやりのある人です。ですが、彼は正義の権化《ごんげ》です。彼は本件を情け容赦なく調べるでしょう。そして、最後まで真実を話すに違いありません。わたしはそのことを確信しています。もしわたしの運命は彼の手に握られているのだとしたら、わたしの運命は尽きるかもしれません。

部外者から見た本件の見方のなかで、わたしは休廷が再開される前日に不愉快な解説を目にしました。部屋で読もうと、わたしが手に取った夕刊に書かれていた記事でした。紙面にざっと目を通していると、〝リオンズ・イン・チャンバー〟という言葉が目に留まりました。それで、わたしは記事を読みました。

――新たな〝リオンズ・イン・チャンバー〟は古いときの評判を模倣しているようだ。昔、その地区内で、有名なウェアラーの殺人が起こった。今の世代には忘れられているだろうが、トム・フッド（トーマス・フッド。一八三五～七四年。イギリスのユーモア作家）のかなり残酷な詩のなかで不滅となった。

被害者は耳から耳にかけて喉を切られていた。彼の名前はミスター・ウィリアム・ウェアラーで、リオンズ・イン・チャンバーに住んでいた。

しかし、リオンズ・イン・チャンバーで起こったことは、殺人ではなかった。少なくとも、われわれは違うと思っている。今では自殺と見なされている。だが、本件にはいくつか奇妙な点がある。たとえば、美人で若い妻は、結婚式の当日から、年配の夫と一緒に暮らすことをかたくなに拒んだようだ。そして、不可解な匿名の手紙が続いた。さらに、ミスター・ルイス・オトウェイが寝室の壁の釘で首を吊った夜に、高価な宝石が部屋から消失したという噂もある。それで、休廷中の審問は明日午前十一時に再開されるが、いくつかの奇妙な新事実が明らかになるかもしれない。

わたしは新聞を下に置くと、冷たい手を胸に押し当てました。書き手は何も誇張していませんでした。非難するようなことも述べていません。縁起の悪い住居に起こった不吉な出来事の目に見えるものとして、記事はわたしを悲劇の中心人物のように書いていました。そして、記事は本件を誤って述べていると言えるでしょうか？　匿名の手紙や消失した宝石――本当に盗まれたとしても――わたしは何も知りませんでした。とにかく、確固たる事実はミスター・オトウェイの死です。そのために、検視官はわたしに責任を負わせました。そして、検視官は手段に関して証拠を見誤ったにもかかわらず、わたしは検視官は正しいと認めざるをえません。これから行われる審問は、事実上、ヘレン・オトウェイの裁判です。

第二十六章　休廷中の審問

二度目の審問は、一度目よりはるかに重要でした。わたしがなかに入ったとき、大きな部屋か、あるいはホールは満席に近い状態でした。集まった人々の多くは、目に浮かぶような新聞記事に惹かれた見物人であることは明らかでした。そのうえ、これらの人々の多くは、審問と関係のある人々です。検視官の椅子の後ろには、警官の一団も座っています。ミスター・アイザックスとミスター・ハイアムズも、再び列席しています。証人のなかには、キャンベル夫妻や、夫妻の隣に座っている、やや若い典型的なヘブライ人の男も含まれています。新聞社に充てられた長いテーブルの片側は、記者でいっぱいでした。そのなかに、ソーンダイク博士に雇われた男もいることに気づきました。そして、数人の当事者の代理を務めると思われる法律家も一人、二人いました。

わたし自身の弁護士であるミスター・コーリーは、やり手のように見える三十五歳くらいの男ですが、わたしのために確保された椅子にわたしが座ったとき、自己紹介をしました。そして、いくつか助言をくれました。

「すべての必要な指示をミスター・ダベナントから受けています。そして、彼もここに来ています」と彼が言いました。（わたしがここへ入るとき、彼をほんの一瞬見ました）「彼の印象では、あなたの夫の死にはあなたの影響が大きかったことを、検視官は主張しようとしているとのことです。もしそうなら、あなたはかなり慎重に質問に答えなければならないでしょう。とくに陪審員が尋ねる質問については。いかなる不確かな質問にも、急いで答えてはいけません。連中が証言以上のことを求めようとするなら、異議を唱える時間を僕にください」

わたしは彼の助言を心に留めておくことを約束して、尋ねました。

「今日、ソーンダイク博士が証言するかどうか知っていますか？」

「彼はすると思われます」と彼が答えました。「ですが、彼はこの場にいなくて、彼の記録係がいるだけです」

このとき、それまで目を通していた書類を検視官が下に置きました。そして、陪審員に開廷を短く告げました。

「この審問は二週間前に休廷されましたが、審議するに足る新たな事実が揃いました。新事実の多くは前回の審問でお聞きになられた宝石の消失に関することです。ですが、ほかの面において、それらの事実は本件に奇妙な見方を示します。最初の証人は、ロンドン警視庁犯罪捜査部のミラー警視です」

彼の名前が呼ばれたとき、警視は立ちあがってテーブルのそばの位置に着きました。警視は宣誓して、職業上の道具を準備しました。それから、いかめしく検視官の次の質問を待ちました。

「あなたは故人であるルイス・オトウェイについて、また彼の事業について知っていますね？」と検視官が言いました。

「ええ、彼のことは二十年以上知っています」

「あなたは彼の何を知っていますか?」

「私は二十三年前に彼と知り合いました。当時、彼は事務弁護士として働いていました。おもに、警察裁判所で弁護の仕事をしていました。彼の実名はルイス・レビーといいます。その後、オトウェイに改名します。しばらくして、彼は金貸しの仕事に従事するようになりました。このとき、すでにオトウェイを名乗っていました。そして、金貸しと宝石の不法取引を兼ねるようになります。彼は盗品の故買人も兼ねているとの疑いで、警察が目を光らせ始めました。われわれは彼に対してまだ何もつかんでいません。ですが、彼は盗んだ宝石の仲買人か処分業者であるとの疑いを絶えず持っています」

「私が最初に彼を知った頃、彼はレイチェル・ゴールドステインという名の若い女性と一緒に暮らしていました。彼女はいわゆる家政婦です。ですが、子どもが二人いました。男の子の名前はモリス、そして、女の子の名前はジュディスです。彼は彼の子どもと認めていました。名前をオトウェイに変えたとき、レイチェル・ゴールドステインはグレッグを名乗りました。そして、スコットランド人の女性として通すようになりました。二人の子どもたちは大きくなるまで両親と一緒に暮らしました。オトウェイまたはレビーは警察の目がより厳しくなるような方法で二人の子どもを養いました。ジュディスはデービッド・サムエルズと結婚しました。彼はキャンベルの名前で美術品の販売業者として働いていました。とくに金細工の作品と宝石類を扱っていました。そして、モリス・ゴールドステインは骨董品の販売業者として働きました。ハンド・コートにお店を持ち、ホワイトチャペルのマンセル・ストリートにいくつかの作業場を構えて、骨董品の多くがそこで作られました」

「今、キャンベルとゴールドステインの二人の男は宝石商として働いています。オトウェイは二人に融資していたと言われていました。そして、オトウェイは二人が所有している住居の借り主でした。さらに、二人がビジネスの世界で身を立てるとすぐに、オトウェイは金貸しの仕事から次第に身を引き、もっぱら宝石の販売に専念するようになります。彼は宝石の目利きとして有能でした。そして、合法的な販売業者として成功しました。ですが、彼はかなり大がかりに非合法的な商売もやっていると警察はにらんでいます。私は彼を誹謗中傷するつもりなどありません。ただ、警察が抱いている印象を述べているだけです。間違った印象かもしれません。ですが、私がそのことに言及したのは、そのことが今回の審問に直接関係するからです」

「当時、オトウェイは盗んだ宝石をかなり大がかりに扱っていたと、警察は考えていました。彼は宝石を取りつける台座なしで、盗人からではなく、盗品の故買人から手に入れていたようです。そして、彼の息子や義理の息子の助けを借りて処分していたようです。この二人は高額な宝石をかなり手広く扱っていました。彼らは商品には手を出しません。しかし、熟練した金細工職人と宝石職人――二人が定期的に雇っている職人のなかの数人です――による作品を独占的に扱いました。彼らは修理やサイズ直しなども大がかりにやっていました。そして、彼らの取引の相手はもっぱら個人客であり、一般的な取引ではありませんでした」

「われわれの考えている方法は、こうです。オトウェイが盗品の宝石を集めると、それらをキャンベルとゴールドステインの二人に横流しします。彼らは彼らが雇っている職人に宝石の加工を委託します。そして、正規の販売業者から仕入れた宝石として提供するのです。必要とあらば、それらの購入を証明することもできます。そして、宝石が運ばれてくると、キャンベル、もしくはゴールドステインは購入した宝石を台座から外し、盗んだ宝石と取り換えました。宝石の修理やサイズ直しのときも、同様の方法がとられます。この種の交換の追跡は、とても困難です。なぜなら、特定の宝石を識別することや、正規の販売業者が扱ったものではないことを証明するのは簡単ではありません。実のところ、一つの場合を除いて、われわれは盗まれた宝石の追跡ができていません。それゆえ、起訴するには証拠が不充分なのです」

「そして今、この審問において、われわれは本件に辿り着きました。約一年前は、ニュー・ボンド・ストリートのミドルバーグ宝石店——有名な宝石商です——への押し込み強盗と思われていました。高価な宝石のコレクションが約五千ポンド持ち去られました。コレクションとしては、小さなものです。ですが、個々の宝石がいずれも高価であり、そのなかのいくつかは大きさといい、独特であることといい注目に値するものでした。宝石は追跡できていません。宝石は国外で姿を現しません。それで、すべての宝石はまだ国内にあると、警察では考えています」

「これらの宝石がみごとに姿を消したので、宝石はオトウェイの手に渡ったと警察は考えました。そして、彼は一つずつさばくことのできる機会をうかがっていたのです。この頃は、メードストーンに住んでいました。彼はそこに一年か二年いました。ですが、古い住居をリオンズ・インン・チャンバーに持ったままでした。そして同時に、しばしば一週間以上そちらにも滞在していました。去年の五月か六月、彼はメードストーンを離れて、リオンズ・イン・チャンバーへ移ってきました。それで、われわれはより密接に彼を監視し始めました」

「約二か月前、おそらく試用販売で、彼はハットン・ガーデンのミスター・ハイアムズから宝石のコレクションを購入しました。オトウェイはこれらの宝石を慎重に選びました。それらについての特徴的なことは、全体として、非常に盗まれたコレクションに似ていることです。たとえば、盗まれた宝石のなかには、大きな二つのトルマリンがあります。一つは緑色で、もう一つは濃い青色です。ステップカット（大きな四角形のテーブル面を持った宝石のカット法）が施されています。そして、四つのエメラルドがあり、二つはステップカットされ、ほかの二つはカボションカット（下部が平ら、またはわずかに丸みを帯び上部が凸状または丸いドーム型に研磨された宝石）されています。二つの大きなクリソベリル（宝石の一種）もあります。一つはブリリアントカットで緑色、もう一つはカボションカットで黄色。薄い青色のダイヤモンドと薄いピンク色のダイヤモンド。ミスター・ハイアムズから購入した宝石には、トルマリン、エメラルド、クリソベリル、そしてダイヤモンドが含まれています。大きさも色もカットの仕方もそっくりです。盗まれた宝石の流通可能な複製もたくさんあります」

「このことに気づいたとき、オトウェイは盗まれた宝石を売りさばく手配をしていると私は推測しました。それで、さらに密着して彼を監視しました。ですが、現在に至るまで、消失した宝石は一つも見つかっていません。ハイアムズのコレクションは消えたままです。そうであるなら、それを手に入れた人物が盗まれた宝石も所持しているのではないかと考えられます。もちろん、単なる推測ですが」

「そうに違いないでしょう！」と検視官が言いました。「そして、そのことはわれわれの領域というよりも、あなた方警察の領域です。審問に関連することで、ほかに何か言うことはありますか？」

「いいえ、これですべてです」

「あなたに再び証言してもらう場合に備えて、この場に残ってもらえますか？」

「ええ。ソーンダイク博士の証言を聞きたいものです。そしてもちろん、評決も」

「あなたは長く待つことになるかもしれません。なぜなら、列車を逃して、メードストーンで足止めをくっているというソーンダイク博士からの電報があります。われわれ全員にとって、ゆゆしき事態です。ですが、証言を続けましょう。次の証人はミスター・サミュエル・アイザックスです」

警視が自分の席へ戻ると、ミスター・アイザックスがテーブルに近づきました。わたしは聞いたことを素早く考えました。ソーンダイク博士は明らかにメードストーンを訪れました。彼の訪問は、現在の審問と関係があるのでしょうか？　もしそうなら、彼が調べていたことは、何だったのでしょうか？　わたしが関係していることだと、場所的に示唆しています。ですが、調査の性質上、何を調べているのかわたしにはわかりません。しかし、このことをじっくり考える時間はありません。なぜなら、ミスター・アイザックスが宣誓を終えて、証言を始めました。

「あなたは故人の事務弁護士でしたね、ミスター・アイザックス？」

「ええ、私は故人の遺言執行人の一人です」

「職業がら、故人の部屋から故人が所有していた財産が消失したことについて、あなたは何か聞いていますか？」

「聞いています。ミスター・ハイアムズが、五千ポンドの価値のある宝石の包みを返すように故人に要求していました。ミスター・ハイアムズによれば、宝石は彼の財産であり、故人がそれを所持していると主張していました」

「宝石を見つける目的で、故人の住居を調べましたか？」

「はい、住居をかなり念入りに調べました。そして、故人のすべての個人資産の完全な目録を作りました。金庫やほかのすべての入れ物の中身も調べました。そして、彼が銀行に預けておいた資産も確認しました。私は私なりに徹底的に探しました。それでも、宝石の包みも、そして、何らかの宝石の類《たぐい》も見つけることができませんでした」

「包みを見落とした可能性はありますか？」

「それはないと思います。包みはあの家のなかにはないというのが、私の見解です。そしておそらく、銀行にもありません」

　検視官とテーブルに座っている法律家のような男の両方が、この答えを書き留めました。それから、検視官が言いました。「故人の事業の状態がどのようであったかを、あなたは供述する立場にありますか。何らかの経済的な困窮はありましたか？」

「なかったと思います。不動産の総資産価値は――完全に個人的なものですが――一万七千ポンドを少し超えます。そして、負債のほうは私が知っている限りささいなものです」

「遺言のおもな条項はどのようなものなのか話せますか？　もちろん、遺言が検認されていればですけれど」

「遺言は検認されています。おもな受取人は未亡人です。未亡人は八千ポンドと、家具や故人の資産を含めて、リオンズ・イン・チャンバーの賃借権を受け取ります。そして、残りの遺産の受取人となります。レイチェル・グレッグ、あるいはゴールドスティンは一千ポンド、モリスとジュディスはそれぞれ二千ポンドずつ、そして、二人がそれぞれ事業を続けていけるように住居の賃借権を得ます。そして、全部で一千ポンドに満たない少額の遺産があります。その結果、三千ポンドほどが残り、未亡人のところへ行くでしょう」

「この遺言の日付はいつですか？」

「去年の六月十日です」

「遺言の条項は未亡人や、あるいは、ほかの受取人に知らされているかどうかご存じですか？」

「知りません。遺言の検認が行われるまで、私は公開しませんでした」

「ありがとうございます」と検視官が言いました。「陪審員から何か質問がなければ、これ以上お尋ねすることはないでしょう」

陪審員からは、何も質問がありませんでした。しかし、テーブルに座っている法律家のような男が尋ねました。そして、びっくり箱の人形のように立ちあがって、検視官に話しかけました。

「ミスター・ハイアムズの代理人として、証人に尋ねたいことがあります。消失している宝石が見つからない場合は、その損失は不動産に課せられるのでしょうか?」

このときのミスター・アイザックスの顔には、古拙《こせつ》（古風で拙いが、趣のあること）の微笑として知られる彫像のような笑みが浮かんでいました。

「あなたは私に責任を認めるように迫っています」と彼が答えました。「そのようなことはできません。あなたもよくご存じのことと思いますが、このような場合に一般的に認められている手続きがあります」

質問した男は着席しました。すると、ミスター・コーリーが立ちあがりました。

「証人にお訊きしたいのですが、その損失が不動産に課せられるという判決が下された場合は、損失はすべての受取人に平等に影響するでしょうか?」

「いいえ、違います」とミスター・アイザックスが答えました。「第一に、そのことは残余遺産受取人の負担となります。課せられた金額が残余額を超えた場合に限り、全体として不動産に影響するだけです」

「ありがとうございます」とミスター・コーリーが言いました。「もう一つお訊きしたいことがあります。この遺言の日付は、去年の六月十日です。この遺言の有効には、これ以前に存在する遺言の無効が含まれますか?」

「ええ、含まれます。結婚後、故人は署名と認証を得た遺言が存在することを再確認しました。しかし、新しい遺言を作成したとき、こちらを無効にしました」

「そちらの遺言の受取人は誰ですか?」

ミスター・アイザックスは検視官のピューター（スズに銅、アンチモン、ビスマス、鉛を加えて作る合金）のインクつぼを考え込んだ目つきで見つめていました。そして、しばらく考えていました。

「今の質問に答える必要がありますか？」検視官を見ながら、ようやく答えました。

「重要な点ですか？」ミスター・コーリーを見て、検視官が尋ねました。

「重要になってくるかもしれません」とミスター・コーリーが答えました。

検視官はミスター・コーリーをじっと見つめて、考えました。それから、頷《うなず》きました。「なるほど、承知しました。今の質問に答えてください、ミスター・アイザックス」

ミスター・アイザックスが同意を示しました。「そちらの遺言の受取人は、レイチェル・ゴールドステイン、モリス・ゴールドステイン、そして、ジュディス・サムエルズです」

「遺産の分配はどのようになっていますか？」

「動産の大部分はモリスとジュディスのあいだで分けられます。レイチェル・ゴールドステイン、もしくはグレッグは二千ポンドを受け取ります。しかし、彼女は残余遺産受取人でもあります」

「そして、不動産の価値は？」

「そのことについては答えられません。そのことを今、知ったのですから」

ミスター・コーリーが座りました。そして、ミスター・アイザックスは自分の席へ戻りました。

それから、検視官がミスター・ハイアムズの名前を呼びました。彼はテーブルのそばの所定の位置に着きました。

「ミスター・ハイアムズ、あなたのかなりの財産が、故人によって保管されていると聞いていいます」と検視官が言いました。「どのような取引だったのか、詳細をご説明ください。たとえば、いつ故人が所有することになったのですか？」

「二か月前——八月十日です。故人が私の事務所を訪ねてきて、特別な目的のために選別した宝石を預からせてほしいと言ったときです。裕福なアメリカの紳士に多くの宝石を売る機会があるからと言っていました。さらに、宝石の加工を委託する話をもちかけられるとても聡明な芸術家を見つけたと言いました。それらは、おもにペンダントやブローチやブレスレットに加工される重要な要素となるはずです。宝石は大きさといい、質といい、並外れていました。そして、ミスター・キャンベルが購入見込み客に見せられるように仕分けを望みました。ミスター・キャンベルというのは、取引を実行する人間です。彼の手帳には、リストが書かれていました。私の宝石から選んだものを紹介する人たちです。彼が選んだ宝石は、ありきたりのものではありません。通常の宝石を身につける人たちよりも、収集家や鑑定家が好みそうな類のものです。それらのいくつかはとても価値があります。彼が選んだルビー一つだけで、千五百ポンドの価値があります。彼が持ち去った包みの宝石の合計は、四千二百ポンドの価値があります」

「彼はその代金をあなたに支払わなかったのですね？」

「いいえ。彼はそれらを保管するとは言いませんでした。それらは顧客に見せるために選別したものです。私はすべての宝石のリストを作りました。そして、彼はリストの下部に署名しました。私は故人とは長年の付き合いです。同じような取引をしばしば行ってきました」

「そして、彼は宝石を、一部でも返していないのですね？」

「いいえ。彼がポケットに私の宝石を入れて私の事務所を去って以来、彼には会っていませんし、彼の噂も聞いていません」

これがミスター・ハイアムズの証言の要点です。そして、彼が退いたとき、ジュディス・サムエルズの名前が呼ばれました。彼女はテーブルの所定の位置に着きました。そして、宣誓などいつもの事前の行為を行ったあと、彼女の証言を始めました。

「わたしはデービッド・サムエルズの妻です。夫はドナルド・キャンベルの名前で美術品の商売をしています。おもに金細工の作品と宝石を扱っています。彼は実務経験のある宝石商です。しかし、調整と修理の多くを下請けに出しています。夫が売った、あるいは、顧客から委託された新しい仕事は、彼が雇っている職人によるものではなく、独立した金細工職人によるものです」

「あなたは故人が死ぬ前の夜に故人を訪ねていますね？」

「ええ。午後六時半頃に彼の家を訪ねて、七時頃に辞去しました」

「故人の様子や態度が、いつもと違っていませんでしたか？」

「故人は具合が良くなさそうでした。そして、かなり落ち込んでいるようでした。しかし、二人で話をしているうちに、元気になってきました。わたしが話した仕事に、故人はとても興味を持ちました」

「それはどのような性質の仕事ですか？」

「故人がミスター・ハイアムズから試用販売で手に入れ、故人が紹介したとても裕福なアメリカの紳士から手数料を得ることを期待していた宝石のコレクションに関係する仕事です。彼はアメリカの紳士の名前を明かしませんでした。もし彼が手数料を保証するなら、夫は交渉を進めたでしょう。そして、仕事を実行したでしょう」

「故人は宝石を所有していたと思いましたか？」

「ええ、故人はそれらをわたしに見せました。それらは小さな木製の箱に入っていました。違う種類の宝石が小さな紙の包みに個別に包まれていました。ベッドのそばのテーブルのうえの書類保管金庫から箱を取り出し、彼が宝石をわたしに見せてから、元へ戻しました」

「これらの宝石の処分について、何か手配しましたか？」

「いいえ、最終的な処分は何もしていません。顧客にデザインを見せるために、われわれの金細工職人の何人かを雇ったほうがいいと助言を受けました。そして、微細な宝石のデザインとペンダントに仕上げるのをミセス・オトウェイに依頼することを夫に伝えるよう言われました」

「ミセス・オトウェイですって！」と検視官が声をあげました。「ミセス・オトウェイとは、誰のことですか？」

「ヘレン・オトウェイのことです、故人の妻です」

「ミセス・オトウェイが宝石のデザイナーということですか？」

「彼女はデザイナーだけではありません。彼女は経験のある金細工職人です。そして、とても頭も切れます。夫は彼女の作品をことのほか称賛しています。そして、彼女にかなりの高額を支払っています。たとえば、銀食器のティースプーンセットに二十五ギニー支払いました」

検視官や陪審員や記者がわたしに投げかけた驚きの表情が、わたしの虚栄心をくすぐりました。

わたしの知る限り、真実から少しも逸脱することなく、ミセス・キャンベルはもっとも恐ろしい、もつれた状況にわたしを巻き込みました。

メモをとるのにかなりの労力を費やしたので、しばらく間があいてから、検視官が再び証人に話しかけました。「故人は多くの匿名の手紙を受け取っていたという証言を得ています。これら匿名の手紙について、何か知っていますか？」

「証言で聞いたこと以上は何も知りません」

「このような匿名の手紙を誰が書いたのか心当たりはありますか？」

「証言を聞いた範囲で、誰が書いたのかを推測することができると思います」

「私が尋ねているのは、そういうことではありません。証言から推測するのではなくて、これらの匿名の手紙について何か情報をお持ちですか？」

「いいえ。そのときまで、それらについて聞いたことがありません」

これでミセス・キャンベルの証言が終わりました。彼女が自分の席に戻ると。ミセス・グレッグが呼ばれ、消失した宝石について尋ねられました。

「故人がこれらの宝石を所有していたことを、あなたはご存じでしたか？」

「ええ、あるとき、故人がそれらをわたしに見せてくれました。それに、故人がしばしばそれらを見ているのを見ました。故人はとても宝石がお好きでした。小さな四角いビロードの上に宝石を置いて、さまざまな光のもとで、拡大鏡を使ってよく見ていました」

「これらの宝石を最後に見たのは、いつですか？」

「ミセス・キャンベルが辞去して、ミセス・オトウェイが到着する直前です。そのとき、故人はベッドの上に座って大きな緑色の宝石を見ていました。ミセス・オトウェイが午後八時にやって来ることになっていることを、わたしは故人に伝えました。すると、故人は宝石を箱に戻して、テーブルの上の書類保管金庫にしまいました」

「宝石がなくなっていることに最初に気づいたのは、いつですか？」

「故人が自殺を図《はか》ったことが発見された翌日です。ミセス・オトウェイがミスター・ハイアムズと一緒に故人の部屋へやって来て、その後、検視官事務所へ行ったときです。ミセス・オトウェイは匿名の手紙を探しにきました。そして、まっすぐ書類保管金庫へ向かいました。そして、それらはそこにありました。ですが、宝石はありませんでした。彼女は書類保管金庫からすべて取り出して、ミスター・ハイアムズに見せました。しかし、宝石はそこにはありませんでした」

「ありがとうございます」と検視官が言いました。「それでけっこうです。さて、皆さん。ミセス・オトウェイがさらなる情報を提供できるか尋ねなければなりません」

わたしは再びテーブルの所定の位置に着きました。陪審員や傍聴者の過去についての好奇心が、全体的に高まっていることに気がつきました。

「われわれは消失した宝石の問題に決着をつけたほうがよさそうです」と検視官が言いました。「そのことはどちらかといえば警察の仕事なので、われわれの審問に直接影響はしないですが、重要なので間接的に影響するように思えます。ジュディス・サムエルズとレイチェル・ゴールドステイン、あるいはグレッグの証言を聞きましたね、ミセス・オトウェイ。これらの消失した宝石に、何か光明を見いだせませんか？」

「いいえ、できません」

「故人がこれらの価値のある宝石を所有していたことを、あなたはご存じでしたか？」

「いいえ。ミスター・オトウェイが死んでいるのが発見された日の夜に、ミスター・ハイアムズがわたしを訪ねてくるまで、宝石のことは聞いたことがありませんでした」

「これらの宝石は今、どこにあるとお思いですか？」

「わかりません。どこにあるのか見当もつきません」

「故人が宝石の販売業者であったことはご存じでしたか？」

「いいえ。故人は装飾用の石を収集していると、それで、故人はときどきそれらを扱っていると、父から聞きました。ですが、故人は単なる収集家であって、職業としての販売業者ではなかったと思います」

「あなたが彼と結婚したとき、どれくらいの期間お付き合いをしていましたか？」

「彼の存在を知ってから、約一年です。ですが、ほとんど話をしたことがありません。事実、彼はわたしにとっては見知らぬ人も同然だったといっても過言ではありません」

「彼の家族に自殺の傾向があることを聞いたことはありませんか？」

「彼が死んだ前の夜にわたしに話してくれるまで、聞いたことはありません」

「あなたは経験のある金細工職人で、ミスター・サムエルズ、もしくはキャンベルのために作品を作っているとの供述がありますが、これは事実ですか？」

「わたしは金細工職人として働いています。そして、わたしの作品のいくつかをミスター・キャンベルに売っています。ですが、彼に雇われているわけではありません。自立した芸術家として働いています」

「彼はあなたに宝石を提供しましたか？」

「いいえ。自分の材料は自分で買います」

「彼のためにサイズ直しや加工をしたことはありますか？」

「いいえ。彼や、あるいは、ほかの誰かのためにどんな作業も行っていません。わたしは自分のために働いています。そして、わたしが製作したものを売っています」

検視官が頷いて、自分のメモをちらっと見ました。しばらくしてから、検視官が尋ねました。

「あなたが故人を訪ねた夜は、何時に辞去しましたか？」

「午後十時少し前です」

「あなたが辞去したときの故人の具合は、どうでしたか？　かなり落ち込んでいて、心配そうでしたか？」

「わたしが辞去したとき、故人は眠っていました」

「眠っていたですって！」と検視官が声をあげました。「故人はどれくらい眠っていましたか？」

「それほど長くではなかったと思います。おそらく、十五分くらいです。彼がいつものベロナールを飲んだとき、彼が眠るまでわたしにそばにいてほしいと言いましたので、わたしはそのとおりにしました」

「翌朝、家政婦が寝室へ入ったとき、寝室のドアは大きく開け放たれ、ガスマントルがついていたと供述しています。あなたが辞去したときの状況はどうでしたか？」

「ガスマントルがついていました。そして、わたしは寝室のドアを閉めませんでした。家政婦が故人の様子を見に寝室へ行って、いつもの夜と同じように整えたことは知りませんでした」

「ですが、もしあなたがガスマントルを止めて寝室のドアを閉めていたら、家政婦が寝室へ入らずに済んだでしょう」

「そうでしょう。どちらにしても問題ではないように思います」

「あなたが去ったとき、あなたはハンドバッグを置き忘れたのですね？」

「そうです。わたしは椅子の背にハンドバッグを掛けていました。そして、立ちあがって部屋を出ていったとき、それを忘れたのです」

「ハンドバッグを忘れたことを、いつ気がつきましたか？」

「家に帰るために、ホリウェル・ストリートの角でタクシーを止めたとき気がつきました」

「なぜそのとき取りに戻らなかったのですか？」

「ミセス・グレッグやミスター・オトウェイを煩わせたくなかったのです。もうかなり遅い時間でしたから」

「あなたの財布は、ハンドバッグのなかでしたか？」

「そうです。ですが、そのことはまったく重要ではありませんでした。タクシー代を払ってくれる誰かが起きていてくれることを、知っていましたから」

「翌日、あなたはハンドバッグを取りにやって来たと供述しています」

「ええ、午後三時頃です。そのとき、わたしはミスター・オトウェイが亡くなったことを初めて知りました」

「家政婦があなたにそのことを告げたとき、あなたは気を失って倒れたと家政婦は供述していま す。そのとおりですか？」

「そうです。ミセス・グレッグがあまりにも急にそのことを伝えたものですから、わたしにとっては大変なショックでした」

「故人が自殺したと聞くことを期待していましたか？」

「いいえ。そのことは考えていませんでした」

「前の夜に故人と話し合ったことが、影響していると思いませんでしたか？」

「思いません。この迫害が続いたら、故人は自殺に追い込まれるかもしれないという印象を会話から得ました。ですが、そのことがすぐさま起こるとは思ってもみませんでした」

「そして、故人からあなたが受け取った、あの気の毒な手紙です。その手紙から、これは故人が危ないと思いませんでしたか？」

「手紙を受け取ったときには、故人が自殺を図りそうな気配は感じませんでした。彼がわたしに話したことで、わたしは危ういものを感じました。しかし、二人で話しているうちに彼はずいぶんと落ち着いてきましたので、近い将来に関する限り、危険は過ぎ去ったと思いました」

「そして、翌日彼の家を訪ねたとき、何か不安を感じませんでしたか？」

「いいえ。いつもと違うことが起こっているかもしれないとは、まったく考えていませんでした」

「そのような懸念があなたにまったく起こらなかったというのは、私には注意を要することのように思えます。しかし、われわれは事実を扱います。そのことが事実なら、これ以上言うことはありません。遺言の検討に移りましょう。故人が遺言を作ったことを最初に知ったのは、いつですか？」

「四日前です。ミスター・アイザックスから手紙を受け取って、その手紙にはわたしが受取人の一人であると書かれていました」

「故人はあなたのために遺言を作成したことを、あなたに話さなかったのですか？　結婚のときのあなたの側の条項として、彼がこのような遺言を作るというのはなかったのですか？」

「いいえ。そのようなものは、わたしたちのあいだにありませんでした」

「そして、あなたに影響する遺言が実行されたことを、あなたは知らなかったのですか？」

「そのような遺言が実行されたことも知らなければ、実行されるだろうという期待も抱きませんでした。故人に対して、わたしがいかなる金銭的な債権を持っていると考えたことがありません」

「あなたは故人から手当てを受け取っていないのですね？」

「受け取っていません。故人はわたしに手当てを渡そうとしましたが、お断りしました」

「しかし、あなたは生活するための手当てを受け取る権利がありました。なぜ受け取るのを拒否したのですか？」

「別居することを主張する限りは、故人になんらかの要求をすることは考えませんでした」

「つまり、あなた自身の財力か、もしくは、収入で完全に生計を立てるということですか？」

「そうです。完全に」

「あなたの財力と収入がそれぞれいくらくらいになるのか、教えてもらえますか？　そして、資金源は何ですか？」

「わたしは個人所得を持っています――年収六〇ポンドほどです――父の不動産からの収入です。働いてまだ数か月ほどしか経っていませんので、正確に年収を見積もることはできません。世間に認められれば、おそらく、年収百五十から二百ポンドほどになるでしょう。今までは、わたしの作品はすべてミスター・キャンベルへ売ってきました」

「ミスター・キャンベル、またはサムエルズとは、どのようにして知り合いましたか？」

「わたしが初めてロンドンへ出てきたとき、故人がわたしに彼を勧めたのです。故人は彼とは長年の付き合いだと言っていました」

「ミスター・キャンベルが、故人とかかわりを持っていることを知っていましたか？」

「今日ここで聞くまで、知りませんでした」

検視官はしばらく考えてから、考えこんだ様子でメモを読み返しました。ようやく、検視官が口を開きました。「あなたが席へ戻る前に、ミセス・オトウェイ、もう一度匿名の手紙についてお訊きします。これら匿名の手紙を誰が書いたのか、心当たりはないとおっしゃいました」

「そのとおりです」とわたしは答えました。

「あなたが故人と匿名の手紙について話し合ったとき、あなた方のどちらも誰が書いたのか結論には至らなかったのですか?」

「誰がこのような匿名の手紙を送ってきたのか、故人にはまったく心当たりがないようでした。もちろん、わたしにもありません。友人や敵を含めて、故人の人間関係を知らないのですから」

「そして、これら匿名の手紙について何も知らないというあなたの供述にも、変更はないのですね?」

「故人がそれらを受け取ったということ以外、何も知りません。それも故人がそのようにわたしに話したから、知ったのです」

「次に、あなたのお父さんの杖についてですが、杖がどうなったのかも、どこにあるのかも知らないとあなたは供述しています。この供述についても、変わりはありませんか?」

「その供述をしたときは正しいものでした。ですが、杖については明らかになりました」

「本当ですか!」と検視官が声をあげました。「いつ、そして、どのように明らかになったのですか?」

「明らかになったのは、三日前です。リオンズ・イン・チャンバーを調べにいったときです。たまたま、わたしは居間の大きな戸棚を開けました。すると、そこにあったのです。一番上の棚の上に。かなり見えにくい、棚の奥のほうに横たわっていました」

「なんと!」検視官が再び声をあげました。検視官がわたしを信じていないことは、明らかでした。そして、そのことを隠しませんでした。さらに、陪審員にも良い印象は与えませんでした。わたしの供述に続いた静寂のなかで、彼らはしきりに囁《ささや》いていました。そして、彼らの顔には大いに不審の念が浮かんでいました。

「住居を調べる特別な機会を得たということですか？」しばらく間を置いてから、検視官が尋ねました。

「そうです。ソーンダイク博士から手紙を受け取りました。手紙には、こう書かれていました。故人の住居を調べたいので、わたしの許可を得たい。そして、そのための必要な鍵を借りたいと。それで翌日、わたしはミスター・アイザックスから鍵をもらい受けて、ソーンダイク博士に手渡しました。その途中で、住居の様子を見るために、リオンズ・イン・チャンバーへ寄りました」

「そして、ソーンダイク博士が見つけられるように、杖を仕込んだのですか？」陪審員の一人がけんか腰に尋ねました。

　ミスター・コーリーがすぐさま立ちあがって、抗議しようとしました。ですが、彼は検視官に機先を制されました。検視官が厳しい口調で言いました。「ちょっと待ってください。陪審員の方々は、証拠として提出されていない証言の動機や行動を示唆してはいけません。彼らには各自意見があります。しかし、すべての証拠が出揃うまで、このような意見を表明してはいけません。そのようにして、評決は下されるべきです」このように叱責すると、検視官は再びわたしのほうを向きました。

「あなたが住居を調べたとき、ほかの家具や容器も調べましたか？　たとえば、ほかの戸棚や引き出しなどはどうですか?」

「いいえ」

「この戸棚だけですか?　なぜこの戸棚だけをとくに調べたのですか?」

その質問を聞いて、わたしは気まずい思いをしました。しかし、わたしの動機をすっかり話してしまうことは、わたしをさらに窮地へ追いやることになることもわかっていました。とにかく、わたしは戸棚のなかを知りたかったのです。そして、わたしはこのことを思いきって言いました。

「戸棚のなかがどうなっているのか知りたかったのです。棚や引き出しで仕切られているのか、あるいは、がらんとした空間なのか」

「杖を戸棚から取り出しましたか?」

「ええ、調べるために取り出しました。手紙に書かれていた、へこみや血のしみや髪の毛のことは正しいのか調べるために」

「そして、手紙に書かれていたことは正しかったのですか?」

「そうです。銀色の握りには、へこみがありました。そして、乾いた血のように見える濃いしみがありました。さらに、二本の髪の毛が付着していました」

「それらの髪の毛は、あなたのお父さんのものだと思いましたか?」

「断言はできません。そうかもしれません。髪の毛はいずれも短くて、グレーの髪の毛のようでした。父の髪の毛はグレーです」

「それで、杖をどうしましたか?」

「戸棚に戻しました」

「なぜここへ持ってこなかったのですか？」

「見つけた場所にそのままにしておくのが、最善だと思ったからです」

「住居の鍵は今でも持っていますか？」

「いいえ、ソーンダイク博士に預けました。そして、彼からはまだ返してもらっていません。父の杖が戸棚のなかにあったことを、手紙で彼に知らせました」

「なぜそのようなことをしたのか、尋ねてもかまいませんか？」

「内務省からの指示で、彼は今、本件を調査していると彼からの手紙に書いてありました。それで、できるだけ彼の力になろうと考えました」

「しかし」と検視官がいらいらして声を荒らげました。「この法廷が本件を取り調べていることを理解していないのですか？　検視官の法廷では、取り調べを遂行する権限は検視官にあることを理解していないのですか？　なぜこの専門家が本件にかかわるのか理解できません。私は彼の助けを求めていません。きわめて異例であり、不必要です。そして、この紳士はあなたに何て書いてきたのですか？」

「彼は故人の住居を調査したい。そして、何者かが――わたしは誰だか知りません――彼に、現在の借り主はわたしだと言ったとのことです」

検視官は不機嫌そうに低いうなり声をあげました。ソーンダイク博士の本件への介入は、明らかに検視官にとって面白くないようです。なぜなら、彼はこのように再開しました。「本件全体がきわめてゆゆしき状況です。私の同意を得ることなく、あるいは、彼が許可を求めるでもなく、非公式な人物に故人の住居の調査をあなたが許可することが理解できません。陪審員が故人の住居を調査しています。そして、それで充分です。しかし、この不思議な調査がどのような結果になるかいずれわかるでしょう。ところで、陪審員のほうから質問がないのであれば、あなたにお尋ねすることは以上です」

陪審員のほうは先ほどの質問が最後のようで、さらに質問しませんでした。それで、わたしはミスター・コーリーのそばの席へ戻りました。そのとき、ミスター・アイザックスの名前が呼ばれました。

「先ほどの証人より、リオンズ・イン・チャンバーの居間の大きな戸棚のなかに杖を見つけたという有益な証言を、あなたは聞きましたね？」

「聞きました」

「あなたの証言によれば、あなたはこの住居をくまなく調べて目録を作成したと述べました。あなたが住居を調べたとき、この戸棚を調べたかどうか覚えていますか？」

「覚えています。その戸棚を調べ、なかは空っぽだったことをはっきり覚えています。それで、目録には〝空《から》〟と書きました」

「ほんとうに空っぽであったことに間違いありませんね？　杖が棚の陰になっていて、見落としてしまったということはありませんか？」

「ありません。私はそれこそ目を皿のようにして探しましたし、棚のなかを調べるときは懐中電灯を使いました。しかも、私が探していたのは宝石の入ったもっと小さな包みです。杖よりも目立たないものです。杖のような大きなものを見落とすとは考えられません。そして、私はその棚をはっきりと覚えています――棚は、戸棚のなかに一つしかありませんでした――そして、懐中電灯の光をその棚に沿って照らしました。さらに、はっきりと見るため、私はつま先立ちをしなければなりませんでした。ですから、わたしはミセス・オトウェイが置いたのだと考えます」

「あなたが戸棚を調べたとき、戸棚は空っぽだったと誓えますか？」

「まったく空だったと誓えます」

検視官が答えをノートに書き込みました。それから、尋ねました。「ソーンダイク博士が提案するリオンズ・イン・チャンバーの調査について、彼から何か連絡を受けましたか？」

「彼はリオンズ・イン・チャンバーの借家権が誰に与えられたのかを知りたがっていました。ですが、なぜ知りたいのかは話しませんでした。未亡人が借り主だと彼に教えました。彼がどのように未亡人の住所を知ったのかはわかりません。そのことは彼に伝えていません。目録を作り終わって住居に鍵をかけてからミセス・オトウェイに返すまで、私は鍵を自分で持っていました」

「ありがとうございます」と検視官が言いました。「あなたに話してもらいたいのは、そのことです」検視官は陪審員のほうを向いて続けました。「さて皆さん、ソーンダイク博士の証言を除いて、すべての証言が揃ったようです。それで、われわれは何をすべきかという問題が生じます。われわれの立場を説明しましょう。そうすれば、あなた方で手順を決められるでしょう」

「警察が関連することを捜査できるように、この審問は一時休会になりました。そして、警察からの申請があれば、内務省の指示を受けて著名な法医学の専門家であるソーンダイク博士がメードストーンでの故ミスター・ヴァードン――ミセス・オトウェイの父親です――の死体の調査に着手しようとしています。彼は死体を調査するつもりです。そして可能なら、前述のミスター・ヴァードンの死亡の原因が審問で述べられたような原因によるものか、あるいは、これらの匿名の手紙の何者かがほのめかすように、彼の死は暴力によるものかを解明するつもりです。質問は重要です。しかし、そのことはわれわれにとってというよりも、警察にとってより重要です。それで、われわれのあまり効果的ではない粗末な調査に対して、内務省はソーンダイク博士に本件の事実に独立した調査を行うよう指示したと思われます。これは通常とは違った手順です。そして、私が少しも理解できないやり方です。ですが、私は法医学の専門家ではありません。単なる、検視官です。そして、あなた方は検視官の陪審員です。われわれは自分たちの立場をわきまえたほうがいいでしょう」

「ソーンダイク博士はルイス・オトウェイの死体の調査を、そして、あなたが聞いたように、故人の住居の調査を行っているのでしょう。われわれもまた、故人の住居の調査を行いました。ですが、明らかにわれわれの調査は当てにされていません。そして、ドクター・シェルバーンは――彼の証言はお聞きのとおりです――死後数時間のうちに診察しています。まるで医学的証拠は、われわれがもっとも望んでいないことのように思えます。一方、ソーンダイク博士はメードストーンで足止めされたため列車を逃したという、彼からの電報を受け取っています。彼がいつここへ到着するのかわかりません。彼は数分後に到着するのか、それとも、一、二時間後なのかわかりません。従って、われわれは何をするべきか決めなければなりません。考慮すべき多くの証言を得ました。これ以上の医学的証拠は、必要ないように思われます。また、ミスター・ヴァードンの死亡の件は、この審問にとってさほど重要な問題ではありません」

「問題はソーンダイク博士からの証言を聞くことなのか、あるいは、われわれがすでに得ている多くの証言の検討を始めるのかではありませんか？　あなた方陪審員に決めていただきたい」

陪審員がしばらく話し合いました。それから、陪審員長が彼らの決定を伝えました。「ミスター・ヴァードンではなく、ルイス・オトウェイの死について調査するということで一致しました。ソーンダイク博士の証言を待たずに、証言の検討を始めたいと考えます」

「私もまったく同じ考えです」と検視官が言いました。「すでにわれわれが得ている証言が充分われわれの評決を導いてくれると、そして、専門家から新たな証拠が提出された場合は、われわれの評決を見直すことができると考えます」

第二十七章　起訴

　短い間を置いてから、検視官は念を押すようにメモに目を通しました。列席者のあいだからざわめきが起こり、次の行動のための準備を促すかのようです。陪審員が各自の椅子に座り直し、記者は背筋を伸ばして陪審員たちを見回しました。警官や傍観者が低い声で話し合っています。ようやく検視官が彼の前のテーブルに一枚の紙を置きました。おそらく、証言の要約でしょう。そして、椅子に深く座って陪審員のほうを見ました。法廷が静寂で包まれました。それから、検視官が口を開きました。

「ルイス・オトウェイがいつ、どのように、どんな方法で死に至ったのかを突きとめるために、われわれは集まっていることを改めて申す必要はないでしょう。しかし、われわれの審問は彼の死の直接の原因だけでなく、およそ死因とは直接関係ないような状況についても携《たずさ》わっていることを考慮する必要があるかもしれません。なぜなら、本件において、いつ、どのように、どんな方法でというのはいたって単純です。自殺を図ったと思わせる、壁の釘から首を吊った故人の姿を目撃した証人の供述書があります。そして、すべての状況は自殺を示しているという副警察医の供述書もあります。死因は間違いなく首吊りによる自殺であるという、専門家としての彼の意見もあります。実際、直接の死因は自明の理であり、われわれの審問は遠因に携わっているだけであると言えるかもしれません。〝この男は自殺しましたか？〟と今さら尋ねることはありません。なぜなら、最初の二人の証人の証言が、この問いに答えているからです。われわれが尋ねることは、なぜこの男は自殺したのかです。われわれが答えなければならない問題は、あの自殺は故人の自発的な行為だったのかです。つまり、彼一人に責任があるのか、あるいは、他者の意図的な目的を持った行動によって、自殺に追い込まれたのかです。そして、もし後者の可能性が本件においてであるとすれば、その他者とは誰なのか。そして、そのような行動に対して犯罪責任はどの程度なのか」

「今、われわれには、自由に使うことのできる考慮すべきさまざまな証言があります。最善の取り組み方は、出来事の概要を描くことでしょう。その後、細部を補っていくのです。故人のルイス・オトウェイは、本件の中心人物です。そして、われわれが辿《たど》らなければならない過程は、彼自身の過程です。彼の過去と呼ぶかもしれないことについて、そのことはわれわれにとってあまり重要ではありません。古代エジプト人のあいだで、故人は生前の行いに対して答えるためにオシリス（エジプト神話。幽界の王）の法廷の前に引きずり出されました。われわれはそのような類《たぐい》の法廷ではありません。われわれはルイス・オトウェイを裁判にかけようとしているわけではありません。警察の嫌疑として、警察がかなりの違法なやり方ででっちあげていたとしたら、そのことはわれわれの懸案ではありません。われわれの彼に対する関心は、彼の結婚に始まって死によって終わる一連の出来事と彼との関係におもに限定すべきです。まず概略として、このことのつながりを辿りましょう。それから、細部を詰めていきましょう」

「ルイス・オトウェイがわれわれの前に最初に登場するのは、彼が結婚したときです。彼の未亡人であるヘレン・オトウェイの証言のとおり、その結婚はもっとも驚くべき愚行ともいえるものでした。ご覧いただいたとおり、年配の、そのうえたいして魅力のない男が、若くて、肉体的にも魅力があり、大いに才能に恵まれ、並外れた強い精神力を持っている女性と、彼女の意思に反して、脅して強制的に結婚したのです。あなた方はこの女性をご覧になりました。そして、彼女の証言を聞きました。そうであれば、私の彼女の説明を認めることでしょう」

「繰り返しますが、驚くべき愚行でした。いずれにしても、彼女は彼を嫌っていたに違いありません。彼の彼女に対する行動は極端に残酷で、たちの悪いものでした。そして、彼女と結婚することで、憎い敵を彼の家族にしそこなうことがなくなりました。ですが、彼女が彼を嫌ったさらなる原因がありました。まず初めに、彼女は騙されて同意させられたと信じていました。次に、オトウェイの行為は、ミスター・ヴァードンの死の紛れもない原因でした。従って、われわれの検討は年配の男の過程から始まるのです。彼は若くて美しく賢い女性と結婚しました。しかし、この女性は彼を嫌っており、たくさんの嫌う理由がありました」

「それでは、二番目の場面へ進みましょう。最初の場面よりさらに驚くべきものです。結婚式の一、二時間のうちに、若い妻はこの結婚を否定し、無期限の別居を要求しました——事実上、永続的な別居です。ですが、それほど驚くべき要求ではありません。真《しん》に驚くべきことは、夫が異議を唱えもせずに、この要求に同意したようなのです。彼のこの普通では考えられない矛盾した行為を考えなければなりません。彼はこの美しい女性を伴侶にしたいと強く願っていますが、彼女と彼女の父親の幸せを、彼自身の欲望で踏みにじっています。それにもかかわらず、性質上およそ法が指示しないであろう別居の要求には従っています」

「この突然の従順さは何でしょうか？　なぜ彼は別居に同意したのでしょうか？　彼は同意などする必要がありませんでした。結婚は正規のものでした。すぐさま彼が回復を求めて訴訟を起こせば、結婚の無効の訴えなど認められません。なぜ彼はこの確かな権利をこのような不可解なかたちで放棄したのでしょうか？」

「ですが、つじつまの合わないことは、これだけではありません。妻の行為も、さらに説明できないものです。ミスター・ヴァードンの審問でオトウェイが証言したとき、彼は鉛を仕込んだ杖のことにまったく触れませんでした――鉛を仕込んだ杖というのは一般的ではなく、かなり不利な物証です。ですが、このような物証に言及しなかったことで、事実上、彼の証言は偽証となりました。なぜなら、証人の宣誓によれば、証言はすべて真実なのですから。そして、ヘレン・オトウェイです。彼女が証言したとき、彼女は実際には偽証であるこの証言を認めました。そして、彼女もまた、鉛を仕込んだ杖について触れませんでした。彼女の説明では、彼女の父親は心臓麻痺で亡くなったと信じていて、杖が重要な役割をはたしたとは考えていません。この説明の信憑性《しんぴょうせい》を評価するとき、〝死は自然死である〟という評決を考えるでしょう。しかし、陪審員は事実を持っていません。父親が頭に傷を負って横たわって死んでいるのを、この女性は見ています。そして、彼女が嫌っているこの男が死体のそばに立っていました。鉛を仕込んだ杖を握って。しかし、審問で彼女は彼を訴えるのを控えただけでなく、もし明らかになればオトウェイを殺人罪で裁判にかけることができたかもしれない杖のことも話しませんでした」

「ここに不可解な二つの矛盾した行為があります。ですが、これらを別々に考えている限り、理解できません。二つを一緒に考えるのです。そうすると、理解できるあることが表れてきます。夫は妻を彼と一緒に暮らすように仕向ける力を持っていました。ですが、それを行使しませんでした。妻のほうは、夫が死刑に相当する重罪を働いた嫌疑を露呈させる力を持っていました。しかし、妻もそれを行使しませんでした。そのことはお互いを傷つける力を放棄した様相を呈しました。つまり、取引なり合意なりによって、証拠隠滅のために共謀を企てたのです」

「ですが、この共謀の企ては別の問題を引き起こしました。のちほど検討できるように、書き留めておきましょう。ミスター・ヴァードンの死の本当の原因は、何だったのか？　陪審員が信じ、そして認めているように、彼の死は自然死だったのか？　あるいは、オトウェイがふるった暴力によるものだったのか？　不可抗力によってか、悪意を持ってか、オトウェイが殺さなかったとは決して言いきれません。そして、オトウェイがミスター・ヴァードンを殺したと仮定するなら、そのことをヘレン・オトウェイは知っていたでしょうか？　もしそうなら、オトウェイが彼女の要求にすんなりと従ったことは理解できます。なぜなら、彼は妻の力の内に完全に取り込まれています。しかし、われわれはこのことをさらにじっくりと検討するべきでしょう。そうすれば、ソーンダイク博士の証言から、このことをさらに理解できるでしょう――評決が下される前に、彼が到着すればですが」

「本件の次の局面は、結婚の二か月後に始まりました。六月二十一日に、故人は匿名の手紙を受け取りました。七通のうちの一通目です。手紙はおよそ二週間ごとに送られてきました。さあ、これら匿名の手紙の書き手を、さまざまな角度から考えてみましょう。あなた方は手紙の中身を聞き、どのような内容なのかご存じです。いずれの手紙も、あることを暴露するぞという遠回しな脅迫です。いくつかは漠然と、いくつかははっきりと。しかし、次第に激しさを増していって、最後の手紙で頂点に達します。それにはあからさまに殺人罪で訴え、刑事訴訟手続きを始めると書かれていました」

「初めに、これらの手紙の目的は何でしょうか？　ゆすりをすることではないことは明らかです。これらは脅しをかけてはいますが、金銭を持ち出そうとはしていません。これらの脅しは説明される事実が提供されるまで理解できません。これらの手紙を送りつけられた男は遺伝的に自殺を試みる傾向に苦しんでいました。ほかに説明がなければ、われわれの推論の行きつく先は、これらの手紙の目的は潜在的な性質を行動へ向かわせることです――故人が自らの命を絶つように仕向けることです」

「しかし、このことは書き手の側にこのような知識があることを暗に示しています。故人には自殺の傾向があり、それゆえに、書き手はそのことを知っている人間に限定されます。われわれが知る限り、このような知識を持っているのは、故人の家族だけです。彼の未亡人は故人にこのような傾向があることを知らなかったと証言しました。そして、彼女の証言が正しいとするなら、あなた方はこれらの手紙の書き手から彼女を除外するでしょう」

「次に、手紙そのものの性質を検討しなければなりません。手紙には、いずれもイースト・ロンドンの消印が押されています。ですが、その点はあまり重要ではありません。匿名の手紙というのは、一般的に書き手の住んでいる場所から離れたところで投函されますので。従って、そのことを考慮しなければなりません。われわれが知っているイースト・ロンドンの居住者は、モリス・ゴールドステインとヘレン・オトウェイの二人です」

「手紙の書き方については、いずれの手紙もかなり無教養な書き方です。文章には文法的な誤りが多く、言葉遣いも粗野です。ですが、このことはあまりわれわれの助けにはなりません。われわれが知る限り、教育を受けていない者は一人もいません。他方で、匿名の手紙の書き手は、しばしばそのように装います。明らかに、間違いだらけの手紙を書くことは、教養のある人間には簡単なことです」

「次のことは、さらに重要です。これらの手紙の目的は、故人の心の状態を自殺に仕向けることだとわれわれは考えています。その目的の背後にある動機は、何でしょうか？　故人が自殺することを、誰が望んでいるのでしょうか？　そして、なぜこの人物はそれを望むのでしょうか？」

「本件において考えられる動機は、前もって計画した殺人における一般的な動機です。すなわち復讐、あるいは憎悪や直接的利潤、そして、望まない人物がいなくなることによる間接的利潤です。本件のわかっている事実との関連でこれらの動機を考えてみましょう」

「初めに、復讐あるいは憎悪についてです。われわれがわかっているのは、故人の家族と彼の妻です。彼の家族は明らかに彼に不満を持っていました。なぜなら、子どもたちは非嫡出子ですし、母親は未婚です。ですが、これは昔の不満であって、今、家族は友好的な関係のようです。子どもたちは充分に養育され、母親は故人と一緒に暮らしていました。しかし、新たな不和が生じました。故人が結婚してしまったのです。そして、この結婚は、明らかに彼の家族にとっては好ましくありません。考慮すべき事実です」

「しかし、妻のことに考えを転じると、事実はいっそう衝撃的です。彼女は故人によるいやがらせに苦しんでいました。彼は彼女の人生を壊しました。彼女が彼と一緒に暮らそうとしないので、ほかの男と結婚できないように、彼女に既婚の状態を強要しました。彼は彼女の父親の死を引き起こしました。そして、彼について克服できそうもない憎悪を持っていることを、彼女は認めています。このことはわれわれも承知しています。有力な証拠がない場合はそのことを考慮に入れないようにしなければなりませんが、彼が彼女の父親の殺人者である可能性もあります。しかし、われわれの前に提示されている証拠から、憎悪による動機は彼の家族のものより、妻のほうが強いのは明らかでしょう」

「直接的利潤について考えてみましょう。この問題は、誰がルイス・オトウェイの死によって利潤を得るのかです。そして、この問題を考えるやいなや、とても衝撃的な事実が現れてきます。最初の匿名の手紙の消印は、六月二十一日でした。しかし、十一日前の六月十日に、故人は新たな遺言を作成しています。この新しい遺言の条項によって、ヘレン・オトウェイは夫が死んだ場合、八千から一万二千ポンドまでを手に入れることになります」

「しかし、ルイス・オトウェイの死によって、ほかに誰か利益を得るでしょうか？　われわれは同じグループの人々に取り組んでいます。本件に関係している人たちです。かなり少ないものになりますが、故人の死によって彼の家族も利益を得ます。ですが、印象的な事実は、彼の家族と彼の妻のそれぞれに与える新しい遺言の相反する効果です。新しい遺言を遂行することは、財産の大部分を家族に遺すことにしていたそれ以前の遺言を取り消すことになります。それゆえに、状況は次のようになります。六月十日までにルイス・オトウェイが死んだ場合、彼の死によって、彼の家族は財産の大部分を得ます。そして、妻のほうは何も得ません。六月十日を過ぎると、オトウェイの死によって、今度は妻のほうが財産の大部分を得て、家族のほうはわずかに得るだけです」

「最初の匿名の手紙は妻が主要な受取人となり、家族のほうがそれから外れてから送られてきたのです」

「直接的利潤の動機からも間接的利潤の動機からも、その人物の存在が邪魔であり、危険であり、不都合であるのでいなくなってほしい、故人をそのように考える人物がわれわれの知るなかにいるでしょうか？　そのように考えるのは、彼の家族だと決めつけることはできません。なぜなら、先ほど申したように、彼らは友好的な関係にあって、故人は子どもたちの面倒を最後までみるつもりのようでしたから。しかし、妻のほうはどうでしょう？　彼女は彼女の意思に反して結婚しました。年齢的にも不釣り合いなうえに、容姿もさえない、彼女が嫌悪している男とです――それして、嫌悪するだけの理由もあります。彼女は彼を夫として認めていません。それにもかかわらず、人生において、彼に縛られています。そのため、たとえ彼女がほかの男との結婚を望んだとしても、この男の存在が一緒には暮らしていなくても、彼女にすでに既婚女性であるという立場を強いるのです。この女性のことを考えてください。若くて美しく、聡明で、才能があります。これからの彼女にどのような人生が待っているでしょう。一方で、彼女は重荷を背負わされているのです！　彼の死によって財産の大部分を得ようとするか、彼女の人生から彼がいなくなることで、幸せと自由への世界への門が彼女の前に開かれることのどちらを選ぶでしょうか」

「そして、われわれがまだ聞いていない、さらなる証拠の重要性がここにあります。なぜなら、オトウェイがミスター・ヴァードンを実際に殺し、ヘレン・オトウェイがそのことを知っていたことが明らかになれば、オトウェイから逃れようとする別の強固な理由があることになります。ですが、この証拠をわれわれはまだ手にしていません。ですから、このことは考慮に入れないようにしなければなりません。しかし、われわれが手にしている証拠だけで、ヘレン・オトウェイの立場は彼女の夫の死によって改善されるかされないか、充分にこの問題に答えることができます」

「さあ、よりはっきりしていることに検討を進めましょう。これまで、われわれは次の問題に取り組んできました。誰がこれら匿名の手紙を書いたのか？　もう少し具体的に申しあげましょう。誰がこれらを書くことができたのか？」

「可能性のある答えは一つだけのように思われます。手紙を書くことのできる人物は、このようなことを知っている人物です。そして、そのような人物は二人だけです――故人とその妻です。手紙の一つでは、審問で話されなかったことがあることに言及しています。しかし、審問で話されなかったことがあることを、誰が知っているのでしょうか？　証言によれば、この二人以外は誰も知りません。もちろん、ルイス・オトウェイが手に鉛を仕込んだ杖を握って、ミスター・ヴァードンのそばで見下ろすように立っていたのをメードストーンのあの家でこっそり目撃した者がいたかもしれません。しかし、われわれの前の証拠はあのとき、あの家には、ミスター・ヴァードンとルイス・オトウェイとヘレン・オトウェイしかいなかったことを示しています。その結果、もしルイス・オトウェイが自分自身にこれらの手紙を書いたのではないなら、われわれの知る限り、ヘレン・オトウェイ以外にこれらの手紙を書くことのできる人物はいません」

「最後の手紙には、鉛を仕込んだ杖についてかなり詳しく書かれています。それこそ、その状態についても正確に述べています。そのことから、書き手は以前に杖を見たことがあり、おそらく、所持していたのでしょう。しかし、その杖はどこにありましたか？ 故人は杖がどうなったか知るよしもありません。家政婦は故人の死体が発見された朝以来、杖を見ていないと証言していいます。そして、ヘレン・オトウェイは杖がどこにあるのか知らないと言いました。杖がどうなったのか、誰も知らないのです」

「しかし、杖が消えてなくなったことが謎であるなら、杖が再び現れたことはさらなる謎です。ヘレン・オトウェイの説明でははなはだ不充分です。彼女はさしたる理由もなく、故人の住居へ行きました。そこで、彼女はさまざまな戸棚や引き出しやほかのところは調べなかったのに、ある特定の戸棚へ行き、鍵を開け、つま先立ちしてなかの棚を見ています。すると、どうでしょう！ 行方不明だった杖がそこにあったのです。彼女はそれを手に取り、調べました。そして、元に戻しました。そして、彼女は杖を元に戻したばかりでなく、この審問で証言することになっている人に、行方不明の杖が戸棚で見つかったことをわざわざ報告しています」

「それでは、この杖はどのようにして戸棚へ置かれたのでしょうか？　そして、いつ置かれたのでしょうか？　ミスター・アイザックスが目録を作ったとき、杖はそこになかったと彼は証言しました。そして、彼が見落とすことはほとんど考えられないということにも、おそらく同意されるでしょう。杖はかなり大きくて人目を惹くものです。一方、彼は小さくて目立たない宝石の包みを探していたのですから。明らかに、彼が探し終わったあとに、杖は戸棚に置かれたのです。しかし、彼が探し終えたとき、あの家は施錠されていて、鍵は彼がヘレン・オトウェイに渡すまで、彼が持っていました。これらの事実を考慮して、ミセス・オトウェイの供述を受け入れることができるか、あるいは、彼女が杖をあの家に持ち込んで、彼女自身で杖を戸棚に置いたのか考えなければなりません」

「次に、あの恐ろしい夜の出来事について検討してみましょう。あのとき、あの家で実際に起こったことは、おそらくわからないでしょう。しかし、われわれが入手した供述には、恐ろしいことが示唆されています。たとえば、ルイス・オトウェイが自殺したあと、あの家を訪れたのは彼の妻だけだという事実を考慮せずにはいられません。なぜ彼はこのときに自殺を図ったのか、はっきりしません。妻の供述によれば、彼はいつもより穏やかで、二人の会話のあと元気になったとのことです。そして、彼女は彼を穏やかに眠ったままにしておきました。これが彼女の供述です。しかし、事実はどうでしょう？　彼女が辞去してから一、二時間以内に、彼は釘で首を吊っています。それどころか、さらに恐ろしい可能性もあります。医学的証言によれば、自殺は午後十一時頃に起こっています。しかし、一時間ほど遅かったかもしれませんし、もっと早かったかもしれません。ミセス・オトウェイは午後十時頃辞去していますが、自殺は実際には彼女が辞去する前に起こったかもしれません。これは恐ろしい暗示です。そして、確たる事実がなければ取りあげるべきではないでしょう」

「ミセス・オトウェイが家を去ったとき、ガスマントルをつけたままにしておいて、寝室のドアを開けたままにしておいたという奇妙な状況に驚かれるでしょう。それについての彼女の説明を聞きましたが、今はそのことには触れないでおきましょう。注目すべきことは翌朝の出来事です。ガスマントルはまだついたままでした。そして、寝室のドアも開いたままでした。どのようにして、そのような状態が続いたのでしょう？　故人が眠っているときに妻が去ったのなら、彼は起きて、準備をしたに違いありません。そして、ついには首を吊りました。ガスマントルをつけたままにしていただけでなく、寝室のドアも開けたままにして。きわめてありそうもないことですが。人は多くの場合、公然と自殺しません。通常、自殺は部屋に鍵をかけるか、とにかく、邪魔が入らないような場所を確保して行います。おまけにこの男の寝室は直接居間とつながっています。しかも、家政婦が近くにいるかもしれません。このような状況で、この男は鐘の紐を切り、椅子を調節して首を吊るのです。ドアが開いたままの、明るい部屋のなかで。普通に考えればありえないでしょう」

「しかし、似たような傾向のほかの暗示もあります。もしガスマントルがつけっぱなしであったことと、ドアが開けっぱなしであったことは、慌てて飛び出していったことを暗示しているなら、財布の入ったハンドバッグを置き忘れたかもしれません。そして、ミセス・オトウェイがホリウェル・ストリートでタクシーを止めたとき、ハンドバッグを忘れてきたことを思い出しています。なぜ彼女はそのとき取りに戻らなかったのでしょう？　彼女はリオンズ・イン・チャンバーの近くにいたのです。彼女はタクシーをその場に待たせておくことも、タクシーに乗って取りに戻ることもできました。ミセス・グレッグを煩わせたくなかったからと、彼女は言いました。しかし、彼女はこうも言いました。ミセス・グレッグはまだ起きていると思うと。納得できる説明ではありません。ですが、戻りたくないという強い意思が表れています。悲劇がすでに実行に移され、死体が壁にぶら下がっているのだとすれば、戻りたくないのは充分理解できます」

「それから、宝石の消失も同じ方向で考えられます。故人が眠っているあいだに持ち去られたのです。彼が死体であれば、持ち去るのはいっそう簡単でしょう。しかし、ヘレン・オトウェイが宝石を持ち去ったとは確信を持って言うことはできません。証拠を考えることができるだけです。この証拠には、圧倒的な強さがあります。ヘレン・オトウェイが到着した三十分以内には、宝石は書類保管金庫のなかにありました。その時点で持ち出されていたとは考えられません。彼女が到着したときには、宝石は書類保管金庫のなかに確かにあったのです。そして、宝石はそこからなくなりました。あるいは、彼女が去ったあと別の場所へ移されました。さらに裏づける状況があります。普通の人にとって、加工されていない不正に手に入れた宝石を処分するのは難しいことです。ですが、この女性は普通の人ではありません。彼女は現役の金細工職人です。そして、宝石職人です。彼女自身が材料を購入し、完成品を個人の買い手に売るのです。彼女なら追跡されることなく、盗んだ宝石を簡単に処分できます」

「宝石の盗難は直接われわれの関知するところではありません。警察の仕事です。ですが、間接的にはとても重要です。なぜなら、ヘレン・オトウェイが急いで辞去したとき、故人はすでに死んでいたことを強く示唆するからです。しかし、この暗示の何が重要なのでしょう？　この質問に対する答えは、さらなる事実と刑法を検討することで見つかるでしょう」

「初めに、ヘレン・オトウェイがオトウェイの住居にいるあいだに彼が自殺を図ったのだとしたら、彼は彼女の同意か、もしくは黙認のもとに実行したはずです。しかし、同意だけの問題でしょうか？　彼が自殺を図るように誘う、あるいは、強制的にそうさせるような直接的な方法の暗示はなかったでしょうか？　この点については、ほとんど情報がありません。しかし、レイチェル・ゴールドステイン、あるいはグレッグが二度にわたって立ち聞きしたヘレン・オトウェイと故人のあいだの会話の証言があります。そして、二度とも、二人は自殺について話しています。このことは能動的な直接的な方法をとるように強い暗示を示すと思われます。そうであったと断言することはできません。しかし、わかっている状況に合うだけでなく、匿名の手紙の一連の行動とも一致するようです」

「仮にこのような能動的で直接的な方法を示す強い暗示が行われたとするなら、そのことはどの程度の犯罪責任を負うでしょうか？　匿名の手紙については、その効果に関する道徳的責任について疑問の余地はありませんが、厳密な法的立場についての意見は差し控えるべきでしょう。ですが、直接的な方法については、少しも疑問の余地がありません。このことに関する法律は明確です。このことを検討しましょう」

「まずは、自殺の法的性質についてです。法律において、自殺は殺人です。人は自分自身に対して故殺することはできない、と規定されています。しかし、自殺は殺人と見なされますので、自殺に加担する人は、殺人に加担する人ということになります。人が自殺するのに手を貸したり、けしかけたりする者は従犯者であり、第二級の殺人罪に問われます。直接的であれ間接的であれ、人が罪を犯すように相談したり、斡旋《あっせん》したり、あるいは命じたりして、その結果として罪が犯されたとしたら、そのように仕向けた者を従犯者と規定しています」

「ここに重要な問題があります。匿名の手紙に付随する犯罪責任は、かなり曖昧なものかもしれません。しかし、もし故人が自殺するように、何者かが相談したり、斡旋したり、命じたりしたことが判明すれば、その人物は故人に対して第二級の殺人罪に問われます。本件において、このようなことを問うことができる人物がいるでしょうか？　もしいるなら、それは誰でしょうか？」

「私が言及したいもう一つの証拠があります。そのことには軽く触れておきましょう。レイチェル・ゴールドステインの証言のなかで、彼女がヘレン・オトウェイに故人が首を吊ったことを話したとき、ミセス・オトウェイは気絶して倒れたと聞きました。そして、それに対するミセス・オトウェイの説明も聞きました。そして、この気絶は予期せぬ悲劇によるものか、あるいは、極度に張りつめた神経が頂点に達したことによるものであろうと判断したに違いありません。いずれにしても、その証拠としての価値は小さなものです」

「今もって、専門家の証人は到着していません。最後に証拠を見て、われわれの評決のための材料を確認しましょう」ここで検視官が間を置いて、多くの紙を彼の前に並べて置きました。そして、それらに素早く目を通しました。

わたしは魅入られたように彼を見つめていました。小鳥がしのびよる恐ろしいヘビを見つめるように、逃れることを諦めたように。わたしは恐ろしい要約を聞いていました――細部においてはでたらめであったり、間違っていたりしていましたが、中心となる事実については、恐ろしいまでに正しいものでした。まちがいとでたらめの濃い霧を通して、検視官は重要な真実を見つけたのです。すなわち、ルイス・オトウェイはわたしのもくろみどおりに死んだのです。まるで大きなクモのように、彼はわたしの周りに恐ろしいクモの糸を巻きつけ、そして今まさに最後の仕上げをしようとしていました。

ついに検視官が見上げて、一枚の紙の上に彼の手を置きました。それから、もう一度陪審員のほうを見て、証拠の要約を読み始めました。そのときです、わたし以外の誰も気がつきませんでしたが、ソーンダイク博士が通用口から音もなく入ってきて、空いている席に座りました。

第二十八章　評決

ソーンダイク博士の到着は、わたしには最後の逃げ道も閉ざされたように思えました。検視官はわたしの罪深い秘密を言い当てていました。ですが、彼はこれを決定的な意見としてではなく、さらなる検討が可能な推測として提示しました。しかし、ソーンダイク博士は推測だけでものを言う人ではありません。もし彼が秘密を突きとめたなら、推測的な可能性ではなく、問題を確実なものにするための明確な証拠を提示するでしょう。

恐ろしい考えでした。自責の念――良心の呵責の告発――でいっぱいでした。しかし、内面的な自責の念と、公《おおやけ》の刑事告発は、または、自らを殺人者と呼ぶのと、被告席に立って容疑に答えるのは別のものです。

検視官が話しているあいだ、わたしはソーンダイク博士をこっそり見ました。しかし、彼の顔からは何も読みとれませんでした。彼はじっと座って、検視官を見すえていました。彼の表情は、厳しさと意識を集中しているだけでした。素早く法廷を見回したあと、彼はわたしを見ませんでした。彼の手のなかにわたしの運命は委ねられていると感じましたけれど、彼の心のなかを推しはかることはできませんでした。

「さて皆さん、多くの証拠を再度検討する必要はないでしょう。われわれは全体として調べました。そして、ある衝撃的な暗示が浮かびあがってきました。最後にもう一度、目を通して、これらの暗示を確たるものにしなければなりません。われわれの審問は自殺した男に取り組みました。ですが、この自殺は自らの意思による自発的なものではなく、他者からの強制的な力によるものでした」

「その他者とは誰でしょう？　強制的な力は、脅迫するような匿名の手紙によって加えられたと思われます。従って、故人が自殺するように仕向けた人物が、これらの手紙の書き手です。では、これらの手紙の書き手は、誰でしょう？　ほかの質問に答えることで、この質問の答えが得られます」

「まず、故人には敵がいたでしょうか？　一人います。一人だけです。彼の妻、ヘレン・オトウェイです。彼女は故人に強い嫌悪を抱いていることを告白しています。彼女は彼の危害に苦しめられてきました。そして、この危害を大いに腹立たしく思っていました」

「二番目に、彼の死によって、誰がもっとも得《とく》をするでしょう？　答えは彼の妻、ヘレン・オトウェイです」

「三番目に、彼の死によって、誰かが何らかの方法で得をするでしょうか？　これの答えも耐えがたい束縛から解放される人物、すなわち、ヘレン・オトウェイです」

「四番目に、誰がこれら匿名の手紙を書いたのでしょう？　誰がこれらの手紙が示す秘密の内容を知っていたのでしょう？　故人を除けば、われわれが知る限り一人だけです。その人物とは、ヘレン・オトウェイです」

「五番目に、彼が死ぬ前に彼と一緒にいた最後の人物は、誰でしょう？　またもや、ヘレン・オトウェイです」

「六番目に、自殺を促すような、あるいは、強要するような、より直接的な方法が使われた証拠があるでしょうか？　そして、もしそうであるなら、誰によってそのような方法がとられたのでしょうか？　そのような証拠があります。そして、そのような方法を用いたのも、ヘレン・オトウェイです。その証拠というのは、このようなことです。自殺が行われたとき、彼女はその場にいました。そして、急いで家を飛び出すと、財布を入れたハンドバッグを置き忘れてきたことを思い出したにもかかわらず、取りに戻りたがりませんでした。寝室のドアは開いたままです。ガスマントルはついたままです。行方不明の宝石は――彼女が到着したときには家のなかにありましたが――彼女が辞去してから消失しました。そして、紛失していた杖が彼女の説明のつかない故人の住居への訪問のあとに、奇妙にも再び現れました」

「ようするに皆さん、ミスター・ヴァードンの死亡についての証拠を除いて、これがすべての証拠です。この証拠はこの審問において重要です。なぜなら、もしミスター・ヴァードンはルイス・オトウェイによって殺され、そのことをヘレン・オトウェイが知っていたことが証明されるなら、故人が自殺するように仕向ける有力な動機となります。ですが、この証拠はきわめて重要というわけではありません。さらにソーンダイク博士の到着を待つか、手持ちの証拠をもとに評決の検討を進めるか、陪審員の方々でお決めください」

検視官が話を締めくくったとき、ソーンダイク博士が立ちあがってテーブルのほうへ歩み寄りました。そして、空いている椅子の上に、小さな緑色のスーツケースを置きました。検視官は彼を鋭く見上げると、いくぶん冷ややかに頷《うなず》きました。

「いつからここに？」と検視官が尋ねました。

「七分ほど前からです」とソーンダイク博士が自分の腕時計を見て答えました。「私が入廷したとき、あなたが要約を話し始めましたので」

「すぐに到着したことを報告するべきでしたね」と検視官が言いました。「ですが、ここにいるのですから、宣誓をしていただいて、すぐにあなたの証拠を提示してください」

検視官のぞんざいで無礼な態度にも、ソーンダイク博士は少しも取り乱すことはなさそうでした。冷静で穏やかな表情で、落ち着いて振る舞い宣誓をすると、いつもの準備を始めました。

「あなたは、故ミスター・ヴァードンの死体の検査を行ったと聞いています」と検視官が言いました。

「内務省からの指示で、私はメードストーンへ行きました。そして、ミスター・ヴァードンの死体の検査を行いました。検査の目的は、死因が審問で述べられたとおりかどうかを確かめることです」

「そして、検査の結果はいかがでしたか？　細かい詳細はいらないと思いますが」

「死因は審問で述べられた医学的証言のとおり、極度に拡張した心臓の心臓麻痺です。こめかみに近い額に外傷がありました。かなり念入りに調べました。斜めに当たったことによる、かすめるような傷です。そして、このような傷は倒れたときにマントルピースの角にぶつけてできたものと思われます。骨や脳や薄膜には損傷はありません。きわめて小さな傷ですので、全体的にも部分的にも、これが死因ではありません」

「その傷は鉛を仕込んだ杖の一撃でできたものですか？」

「違うと思います。傷は頭皮が斜めに裂けています。従って、杖の握りよりも、もっと角のあるものによる傷です」

「これでミスター・ヴァードンの死亡の問題は決着したと思われます。その時点で完全に解明されなかったのはまことに遺憾ですが。しかし、今すっかり解明されました。あなたのほうにほかに付け加えることがなければ、そのように表明してください。この審問での問題を調べるため、あなたはあちこち飛び回って仕事をされたのですか？」

「この審問で、私自身の証拠を提示する目的で調査をするように指示を受けました。それで、私が必要と思う調査を行いました」

「なるほど。実際に、あなたはあなたのための審問を開いています。ところで、われわれがまだ知らないことを、何か話せるのですか？」

「そう思っています。もし私が入手した事実の要約を提示させてもらえるなら……」

「そのようなことは一切許しません。あなたはほかの証人と同じように答えれば充分でしょう」

ソーンダイク博士は同じように動じることなく穏やかに頷きました。検視官が威厳を持って始めました。

「あなたは多くの自殺を扱った経験をお持ちですか？」

「持っています」

「あなたは自殺することをほのめかされたり、あるいは、自殺を引き起こされたりした事例を扱ったことがありますか？　つまり、自殺者による自殺というよりも、他者による意図的な意思による自殺です」

「ええ、いくつかそのような事例を扱いました」

「そのような事例で、他者が自殺させるために、どのような方法を用いますか？」

「多くは、二人が一緒に自殺することにお互いが同意しています。あまり一般的ではありませんが、ほのめかす人物が自殺を提案しなかった場合は、用いられる方法はたいていなんらかの暗示です」

「暗示による例を提示できますか？」

「数年前に、典型的な事例を扱いました。遺伝的に強い自殺の性質を持っていた若者が、ある人々――彼が死ぬことによって、かなりの利益を得る人たちです――によって自殺に追い込まれました。方法はこうです。犠牲となった若者は、彼が所有している中国の宝石が呪いをもたらすと信じ込まされました。それというのも、その宝石を所有していた以前の持ち主たちが、みんな首を吊ったからです。そして、自殺を定められたときというのは、死んだ官吏の亡霊によって知らされると信じ込まされました。この話を繰り返し聞かされたことによって、この若者の気持ちは次第にそのような状態になっていきました。若者を追いつめていた人々の一人は官吏の服装を身にまとって、若者の前に姿を現しました。その結果、一、二時間で若者は首を吊って自殺してしまいました」

「この場合」と検視官が言いました。「暗示は二つの場面であると思われます。そのことは普通のことですか？」

「かなりまれな事例ですので、ほとんど普通とは呼べません。ですが、事前の暗示によって自殺したくなる心の状況を作りだすことは、効果的であることは明らかです。いうなれば、決定的な暗示によって心を壊すこともできます」

「あなたはこの審問で供述した証拠に精通していますか？」

「私は最初の審問での逐語的な記録を読みました。そして、すべての出来事のあなたの要約を聞きました」

「あなたは匿名の手紙についての証言も読みました。これらの手紙の目的について、何か意見はありますか？」

「これらの手紙の目的は、故人に自殺を強いることだと思います」

「自殺する気持ちにさせられている人物にとって、これらの手紙はその効果を発揮すると思いますか？」

「これらの手紙には、自殺するように仕向ける効果があると考えます」

「そして、もしこのような人物が立て続けにこのような手紙を受け取り、精神的に落ち込んでいるときに、夜中に彼の寝室で、彼自身の自殺や血縁者の自殺について話し合ったとしたら、このような会話からどのような結果が期待できると考えますか？」

「結果を予測することはできません。しかし、匿名の手紙の影響を強化する傾向はあるでしょう」

「そして、このように影響を受けやすい人物がさらなる暗示を受けたら、どのような状態になるでしょうか?」

「影響を受けやすい性質によって、さらなる暗示の影響が増大するでしょう」

「あなたが自殺を扱った経験に照らして本件を考えた場合、故人の死は故人の自発的な行動によるものか、あるいは、ある程度、他者または複数の他者の行動によるものだと考えますか?」

「故人の死は、完全に他者または複数の他者の行動によるものだと考えます」

このような恐ろしい言葉に、わたしの心臓は止まりそうでした。わたしの血を凍らせるほどの確信と自信が、ソーンダイク博士の口調にありました。彼は推測しません。彼は知っているのです。短い静寂のあいだに、わたしは覚悟を決め、有罪宣告を待っていました。

「このような手紙や会話に示された暗示や、実施されたほかの方法によって、故人は自殺に追いつめられたと、あなたは考えているのですか?そう言いたいのですか?」

「いいえ。手紙や会話に彼の死を引き起こす効果があったとは考えていません」

検視官はまごついたように、顔をしかめました。「自己矛盾があるように思えて、理解できませんね。手紙や会話が自殺するように故人の心の状態を作り出したと、あなたはおっしゃいました。手紙を実際に受け取り、会話も行われたにもかかわらず、どちらも故人の死を引き起こす効果はなかったと。私の話していることは正しいですか?」

「ええ、正しいです」

「そうであるなら、あなたの言っていることがまったく理解できません。あなたは完全に矛盾したことを話しているようです。これ以上の進展は望めないでしょう」

「われわれは少しも進展していません。調査は、一つも関連する事実を引き出していません」

「確かに」と検視官が声を荒らげました。「それは誰の落ち度ですか？」

「私が思うに」とソーンダイク博士が厳かに答えました。「それは調査の方法に起因しています」

検視官が激怒しました。「これ以上、我慢できない」と彼が大声を発しました。「証人はその職務を遂行するにあたって、経験豊かな司法官にあえて指導することもあるでしょう。専門家の前では謙虚になるべきです。ですが、私の調査のやり方の何に不満なのですか？」

「あなたのやり方の失敗は」とソーンダイク博士が答えました。「ある見解を支持することで調査を実施してきたことに起因します。そして、その見解がたまたま間違っていたのです」

「言っていることが理解できません」と検視官が語気を荒らげて言いました。「私は何の見解も提示していません。私がどのような見解を用いたのか、ご説明いただけますか？」

「あなたが用いたと思われる見解は、こうです。故人であるルイス・オトウェイは、寝室の壁の釘で首を吊って自殺した。この見解は誤りです。ルイス・オトウェイが自殺したのではないことは、明らかです。そして、彼は寝室の壁の釘で首を吊ったのではないことも、明らかです」

「しかし」と検視官が大声をあげた。「故人が釘で首を吊ったのを見たという証人の証言があります。彼を見ただけでなく、ロープを切って彼を下ろし、死んでいるのが発見されています」

「証人として」とソーンダイク博士が言いました。「ほかの証人の供述に関心はありません。私が確認した事実のみに関心があります」

「なるほど」と検視官が言いました。「しかし、われわれはすべての証人の供述に関心があります。それに、釘から吊るされていた死体を見たという彼女の供述に。そして、彼女はロープを切って釘から死体を下ろしました。この供述は事実に基づいた明確な発言です。この供述が正しいなら、故人は釘で首を吊ったのです。もし故人が釘で首を吊ったのではないなら、この供述は誤りです。故人は釘で首を吊ったのではないと、あなたは言いました。どんな事実をもとにして、あなたはそのようなことを言うのですか?」

「釘の支えられる強度と故人の体重からです。釘の支えられる強度は、最大でおそらく一七五ポンド（一ポンドは約四五四グラム）を支えられるかどうかでしょう。しかし、故人の体重はおよそ二三一ポンドで、釘が支えられる強度を五六ポンドほど超過します」

「釘の強度を測定するのに、どのような方法を用いましたか?」

「単純な秤《はかり》を使いました。目的に値すると考えてダイナモメーター（動力負荷装置）を使いました。これを故人の住居へ持ち込んで、勅撰《ちょくせん》弁護士（とくに複雑な事件の弁論を行う弁護士）であるミスター・アンスティーと、私の助手のフランシス・ポルトンの立ち合いで行いました。釘から鎖で木製の受け皿を吊るして――これらの合計の重さは一〇ポンドです――この受け皿の上にショックを与えないように細心の注意をはらって、五〇ポンドの重りを二つ載せました。それから、受け皿や鎖を含めた総重量が一七〇ポンドになるまで、五ポンドずつ重りを加えていきました。この重さで、釘が支えられる限界に近いことが明らかでした。なぜなら、この重さで、釘がはっきりとわかるほど曲がっていました。さらに五ポンドを追加したところ、釘は途中で折れてしまいました。あなたに調べてもらおうと、持参しました」彼は緑色のスーツケースを開けて釘を取り出すと、検視官へ渡しました。

「重厚な姿にもかかわらず、あまり強度は強くないことがおわかりでしょう」とソーンダイク博士が言いました。「ただの薄い真鍮です」

検視官は感銘を受けたようですが、戸惑っていました。「このことを決定的なものと考えているのですか？」折れた釘を陪審員長に手渡しながら、検視官が言いました。

「きわめて明白です」とソーンダイク博士が答えました。「一七五ポンドで折れてしまった釘では、二三一ポンドの死体を支えることはできません」

「確かに」と検視官が同意しました。「そのことは否定できないでしょう」検視官が再び考えこみました。「あなたがこの器具を持って故人の住居へ行ったということは、はっきりと疑念を抱いていたということですか？」

「そうです。故人は釘で首を吊ったのではないという結論に達していました」

「どうしてその結論に達したのか説明してもらえますか？」

「本件を調べるように指示を受けて死体を調べ始めたとき、すぐに死体の状況が供述された事実――私は証言の逐語的な記録から入手しました――と合わないことに気がつきました。あれほど重い男が首を吊ったわりには、首の損傷は思いのほかひどくはありませんでした。さらに、首つり自殺の特徴的な跡がありませんでした。これは私の変わらない決まりですが、死因が怪しい場合はすべて、見た目の死因がどんなものであれ、胃のなかの内容物と分泌物を調べることにしています。本件の場合、その手続きが必要だと思われました。それで、私は胃のなかの内容物を慎重に調べました。検査の結果、少量のベロナールとアルコールが検出されました。しかし、アルカロイド（植物体中に存在する塩基性有機化合物。人に顕著な薬理作用を及ぼす。ニコチン、カフェインなど）の検査をしたとき、胃のなかから二三ミニム（ミニムは液量の最小単位）ほどのニコチンを検出しました。たばこのアルカロイドです」

「さて、ニコチンはほかのアルカロイドとは違います。ドクニンジンのアルカロイドは液体ですので、猛毒の物質です。致死量がどれくらいなのか正確には確認していません。しかし、おそらく五ミニムほどでしょう。つまり、五滴ほどです。そして、この猛毒の物質が、故人の胃のなかから致死量の四倍も検出されたのです。しかし、これは飲み込んだ量の一部です。なぜなら、検査は死後十日経って実施しています。そのあいだに、かなりの量が失われているでしょう。私は肝臓などほかの臓器や分泌物も調べました。そして、これらからも、少量のニコチンを検出しました。このようにニコチンが検出されたという証拠は、とても重要です。ニコチンは即効性のある毒物です。事実、青酸を除けば、おそらくニコチンはもっとも即効性の高い毒物です。この毒物が離れた臓器でも見つかったということは、この毒物は故人がまだ生きているあいだ――すなわち、血液が循環しているあいだに胃のなかに入ったことを証明しています。そして、吸収されたニコチンの量から、死はとても早く、即座に訪れたことを証明しています」

「しかし、大量の毒物と即効性はこのようなジレンマを生みます。証人は故人が釘で首を吊っているのを見たと供述しています。ですが、毒物には即効性があるので、故人は毒物を服用してから首を吊ることができません。そして、当然のことですが、首を吊ってから毒物を服用することもできません。首の損傷が軽傷であったこととあいまって、この矛盾に故人は釘で首を吊ったということに疑問を抱きました。この疑問はほかの状況によって強まりました。たとえば、死後のハムストリング筋（太腿の裏の筋肉）や腿のほかの筋肉の損傷がありました。死体が垂直に吊るされた場合は引き伸ばされて、このような損傷は生じません。両膝の下には、故人の衣服の一部ではない、目の粗い生地による跡がかすかに残っており、故人が吊り下がったとされる赤い梳毛《そもう》糸《し》（ウールなどの動物繊維を平行に引き揃え、短い毛や不純物を除去してから撚った糸）のロープが長いまま残っていました。ロープは両端が輪の形をしていて、鋭い刃物で切断されています。そして、両端はきれいに切られていました。しかし、このことは言われているような状況では起こりえません。もしこの重たい故人がもろい紡毛糸《ぼうもうし》（繊維を引き揃えず、太さもまばらなまま糸にしたもの）のロープを二重にして吊るされたのなら、そしてそのロープを切るつもりなら、ロープはこれほどきれいに切れないでしょう。そして、一本のロープが切れたとするなら、残りの一本では弱すぎて、故人の体重を支えられないはずです。その後、残ったほうの一本はちぎれて、ぼろぼろになっているでしょう。このような問題の重要性を考慮したとき、私は釘自体を調べてみようと決心しました。この重たい重量を支えて曲がらなかったり、壊れなかったり、あるいは、抜けなかった釘は、多くありませんでした。それで、重さを加えて実際に試してみることにしました。それでミセス・オトウェイから鍵を預かって、故人の家へ行き、先ほど述べた調査を行いました」

「仮に故人は吊るされたのではないとするなら」と検視官が尋ねました。「ロープはどのようにして故人の首に巻きついたのですか？」

「故人は吊るされました——あるいは、部分的に吊るされたのです。私は吊るせるものを見つけるために、家中を探し回りました。そして、このようなものはベッドの頭部のほうの右側のベッドの支柱のノブだと考えました。ベッドのこちら側には、硬いジュート（麻の一種。丈夫で通気性が高いことからカゴ、バッグ、ラグなどに使われる）のマットがあります。その生地は両膝の跡とみごとに一致しました。パジャマを着ていたことで、いくぶん弱められたのです。手順はおそらくこうです。ロープは故人が死んでからすぐさま故人の首に巻きつけられました。そのとき、故人はベッドに横たわっています。ロープをベッドの支柱のノブに結びつけて、死体をベッドから外します。その結果、死体は跪《ひざまず》いた格好でベッドの支柱に吊り下がります。このことは、首の損傷が軽傷であることや、両膝のマットの跡や、死後の筋肉の損傷とも一致します。これらのことから、死体は跪いた格好のまま、かなり長時間吊るされたままであったことは明らかです——おそらく、首にできるだけ深くロープの跡をつけるためでしょう——そして、そのあいだに死後硬直も充分起こります。それからロープを切って死体を床に横たえたとき、両脚は硬直し、跪いた姿勢のままでした。故人が釘で首を吊ったように見せるためには、力ずくで両脚をまっすぐに伸ばす必要があります。だが、筋肉はすでに硬直しています。力ずくで両脚を伸ばしたことで、腿の筋肉が傷ついたのでしょう。このような傷は皮下の損傷ですので、注意して調べない限り気がつかないでしょう」

「これであなたの証言はすべてですか？」ソーンダイク博士が口をつぐんだので、検視官が尋ねました。

「ルイス・オトウェイの死亡状況に関する私の証言は、これですべてです。私にはほかの情報もあります。ですが、あなたはそのことをこの審問においてあまり重要とは考えないでしょう。ミスター・ヴァードンの杖に付着していた二本の髪の毛を、私は調べました。二本ともミスター・ヴァードンのものではありませんでした。事実、彼の頭の傷は、髪の毛のない部分でした。しかし、いずれにしても、彼の髪の毛ではありません。一本は、明らかにルイス・オトウェイの髪の毛でした――おそらく、彼のヘアブラシから採取したのでしょう。彼の髪の毛は白色です。しかし、鉛の硫化物《りゅうかぶつ》を含んだ染色剤で染めています。もう一本のほうも同じような性質で、同じ染色剤で染められています。白色ですが、こちらは女性の髪の毛と思われます。両端が切れていて、一本目よりはるかに長いのです。私も、匿名の手紙について尋ねたいことがあります。一、二か月前、ミセス・オトウェイがそのことについて私に相談しました。それで、調べてみると彼女に約束しました。そして、調べました。私はほとんど事実を集めていません。ですが、匿名の手紙を見せてもらえるなら、私が集めた事実が、匿名の手紙の書き手は誰なのかを明らかにできるでしょう」

「別の場所でなら重要な証拠かもしれませんが、われわれにはあまり重要ではありません」と検視官が言いました。「ですが、あなたもそれらを見たほうがいいでしょう」検視官が手紙の束をソーンダイク博士に手渡しました。ソーンダイク博士は一つひとつ念入りに見て、透かし模様を調べるために明かりにかざし、彼のポケットから取り出したほかの手紙の透かし模様と比べました。

「私が思うに」ソーンダイク博士が、手紙を検視官に返しながら言いました。「これらの手紙は、すべてモリス・ゴールドステインによって書かれたものです。私は彼が署名した手紙をいくつか受け取っています。特徴的な似ている字体があります。すべて外国の便箋――スウェーデン製です――に、筆記体活字のタイプライター――タイプバー（先端に活字が刻印されているバーで、キーを押したとき用紙に向かって動くもの）が三本少し曲がっています。小文字の〝g〟と〝s〟、大文字の〝O〟です――でタイプ打ちされています。もしお聞きになりたいのなら、これについてさらに証言を続けますが」

陪審員長がこのとき口を挟みました。「匿名の手紙について、われわれはこれ以上聞きたくありません。故人が自殺したのでないなら、手紙は意味がありません」

「手紙は別の法廷で大いに問題になるでしょう」検視官が言いました。「ですが、それらはわれわれの評決に影響を及ぼさないでしょう。しかし、明確な答えを得ておいたほうがいい問題が一つあります。そして、これ以上ソーンダイク博士を拘束する必要はないでしょう。ソーンダイク博士、ルイス・オトウェイの死因はニコチン中毒である、とあなたはおっしゃった。ニコチンは故人が自ら摂取したのですか、それとも、何者かによって摂取させられたのですか？」

「医学的証拠は、この質問に何も答えていません。ですが、付帯状況から考えると、毒物は何者かによって摂取させられたと推測します――おそらく、故人が眠っているあいだに。しかし、これは状況証拠からの推測にすぎません」

「確かに。このことは陪審員にとって、本当に問題です。そして、あなたにこれ以上の面倒をかけようとは思っていません」検視官が堅苦しくおじぎをしたので、ソーンダイク博士は自分の椅子へ戻りかけていましたが、もう一度陪審員のほうを向きました。

「さて、陪審員の皆さん」と検視官が言いました。「皆さんはソーンダイク博士の注目に値する証言を聞きました。その結果、われわれは本件に対するわれわれの見解を見直さざるをえません。われわれが長い時間をかけて検討してきた首吊りによる自殺という説は、思い違いでした。用心深く、念入りに、そして、巧妙に仕組まれたものでした。今問題となっているのは、はたして自殺は行われたのかということです。死因はニコチンによる中毒死です。そして、死は即座に訪れました。よって、中毒による自殺なのか、あるいは、殺人なのか？」

「このことを考えることは、私には必要ありません。あなた方は宣誓した証人の証言を聞きました。釘で首を吊っている故人を、彼女は見つけました。そして、ロープを切って死体を横たえました。ですが、故人は釘で首を吊ったのではないことを、あなた方は知りました。あの証言は虚偽だったのです。ですが、何のために、あのような虚偽の証言を行ったのでしょうか？　その目的は、念入りに準備された状況――首のロープの跡、ひっくり返された椅子、釘に結ばれたロープ――と関係しているに違いありません。唯一理解できる目的は、本当の死因を隠そうとしたことのように思えます。そして、さらなる一連の準備が匿名の手紙です。そして、これらの手紙はモリス・ゴールドステインによって書かれ、送られたものであることが判明しました。ミセス・オトウェイとこれらの手紙をわれわれが結びつけたのは、メードストーンの家には、ミセス・オトウェイと彼女の夫と父親以外は誰もいなかったというレイチェル・ゴールドステインの供述に基づいています。しかし、もはやこの供述を受け入れることはできません。考えられる可能性は、そのとき彼女は家にいて、起こったことを見たか聞いたかしたのでしょう。この場合、故人を自殺に追い込むためによく練られた計画に、われわれは気がつくでしょう。そして、彼の妻に容疑をかけるでしょう。自殺がうまくいかなかったので、代替手段として毒物が使われたのだろうと」

「悲劇が起こったときの状況に、皆さんの注意を向けなければなりません。故人の住居には、四千ポンドの価値のある宝石がありました。もしかしたら、もっと価値のある宝石が盗まれていたかもしれません。故人が妻に宛てた手紙を、レイチェル・ゴールドステインは知っていました。なぜなら、そのとき彼は寝たきりで、手紙は彼女が投函したのですから。よって、投函する前に手紙を読むことは簡単でした。ミスター・オトウェイと妻の面会を整えたのもレイチェル・ゴールドステインです。したがって、ミセス・オトウェイは最後の訪問者になったのです」

「これで計画を実行するための完璧なお膳立てが整いました。宝石はすぐ近くにあります。そして、訪問者は宝石を盗んだ容疑をかけられます。そして、見かけの自殺の責任も」

「動機については、宝石を盗むことを別にすれば、われわれが忘れてならないことは、違法なユダヤ人の家族に合法な非ユダヤ人の妻がやってきたことです。彼女の登場は、家族の利益に悪影響を及ぼしました。もし夫と妻の和解が起これば、家族の利益はさらに好ましくないものになるでしょう」

「ですが、われわれは動機の問題にあまり深くは立ち入りません。これは検視官の審問です。そして、われわれの仕事は、故人がどのようにして、そして、どんな方法で死に至ったかを決めることです。この決定は、陪審員の皆さんに委《ゆだ》ねられています。あなた方は証言を聞きました。さあ、あなた方の評決を決めてください」

検視官が口を閉ざしたので、法廷に沈黙が下りました。初めて、わたしは自分の立場を思いきって考えました。ソーンダイク博士が劇的な証言をしたときも、強い嫌悪から、ヒステリックに泣いたり笑ったりするのを、わたしは必死に抑えました。しかし今、わたしは今までよりも穏やかです。そして、いくつかの魔法のような言葉が、わたしの状況を変えたことを考えることができました。わたしは自由です――身も心も自由です。わたしが考えていた罪は、思い込みでした。無言の意思や暗示、そして神話にすぎません。わたしは故意にルイス・オトウェイを自殺に追い込んだのではありません。そして、自殺自体が行われたのではありません。あの哀れな男――わたしにつきまとう悪魔――の死は、意識的であれ無意識であれ、わたしの行為がもたらしたものではありません。わたしは無罪なのです。自由なのです。

少しのあいだ、陪審員が評決を考えていました。しばらくして、陪審員長が全員一致の結論に達したことをほのめかしました。それで、検視官が正式に尋ねました。

「証言を考慮して、評決の結論に達しましたか？」

「達しました」と陪審員長が答えました。「われわれの評決は、次のとおりです。故人であるルイス・オトウェイの死は、レイチェル・ゴールドステインが彼にニコチンを摂取させたことによる中毒死であると」

「過失によるものですか、それとも、悪意を持ってですか？」

陪審員長がほかの陪審員と協議してから、答えました。「悪意を持ってです」

「レイチェル・ゴールドステインに対して、故殺の評決で一致しました。私も皆さんの結論に全面的に同意します」

検視官が結論を述べたので、わたしはミセス・グレッグを見ました。彼女の顔はこわばっていました。そして、恐ろしいほど色をなくしていきました。今、彼女は椅子からゆっくりと立ちあがって、こっそりと肩越しにミラー警視の顔を覗き込んでいました。

訳者あとがき

松本 真一

リチャード・オースティン・フリーマン（*Richard Austin Freeman*, 1862〜1943）の『ヘレン・ヴァードンの告白』（原題 *“Helen Vardon's Confession”*）をご紹介させていただきます。

リチャード・オースティン・フリーマンは、仕立屋リチャード・フリーマンの息子としてイギリス、ロンドンのソーホーに生まれました。家業を継がず医師を志し、一八八七年にミドルセックス病院で医師の資格を取り、同病院に勤務します。同年、アニー・エリザベス・エドワーズ（*Annie Elizabeth Edwards*）と結婚しました。

当時イギリスの植民地であった黄金海岸（現在のガーナ）の病院に勤務しますが、この間にマラリアに罹《かか》り、帰国します。帰国後はイギリス国内の刑務所の医師などを務めました。

シャーロック・ホームズのシリーズに触発され、一九〇二年に刑務所時代の友人との合作で怪盗ロムニー・プリングル（*Romney Pringle*）が活躍する短編をクリフォード・アッシュダウン（*Clifford Ashdown*）の筆名で雑誌に連載しました。この成功で、作家としてやっていく決意を固めます。

一九〇七年、本名名義の長編『赤い拇指紋』で法医学者探偵のソーンダイク博士を登場させました。この作品は推理小説のなかで指紋を最初期に扱った作品として有名です。

第一次世界大戦中は軍医として働きましたが、それ以降は医師として活躍することはほとんどありませんでした。戦後は時代に合わせて長編の執筆が中心となり、推理文壇の大御所として推理作家の親睦団体ディテクションクラブの結成に際しては、F・W・クロフツらとともに創立発起人を務めました。そして、一九四三年にパーキンソン病で亡くなりました。

さて、本書『ヘレン・ヴァードンの告白』（原題 *"Helen Vardon's Confession"*）に少し触れておきましょう。

この物語は題名にもありますように、本書はヘレン・ヴァードンの視点からヘレン・ヴァードンが語るスタイルで書かれています。

ヘレン・ヴァードンの父親の書斎の開いたドア越しに、ヘレン・ヴァードンは彼女の運命を大きく変えることになる議論を耳にします。ヘレンの父親とルイス・オトウェイという男が、オトウェイがヘレンの父親に預けたお金のことで口論しています。ヘレンの父親はオトウェイから預かったお金の運用を任されていましたが、ヘレンの父親は破産寸前だった友人の窮地を救うため全額をその友人に融資してしまいます。オトウェイは父親の債務を引き受けることを条件に、自分と娘のヘレンとの結婚を認めるよう父親に迫ります。父親はだんこ断りますが、父の窮地を知ったヘレンは父親を救うべくこの結婚を承諾し、結婚式も挙げてしまいます。

オトウェイと結婚することを、ヘレンは置き手紙で父親に知らせます。オトウェイと娘の結婚を知った父親は激怒してオトウェイの家に乗りこみ、激しい口論のすえ、ヘレンの父親は死んでしまいます。しかも、ヘレンの父親がオトウェイに宛てたお金の返済のめどがついたという手紙を、オトウェイは伏せたままヘレンと結婚したのでした。父親の窮地を救うために好きでもない男と結婚したにもかかわらず、その父親は死んでしまったのです。

その後、ヘレンには結婚したいと思う男性が現れます。相手の男性もヘレンとの結婚を望んでいます。しかし、ヘレンはすでに既婚者です。意に沿わない男との結婚ではありますが、法律上はルイス・オトウェイの妻です。このままではいかなる男性とも結婚することはできません。

このような状況下で、ルイス・オトウェイが死亡します。状況からすると、彼の自宅のベッドのそばの壁の釘にロープを引っかけて首を吊った自殺のように見えます。ルイス・オトウェイは自ら自殺したのでしょうか？　あるいは、彼を憎むあまりヘレン・ヴァードンが自殺を装って殺したのでしょうか？　真相を究明すべく、法医学者ソーンダイク博士の科学的捜査のメスが入ります。

科学的実証性を重んじたフリーマンは作中のトリックや仕かけの多くを自ら実験して、その実効性を確かめたとのことです。ソーンダイク博士がこのような科学的な捜査方法を多用しているにもかかわらず、そのような知識に恵まれない読者にも支持されているのは、実験結果を読者の視点に立ってわかりやすく描写したからと言われています。

ソーンダイク博士は犯罪捜査に科学技術を取り入れた探偵として人気を博し、シャーロック・ホームズのライバルと目されるようになります。

ルイス・オトウェイ死亡の真相が究明されていく第二十七章から第二十八章にかけての検視官とソーンダイク博士との激しい質疑応答は、科学的捜査の実証を重んじるソーンダイク博士の面目躍如といったところで、スリリングでとても読み応えがあります。じっくりと楽しんでいただけたら幸甚です。

著　者

リチャード・オースティン・フリーマン（Richard Austin Freeman、1862～1943）

イギリス、ロンドンのソーホー生まれ。医師を志し、1887年にミドルセックス病院で医師の資格を取り、同病院に勤務。シャーロック・ホームズのシリーズに触発され、1902年に友人との合作で発表した短編が好評を博したことから、作家としての自立を決意。1907年に長編『赤い拇指紋』で法医学者探偵のソーンダイク博士を登場させる。ソーンダイク博士は、20世紀初めに多数登場したシャーロック・ホームズのライバルたちの中でも最も人気を博した名探偵である。ちなみに、この作品は指紋を最初期に扱った推理小説として有名になった。第一次世界大戦後は長編の執筆が中心となる。推理文壇の大御所として推理作家の親睦団体ディテクションクラブの結成に際しては、F.W.クロフツらとともに創立発起人を務めた。倒叙推理小説（物語の冒頭から犯人やトリックが示され、探偵がどのようにして完全犯罪を崩し、犯人を追い詰めていくかに主眼がおかれる）の創始者とされる。

訳　者

松本 真一（まつもと・しんいち）

1957年生まれ。上智大学文学部卒業。英米文学翻訳家。訳書に、ジョン・ブラックバーン『壊れた偶像』、ドロシー・ボワーズ『命取りの追伸』、ハーマン・ランドン『怪奇な屋敷』、ドロシー・B・ヒューズ『青い玉の秘密』、ミニオン・G・エバハート『嵐の館』（いずれも論創海外ミステリ）、デラノ・エームズ『死を招く女』（ぶんしん出版）、ドロシー・ボワーズ『謎解きのスケッチ』、E・C・R・ロラック『殺されたのは誰だ』、デラノ・エームズ『殺人者は一族のなかに』、ナイオ・マーシュ『裁きの鱗』、ナイオ・マーシュ『幕が下りて』（いずれも風詠社）がある。

ヘレン・ヴァードンの告白

2024年11月8日　第1刷発行

著　者　リチャード・オースティン・フリーマン
訳　者　松本真一

発行人　大杉　剛
発行所　株式会社 風詠社
〒553-0001 大阪市福島区海老江 5-2-2 大拓ビル 5 - 7 階
Tel 06（6136）8657　https://fueisha.com/
発売元　株式会社 星雲社（共同出版社・流通責任出版社）
〒112-0005 東京都文京区水道 1-3-30
Tel 03（3868）3275
装　幀　2DAY
印刷・製本　シナノ印刷株式会社

ISBN978-4-434-34766-5 C0097